Paolo Giordano wurde 1982 in Turin geboren, wo er Physik studierte und mit einer Promotion in Theoretischer Physik abschloss. Sein erster Roman «Die Einsamkeit der Primzahlen» war ein internationaler Bestseller. Er wurde in über vierzig Sprachen übersetzt und verfilmt. Giordano erhielt dafür mehrere Auszeichnungen, darunter den angesehensten italienischen Literaturpreis, den Premio Strega. Paolo Giordano lebt in Turin.

«Ein kleines Meisterwerk. Ein Buch über Männer, das auch Frauen unbedingt lesen sollten.» (Stern)

«Nach dem starken Debüt ein noch besseres zweites Buch, davon träumen Schriftsteller. Diesem ist es gelungen.» (Morgenpost)

«Ein eindrucksvoller Afghanistan-Roman.» (Süddeutsche Zeitung)

PAOLO GIORDANO

DER MENSCHLICHE KÖRPER

Roman

Aus dem Italienischen
von Barbara Kleiner

Rowohlt Taschenbuch Verlag

Die Originalausgabe erschien 2012 unter dem Titel
«Il corpo umano» bei Arnoldo Mondadori Editore S.p.A., Mailand.

Diese Übersetzung wurde gefördert
durch ein Arbeitsstipendium des Deutschen
Übersetzerfonds e. V.

Veröffentlicht im Rowohlt Taschenbuch Verlag,
Reinbek bei Hamburg, Juli 2015
Copyright © 2014 by Rowohlt Verlag GmbH,
Reinbek bei Hamburg
«Il corpo umano» Copyright © 2012 by
Arnoldo Mondadori Editore S.p.A., Mailand
Umschlaggestaltung any.way, Hamburg,
nach dem Original von Arnoldo Mondadori Editore S.p.A.
Umschlagabbildung Mirjan van der Meer
Satz Dörlemann Satz, Lemförde
Druck und Bindung CPI books GmbH, Leck, Germany
ISBN 978 3 499 25508 3

*Den wilden Jahren
auf dem Bauernhof gewidmet*

Und selbst wenn man sie uns wiedergäbe,
diese Landschaft unserer Jugend,
wir würden wenig damit anzufangen wissen.

ERICH MARIA REMARQUE
Im Westen nichts Neues

IN DEN JAHREN nach dem Einsatz bemühte sich jeder von den Jungs, das eigene Leben unkenntlich zu machen, bis die Erinnerungen an diese andere, frühere Existenz in ein trügerisches, künstliches Licht getaucht waren und sie sich selbst davon überzeugten, dass nichts von dem, was geschehen war, wirklich geschehen war, oder wenigstens nicht ihnen.

Auch Oberleutnant Egitto tat sein Bestes, um zu vergessen. Er wechselte den Wohnort, das Regiment, Bartlänge und Essgewohnheiten, er deutete gewisse private Konflikte um und lernte, andere, die ihn nichts angingen, beiseitezuschieben – eine Unterscheidung, die er früher nicht gemacht hatte. Ob die Veränderung einem Plan gehorchte oder vielmehr Ergebnis eines unkoordinierten Prozesses war, wusste er nicht genau, und es interessierte ihn auch nicht. Das Wesentliche war für ihn von Anfang an, einen Graben zwischen Vergangenheit und Gegenwart auszuheben: einen Schutzraum zu schaffen, in den nicht einmal die Erinnerung würde eindringen können.

Und doch, auf der Liste der Dinge, von denen er sich hat befreien können, fehlt ausgerechnet das Element, das ihn am deutlichsten in die Tage im Tal zurückversetzt: Dreizehn Monate nach Abschluss des Einsatzes trägt er noch immer die Offiziersuniform. Die beiden aufgenähten Sterne prangen mitten auf der Brust, genau über dem Herzen. Mehrmals hat der Oberleutnant mit der Idee geliebäugelt, sich unter die Zivilisten einzureihen, aber die Uniform klebte ihm am Körper, Zentimeter für Zentimeter, der Schweiß hat den Tarndruck ausgebleicht und die Haut darunter gefärbt. Wenn er sich jetzt auszöge, da ist er sicher, würde die Epidermis sich mit ablösen, und er, der sich schon bei einfachem Nacktsein unwohl fühlt, würde sich ohne Uniform exponierter fühlen als für ihn erträglich. Und wozu auch? Ein Soldat hört nie auf, Soldat zu sein. Mit einunddreißig Jahren hat der Oberleutnant sich damit abgefunden, die Uniform als unvermeidliches Übel zu betrachten, als chronische Krankheit des Schicksals, sichtbar, aber nicht schmerzhaft. So hat sich der bedeutsamste Widerspruch in seinem Leben zuletzt in das einzige Element von Kontinuität verwandelt.

Es ist ein heller Morgen Anfang April, die runden Kuppen an den Lederstiefeln der aufmarschierenden Soldaten leuchten bei jedem Schritt auf. Egitto hat sich noch nicht an die Klarheit voller Verheißungen gewöhnt, die der Himmel von Belluno an Tagen wie diesem zur Schau stellen kann. Der Wind, der von den Alpen herunterrollt, bringt die Kälte der Gletscher mit sich, aber wenn er sich legt und aufhört, an den Fahnen zu zerren, merkt man, dass es für die Jahreszeit ungewöhnlich warm ist. In der Kaserne hatte es Debatten gegeben, ob Schal getragen werden solle oder nicht, und am Ende wurde dagegen entschieden, und die Anordnung wurde durch die Flure gebrüllt. Die Zivilisten dagegen sind sich unschlüssig, wie sie ihre Sportjacken tragen sollen, um die Schultern gehängt oder über den Arm gelegt.

Egitto nimmt den Hut ab und fährt sich mit den Fingern durch die verschwitzten Haarsträhnen. Oberst Ballesio, der links neben ihm steht, dreht sich um und sagt: «Wie ekelhaft, Oberleutnant! Wischen Sie sich Ihre Jacke ab. Sie sind schon wieder voll von dem Zeug.» Dann, als könnte Egitto das nicht selbst, klopft er ihm mit der Hand auf den Rücken. «Hoffnungslos», murmelt er.

Es wird «Rührt euch» befohlen, und wer wie sie auf den Stufen einen Sitzplatz hat, setzt sich. Endlich kann Egitto die Socken bis zu den Knöcheln hinunterrollen. Der Juckreiz legt sich, aber nur ein paar Sekunden lang.

«Stellen Sie sich vor, was mir neulich passiert ist», beginnt Ballesio. «Meine kleine Tochter fing an, im Wohnzimmer auf und ab zu marschieren. Sie sagte, schau her, Papa, schau mich an, ich bin auch ein Oberst. Sie hatte sich mit der Schulschürze und einem Barett verkleidet. Nun, wissen Sie, was ich getan habe?»

«Nein, Herr Oberst.»

«Ich habe ihr gründlich den Hintern versohlt. Im Ernst. Dann habe ich sie angeschrien, dass ich sie nie mehr einen Soldaten nachäffen sehen will. Und überhaupt, dass niemand sie einziehen würde wegen ihrer Plattfüße. Sie hat zu weinen angefangen, das arme Ding. Ich konnte ihr gar nicht erklären, warum ich mich so aufgeregt habe. Aber ich war stinkwütend, glauben Sie mir, ich war außer mir. Sagen Sie ehrlich, Herr Doktor: Bin ich vielleicht etwas runter mit den Nerven, Ihrer Meinung nach?»

Egitto hat gelernt, den Aufforderungen des Obersten zur Aufrichtigkeit zu misstrauen. Er antwortet: «Vielleicht haben Sie nur versucht, sie zu beschützen.»

Ballesio zieht ein Gesicht, als hätte Egitto etwas Dummes

gesagt. «Mag sein. Besser so. In letzter Zeit habe ich Angst, bei mir könnte ein Schräubchen locker sein, wenn Sie verstehen, was ich meine.» Er streckt die Beine aus und zieht sich ungeniert durch die Hose hindurch den Gummizug der Unterhose zurecht. «Ständig hört man von Leuten, bei denen von einem Tag auf den anderen die Sicherungen durchknallen. Meinen Sie, ich sollte eine neurologische Untersuchung machen lassen? Ein EEG oder so was in der Art?»

«Ich sehe keinen Grund dafür, Herr Oberst.»

«Könnten womöglich Sie mich untersuchen? Meine Pupillen anschauen und so weiter.»

«Ich bin Orthopäde, Herr Oberst.»

«Aber irgendwas wird man Ihnen doch beigebracht haben?»

«Ich kann Ihnen einen Kollegen empfehlen, wenn Sie möchten.»

Ballesio grunzt. Zwei tiefe Falten verlaufen auf beiden Seiten seiner Lippen nach unten wie bei einem Fischmaul. Als Egitto ihn kennenlernte, hatte er noch nicht so verbraucht ausgesehen.

«Ihre Pedanterie macht mich krank, Oberleutnant, habe ich Ihnen das schon mal gesagt? Es muss daran liegen, dass Sie sich jetzt in diesem erbärmlichen Zustand befinden. Entspannen Sie sich, nehmen Sie die Dinge, wie sie kommen. Oder suchen Sie sich einen Zeitvertreib. Je an Kinder gedacht?»

«Wie bitte?»

«Kinder, Oberleutnant, *Kin*der.»

«Nein, Herr Oberst.»

«Nun, ich weiß nicht, worauf Sie warten. Ein Kind würde Sie auf andere Gedanken bringen. Ich könnte mir das bei Ihnen durchaus vorstellen, wissen Sie? Ich sehe doch, wie Sie ständig am Grübeln sind. Aber jetzt schauen Sie sich an, wie diese Kompanie dasteht, wie Ziegenböcke.»

Egitto folgt Ballesios Blick zu der Musikkapelle und darüber hinaus, bis dorthin, wo die Wiese anfängt. Ein Mann im Publikum zieht seine Aufmerksamkeit auf sich. Er trägt ein Kind auf den Schultern und steht steif da, in einer eigenartig kriegerischen Haltung erstarrt. Wenn ihm etwas bekannt vorkommt, macht sich das bei dem Oberleutnant immer in einem gewissen mulmigen Gefühl bemerkbar, und mit einem Mal fühlt Egitto sich unruhig. Als der Mann die geschlossene Faust vor den Mund hält, um zu husten, erkennt er Feldwebel René. «Aber der dahinten, ist das nicht …» Er unterbricht sich.

«Wer? Was?», fragt der Oberst.

«Nichts. Entschuldigen Sie.»

Antonio René. Am letzten Tag haben sie sich am Flughafen mit einem förmlichen Händedruck voneinander verabschiedet, und von dem Zeitpunkt an hat Egitto nicht mehr an ihn gedacht, wenigstens nicht explizit. Seine Erinnerungen an den Einsatz haben vorwiegend kollektiven Charakter.

Er verliert das Interesse an der Parade und beginnt, den Feldwebel aus der Ferne zu beobachten. Er hat sich in der Menge nicht weit genug nach vorn geschoben, um in die vorderen Reihen zu gelangen, und wahrscheinlich sieht er jetzt nicht sonderlich viel. Von der Höhe seiner Schultern aus zeigt das Kind auf Soldaten und Fahnen, die Männer mit den Musikinstrumenten und packt René an den Haaren, als ob es Zügel wären. Die Haare, genau. Im Tal hatte der Feldwebel sie komplett abrasiert, während sie ihm jetzt fast bis über die Ohren reichen, kastanienbraun und leicht gelockt.

René ist noch so ein Flüchtling vor der eigenen Vergangenheit, auch er hat sein Gesicht verändert, um sich nicht wiederzuerkennen.

Ballesio sagt etwas von einer Tachykardie, die er mit Sicherheit nicht hat. Egitto antwortet ihm zerstreut: «Kommen Sie am Nachmittag zu mir. Ich verschreibe Ihnen ein Beruhigungsmittel.»

«Ein Beruhigungsmittel? Aber sind Sie denn völlig übergeschnappt? Von dem Zeug wird er schlapp!»

Drei Jagdbomber ohne Bewaffnung schießen im Tiefflug über das Gelände, dann ziehen sie plötzlich hoch, farbige Kondensstreifen an den Himmel malend. Sie drehen sich auf den Rücken und verflechten ihre Bahnen. Das Kind auf Renés Schultern macht große Augen vor Staunen. Wie das Kind drehen Hunderte den Kopf nach oben, alle, außer den angetretenen Soldaten, die nach wie vor streng auf etwas schauen, das sich nur vor ihnen abzeichnet.

Als die Zeremonie zu Ende ist, bahnt sich Egitto einen Weg durch die Menge. Die Familien bleiben auf dem Platz stehen, und er muss ihnen ausweichen. Wenn jemand ihn aufzuhalten sucht, gewährt er ihm einen flüchtigen Händedruck. Er lässt den Feldwebel nicht aus den Augen. Einen Moment lang kam es ihm vor, als wolle er sich zum Gehen wenden, aber er ist geblieben. Egitto erreicht ihn, und als er vor ihm steht, nimmt er den Hut ab. «René», sagt er.

«Hallo, Doc.»

Der Feldwebel setzt das Kind auf dem Boden ab. Eine Frau kommt näher und nimmt es bei der Hand. Egitto begrüßt sie mit einem Kopfnicken, sie erwidert den Gruß aber nicht, kneift die Lippen zusammen und weicht zurück. René kramt nervös in seiner Jackentasche, zieht ein Päckchen Zigaretten heraus und zündet sich eine an. Das ist etwas, was sich nicht geändert hat: Er raucht immer noch die gleichen schlanken weißen Zigaretten, Damenzigaretten.

«Wie geht es Ihnen, Herr Feldwebel?»

«Gut», antwortet René eilig. Dann wiederholt er es, aber mit weniger Schwung: «Gut. Ich versuche mich zu behelfen.»

«Recht so. Man muss sich behelfen.»

«Und wie geht es Ihnen, Doc?»

Egitto lächelt. «Auch ich schlage mich so durch.»

«Dann hat man Ihnen also nicht zu viel Ärger gemacht wegen dieser Geschichte.» Es ist, als würde der Satz ihn eine gewisse Überwindung kosten. Als ob ihm nach allem nicht viel daran läge.

«Ein Disziplinarverfahren. Vier Monate Suspendierung vom Dienst und ein paar sinnlose Vernehmungen. Die waren die eigentliche Strafe. Sie wissen ja, wie das ist.»

«Gut für Sie.»

«Gut für mich, ja. Sie dagegen haben beschlossen aufzugeben.»

Er hätte sich anders ausdrücken können, anstelle von *aufgeben* ein anderes Verb wählen können: sich verändern, den Dienst quittieren. Aufgeben heißt kapitulieren, René scheint es jedoch nicht zu bemerken.

«Ich arbeite in einem Restaurant, unten in Oderzo. Ich bin Saalchef.»

«Also immer noch in einer Position mit Befehlsgewalt.»

René seufzt. «Mit Befehlsgewalt, richtig.»

«Und die andern Jungs?»

René streift mit dem Fuß über ein Grasbüschel, das zwischen den Pflastersteinen herauswächst. «Ich sehe sie schon eine Weile nicht mehr.»

Die Frau hat sich jetzt bei ihm eingehängt, als wolle sie ihn wegziehen, in Sicherheit bringen vor Egittos Uniform und ihren gemeinsamen Erinnerungen. Sie wirft dem Oberleutnant rasche, böse Blicke zu. René hingegen vermeidet es, ihn anzusehen, aber einen Augenblick lang konzentriert er sich auf das Zittern der schwarzen Feder an Egittos Hut, und der meint, einen Anflug von Nostalgie bei ihm zu bemerken.

Eine Wolke schiebt sich vor die Sonne, und sogleich wird das Licht schwächer. Der Oberleutnant und der Feldwebel schweigen. Sie haben den wichtigsten Augenblick ihres Lebens miteinander geteilt, sie beide haben genau so dagestanden wie jetzt, aber mitten in der Wüste und mitten in einem Kreis von Panzerfahrzeugen. Ist es möglich, dass sie sich nichts mehr zu sagen haben?

«Gehen wir nach Hause», flüstert die Frau René ins Ohr.

«Sicher. Ich will Sie nicht aufhalten. Viel Glück, Feldwebel.»

Das Kind streckt René die Arme entgegen, um wieder auf die Schultern gehoben zu werden, es quengelt, aber es ist, als sähe er es nicht. «Sie können mich im Restaurant besuchen kommen», sagt er. «Es ist ein gutes Lokal. Ziemlich gut.»

«Aber nur, wenn Sie mir eine bevorzugte Bedienung versprechen.»

«Es ist ein gutes Lokal», wiederholt René abwesend.

«Ich komme bestimmt», versichert Egitto. Aber beiden ist klar, dass das eines der zahllosen Versprechen ist, die nie eingelöst werden.

Erster Teil

ERFAHRUNGEN IN DER WÜSTE

Drei Versprechen

Zuerst kamen die Reden. Die Einsatzausbildung bei Hauptmann Masiero – sechsunddreißig Stunden Frontalunterricht, in denen den Soldaten Grundkenntnisse in Geschichte des Mittleren Ostens vermittelt wurden, Informationen über die strategischen Implikationen des Konflikts, und wo auch unter unvermeidlichem Gewitzel von den grenzenlosen Marihuanafeldern im Westen Afghanistans die Rede war –, vor allem aber zogen die Erzählungen von Kameraden die Aufmerksamkeit auf sich, die schon vor Ort im Einsatz gewesen waren und die jetzt denen, die aufbrechen sollten, mit einer gewissen Herablassung Ratschläge erteilten.

Mit dem Kopf nach unten auf der Schrägbank, wo er eben die vierte Serie von Sit-ups beendet hat, lauscht der Obergefreite Ietri mit wachsendem Interesse der Unterhaltung zwischen zwei Veteranen. Sie sprechen von einer gewissen Marica, die im Stützpunkt von Herat stationiert ist. Schließlich überwältigt ihn die Neugier, und er mischt sich ein: «Gibt es da wirklich diese ganzen Weiber?»

Die Kameraden tauschen vielsagende Blicke: Da wollten sie ihn haben. «Jede Menge, Alter», sagt einer der beiden. «Und die sind nicht so, wie wir es hier gewohnt sind.»

«Oh, da unten ist denen alles egal.»

«Sie sind weit weg von zu Hause und langweilen sich so sehr, dass sie zu allem bereit sind.»

«Zu allem, glaub mir.»

«In keinem gottverdammten Ferienclub wird so viel gevögelt wie im Einsatz.»

«Und dann sind da noch die Amerikanerinnen.»

«Wow, die Amerikanerinnen!»

Sie fangen an, von der Sekretärin eines Obersten zu erzählen, die drei Unteroffiziere in ihr Zelt mitgenommen und im Morgengrauen rausgeschmissen hat, fix und fertig, nein, nicht wir, schön wär's, Leute von einer anderen Kompanie, aber im Lager wussten alle Bescheid. Ietris Blicke springen von einem zum anderen, während ihm das Blut von den Füßen in den Kopf strömt und ihn trunken macht. Als er den Fitnessraum verlässt und in die samtige Luft des Sommerabends hinaustritt, hat er den Kopf voll der ausschweifendsten Phantasien.

Aller Wahrscheinlichkeit nach ist er selbst es, der gewisse Gerüchte unter den Jungs vom dritten Zug in Umlauf bringt, Gerüchte, die nach langen Umwegen wieder an sein Ohr gelangen und an die er zum Schluss mit größerer Überzeugung glaubt als alle anderen. In die skeptische Furcht vor dem Tod mischt sich eine Abenteuerlust, die schließlich überwiegt. Ietri stellt sich die Frauen vor, die er in Afghanistan kennenlernen wird, das verschwörerische Lächeln beim Morgenappell, den fremdländischen Akzent, mit dem sie seinen Namen rufen.

Auch während des Unterrichts von Hauptmann Masiero tut er nichts anderes, als sie unentwegt aus- und wieder anzuziehen.

«Obergefreiter Ietri!»

In seinem Kopf nennt er sie alle Jennifer, und er hat keine Ahnung, woher er diesen Namen hat. Jennifer, ooooh Jennifer ...

«Obergefreiter Ietri!»

«Zu Befehl!»

«Wären Sie so freundlich zu wiederholen, was ich eben gesagt habe?»

«Gewiss, Herr Hauptmann. Sie haben ... von den Stämmen gesprochen ... scheint mir.»

«Wollen Sie vielleicht sagen, Ethnien?»

«Jawohl, Herr Hauptmann.»

«Und von welcher Ethnie genau habe ich gesprochen?»

«Mir scheint, von den ... ich weiß es nicht, Herr Hauptmann.»

«Obergefreiter, verlassen Sie sofort diesen Raum.»

Die peinliche Wahrheit ist, dass Ietri noch nie mit einer Frau zusammen war, jedenfalls nicht auf die Art und Weise, die er *vollkommen* nennt. Keiner in der Kompanie weiß das, und wenn sie es herausbekämen, wäre das eine Katastrophe. Nur Cederna weiß es, er selbst hat es ihm eines Abends in der Bar erzählt, als sie beide etwas angeheitert und zu vertraulichen Geständnissen aufgelegt waren.

«Vollkommen? Heißt das, dass du noch nie gevögelt hast?»

«Schrei nicht so!»

«Da steht's aber schlecht um dich, Alter. Wirklich schlecht, verdammt.»

«Ich weiß.»

«Wie alt bist du?»

«Zwanzig.»

«Verflucht. Da hast du dich um die besten Jahre betrogen. Hör mir gut zu jetzt, das ist wichtig. Das Ding da unten ist wie ein Gewehr. Eine Fünf-Sechsundfünfziger mit Stahlschaft und Laserzieleinrichtung.» Cederna hat eine unsichtbare Waffe im Arm und legt sie auf den Freund an. «Wenn du nicht daran denkst, das Ding hin und wieder zu ölen, dann hat es irgendwann Ladehemmung.»

Ietri schaut in sein Bierglas. Er nimmt einen zu großen Schluck, fängt an zu husten. Gehemmt. Er ist ein gehemmter Typ.

«Sogar Mitrano hat hin und wieder einen Fick», sagte Cederna.

«Er zahlt dafür.»

«Das könntest du auch.»

Ietri schüttelt den Kopf. Es passt ihm nicht, für eine Frau zu zahlen.

«Also wiederholen wir», ahmt Cederna die Stimme von Hauptmann Masiero nach. «Das ist überhaupt nicht schwierig, Obergefreiter. Folgen Sie mir aufmerksam. Sie treffen eine Frau, die Ihnen gefällt, Sie schätzen die Größe ihrer Titten und ihres Arschs ab – ich für mein Teil mag beides am liebsten groß, aber es gibt da gewisse Perverslinge, die mögen Frauen, die mager sind wie ein Hering –, dann gehen Sie auf sie zu, erzählen irgendeinen Schwachsinn, und schließlich fragen Sie sie höflich, ob sie Lust hat, sich mit Ihnen zurückzuziehen.»

«Ob sie Lust hat, sich zurückzuziehen?»

«Na ja, vielleicht nicht genauso. Das hängt von der Situation ab.»

«Also, ich weiß schon, wie es geht. Aber ich hab die Richtige noch nicht getroffen.»

Cederna schlägt mit der Faust auf den Tisch. Das Besteck

scheppert auf den leeren Tellern, von denen sie Pommes frites gegessen haben. An den anderen Tischen wird man auf sie aufmerksam. «Das ist genau der Punkt! Die Richtige gibt es nicht. *Alle* sind richtig. Denn *alle* haben ...» Er bezeichnet das Organ, indem er mit den Fingern einen Rhombus formt. «Jedenfalls, wenn du erst mal anfängst, wirst du merken, wie einfach das ist.»

Cedernas Tonfall ärgert ihn ein bisschen. Er will kein Mitleid, aber die Worte des Freundes machen ihm auch Mut. Er schwankt zwischen Verärgerung und Dankbarkeit. Gern würde er ihn fragen, in welchem Alter er angefangen hat, aber er fürchtet die Antwort: Cederna ist zu aufgeweckt und auch zu gut aussehend, mit dieser breiten Stirn und diesem boshaften Lächeln über die ganze weiße Zahnreihe.

«Du bist so groß wie ein Dinosaurier und lässt dich von den Weibern einschüchtern, verrückt.»

«Schrei nicht so!»

«Meiner Meinung nach ist das wegen deiner Mutter.»

«Was hat denn meine Mutter damit zu tun?» Ietri knüllt das Tischtuch mit der Faust zusammen. Ein darin verborgener Mayonnaisebeutel platzt in seiner Hand.

Cederna piepst mit hoher Stimme: «*Mami, Mamilein, was wollen alle diese Weiber von mir?*»

«Hör auf, das hören doch alle.» Er wagt nicht, den Freund um eine Serviette zu bitten, und wischt die Hand an der Stuhlkante ab. Mit einem Finger berührt er etwas, das an der Unterseite klebt.

Zufrieden verschränkt Cederna die Arme, während Ietri immer finsterer wird. Mit der nassen Unterseite des Bierglases zeichnet er Kreise auf den Tisch.

«Mach jetzt nicht so ein Gesicht.»

«Was denn für ein Gesicht?»

«Du wirst sehen, du findest schon eine Dumme, die die Beine für dich breit macht. Früher oder später.»

«So viel liegt mir gar nicht dran.»

«Bald sind wir im Einsatz. Es heißt, einen besseren Ort gibt es nicht. Die Amerikanerinnen sind rattenscharf …»

Vor dem Abflug bekommen die Jungs ein Wochenende frei, und fast alle verbringen es mit ihren jeweiligen Freundinnen, die auf die verrücktesten Ideen kommen, wie ein Picknick am See oder eine Ladung Liebesfilme, wo doch die Soldaten im Hinblick auf die kommenden Monate der Abstinenz hauptsächlich daran interessiert sind, Sex aufzutanken.

Ietris Mutter kommt mit dem Nachtzug von Torremaggiore nach Belluno. Gemeinsam machen sie ein paar Besorgungen in der Stadt, dann gehen sie in die Kaserne, er schläft in einem Achtbettzimmer, wo es unaufgeräumt und sehr heiß ist. Das entgeht ihr nicht, und sie bemerkt: «An alldem ist nur die Arbeit schuld, die du dir ausgesucht hast. Bei den Möglichkeiten, die du hattest, intelligent, wie du bist.»

Der Obergefreite ist genervt und muss hinausgehen, er erfindet eine Ausrede und flüchtet sich in eine Ecke des Platzes zum Rauchen. Als er wieder hereinkommt, sieht er die Mutter, wie sie das Foto von seinem Gelöbnis ans Herz drückt. «Ich bin doch noch nicht tot», sagt er.

Die Frau reißt die Augen auf. Sie verpasst ihm eine schallende Ohrfeige. «Sag so etwas nie wieder. Unglücksmensch.»

Um jeden Preis will sie sich um sein Gepäck kümmern. («Mama weiß ja, dass du alles vergisst.») Ietri döst vor sich hin, während er ihr zuschaut, wie sie die Kleidungsstücke andächtig auf dem Bett ausbreitet. Ab und zu schweift er ab und kehrt in Gedanken zurück zu den Amerikanerinnen. Er überlässt sich einem erregenden Halbschlaf, der Speichel läuft aufs Kissen.

«In der Seitentasche sind die Feuchtigkeitscreme und die Seifen, eine mit Lavendel, die andere parfümfrei. Fürs Gesicht verwendest du am besten die parfümfreie, du hast eine empfindliche Haut. Ich habe auch Kaugummi hineingetan, für den Fall, dass du dir die Zähne mal nicht putzen kannst.»

In der Nacht teilen sie ein Doppelbett in einer menschenleeren Pension, und Ietri wundert sich, dass es ihm nicht peinlich ist, neben seiner Mutter zu schlafen, auch wenn er jetzt ein Mann und schon lang von zu Hause fort ist. Er findet es nicht einmal komisch, als sie seinen Kopf zu sich herüberzieht, ihn an ihren weichen Busen unter dem Nachthemd drückt, und ihn so festhält, ihrem kräftigen Herzschlag zu lauschen, bis er einschläft.

Das Zimmer wird in Abständen erhellt von den Blitzen des Gewitters, das nach dem Abendessen ausgebrochen ist, und der Körper der Mutter zuckt bei den Donnerschlägen zusammen, als würden sie sie aus ihren Träumen aufschrecken. Es ist elf Uhr vorbei, als Ietri aus dem Bett schlüpft. Im Dunkeln leert er die Seitentasche des Rucksacks und wirft alles in den Abfalleimer, steckt es schön weit nach unten, damit man es nicht sieht. Dann stopft er sie voll mit Präservativen in allen Größen und Formen, die er in der Jacke und in den Goretex-Stiefeln versteckt hatte, so viele, dass sie seinem ganzen Zug für einen Monat ununterbrochener Bumserei reichen würden.

Zurück im Bett, überlegt er es sich anders. Er steht noch einmal auf, fasst mit den Händen in den Abfall und tastet nach den Kaugummis: Man weiß ja nie, sie konnten nützlich werden, falls er dem bereitwilligen Mund einer Amerikanerin nahe kam, ohne sich die Zähne geputzt zu haben.

Jennifer, ooooh Jennifer!

Zu diesem Zeitpunkt kehrten Cederna und seine Freundin in die Wohnung zurück, die sie seit fast einem Jahr gemeinsam bewohnten. Das Gewitter hatte sie auf der Straße überrascht, aber sie waren so ausgelassen, dass sie nicht nach einem Unterstand suchten. Sie torkelten weiter im Regen herum, blieben ab und zu stehen, um lange, tiefe Zungenküsse zu tauschen.

Der Abend nahm eine sehr gute Wendung, angefangen hatte er allerdings nicht so gut. Seit einiger Zeit hatte Agnese ein völlig neues Faible für Ethno-Restaurants, und ausgerechnet an diesem Abend, da Cederna Lust hatte, es sich gutgehen zu lassen und basta, seine Abreise einfach mit einem anständigen Abendessen zu feiern, hatte sie sich ein japanisches Restaurant in den Kopf gesetzt, wo ihre Kommilitoninnen gewesen waren. «Das ist was ganz Besonderes», sagte sie.

Cederna hatte aber keine Lust auf was Besonderes. «Ich mag dieses asiatische Zeug nicht.»

«Wenn du es doch nie probiert hast.»

«Ich hab's wohl probiert. Ein Mal.»

«Das stimmt nicht. Du führst dich auf wie ein Kind.»

«He, pass auf, was du sagst.»

Als er merkte, dass es ernsthaft Streit geben könnte, lenkte er ein und sagte, ist gut, gehen wir in diese verdammte Sushi-Bar, der Abend war jetzt ohnehin schon halb verpatzt.

Bloß dass er im Restaurant dann nichts aß und sich die Zeit damit vertrieb, die Kellnerin aufzuziehen, die sich unentwegt verbeugte und zu offenen Sandalen Frottésocken trug. Agnese versuchte, ihm zu erklären, wie man die Stäbchen halten musste, und es war klar, dass ihr diese Rolle der Schulmeisterin sehr behagte. Er machte einen einzigen Versuch, dann steckte er sich die Stäbchen in die Nasenlöcher und begann zu reden wie ein Schwachsinniger.

«Kannst du es nicht wenigstens *versuchen*?», platzte sie heraus.

«Was versuchen?»

«Ein vernünftiger Mensch zu sein.»

Cederna beugte sich zu ihr vor: «Ich bin vollkommen vernünftig. Die hier sind am falschen Ort. Schau doch mal raus. Kommt dir das vor wie Japan?»

Den Rest des Abendessens über wechselten sie kein Wort mehr – ein Abendessen, während dessen er sich darauf versteifte, nichts anzurühren, nicht einmal das in Teig gebackene Gemüse, das gar nicht so schlecht aussah, während Agnese sich Mühe gab, alles aufzuessen, um ihm zu beweisen, wie viel mutiger und emanzipierter sie war. Aber der schlimmste Augenblick kam später mit der gesalzenen Rechnung. «Jetzt mach ich hier Rabatz», sagte Cederna und rollte mit den Augen.

«Ich bezahle. Wenn du nur aufhörst, solche Szenen zu machen.»

Cederna deckelte sie: «Ich lass mir von meiner Frau kein Abendessen bezahlen.» Er drückte der Kellnerin die Kreditkarte vor die Brust, die sich zum x-ten Mal verbeugte, um sie entgegenzunehmen.

«Was für ein Scheißladen!», sagte er, als die draußen waren. «Du hast mir den letzten Abend in Freiheit versaut, ich danke dir vielmals.»

Da fing Agnese, die Hand gegen die Augen gedrückt, leise an zu weinen. Sie so zu sehen beschämte Cederna. Er versuchte, sie zu umarmen, sie stieß ihn zurück.

«Du bist ein Vieh, lass dir das gesagt sein.»

«Ach komm, Süße. Sei nicht so.»

«Fass mich nicht an!», schrie sie hysterisch.

Sie hielt aber nicht lang durch. Schließlich knabberte er an ihrem Ohr und flüsterte: «Wie zum Teufel hieß dieses Zeug noch, Yadori? Yudori?», und zuletzt lachte sie ein wenig und gestand: «Es war wirklich scheußlich. Entschuldige, Schatz. Entschuldige tausend Mal.»

«Yuuudori! Yuuuuuudori!»

Sie fingen an zu lachen und hörten auch im strömenden Regen nicht damit auf.

Jetzt sitzen sie beide in dem kleinen Flur am Boden, klitschnass, und können immer noch nicht aufhören zu kichern, wenn auch schon kraftloser. In Cederna macht sich das befremdliche Gefühl von Leere und Traurigkeit breit, das einen nach langem Gelächter überkommt. Und der Kummer, sie lange Zeit nicht zu sehen.

Agnese lässt sich gegen ihn fallen und lehnt ihren Kopf an seine Knie. «Nicht sterben dort unten, okay?»

«Ich werde mein Bestes tun.»

«Dich auch nicht verletzen lassen. Wenigstens nicht schwer. Keine Amputationen oder allzu sichtbaren Narben.»

«Nur oberflächliche Verletzungen, versprochen.»

«Und mich nicht betrügen.»

«Nein.»

«Wenn du mich betrügst, bringe *ich* dir ein paar Verletzungen bei.»

«Huuu!»

«Nix da huuu. Ich meine es ernst.»

«Hu-huuuu!»

«Dann kommst du also zu meinem Examen?»

«Ich komme, das habe ich versprochen. René hat mir den Urlaub zugesichert. Das bedeutet, dass wir uns danach lang nicht sehen.»

«Dann spiele ich die junge arbeitslose Universitätsabsolventin, die auf die Rückkehr ihres Mannes von der Front wartet.»

«Ich bin nicht dein Mann.»

«Das habe ich nur so gesagt.»

«Was war das, eine Art Antrag?»

«Wer weiß.»

«Wichtig ist nur, dass die junge Arbeitslose sich nicht in der Zwischenzeit mit jemand anderem tröstet.»

«Ich werde untröstlich sein.»

«Das ist gut.»

«Untröstlich. Ich schwöre.»

In einer größeren Wohnung mit Schiebetür, die auf einen Balkon über einem Parkplatz geht, liegt Feldwebel René wach und schaut in die Nacht hinaus. Durch das Gewitter steigt die Hitze vom Asphalt auf, und die Stadt stinkt nach faulen Eiern.

Der Feldwebel könnte es sich aussuchen, mit welcher Frau er die letzte Nacht in der Heimat verbringen will, aber die Wahrheit ist, dass er auf keine Lust hat. Schließlich sind es Kundinnen. Er ist sicher, dass sie nicht bereit wären, sich die Sorgen anzuhören, die er zwölf Stunden vor dem Abflug so hat. Wenn er zu viel redet, haben die Frauen es eilig, ihm den Rücken zuzukehren und etwas zu tun, sich eine Zigarette anzuzünden oder sich wieder anzuziehen oder unter die Dusche zu gehen. Er kann ihnen keinen Vorwurf machen. Keine von ihnen weiß, was es heißt, Befehlsgewalt zu haben, keine weiß, was es bedeutet, das Schicksal von siebenundzwanzig Männern in Händen zu haben. Keine ist in ihn verliebt.

Er zieht das T-Shirt aus und lässt gedankenverloren die Finger über den Brustkorb gleiten: die Linie zwischen den Brustmuskeln, die Erkennungsmarke mit Geburtsdatum und Blutgruppe (A+), die guttrainierte Bauchmuskulatur. Nach seiner Rückkehr aus Afghanistan wird er vielleicht aufhören mit den Dates. Nicht dass ihm die Sache missfallen würde, und das zusätzliche Geld kann er gut gebrauchen (so konnte er sich im vergangenen Monat die Packkoffer für die Honda kaufen, auf die er jetzt vom Fenster aus voller Stolz hinunterschaut, sie ist von einer Regenplane bedeckt), es ist eher eine moralische Frage. War in der ersten Zeit, als er nach Belluno kam, die Rumvögelei eine Notwendigkeit, könnte er jetzt, da er Berufssoldat ist, ohne weiteres darauf verzichten, sich einer reiferen Aufgabe widmen. Er weiß allerdings noch nicht, welcher. Es ist schwer, sich selbst neu zu erfinden.

Um Mitternacht ist durch die Unentschiedenheit auch die Chance auf ein gepflegtes Abendessen verstrichen: Er hat zwei Päckchen Cracker geknabbert, und jetzt hat er keinen Appetit mehr. Etwas dürftig als feierlicher Abschied. Er hätte besser daran getan, seine Eltern aus Senigallia kommen zu lassen. Auf einmal fühlt er sich traurig. Der Stecker am Fernseher ist gezogen, der Apparat gegen den Staub mit einem weißen Tuch bedeckt. Er hat den Haupthahn fürs Gas abgedreht und den Müll in einem Sack gesammelt. Die Wohnung ist aufs Unbewohntsein vorbereitet.

Er streckt sich auf dem Sofa aus und ist schon eingenickt, als er eine Nachricht von Rosanna Vitale bekommt: «Wolltest du abhauen, ohne auf Wiedersehen zu sagen? Komm her, ich muss mir dir reden.» Wenige Sekunden später kommt eine zweite SMS: «Bring was zu trinken mit.»

René lässt sich Zeit. Er rasiert sich unter der Dusche und masturbiert langsam, um gegen die Lust gefeit zu sein. An einer Tankstelle kauft er Sekt. Als er aus dem Laden draußen ist, macht er kehrt und nimmt noch eine Flasche Wodka und zwei Tafeln Milchschokolade dazu. Er empfindet eine gewisse Dankbarkeit Rosanna gegenüber, sie hat ihn vor einer letzten Nacht ohne Überraschungen gerettet, und er hat die Absicht, es ihr zu danken, wie sie es verdient. Gewöhnlich geht er mit jüngeren Frauen ins Bett, meist Mädchen, die ein paar heroische Erinnerungen sammeln wollen, bevor sie den Lebensweg der braven Ehefrau einschlagen. Rosanna dagegen ist über vierzig, aber etwas an ihr gefällt ihm. Beim Sex ist sie erfahren und außerordentlich freizügig. Manchmal bleibt René, wenn sie fertig sind, zum Abendessen, oder sie schauen sich einen Film an – er auf dem Sofa, sie im Sessel nebendran –, und womöglich lieben sie sich dann noch einmal, in solchen Fällen geht das zweite Mal aufs Haus. Wenn er aber Lust hat zu gehen, hält sie ihn nicht zurück.

«Hast du dich verlaufen?» Rosanna erwartet ihn an der Tür.

René schiebt sich an ihr vorbei, küsst sie auf die Wange. Er erkennt ein anderes Parfüm als sonst, oder es ist ein anderer Geruch unter dem üblichen Parfüm, er sagt aber nichts.

Die Frau besieht sich die Flaschen. Sie stellt die Sektflasche in den Kühlschrank und öffnet die andere. Die Gläser stehen schon auf dem Tisch bereit. «Hast du etwas gegen ein bisschen Musik? Heute Abend macht mich die Stille nervös.»

René hat nichts dagegen. Musik ist ihm gleichgültig, wie andere Zerstreuungen, die die Leute so haben. Er setzt sich an den Küchentisch. Er ist schon einige Male aufgebrochen – zweimal in den Libanon, einmal in den Kosovo –, er kennt die Schwierigkeiten, die Zivilisten haben, damit umzugehen.

«Dann fährst du also morgen.»

«Ja.»

«Und wie lang dauert der Einsatz?»

«Sechs Monate. Paar Tage mehr oder weniger.»

Rosanna nickt. Sie hat das erste Glas schon ausgetrunken. Sie schenkt sich noch eins ein. René dagegen nippt nur, er hält sich unter Kontrolle.

«Und freust du dich?»

«Das ist keine Vergnügungsreise.»

«Sicher. Aber freust du dich?»

René trommelt mit den Fingern auf den Tisch. «Ja, ich glaube schon.»

«Gut. Das ist das Wichtigste.»

Die Musik zwingt sie, lauter zu sprechen als nötig, das stört René. Es wäre besser, wenn Rosanna sie etwas leiser drehen würde. Die Leute bemerken viele Dinge nicht, die er bemerkt, das hat ihn immer enttäuscht, in gewisser Weise. An diesem Abend scheint Rosanna die Absicht zu haben, sich so stark wie möglich zu betäuben, bevor sie ins Bett gehen. Bei betrunkenen Frauen ist der Körper schlaff, die Bewegungen sind monoton, und er hat Mühe, ihnen ihre Lust zu verschaffen. Er verkneift sich nicht, es zu sagen; er deutet auf das Glas und sagt: «Mach langsam damit.»

Sie wirft ihm einen wütenden Blick zu. René hat es hier

nicht mit einem seiner Soldaten zu tun. Bis zum Beweis des Gegenteils ist sie es, die bezahlt, also hat sie das Sagen. Dann aber senkt sie den Kopf, als wolle sie ihn um Verzeihung bitten. René deutet ihre Reizbarkeit als Angst um ihn, und das stimmt ihn zärtlich. «Es besteht keine Gefahr für mich.»

«Da bin ich mir sicher.»

«Es handelt sich in erster Linie um einen humanitären Einsatz.»

«Ja.»

«Wenn du die Statistiken anschaust, die Zahl der Toten bei diesem Einsatz ist lächerlich. Es ist gefährlicher, die Straße hier vorm Haus zu überqueren. Ich meine es ernst. Wenigstens für uns ist das so. Aber da sind andere, die ernsthaft kämpfen müssen, und für die ist das eine ganz andere Geschichte. Die Amerikaner zum Beispiel haben ...»

«Ich bin schwanger.»

Das Zimmer kippt unmerklich zur Seite, und die Wodkaflasche wechselt die Farbe. «Was hast du gesagt?»

«Du hast es gehört.»

René fährt sich mit der Hand übers Gesicht. Es ist nicht von Schweiß bedeckt. «Nein. Ich glaube nicht, dass ich richtig gehört habe.»

«Ich bin schwanger.»

«Kannst du die Musik ausmachen bitte? Ich kann mich nicht konzentrieren.»

Mit raschen Schritten geht Rosanna zur Anlage und schaltet sie aus. Sie setzt sich wieder. Jetzt sind da andere Geräusche: das Summen des Boilers im Bad, jemand in der Wohnung darüber, der schlecht Gitarre spielt, der Wodka, der entgegen Renés Mahnung noch einmal nachgeschenkt wird.

«Du hattest mir doch ganz klar gesagt ...», sagt René und versucht mit aller Macht, sich zu beherrschen.

«Ich weiß. Es war unmöglich, dass es passieren konnte, eine Wahrscheinlichkeit von eins zu wer weiß wie viel, zu einer Million vielleicht.»

«Du bist in der Menopause, hattest du mir gesagt.» Sein Tonfall ist nicht aggressiv, und er wirkt ruhig, vielleicht etwas blass.

«Ich *bin* in der Menopause, verstanden? Aber ich bin schwanger geworden. Das ist nun mal passiert.»

«Du hast gesagt, es wäre unmöglich.»

«Das war es auch. Es ist eine Art Wunder, okay?»

René fragt sich, ob es sinnvoll wäre, einen Vaterschaftstest machen zu lassen, aber natürlich ist das überflüssig. Er denkt über das Wort *Wunder* nach, kann aber keine Beziehung dazu herstellen.

«Es ist meine Verantwortung, damit das von vornherein klar ist», fährt sie fort, «zu hundert Prozent meine Verantwortung. Also meine ich, dass die Entscheidung bei dir liegen soll. Du bist derjenige, der betrogen wurde. Ich werde deine Entscheidung respektieren. Es ist noch Zeit, anderthalb Monate, etwas weniger. Du fährst jetzt weg, denkst in aller Ruhe darüber nach, und dann lässt du mich wissen, wie du dich entschieden hast. Um alles Übrige kümmere ich mich.»

Sie sagt das alles in einem Atemzug, dann führt sie das Glas zum Mund. Statt zu trinken, hält sie es dort am Mund fest. Versunken fährt sie mit den Lippen über den Rand. Um die Augen hat sie unauslöschliche Falten, aber sie stehen ihr nicht schlecht. Im Lauf seiner heimlichen zweiten Karriere hat René gelernt, dass reifere Frauen ein letztes Mal aufblühen, bevor sie gänzlich verwelken, und in dieser Phase sind sie schöner denn je. Er fühlt sich jetzt haltlos, was ihn wütend macht: «Wenn du schwanger bist, solltest du nicht trinken.»

«Ein bisschen Wodka scheint mir das geringste Problem in diesem Augenblick.»

«Du solltest es jedenfalls nicht.»

Sie verstummen. Im Geist geht René die ganze Unterhaltung noch einmal durch, Schritt für Schritt. *Um alles Übrige kümmere ich mich.* Er hat Mühe, über diese Worte hinaus klarzusehen.

«Hast du trotzdem Lust?»

Rosanna fragt ihn das, als ob das eine zulässige Frage wäre. Sie ist schwanger, trotzdem trinkt sie und hat Lust, mit ihm ins Bett zu gehen. René ist verwirrt. Er ist drauf und dran, ihr ins Gesicht zu schreien, dass sie verrückt ist, doch dann wird ihm klar, dass das ein Weg wäre, den Abend sinnvoll abzurunden: Mit ihr schlafen und durch diese Tür hinausgehen mit dem Gefühl, ausgeführt zu haben, was sie von ihm erwartete, und nicht mehr. «Warum nicht?», sagt er also.

Sie gehen ins Schlafzimmer und ziehen sich mit dem Rücken zueinander aus. Sie fangen langsam an, zärtlich, und René erlaubt sich, sie auf den Bauch zu drehen. Für sein Gefühl kommt das einer kleinen Bestrafung gleich. Rosanna kommt großzügig, er diskreter. Er zieht sich im letzten Augenblick zurück, als ob das etwas ändern würde, sie macht ihm keinen Vorwurf.

«Du kannst über Nacht hierbleiben», sagt sie stattdessen. «Morgen früh muss ich nicht arbeiten. Wir fahren zu dir, deine Sachen holen, und dann zum Flughafen.»

«Das ist nicht nötig.»

«So könnten wir noch ein paar Stunden zusammen sein.»

«Ich muss gehen.»

Rosanna steht auf und wirft eilig einen Morgenrock über. Sie sucht in der Handtasche nach ihrer Geldbörse und hält René das Geld hin.

Er schaut auf die Hand, die die Geldscheine hält. Er kann von einer Frau, die sein Kind in sich trägt, kein Geld annehmen, aber Rosanna zieht den Arm nicht zurück und sagt nichts. Vielleicht ein Rabatt? Nein, das wäre verlogen. Sie ist nur eine Kundin, eine Kundin wie alle anderen. Wenn etwas Unvorhergesehenes geschehen ist, ist das nicht seine Schuld.

Er nimmt das Geld, und in weniger als zehn Minuten ist er fertig zum Gehen.

«Also, du gibst mir dann Bescheid», sagt Rosanna in der Tür.

«Ja, ich geb dir Bescheid.»

Am Morgen herrscht unerträgliche Hitze, der Himmel ist von einem hellgrauen Firnis überzogen, der Kopfweh begünstigt. Die Zivilisten in der Halle des Flughafens nehmen neugierig die ungewöhnlich starke Präsenz von Militärs wahr. Die Aschenbecher draußen vor dem Gebäude quellen über von Kippen. Ietri und seine Mutter sind mit dem Autobus gekommen. Mit den Augen sucht er nach seinen Kameraden, einige grüßen ihn von ferne. Mitrano hat die größte Familie, und die Großmutter im Rollstuhl ist als Einzige in dem Grüppchen nicht laut, sie kehrt dem Enkel den Rücken zu und starrt vor sich hin, als sähe sie etwas Grauenhaftes, aber wahrscheinlich – denkt Ietri – ist sie bloß dement. Die Eltern von Anfossi schauen häufig auf die Uhr. Cederna knutscht mit seiner Freundin, die Hände frech auf ihrem Hintern. Zampieri hält ein Kind auf dem Arm, das sich damit vergnügt, das mit Klettband befestigte Namensschild abzureißen und wieder dranzudrücken – sie lässt es eine Weile gewähren, dann setzt sie es abrupt auf dem Boden ab, das Kind fängt an zu weinen. René sitzt mit gesenktem Kopf da und telefoniert.

Ietri spürt, wie seine rechte Hand ergriffen wird. Bevor er einen Einwand erheben kann, hat seine Mutter ihm schon ein Tübchen Creme auf den Handrücken geschmiert.

«Was machst du denn da?»

«Sei still. Schau doch nur, wie rissig sie sind. Und die hier?» Sie hält ihm seine Finger vor die Augen.

«Was ist damit?»

«Komm mit auf die Toilette, ich schneide sie dir. Zum Glück habe ich die Nagelschere dabei.»

«Mama!»

«Wenn wir sie jetzt nicht schneiden, sind sie vor dem Abend noch ganz schwarz.»

Nach langen Verhandlungen gibt Ietri schließlich nach, kann aber wenigstens durchsetzen, dass er es allein macht. Niedergeschlagen trabt er in Richtung Toilette.

Er ist gerade mit der ersten Hand fertig, als in einer der Kabinen ein lauter Furz ertönt.

«Gesundheit!», wünscht der Obergefreite. Ein Grunzen antwortet ihm.

Wenig später kommt Oberst Ballesio aus der Kabine. Sich die Hose zuknöpfend, geht er zum Spiegel, eine Gestankswolke hinter sich.

Ietri nimmt Haltung an, der Oberst lächelt ihm amüsiert zu. Er sieht die Nagelstücke im Waschbecken, und sein Gesichtsausdruck ändert sich. «Gewisse Dinge sollten zu Hause erledigt werden, Soldat.»

«Sie haben recht, Herr Oberst. Entschuldigen Sie, Herr Oberst.»

Ietri dreht den Wasserhahn auf. Die Nagelstücke sammeln sich rings um den Abfluss und bleiben dort liegen. Er hebt den Verschluss hoch und schiebt sie mit dem Finger hinunter. Ballesio beobachtet ihn kalt. «Ihr erster Einsatz, Junge?»

«Jawohl, Herr Oberst.»

«Wenn Sie wieder nach Hause kommen, werden Sie diese Toiletten mit anderen Augen sehen. Hygienisch wie im Krankenhaus. Und erst die Wasserhähne. Wenn Sie dann einen Wasserhahn wie diesen hier sehen, werden Sie Lust bekommen, ihn abzulecken.»

Ietri nickt. Sein Herz schlägt wie wild.

«Das wird aber bald vergehen. Am Anfang kommt einem alles wie magisch vor, wenn man nach Hause kommt, dann wird es wieder, wie es ist. Ein Haufen Kacke.»

Ballesio zieht an der Handtuchrolle, aber der Mechanismus klemmt. Fluchend wischt er sich die nassen Hände an der Hose ab. Mit dem Kopf deutet er auf den Obergefreiten. «Ich kann das nicht mit der Schere», sagt er, «meine Frau hat mir einen Nagelschneider gekauft. Aber der macht spitze Ecken.»

Wütend ist Ietri in die Halle zurücgekehrt. Wie ein Idiot hat er vor dem Obersten dagestanden, und das ist alles die Schuld seiner Mutter.

Sie macht einen langen Hals, um seine Finger zu kontrollieren. «Warum hast du sie nur an einer Hand geschnitten? Ich hab dir doch gesagt, dass ich das machen muss, du Dickkopf. Mit links kannst du es nicht. Komm, gehen wir.»

Ietri stößt sie zurück. «Lass mich in Ruhe.»

Sie mustert ihn streng, schüttelt den Kopf, dann fängt sie an, in ihrer Handtasche zu kramen. «Hier. Iss das, du hast einen schlechten Mundgeruch.»

«Willst du das seinlassen, verdammt!», brüllt der Obergefreite. Er schlägt ihr auf die Hand. Das Bonbon fällt auf den Boden, und er tritt mit dem Stiefel darauf. Das grüne Zuckerklümpchen zerbricht in Stücke. «Bist du jetzt zufrieden?»

Di Salvo mit seiner ganzen Familie schaut sich um, und Ietri bemerkt, wenn auch nur aus dem Augenwinkel, dass auch Cederna zu ihm hinsieht.

Er weiß nicht, was ihn gepackt hat.

Zwei dicke Tränen treten der Mutter in die Augen. Ihr Mund steht leicht offen, und die Unterlippe bebt ein bisschen, ein zäher Speichelfaden hängt zwischen den Lippen. «Entschuldige», flüstert sie.

Das war noch nie da, dass sie ihn um Entschuldigung bittet. Ietri ist hin- und hergerissen zwischen dem Wunsch, ihr ins Gesicht zu brüllen, dass sie eine Idiotin sei, und dem gegenteiligen Verlangen, sich auf den Boden zu knien, die Stücke des Bonbons einzeln aufzulesen und es wieder zusammenzusetzen. Er fühlt die Blicke seiner Kameraden auf sich gerichtet, die über ihn urteilen.

Ich bin jetzt ein Mann und ziehe in den Krieg.

Später wird er sich nicht erinnern, ob er das wirklich gesagt oder nur gedacht hat. Er packt den Rucksack und wirft ihn sich über die Schulter. Er küsst die Mutter auf die Wange, nur einmal und kurz. «Ich komme bald wieder», sagt er.

Die Sicherheitszone

Im Arzneischränkchen von Oberleutnant Egitto, unter Verschluss – der Schlüssel steckt aber im Schloss –, befindet sich seine persönliche Reserve an Medikamenten, die in der Medikamentenbestandsliste der Krankenstation nicht aufgeführt sind. Neben ein paar nicht verschreibungspflichtigen Arzneien für kleinere Unpässlichkeiten und ein paar vollkommen wirkungslosen Salben gegen schuppige Haut stechen drei Fläschchen mit gelben und blauen magensaftresistenten Kapseln hervor. Die Fläschchen tragen kein Etikett, und eins davon ist fast leer. Egitto schluckt die sechzig Milligramm Duloxetin am Abend, bevor er in die Kantine geht, das hat er sich vor einigen Monaten in den ersten Wochen seiner Dienstzeit so angewöhnt, weil ihm schien, dass auf diese Weise der Großteil der unerwünschten Nebenwirkungen im Schlaf vergehen würde, angefangen vom Schlaf selbst, der wie eine Ladung Steine über ihn hereinbrach und ihm selten gestattete, länger als bis zehn Uhr aufzubleiben. In den ersten Tagen hatte er so gut wie alle im Beipackzettel des Antidepressivums angeführten Nebenwirkungen verspürt, von heftigen Kopfschmerzen bis zur Appetitlosigkeit, von Blähungen bis zu Anfällen von Übelkeit. Die merkwürdigste war eine Taubheit im Unterkiefer, ein Gefühl wie nach allzu ausgiebigem Gähnen. Das alles ist aber jetzt vorbei. Auch keine Spur mehr von der Peinlichkeit, die er anfangs beim Schlucken dieser Pillen verspürte, als er sich gescheitert fühlte, drogenabhängig, dasselbe Gefühl der Peinlichkeit, das ihn dazu brachte, die Kapseln aus den Blistern zu drücken und in die Fläschchen ohne Etikett zu füllen. Seit langem hat Egitto nun schon sein Scheitern akzeptiert. Und er hat entdeckt, dass es ein großes, butterweiches Wohlgefühl in sich birgt.

Der Serotoninwiederaufnahmehemmer erfüllt perfekt die Aufgabe, für die er geschaffen wurde, nämlich jede Art von Kümmernis und emotionaler Anteilnahme fernzuhalten. Die chaotischen Angstzustände in der Zeit nach dem Tod seines Vaters – mit allen psychosomatischen Reaktionen samt den düsteren und verführerischen Gedanken, die der Beipackzettel allgemein als *suizidale Tendenzen* bezeichnete –, all das befindet sich jetzt irgendwo oben, wie ein durch einen Damm gestauter See. Der Oberleutnant ist zufrieden mit dem erreichten Niveau an Ruhe. Gegen nichts auf der Welt würde er diesen Frieden eintauschen. Manchmal hat er noch einen trockenen Mund, und gelegentlich hört er ein plötzliches hohes Pfeifen im Ohr, gefolgt von einem langsam verebbenden Donner. Und diese andere Unannehmlichkeit, na klar: Seit Monaten schon hat er keine anständige Erektion mehr, und die wenigen Male, die es ihm passierte, konnte er nicht einmal für sich selbst etwas daraus machen. Aber was schert ihn schon Sex auf einer Militärbasis mitten in der Wüste, bevölkert von fast ausschließlich männlichen Wesen?

Er ist seit hunderteinundneunzig Tagen in Afghanistan und seit fast vier Monaten in der vorgeschobenen Operationsbasis FOB Ice, am nördlichen Zugang zum Gulistan-

Tal, unweit der Provinz Helmand, wo die amerikanischen Truppen täglich Kämpfe ausfechten, um die Dörfer von den Aufständischen zu säubern. Die Marines betrachten ihre Arbeit in Gulistan als abgeschlossen, seitdem sie in strategischer Position einen Vorposten von knapp vier Hektar errichtet und ein paar umliegende Dörfer gesäubert haben, darunter Qal'a-i-Kuhna, wo der Basar ist. In Wahrheit aber ist die Säuberung dieses Gebiets nur teilweise erfolgreich gewesen, wie alle Operationen seit Beginn des Einsatzes: Die Sicherheitszone erstreckt sich über einen Radius von knapp zwei Kilometern rings um die Basis, im Inneren gibt es noch gefährliche Guerillaherde, und drum herum ist die Hölle.

Nach einer Interimszeit, in der die FOB von Georgiern besetzt war, war das Gebiet unter italienisches Kommando gekommen. Mitte Mai war ein Konvoi mit neunzig Fahrzeugen von Herat aufgebrochen, über die Ring Road Richtung Süden bis auf die Höhe von Farah gefahren, um von dort nach Osten abzubiegen, vergeblich verfolgt von den Taliban, die überrumpelt worden waren. Oberleutnant Egitto hatte als Verantwortlicher für die Sanitätseinheit und als deren einziger Angehöriger an der Aktion teilgenommen.

Sie fanden das Lager in verheerendem Zustand vor: wenige Baracken voller Ritzen und Spalten, ein paar tiefe Löcher im Boden mit zweifelhafter Bestimmung, Unrat, Rollen Stacheldraht und überall herumliegende Fahrzeugteile, die Duschen zusammengeschustert aus durchlöcherten Plastiksäcken, die im Freien an einer Reihe von Haken aufgehängt waren, ohne Trennwände. Von Toiletten keine Spur. Der einzige Raum in einigermaßen manierlichem Zustand war die Waffenkammer, was viel aussagte über die Prioritäten ihrer Vorgänger. Egittos Regiment hatte den Raum ausgewählt, um die Kommandozentrale darin unterzubringen. In den ersten Wochen war die ganze Arbeit darauf konzentriert gewesen, das Lager mit den elementarsten hygienischen Vorrichtungen auszustatten und den Schutz des Haupteingangs durch den Bau einer langen, gewundenen Befestigungsanlage zu verstärken.

Egitto kümmerte sich um die Einrichtung der Krankenstation in einem Zelt unweit der Kommandozentrale. In die eine Hälfte stellte er eine Liege und einen Tisch samt zwei mit Medikamenten vollgestopften Regalen und einem kleinen Kühlschrank dahinter, wo er die verderblichen Arzneimittel aufbewahrte. Seinen persönlichen Bereich trennte er durch eine Plane in Tarnfleck ab. Das Wartezimmer ist ein zu einer Bank zurechtgebogenes Metallgitter im Freien.

Seitdem das Zelt ein in seinen Augen halbwegs würdiges Aussehen angenommen hatte, verlangsamte er die Arbeit beträchtlich. Jetzt, da er verschiedene Verbesserungen vornehmen könnte – ein paar anatomische Tafeln an die Wand hängen, dafür sorgen, dass die wartenden Patienten etwas Schatten genießen, die letzten Kisten auspacken und das chirurgische Besteck irgendwie passender unterbringen –, hat er keine Lust dazu und vertut viel Zeit damit, sich das zum Vorwurf zu machen. Nicht so wichtig, er kehrt ja bald nach Hause zurück. Die sechs Monate seiner Dienstzeit sind um, und der Rest seiner Brigade hat den Vorposten verlassen. Einige Kameraden sind bereits in Italien, genießen in vollen Zügen die fünfundzwanzig Tage Urlaub und knüpfen an intime Beziehungen wieder an, die in der Entfernung zu reinen Phantasiegebilden geworden waren. Als Letzter ist Oberst Caracciolo abgeflogen, der beim Einsteigen in den Hubschrauber einen Blick auf die öde Landschaft warf und den vielsagenden Satz von sich gab: «Noch so ein Scheißort, der mir nicht fehlen wird.» Die muntere und ausgeruhte Division von Oberst Ballesio hat die Räume in Besitz genommen, und es werden etliche Tage vergehen, bevor der Stützpunkt wieder in einen geordneten Zustand versetzt sein wird. Das wird genau dann eintreten, wenn die neue Ablöse eintrifft.

Egitto sitzt am Schreibtisch und döst – fraglos das, was er seit einiger Zeit am besten kann –, als ein Soldat in die Krankenstation hereinschaut.

«Herr Oberleutnant?»

Egitto schreckt hoch. «Was ist?»

«Der Oberst lässt Ihnen sagen, dass der Arzthelfer übermorgen kommt. Ein Hubschrauber wird Sie nach Herat bringen.»

Der Junge ist noch immer halb drinnen, halb draußen, das Gesicht im Halbschatten nicht zu erkennen.

«Ist Sergeant Anselmo wieder gesund?»

«Wer?»

«Sergeant Anselmo. Er hat den Auftrag, mich abzulösen.»

Nach allem, was man ihm gesagt hat, hat der Sergeant sich eine Grippe mit bronchialen Komplikationen geholt und lag bis vor wenigen Tagen mit einer weichen Sauerstoffmaske über Nase und Mund im Feldlazarett von Herat.

Verschüchtert hebt der Soldat die Hände. «Ich weiß es nicht, Herr Oberleutnant. Man hat mir nur aufgetragen, Ihnen mitzuteilen, dass der Arzthelfer kommt und der Hubschrauber Sie …»

«Mich nach Herat bringt, ja, ich habe verstanden.»

«Genau, Herr Oberleutnant. Übermorgen.»

«Ich danke Ihnen.»

Der Soldat bleibt auf der Schwelle stehen.

«Was gibt es noch?»

«Glückwunsch, Herr Oberleutnant.»

«Wozu?»

«Sie können nach Hause.»

Er verschwindet, die Zeltklappe schwingt einen Augenblick hin und her, gibt den Blick frei auf das gleißende Licht draußen. Egitto legt die Stirn auf die Unterarme und versucht wieder einzuschlafen. In nicht einmal einer Woche wird er in Turin sein, wenn alles wie geplant läuft. Bei diesem Gedanken verspürt er völlig unerwartet ein Würgegefühl.

Sein Nickerchen ist vorüber, er beschließt, aufzustehen und hinauszugehen. Er geht an der östlichen Begrenzung entlang und durchquert den Bereich des Pionierkorps, wo die Zelte so dicht nebeneinander aufgestellt sind, dass man sich in den Schultern schmal machen muss, um hindurchzukommen. Er klettert eine Leiter hinauf, die an der Befestigung lehnt. Der wachhabende Soldat grüßt ihn, dann tritt er beiseite, um ihm Platz zu machen.

«Sind Sie der Doc?»

«Ja, der bin ich.»

Egitto beschirmt sich mit der Hand die Augen, um sie vor dem Licht zu schützen.

«Wollen Sie mein Fernglas?»

«Lassen Sie es gut sein, es geht auch so.»

«Aber nein, nehmen Sie mein Fernglas, man sieht besser damit.» Der Junge nimmt das Gerät vom Hals. Er ist sehr jung und erpicht darauf, sich nützlich zu machen. «Die Schärfeneinstellung ist manuell. Sie müssen an diesem Rädchen drehen. Warten Sie, ich stelle es Ihnen ein.»

Egitto lässt ihn machen, dann sucht er langsam die Ebene ab, die in der ersten Nachmittagssonne vor ihm liegt. In der

Ferne erzeugt das Licht die Illusion von kleinen Pfützen in changierenden Farben. Das Gebirge ist glühend heiß und scheint alles daranzusetzen, die eigene Unschuld zu demonstrieren: Schwer zu glauben, dass es Myriaden von Höhlen und Spalten in sich birgt, von denen aus der Feind unablässig die FOB ausspioniert, jede Person und jede Bewegung, auch in diesem Augenblick. Aber Egitto weiß das zu gut, um sich täuschen zu lassen oder es zu vergessen.

Er richtet das Fernglas auf die Gruppe der afghanischen LKW-Fahrer. Er entdeckt sie im Schatten der Zeltplanen, die sie recht und schlecht zwischen den Fahrzeugen gespannt haben, am Boden kauernd, den Rücken gegen die Reifen gelehnt, die Knie vor der Brust. Sie sind imstande, stundenlang in dieser Position zu verharren und siedend heißen Tee schlürfend. Sie haben mit ihnen zusammen das Material von Herat zur Forward Operating Base geschafft, und jetzt wagen sie nicht, den Rückweg anzutreten, aus Angst vor Repressalien. Sie sind auf diesem engen Raum eingesperrt, dem einzigen, den sie für sicher halten, sie können nicht weg, aber auch nicht für immer bleiben. Soweit der Oberleutnant weiß, haben sie sich nie gewaschen. Sie kommen mit wenigen Kanistern Wasser am Tag aus, gerade genug, um ihren Durst zu stillen. Sie nehmen das Essen, das ihnen von der Kantine ausgegeben wird, ohne zu danken, an, aber auch ohne selbstverständliche Erwartungshaltung.

«Kein besonderes Panorama, was, Doc?»

«Etwas eintönig», sagt Egitto, denkt es aber nicht. Das Gebirge wechselt jede Sekunde seine Form, es gibt unendlich viele Nuancen ein und desselben Gelbs, aber man muss sie zu erkennen wissen. Eine feindliche Landschaft, die lieb zu gewinnen ihm leichtgefallen ist.

«Ich habe mir das nicht so vorgestellt», sagt der Junge. Er wirkt bedrückt.

Egitto steigt von der Befestigung herunter und schlägt den Weg zu den Telefonen ein, auch wenn es nicht viele Menschen gibt, die er anrufen kann, niemanden, dem er die Nachricht von seiner Heimkehr mitteilen kann oder will. Er ruft Marianna an. Er gibt den Code der Prepaid-Card ein, eine automatische Stimme nennt ihm das vorhandene Guthaben und bittet ihn zu warten.

«Hallo?»

Marianna ist immer barsch, wenn sie ans Telefon geht, als würde sie bei einer Tätigkeit unterbrochen, die ihr ein Höchstmaß an Konzentration abverlangt. Doch sobald sie seine Stimme erkennt, wird sie sanfter, als ob die Gereiztheit vom Anfang auf die Entfernung zwischen ihnen zurückzuführen wäre.

«Ich bin's, Alessandro.»

«Endlich.»

«Wie geht's dir?»

«Kopfweh, das nicht lockerlässt. Und dir? Hat man dich endgültig allein gelassen?»

«Das neue Regiment ist eingetroffen. Es ist seltsam, sie behandeln mich ein wenig wie einen weisen Alten.»

«Sie wissen ja gar nicht, wie sehr sie sich täuschen.»

«Ja. Sie werden es bald merken.»

Eine Pause entsteht. Egitto lauscht auf den leicht keuchenden Atem der Schwester.

«Gestern bin ich noch einmal in der Wohnung gewesen.»

Das letzte Mal waren sie gemeinsam dort gewesen. Ernesto war erst seit wenigen Tagen tot, und sie waren durch die Zimmer gegangen mit dem Blick dessen, der die Möbel aussucht, die er behalten will. Vor dem Wandspiegel im Flur hatte die Schwester gesagt, den könnte ich nehmen. Nimm alles, was du willst, hatte er geantwortet, ich habe kein Interesse daran. Doch da war Marianna fuchsteufelswild geworden: Warum *tust du* das? Weil du versuchst, mir Schuldgefühle zu machen, indem du sagst, nimm alles, was du willst, als ob du kein Interesse daran hättest und ich die Situation ganz gemein ausnützen wollte.

«Und wie war's?», fragt er sie.

«Wie soll's schon gewesen sein? Leer, verstaubt. *Traurig*. Ich kann nicht glauben, dass ich an einem solchen Ort groß geworden bin. Stell dir vor, in der Waschmaschine war noch Wäsche. Sie hatten nicht einmal nachgeschaut. Die Kleider waren zusammengeklebt. Ich habe einen Müllsack genommen und alles reingesteckt. Dann habe ich den Schrank aufgemacht und alles Übrige auch weggeworfen. Alles, was mir in die Hände fiel.»

«Das hättest du nicht tun sollen.»

«Und warum nicht?»

Egitto weiß nicht, warum. Er weiß, dass man das nicht hätte tun dürfen, noch nicht. «Man hätte die Sachen noch brauchen können.»

«Wer hätte sie brauchen können? Du? Das Zeug ist grauenhaft. Und dann ist es zufällig so, dass ich allein hier bin. Du könntest wenigstens so viel Takt haben, mir nicht befehlen zu wollen, was ich tun und lassen soll.»

«Du hast recht. Entschuldige.»

«Ich habe mit zwei Maklern gesprochen. Sie sagen, die Wohnung muss renoviert werden, da ist nicht viel zu holen. Das Wichtigste ist, dass wir sie so bald wie möglich loswerden.»

Egitto möchte Marianna sagen, dass es mit dem Verkauf Zeit hat, aber er bleibt stumm.

Sie drängt ihn: «Also, wann kommst du nach Hause?»

«Bald. Glaube ich.»

«Und hat man dir ein *Datum* genannt?»

«Nein. Noch nicht.»

«Vielleicht wäre es wirklich angezeigt, dass ich da mal anrufe. Ich bin sicher, irgendjemand würde sich des Problems schon annehmen.»

Marianna hat eine gewisse vorlaute Art, sich in die Fragen seines Lebens einzumischen, als hätte sie ein Vorrecht auf seine Entscheidungen. In letzter Zeit hat sie mehrmals mit nichts Geringerem als einer Beschwerde beim Generalstab gedroht. Es ist Egitto gelungen, sie davon abzuhalten, bis jetzt. «Davon hätte ich nur Nachteile. Ich habe es dir schon erklärt», sagt er.

«Ich frage mich, wie du unter solchen Bedingungen leben kannst, ohne zu wissen, was in einer Woche oder einem Monat aus dir wird. Immer den Launen von anderen ausgeliefert.»

«Das gehört zu meiner Arbeit.»

«Eine dumme Arbeit, und *du* weißt das.»

«Kann sein.»

«An einen Ort zu gehen, mit dem du nichts zu tun hast, *rein gar nichts*. Dich in einem Rudel von Fanatikern zu verstecken. Und versuch bloß nicht, mir einzureden, das sei nicht so, denn ich weiß *ganz* genau, wie sie sind.»

«Marianna ...»

«Da ist alles so dumm.»

«Marianna, ich muss jetzt Schluss machen.»

«Ja *sicher*. Hör mal, Alessandro, es ist wirklich eilig mit dem Wohnungsverkauf. Die Entwicklung der Immobilienpreise in der Gegend ist erschreckend. Nur die beiden konnten diesen Ort verklären. Ernesto war überzeugt, ein Investmentexperte zu sein, erinnerst du dich? Er war überzeugt, Experte für alles zu sein. Und schau, die Wohnung ist nichts mehr wert. Ich mach mir wirklich Sorgen.»

«Ich werde mich darum kümmern, habe ich dir gesagt.»

«Alessandro, du musst es *bald* tun.»

«Ist gut. Ciao, Marianna.»

Egitto ist sich nicht sicher, wie viel Intelligenz sich hinter der bedächtigen Art von Oberst Ballesio verbirgt. Wenig, würde er tippen. Sicher ist hingegen, dass der Oberst Ticks und Manien pflegt. So hat er zum Beispiel eine übertriebene Anzahl Duftbäumchen in seinem Raum aufgehängt, die die Luft mit dem Geruch von Kaugummi erfüllen.

«Oberleutnant Marocco! Nehmen Sie Platz!»

«Egitto, Herr Oberst.»

Ballesio beugt sich vor, um den Namen auf der Jacke zu entziffern. «Ach ja, Marokko oder Ägypten, das macht ja kaum einen Unterschied, nicht wahr? Stehen Sie bequem, Oberleutnant. Setzen Sie sich dorthin. Wie Sie sehen, hat dieses Zelt keinen großen Komfort zu bieten. Caracciolo ist ein spartanischer Typ. Nur weil er jung ist natürlich. Ich hingegen fange an, die Bequemlichkeit zu schätzen.» Genüsslich streicht er sich über seinen Bauch. «Apropos, ich würde mir gern einen Kühlschrank zulegen, um ein paar Bierchen darin kalt zu stellen. Ich habe gesehen, Sie haben einen auf Ihrer Krankenstation. Brauchen Sie den wirklich?»

«Da sind die Impfstoffe drin. Und das Adrenalin.»

«Adrenalin, richtig. Das ist wichtig. Aber ich könnte es

für Sie verwahren. So bekomme ich ein bisschen Platz für das Bier. Mein Zelt steht ja immer offen, jeder ist willkommen, zu jeder Tages- und Nachtzeit. Ich habe nicht viele Geheimnisse zu verbergen. Und Sie gehen ja bald, stimmt's?»

Egitto senkt den Blick.

«Wie auch immer, denken Sie darüber nach. Vielleicht ist es keine gute Idee. Ich weiß ja nicht, wie es Ihnen geht, aber ich habe warmes Bier auch immer gern gemocht.» Der Oberst drückt die Lippen zwischen Daumen und Zeigefinger zusammen und nickt ins Leere. «Gut, gut», murmelt er. Dann noch einmal: «Gut, gut.»

Auf dem Schreibtisch liegt *Der kleine Prinz*. Die Blicke der beiden Soldaten wandern gleichzeitig zu dem schmächtigen Jungen auf dem Umschlagbild.

«Meine Frau», sagt Ballesio, wie um sich zu rechtfertigen, «hat es mir mitgegeben. Sie sagt, ich muss mit unseren Kindern in Kontakt kommen. Ich weiß nicht genau, was sie damit meint. Haben Sie es gelesen?»

«Vor langer Zeit.»

«Meiner Meinung nach ist das Schwulenzeugs. Zwei Mal bin ich darüber eingeschlafen.»

Egitto nickt verlegen. Er ist sich nicht ganz sicher, warum er ins Zelt des Kommandanten gekommen ist. Im grünlichen Licht, das durch die Zeltplane dringt, wirkt der kleine Prinz noch verlorener.

«Gibt es etwas Bestimmtes, das Sie mir sagen wollten, Oberleutnant?»

«Ich möchte um Verlängerung meines Aufenthalts bitten, Herr Oberst.» Die Bedeutung des Satzes wird ihm erst klar, als er ihn ganz ausgesprochen hat.

Ballesio zieht die Augenbrauen hoch. «Im Ernst?»

«Jawohl.»

«In Afghanistan oder hier am Arsch der Welt in Gulistan?»

«In der FOB, Herr Kommandant.»

«Stellen Sie sich vor, ich dagegen möchte nichts wie weg hier. In drei Monaten beginnt die Skisaison. Wollen Sie nicht zum Skifahren nach Hause, Oberleutnant? Sagen Sie mir nicht, Sie sind einer von diesen Süditalienern, die noch nie Skier an den Füßen hatten.»

«Nein. Ich kann Ski fahren.»

«Umso besser für Sie. Nichts gegen die Süditaliener, wohlgemerkt. Manche sind anständige Leute. Aber eins steht fest, sie Alpini zu nennen, dazu gehört schon viel. Für die sind diese scheußlichen Wüsten genau das Richtige. Sie sind daran gewöhnt. Ich dagegen würde wer weiß was dafür geben, nach Hause in die Berge zurückzukehren und den ganzen Winter Ski zu fahren. Aaah! Das sage ich mir jedes Jahr, diesmal gehe ich ausgiebig Ski fahren, und dann kommt immer etwas dazwischen. Letztes Jahr ist meine Frau über eine Gehsteigkante gestolpert, und ich musste den Krankenpfleger spielen. Eine entwürdigende Erfahrung. Vom Fenster aus schaute ich auf die verschneiten Tofanen, und ich wäre hinaufgeklettert, nur um eine Abfahrt zu machen. Auf dem Hintern wäre ich heruntergerutscht. Dieses Jahr werde ich ihn nicht mal zu Gesicht bekommen, den Schnee. Vergeudete Zeit, vergeudetes Leben. Vor allem in Ihrem Alter. Wie auch immer. Sind Sie wirklich sicher, dass Sie bleiben wollen?»

«Ich bin mir sicher, Herr Oberst.»

«Ich hoffe nur, dass Sie das nicht aus missionarischem Eifer tun. Man hat mir von dem Kind erzählt, das Sie gerettet haben, wissen Sie? Das mit dem Opium. Glückwunsch. Rührende Geschichte.» Er schnaubt verächtlich. «Aber wir sind keine Missionare, denken Sie daran. Wir sind Heißsporne. Wir spielen gern mit Waffen, noch lieber bringen wir sie zum Einsatz.»

«Es ist wegen des Geldes», lügt Egitto.

Der Oberst kratzt sich heftig am Kinn, nachdenklich. «Geld ist immer ein guter Grund.»

Die Duftbäumchen flattern wie verrückt im Luftzug der Klimaanlage und sondern süßliche Duftwolken ab. Egitto wird fast übel.

Ballesio zeigt auf ihn. «Was Sie da im Gesicht haben. Geht das wieder weg?»

Egitto richtet sich auf dem Stuhl auf. Er stellt sich die Geometrie der Flecken im Gesicht vor. Sie ändert sich jeden Tag, wie eine atmosphärische Störung, und er beobachtet sie wie ein Meteorologe. Mittlerweile kennt er das Verhalten jeder Zone: Auf den Wangen heilen die Flecken schnell, rund um die Lippen sind sie schmerzhaft, die schuppigen Augenbrauen ängstigen die Leute, die Ohren sind eine Katastrophe. «Manchmal wird es etwas besser. Ein bisschen. In der Sonne zum Beispiel.»

«Das kann man gar nicht glauben. Sie wirken etwas ungepflegt dadurch. Nichts für ungut.»

Egitto hält sich am Gürtel fest. Auf einmal ist ihm sehr heiß.

«Auch ich habe etwas Lästiges», sagt Ballesio. Er lockert den Uniformkragen. «Kommen Sie. Schauen Sie hier. Da sind Pusteln, nicht? Sie jucken wie verrückt. Ihr Zeug, juckt das?»

Egitto kommt hinter den Schreibtisch, um die Haut des

Kommandanten zu untersuchen. Eine leichte Rötung der Haut am Kragenrand. Rote Pusteln, winzig wie Bleistiftzeichen. «Das ist nur ein Erythem. Ich habe eine Calendula-Creme.»

«Calendula? Was zum Teufel ist denn das? Haben Sie kein Cortison?»

«Cortison ist nicht nötig.»

«Damit geht es mir aber gleich besser. Bringen Sie mir Cortison. Das sollten Sie bei sich auch versuchen, Oberleutnant.»

«Ich danke Ihnen für den Ratschlag, Herr Oberst.»

Er setzt sich wieder, legt die Hände auf die Knie. Der Oberst rückt seine Jacke zurecht.

«Also gehören Sie jetzt zu uns», sagt er. «Mir müsste man schon einen ordentlichen Batzen Geld geben, um mich dazu zu bringen hierzubleiben. Wie auch immer. Ihre Angelegenheit. Wir können einen richtigen Arzt gebrauchen. Ihr Kollege Anselmo schafft gerade mal das Nähen von Wunden. Ich werde Ihre Entscheidung noch heute bekanntgeben, Oberleutnant.»

Egitto bittet um die Erlaubnis, wegtreten zu dürfen.

«Noch etwas, Doktor.»

«Zu Befehl.»

«Stimmt es, was man sich über die Rosen erzählt?»

«Was erzählt man sich denn?»

«Dass das Tal im Frühling voller Rosen ist.»

«Ich habe nie welche gesehen, Herr Oberst.»

Ballesio seufzt. «Das dachte ich mir. Sicher. Warum sollten an einem so grauenhaften Ort Rosen wachsen?»

Staub

Für Ietri ist alles neu und interessant. Vom Hubschrauber aus schaut er auf das fremde Land, die ausgedehnten Felsflächen, hier und da unterbrochen von smaragdgrünen Wiesen. Ein Kamel steht einsam mit durchgestreckten Beinen auf halber Höhe an einem Abhang, oder vielleicht ist es ein Dromedar, er erinnert sich nie, wie das mit den Höckern war. Jedenfalls hätte er nicht gedacht, dass es wilde Dromedare gibt: Die leben doch im Zoo. Er möchte das Tier Cederna zeigen, der neben ihm sitzt, aber der Freund scheint nicht neugierig auf die Landschaft. Hinter den dunklen Brillengläsern starrt er auf einen Punkt im Hubschrauber, oder er schläft.

Ietri nimmt die Kopfhörer ab. An die Stelle der verzerrten und abgründigen Gitarrenriffs der Cradle of Filth tritt der Lärm der Rotoren, der nicht viel anders ist. «Ob es in der FOB eine Bar gibt?», fragt er den Freund. Er muss schreien.

«Nein.»

«Und einen Fitnessraum?»

«Auch nicht.»

«Wenigstens Tischtennis?»

«Hast du noch nicht begriffen? Wo wir hinkommen, gibt es einen Scheißdreck, einfach nichts.»

Er hat recht. Nichts gibt es im Lager, nur Staub. Gelben,

klebrigen Staub, so viel, dass man mit den Stiefeln bis an die Knöchel darin versinkt. Wenn man ihn von der Uniform klopft, wirbelt er ein bisschen durch die Luft und setzt sich dann an derselben Stelle wieder ab. Als Ietri sich am ersten Abend in Gulistan die Nase putzt, sind schwarze Flecken im Taschentuch. Am nächsten Tag kommt ihm Blut, vermischt mit Erde, aus der Nase, so geht es eine Woche lang, dann nichts mehr. Sein Körper hat sich schon daran gewöhnt, ein junger Körper gewöhnt sich an alles.

Der Bereich, den man dem Zug zugewiesen hat, liegt im nordöstlichen Teil des Camps, neben einem der wenigen Gebäude aus Stahlbeton im Lager, von den Marines zurückgelassen. Es handelt sich um einen großen, kahlen Raum, die Wände nur an wenigen Stellen verputzt, dafür sind Graffiti darauf: eine Fahne mit Stars und Stripes, ein paar obszöne Zeichnungen und ein wütender Bulldog mit metallbeschlagenem Halsband. Die Dutzende von Löchern stammen von Geschossen, die im Raum abgefeuert worden sind.

«Was für eine scheußliche Ruine», kommentiert Simoncelli, als er zum ersten Mal hineingeht, und damit hat das Gebäude auch seinen Namen weg: die Ruine. Das wird ihr Hauptquartier.

Bald entdecken sie, dass der Raum mit Kakerlaken bevölkert ist. Sie drängen sich in den Ecken und Ritzen, aber ab und zu wagt sich eine zur Erkundung auf den Boden heraus. Ihre Panzer sind braun und glänzend, sie machen ein knackendes Geräusch, wenn man sie unter dem Stiefel zertritt, und sie verspritzen Blut über einen halben Meter weit.

Zum Glück hat Passalacqua ein Vernichtungsmittel dabei, er streut es an den Wänden entlang und in den Ecken aus. «Wisst ihr, wie das Zeug funktioniert?», fragt er und klopft dabei auf den Boden der Dose, um die letzten Reste des Pulvers herauszubekommen. Falls es nicht reichte, waren sie geliefert: Sie würden die Tiere einzeln töten müssen. «Es sondert einen Geruch ab, der die Kakerlaken erregt. Der heißt Pherohormon.»

«Pheromon, du Idiot», korrigiert ihn Cederna.

«Pheromon, wie auch immer. Das ist der Geruch ihrer Weibchen, wenn sie heiß sind. Die Kakerlaken laufen ihm nach, und statt der Weibchen finden sie das Gift.»

«Toll!»

«Die mit dem Gift in Berührung kommen, sind auf der Stelle tot und sondern einen anderen Geruch ab, der die übrigen Kakerlaken verrückt macht.»

«Verrückt?»

«Verrückt. Sie fressen sich gegenseitig auf.»

Ietri stellt sich eine Kakerlake vor, die aus der Ruine hinauskrabbelt, sich ins Zelt schleicht, am Bein des Feldbetts hinaufklettert und ihm im Schlaf übers Gesicht läuft.

«Stell dir vor, die Taliban würden das so machen», sagt Cederna. «Statt Granaten Fotzenduft über der Basis ausstreuen. Und wir würden anfangen, uns gegenseitig umzubringen.»

«Wir haben schon Zampieri, die Pheromon absondert», sagt Rovere.

«Nein, sie stinkt nur aus den Achselhöhlen.»

Alle lachen. Nur Ietri macht weiterhin ein finsteres Gesicht. «Meinst du, wir sind wie die Kakerlaken?», fragt er.

«Was?»

«Du hast gesagt, wenn die Taliban Fotzenduft ausstreuten, würden wir anfangen, uns gegenseitig umzubringen. Wie die Kakerlaken.»

Cederna deutet ein Lächeln an. «Kann sein, dass du davonkommst, Jungfräulein. Du kennst diesen Geruch noch nicht.»

Die erste Aufgabe, die dem dritten Zug der Charlie zugewiesen wird – seitdem sie den Fuß auf fremden Boden gesetzt hat, hört die sechsundsechzigste Kompanie auf ihren Kampfnamen –, ist die Errichtung eines gemauerten Raums zur Unterbringung der Waschmaschinen. Der Sand hat schon zwei Waschmaschinen ruiniert, zusammen mit anderem Altmaterial stehen sie jetzt in einer Ecke des Lagers übereinandergestapelt, die Trommeln voll mit leeren Dosen und Schrott.

Ietri arbeitet seit zwei Stunden mit Di Salvo und vier Maurern aus dem Dorf. In Wirklichkeit beschränken sich die Soldaten darauf zu kontrollieren, dass die Afghanen keine Fehler machen. Es ist nicht klar, wer von ihnen Erfahrung auf dem Bau hat. Der Plan, dem sie folgen müssen, ist ungenau, auf der Zeichnung ist die Länge der Seitenwände nicht angegeben, so haben sie den Umfang nach Handspannen berechnet. Es ist kurz nach Mittag, die Sonnenstrahlen fallen senkrecht auf ihre nackten Schultern.

«Ein Bier wär jetzt was», sagt Ietri.

«Ja, eiskalt.»

«Mit einer Zitronenscheibe am Strohhalm.»

«Ich mag es, die Zitrone nach dem Bier zu lutschen.»

Die Mauer, die sie bauen, kommt ihm gerade vor, jedenfalls dem Augenmaß nach, und doch ist irgendetwas merkwürdig daran. Sie sind bei der achten Reihe Ziegel, bald werden sie eine Leiter brauchen, und Ietri hofft, dass nicht er die Afghanen zum Magazin begleiten muss, um sie zu holen.

Mit einem Schlag unterbrechen die Afghanen ihre Arbeit, lassen das Werkzeug aus der Hand fallen und breiten im einzigen schattigen Winkel ein paar Matten aus, die vorher an der Seite lehnten. Sie knien darauf nieder.

«Was zum Henker machen die?»

«Was glaubst du denn?»

«Müssen sie ausgerechnet jetzt beten?»

Di Salvo zuckt die Achseln. «Moslems beten andauernd. Sie sind Fundamentalisten.»

Ietri wirft eine Portion Mörtel aus dem Eimer an die Mauer. Er verstreicht ihn mit der Kelle. Was für ein Wahnsinn, denkt er, dann dreht er sich wieder um und schaut den Afghanen zu. Sie machen eine Art Gymnastik: Sie beugen sich auf den Boden hinunter, richten sich auf. Dann kauern sie sich wieder zusammen, und dabei wiederholen sie eine Art Singsang. Einen Augenblick lang hat er Lust, es ihnen nachzumachen.

«Leck mich am Arsch», sagt Di Salvo.

«Ja, leck mich doch am Arsch», wiederholt der andere.

Sie legen die Gewehre weg. Wenn die Afghanen Pause machen, können sie sich auch ein bisschen ausruhen. Di Salvo sucht in der Seitentasche seiner Hose nach dem Päckchen Zigaretten und bietet ihm eine an. Sie lehnen sich an die Mauer, dort, wo der Mörtel noch feucht ist.

«Man hat uns hierhergeschickt, um eine Waschküche zu bauen», sagt Ietri. «Kommt dir das richtig vor?»

«Nein, ganz und gar nicht.»

Er kann es einfach nicht fassen. Man hatte ihm Amerikanerinnen versprochen, und hier ist weit und breit keine Spur davon, man hat ihn an der Nase herumgeführt (wow, die Amerikanerinnen!). Sicher, in Herat hat er welche gesehen, in den wenigen Tagen, die er dort war: Soldatinnen mit Pferdeschwanz, prallen Brüsten und einem Aussehen, als wollten sie dir auf dem Feldbett bei lebendigem Leib das Fleisch von den Knochen reißen, aber dann hat man ihn nach Gulistan geschickt, um eine blöde Mauer zu bauen. Nein, um anderen beim Bauen zuzuschauen. Er kann sich auf der ganzen Welt keinen Ort denken, der weiter weg von jeder sexuellen Versuchung wäre als dieser hier.

«Wenn man bedenkt, dass unsere Eltern hierhergekommen sind, um ihre Joints zu rauchen», sagt Di Salvo.

«Wie, Joints?»

«Du weißt doch, die sechziger Jahre. Diese bescheuerten Hippies.»

«Ja, sicher», sagt Ietri. In Wirklichkeit weiß er nichts. Er denkt einen Augenblick lang nach. «Meine Eltern sind jedenfalls nicht hierhergekommen. Sie sind überhaupt nie irgendwohin gefahren.» Bei seiner Mutter ist er sich da sicher. Sein Vater könnte sogar hierhergekommen sein, nach Afghanistan, soviel er weiß, womöglich hat er sich einer Gruppe von Taliban angeschlossen und vergräbt jetzt IEDs auf den Straßen. Er ist immer ein eher unberechenbarer Typ gewesen.

«Ich hab das nur so dahingesagt. Auch meine Alten sind nie irgendwo gewesen. Aber das war die Generation. Sie haben Cannabis geraucht wie die Schlote, und dann hat jeder mit jedem geschlafen, ständig.»

«Schönes Leben», sagt Ietri.

«Ja, ein schönes Leben. Nicht wie heute. Die Mädchen heute sind ganz auf Ich rauche nicht, Ich trinke nicht, Ich lass keinen ran.»

Ietri lacht. Di Salvo hat recht, die Mädchen von heute lassen keinen ran.

«Bald wird man sie heiraten müssen, wenn man mit ihnen ins Bett will. Kommt allerdings auf die Gegend an.»

«Wie, auf die Gegend?»

«Die aus dem Veneto zum Beispiel sind sofort dabei.» Di Salvo schnalzt mit den Fingern. «In Belluno allerdings nicht. Man muss weiter nach Süden runtergehen, wo Studentinnen sind. Studentinnen sind echte Ferkel. Einmal war ich in Padua, da war ich in einer Woche mit dreien im Bett.»

Ietri notiert sich innerlich Orte und Zahlen. Padua. Drei. Da wird er mit Sicherheit hinfahren, sobald er wieder zurück ist.

«Studentinnen rasieren sich, hast du das gewusst?»

«Warum?»

Di Salvo spuckt auf den Boden, dann bedeckt er den Speichel mit Sand. «Das ist so eine Mode. Und außerdem ist es hygienischer.»

Ietri ist skeptisch. Er hat noch nie eine Frau mit rasiertem Geschlecht gesehen, außer in gewissen Videos im Internet und am Meer natürlich, die kleinen Mädchen. Er ist nicht sicher, ob ihm das behagen würde.

Die Afghanen pressen die Stirn in den Staub, als wollten sie ihren Kopf darin begraben. Ietri verspürt zum wiederholten Mal den Impuls, sich ihnen anzuschließen, zu sehen, was man dabei empfindet. Di Salvo macht den Rücken krumm und dreht den Nacken hin und her, er gähnt. Die Sonne röstet sie. Ietri hat Sonnenschutzcreme im Rucksack, aber er weiß nicht, wie er sie auftragen soll, und den Kameraden mag er nicht darum bitten. Ein Soldat cremt keinem anderen Soldaten den Rücken ein.

«Kannst du dir das vorstellen? Hierherkommen, ohne den Krieg, und frei im Land herumfahren, mit einem Mädchen an der Seite», sagt Di Salvo. «Marihuana rauchen, frisch von der Pflanze gepflückt.»

«Das wäre schön.»

«Das wäre großartig.»

Er beugt sich zu Ietri. «Rauchst du?»

Der schaut verdutzt auf die Zigarette, die er in der Hand hält.

«Die mein ich doch nicht, du Idiot. Gras.»

Ietri nickt. «Ich hab's probiert, ein paar Mal.»

Di Salvo legt ihm einen Arm um die nackten Schultern. Seine Haut ist erstaunlich kühl. «Du kennst doch Abib?»

«Den Dolmetscher?»

«Ja.»

«Er verkauft Gras.»

«Woher weißt du das?»

«Ist unwichtig. Du kannst mitkommen, wenn du willst. Wir zahlen jeder die Hälfte. Für zehn Euro gibt er dir einen solchen Beutel voll.» Di Salvo zeichnet mit den Händen eine Kugel in die Luft.

«Bist du verrückt? Wenn man uns erwischt, sind wir geliefert.»

«Wer soll uns denn erwischen? Riecht Hauptmann Masiero etwa an deinem Atem?»

«Nein», räumt Ietri ein.

«Das hier ist anders als das, was man bei uns bekommt. Das hier ist natürlich, es ist ... hua!» Di Salvo schlingt den Arm enger um Ietris Nacken und bringt den Mund an sein Ohr, sein Atem ist nur wenig wärmer als die Luft. «Hör zu. Abib hat in seinem Zelt eine kleine Holzstatue, eine von diesen Stammesfiguren, weißt du, was ich meine? Mit großem Kopf, eckigem Körper und riesigen Augen. So antikes Zeug, das sein Großvater ihm geschenkt hat. Er hat mir die ganze Geschichte erzählt, aber ich war bekifft und erinnere mich nicht mehr. Egal. Die Statue schaut dich mit diesen enormen, gelb bemalten Augen an, und beim letzten Mal, als ich Abibs Gras geraucht habe, habe ich die Statue angeschaut und sie mich, und irgendwann macht es BAMM, und mit einem Schlag war mir klar, dass die Statue der Tod ist. Ich habe dem Tod ins Gesicht geschaut.»

«Dem Tod?»

«Ja, dem Tod. Aber das war nicht der Tod, wie du ihn dir vorstellst. Er war nicht böse. Es war ein ruhiger Tod, er hat einem keine Angst gemacht. Er war ... gleichgültig. Ich war ihm völlig egal. Er hat mich angeschaut, und basta.»

«Woher wusstest du, dass es der Tod war? Hat Abib dir das gesagt?»

«Ich wusste es einfach. Oder nein, ich hab es später begriffen, als ich aus dem Zelt draußen war. Ich war voller Energie, einer völlig neuen Energie. Da war nichts von dem Gefühl, das du sonst hast, wenn du geraucht hast und dich abgespannt fühlst. Ich war ganz klar und konzentriert. Ich hatte dem Tod ins Gesicht geschaut und fühlte mich wie ein Gott. Und dann, hör zu, geh ich an der Fahne vorbei, die am Hauptturm hängt, weißt du, welche? Sie bewegte sich, weil etwas Wind ging, und ich ... ich weiß nicht, wie ich es dir erklären soll. Ich *fühlte* die Fahne wehen, okay? Ich sage nicht, dass ich bemerkte, wie die Fahne sich bewegte. Ich sage, dass ich sie wirklich fühlte. Ich war der Wind und die Fahne.»

«Du warst der Wind?»

Di Salvo zieht seinen Arm zurück. «Denkst du, dass ich rede wie ein bescheuerter Hippie?»

«Nein. Nein, das finde ich nicht», sagt Ietri, ist aber verwirrt.

«Kurz gesagt, das hatte nichts mit Traurigkeit oder Glück zu tun. Das sind ... Einzelgefühle. Sie sind unvollständig. Während ich *alles* fühlte, alles auf einmal. Die Fahne und den Wind, alles.»

«Ich verstehe nicht, was die Statue des Todes mit der Fahne zu tun hat.»

«Sie haben miteinander zu tun, und wie.» Er kratzt sich am Bart. «Du siehst mich an, als würde ich doch Hippiescheiß daherreden.»

«Nein. Erzähl weiter.»

«Ich bin fertig. Das war's, verstehst du? In mir hat sich etwas geöffnet.»

«Eine Offenbarung», sagt Ietri.

«Ich weiß nicht, ob das eine Offenbarung ist.»

«Es ist eine Offenbarung, glaube ich.»

«Ich hab gesagt, ich weiß nicht, was zum Teufel das ist. Es ist, was es ist. Ich versuche dir nur zu erklären, dass der Stoff, den Abib dir gibt, anders ist. Du fühlst dich anders damit. Du fühlst die Dinge.» Er wird plötzlich ungeduldig. «Also, willst du mitkommen?»

Ietri interessiert sich nicht sonderlich für Drogen, aber er will den Kameraden nicht enttäuschen. «Vielleicht.»

Unterdessen haben die Afghanen ihre Matten zusammengerollt und wieder angefangen zu arbeiten. Sie sprechen wenig, und wenn sie es tun, scheint es, als würden sie streiten. Er schaut auf die Uhr, zwanzig vor eins. Wenn er sich beeilt, kann er die Schlange in der Kantine vermeiden.

Als drei Tage später der Augenblick gekommen ist, die Nase aus der FOB hinauszustrecken, ist er nicht mit von der Partie.

«Heute gehen wir uns mal umschauen», sagt René am Morgen, «ich nehme Cederna, Camporesi, Pecone und Torsu mit.»

Die Kameraden sehen den Auserwählten zu, wie sie sich an ihren Feldbetten ankleiden. Sie tun es feierlich, wie Helden der Antike, obwohl sie nicht mehr erwartet als eine ganz normale Patrouille auf dem Dorfbasar.

Cederna trumpft am meisten auf, weil er auch der Tüchtigste ist. Gäbe es im dritten Zug der Charlie einen Peleiden Achilles, dann wäre er das, weshalb er sich den ersten Vers der Ilias knapp oberhalb des Gürtels auf den Rücken hat tätowieren lassen. Es ist auf Griechisch, der Tätowierer hat den Text mit einigen Fehlern aus einem Schulbuch von Agnese abgeschrieben – Cederna lässt ihn sich wieder und wieder vorlesen, wenn sie miteinander im Bett sind.

In Hose und T-Shirt pflanzt er sich vor dem Bett von Mitrano auf, der hat begriffen, was auf ihn zukommt, und steht widerwillig und mit traurigem Blick auf.

«HABEN IHRE ELTERN JE LEBENDEN NACHWUCHS GEHABT?»

«SIR, JAWOHL, SIR!»

«ICH WETTE, DAS TUT IHNEN LEID. SIE SIND SO HÄSSLICH, SIE KÖNNTEN GLATT EIN MODERNES KUNSTWERK SEIN. WIE IST IHR NAME, SIE FETTSACK?»

«SIR, VINCENZO MITRANO, SIR!»

«WAS, VON ARABIEN?»

«SIR, NEIN, SIR!»

«DER NAME KLINGT RICHTIG ADELIG. SIND SIE ADELIG?»

«SIR, NEIN, SIR!»

«LUTSCHEN SIE SCHWÄNZE?»

«SIR, NEIN, SIR!»

«BULLSHIT! ICH WETTE, SIE SCHAFFEN GLATT NEN GOLFBALL DURCH NEN GARTENSCHLAUCH!»

«SIR, NEIN, SIR!»

«ICH KANN DEN NAMEN MITRANO NICHT AUSSTEHEN. NUR SCHWUCHTELN UND MATROSEN HEISSEN MITRANO. VON JETZT AN SIND SIE PRIVATE PAULA.»

«SIR, JAWOHL, SIR!»

«FINDEN SIE MICH SÜSS, PRIVATE PAULA, FINDEN SIE MICH KOMISCH?»

«SIR, NEIN, SIR!»

«DANN HÖREN SIE ENDLICH AUF, SO EKELHAFT ZU GRINSEN!»

Und so weiter und so fort, bis zu dem Punkt, da Mitrano am Boden niederkniet und Cederna die Kehle darbietet, der so tut, als würde er ihn würgen – und ein bisschen würgt er ihn auch wirklich, gerade so viel, bis er blau anläuft. Mattioli stachelt ihn an, weiterzumachen, die anderen lachen wie verrückt, auch wenn sie das Schauspiel schon Dutzende Male gesehen haben. Cederna kann die ersten vierzig Minuten von *Full Metal Jacket* aufsagen, Satz für Satz: Mitrano ist sein Soldat Paula, sein auserkorenes Opfer, und wie der amüsiert er sich überhaupt nicht. Wenn sie fertig sind, kehrt er auf sein Bett zurück und kauert sich in sich zusammen. Wenn er nicht mitspielen will, versetzt der Kamerad ihm so viele Schläge in den Nacken, dass er einen steifen Hals bekommt.

Jetzt, da Cederna die Aufmerksamkeit auf sich gezogen hat, kann er sich weiter ankleiden.

Die Ausrüstung des Stabsgefreiten umfasst: ein Combat

Shirt TRU-SPEC, eine Schutzweste Defcon5 in Nato-Oliv mit dazugehörigem Gurtzeug, einen Helm aus Kevlar, eine Schutzbrille ESS Profile Turbo-Fan, ein Paar Hosen Vertx mit verstärktem Schritt und vorgeformter Kniepartie (die sitzen deutlich besser als alle anderen Kampfhosen, kosten allerdings auch mehr), Strümpfe und Unterhosen Quechua, eine Quarzuhr Nite MX 10, ausgestattet mit einem GTLS-System, das Quadrant und Zeiger auch tagsüber phosphorgrün erleuchtet, ein Paar wasserabweisende Handschuhe Ottogear, eine Kufiya, ein Fernglas 12 x 25, einen Gürtel T&T, Ellbogen- und Knieschützer derselben Marke, ein Messer ONTOS Extrema Ratio mit Stahlklinge von 165 Millimetern Länge, einen Granatwerfer GLX, eine Feldflasche Camelbak, eine Pistole Beretta 92 FS, die in der Seitentasche der Hose steckt, ein Sturmgewehr Beretta SC 70/90, Wüstenstiefel Rowa, Modell Taskforce Zephyr GTX HI TF Desert, ein Nachtsichtgerät Monokular mit Restlichtverstärkung und sieben Magazine mit der dazugehörigen Munition.

Außer der Waffe und dem Helm handelt es sich um aus dem Internet bestellte Artikel. In der Innentasche der Jacke hat er auch ein Foto von Agnese, das sie ihm heimlich in den Rucksack gesteckt hat, eine Aufnahme mit Selbstauslöser im Dreiviertelprofil – sie trägt einen Tanga und hält ungeschickt einen Arm vor die Brust, ein Anblick, bei dem jedem die Augen übergehen. Sechzehn Kilo und zehntausend Euro Ausrüstung: Wenn Cederna die Waffen trägt, fühlt er sich anders, klarer, flinker. Geschickter. Wagemutiger.

«Ich bringe euch Erdnüsse mit», sagt er beim Hinausgehen zu den Kameraden. Er geht an dem Bett vorbei, wo Ietri noch in Unterhosen liegt, rot vor Neid (und von dem schweren Sonnenbrand, den er sich an Nase, Ohren und Schultern zugezogen hat), und schlägt ihm einmal kräftig auf den Schenkel. «Brav bleiben, Jungfräulein.» Ietri zeigt ihm den Mittelfinger.

Cederna sitzt in dem Lince-Jeep vorne rechts und kümmert sich um den Funkkontakt. Camporesi steuert das Fahrzeug. Hinten sind Pecone und René, Torsu steht in der Mitte im Turm. Der Konvoi aus drei gepanzerten Fahrzeugen wird von Masiero befehligt. Zwischen dem Hauptmann und dem Feldwebel herrscht kein gutes Einvernehmen, Cederna weiß das, und gelegentlich hänselt er René damit.

Er hat keine Angst. Überhaupt nicht. Im Gegenteil, er ist erregt. Sollten sie in einen Hinterhalt geraten, so weiß er, dass sein Reaktionsvermögen zum Laden des Gewehrs oder Ziehen und Anlegen der Pistole unter zwei Sekunden liegt, er weiß auch, dass zwei Sekunden zu lang sein können, aber dieser Gedanke ist zu nichts nütze, also schiebt er ihn beiseite und konzentriert sich auf das Positive.

Nichts passiert. Die Erkundungsfahrt verläuft ruhiger als ein Sonntagsausflug. Die Fahrzeuge werden neben der Kaserne der afghanischen Polizei geparkt, die oberhalb der Marktstraße liegt, und die Soldaten bekommen eine Führung durch das Innere, um sich mit den Örtlichkeiten vertraut zu machen, denn von der nächsten Woche an werden sie jeden Tag herkommen müssen, um die Mau-Mau auszubilden. An der Art, wie die afghanischen Polizisten mit Waffen umgehen, erkennt Cederna, dass das ein hoffnungsloses Unterfangen ist: Wenn die Politiker beschließen, die Truppen abzuziehen und den Krieg den Afghanen zu überlassen, wird das Land sofort wieder in die Hände der Taliban fallen, darauf geht er jede Wette ein. Cederna hasst die Politiker, sie denken nur daran, sich zu bereichern, und an nichts sonst.

Außerhalb der kleinen befestigten Anlage entspannt sich die Atmosphäre, und die Patrouille genehmigt sich einen Spaziergang durch die Straße. Die Lince folgen den Soldaten im Schritttempo wie zahme Tiere. Von ihren schmuddeligen Höhlen aus betrachten die Afghanen die vorbeigehenden Soldaten. Cederna nimmt einen nach dem anderen ins Visier seiner Beretta SC 70/90, stellt sich vor, sie in den Kopf zu schießen, ins Herz, ins Knie. In einem Fortbildungskurs hat er gelernt, in den Bauch zu atmen, sodass die Schulter, an der der Gewehrkolben ruht, ruhig bleibt – eine Angriffstechnik, und genau das interessiert Cederna. Nach beendetem Einsatz wird er sich zu den Spezialeinheiten melden.

Vorläufig muss er aber etwas ganz Anderes tun: Hauptmann Masiero hat den Soldaten Händevoll Bonbons mitgegeben, und die Kinder schwärmen herbei wie die Wespen. René versucht sie zu verscheuchen, er fuchtelt mit den Armen.

«Ganz ruhig, Feldwebel. Sie werden sehen, sie tun Ihnen nichts», spottet Masiero.

«Wir sollten nicht zu viele auf einmal so nah an uns heranlassen», entgegnet René. Er zitiert die Dienstvorschriften.

«Erwarten Sie an einem so schönen Tag eine Bombe? Wenn Sie sich so aufführen, kann ich Ihnen nicht mehr erlauben auszugehen. Sie verschrecken mir ja alle meine kleinen Freunde.» Der Hauptmann beugt sich zu einem der Kinder hinunter und fährt ihm durchs Haar. «Mir scheint, Sie haben noch nichts von unserem Einsatz begriffen, Feldwebel.»

Cederna sieht, wie sein Vorgesetzter die Kröte schluckt. Er kann Masiero auch nicht leiden, gern würde er ihm das Knie in den Magen rammen. Er klopft René tröstend auf die Schulter und beginnt selbst, Bonbons zu verteilen.

Ein Kind, kleiner als die anderen und mit einer zerfetzten Schürze bekleidet, ist in Gefahr, überrannt zu werden. Cederna hebt es mit einem Ruck hoch, das Kind lässt es geschehen, starrt ihn aus weit aufgerissenen, wässrigen Augen an, eingetrockneter Rotz klebt ihm an der Nase.

«Hat deine Mama dich nie gebadet, armer Wurm?»

Die Antwort ist eine Art zahnloses Lächeln.

«Du verstehst nichts von dem, was ich dir sage, hm? Nein, du verstehst nichts. Dann kann ich zu dir sagen, was ich will. Dass du verlaust bist, zum Beispiel. Dreckig. Dass du stinkst. Darüber lachst du? Wirklich? Du stinkst, du stinkst. Du bist ekelhaft. Da schau, wie er lacht! Du willst nur dein Bonbon wie alle anderen, stimmt's? Da hast du es. Oh, oh, langsam. Du versprichst mir aber, dass du, wenn du gross bist, kein Taliban wirst, verstanden? Sonst bin ich gezwungen, dir eine Kugel in dein Köpfchen zu schiessen.» Er schwenkt das Gewehr vor ihm hin und her, das Kind folgt ihm mit dem Blick. «Torsu, he Torsu, komm her.»

Der Kamerad kommt angetrabt, gefolgt von seiner Kinderschar.

«Mach ein Foto von mir, komm.»

Auf einem Arm hält Cederna das Kind – das vergeblich versucht hat, das Bonbon auszuwickeln, und es dann so, wie es ist, in den Mund gesteckt hat –, mit dem anderen hält er das Gewehr, am Magazin gepackt, in die Höhe. Das ist eine scharfe Pose, er wird das Bild zur Komplettierung seines Profils im Netz verwenden.

«Bin ich gut getroffen? Mach noch eins, noch eins.»

Er setzt das Kind am Boden ab und wirft die letzten Bonbons, die er noch in der Tasche hat, weit weg, in den Staub. «Da. Holt sie euch.»

Nahrungsmittelvorräte

Die Versorgung erfolgt aus der Luft, unregelmäßig und ohne große Voranmeldung. Obwohl die von der FOB aufgegebenen Bestellungen immer sehr detailliert sind, verfahren die Bürokraten in Herat nach eigenem Gutdünken und versuchen, überschüssige Lagerbestände loszuwerden: Toilettenpapier statt Munition, Obstsäfte, wenn den Soldaten das Wasser fehlt. Seit sechs Tagen fliegen wegen des Nebels keine Hubschrauber über dem Gebiet. Wenn es noch länger so ginge, müssten die Soldaten auf die K-Rationen zurückgreifen. Zum Glück aber hat sich die Wetterlage in den letzten Stunden gebessert, der Himmel ist wieder blitzblau, und die Jungs von der Charlie haben sich in Erwartung eines Abwurfs auf der Fläche vor dem Camp versammelt.

Das Flugzeug erscheint in der Talsenke zwischen dem Hügel und dem Berg, leise und winzig wie ein Insekt. Die Augen der Jungs, alle mit verspiegelten Brillen, wandern in Richtung des schwarzen Punkts, aber keiner rührt sich von der Stelle oder öffnet die verschränkten Arme. Das Flugzeug verliert an Höhe, und jetzt erkennt man die immateriellen Kreise, die die Propeller beschreiben. Es hilft nichts: Sooft man auch eine Lockheed C 130 mit geöffneter Heckklappe gesehen habe mag, wie viele Stunden auch immer man krumm und steif in ihrem Inneren zugebracht haben mag, man kann nicht anders, als an einen Vogel mit aufgerissenem Arsch zu denken.

Die Paletten werden in rascher Folge abgeworfen, die Schnüre der Fallschirme – ein Dutzend insgesamt – spannen sich in der Luft, und die weißen Schirme öffnen sich vor dem kobaltblauen Himmel. Das Flugzeug wendet und ist in wenigen Sekunden verschwunden. Die abgeworfenen Pakete schaukeln in der Luft wie riesige Quallen. Aber etwas läuft schief. Ein Fallschirm wird von einem Windstoß erfasst, neigt sich zur Seite, bis er die Schnüre des nächsten berührt, als ob er Gesellschaft suchte. Er wickelt sich darum herum, und die Schnüre verknäueln sich ineinander. Sie bilden eine Spirale, die an Geschwindigkeit zunimmt, die Schnüre verdrehen sich bis oben hin und ziehen die Schirme zusammen. Die siamesischen Fallschirme fallen auf zwei darunter schwebende, und alle werden zu einem Knäuel.

Die Soldaten halten den Atem an, einige schlagen instinktiv die Hände vors Gesicht, während die Lasten, wegen der ineinander verhedderten Fallschirme mittlerweile ohne Auftrieb, im freien Fall auf die Erde herunterplumpsen, mit der ungeheuerlichen Beschleunigung von Gewichten, die von der Schwerkraft angezogen werden.

Der Aufprall wirbelt eine Staubwolke auf, die einige Sekunden braucht, bis sie verflogen ist. Die Jungs wissen nicht, was tun. Einer nach dem anderen gehen sie vor, die Kufiya vor die Nase haltend.

«Was für ein Kladderadatsch», sagt Torsu.

«Alles die Schuld von diesen Ärschen von der Luftwaffe», sagt Simoncelli.

Sie stehen um das Loch herum, das die Paletten in den

Boden geschlagen haben. Etwa hundert Dosen mit geschälten Tomaten sind geplatzt und haben rote Flüssigkeit ringsumher verspritzt, aber da sind auch aufgerissene Packungen von tiefgefrorenem Putenfleisch – in rosa Fetzen liegt es im Sand herum und glänzt in der Sonne –, Püree in Dosen und Milch in Plastikkanistern, die an zwei oder drei Stellen auslaufen.

Di Salvo nimmt eine Handvoll zerkrümelter Kekse. «Will jemand was zum Frühstück? Man kann sie auch eintunken.»

«Das ist ein Riesenkladderadatsch», sagt Torsu noch einmal.

«Ja, ein Riesenkladderadatsch», wiederholt Mitrano.

Die Milchlache breitet sich rings um den Haufen Lebensmittel aus, umgibt die Stiefel der Soldaten, vermischt sich mit dem Tomatenpüree. Die Raubvögel, die schon angefangen haben, immer engere Kreise über der Stelle zu ziehen, verwechseln das Ganze mit einer einladenden Blutlache. Die verdorrte Erde saugt sich voll mit der roten Flüssigkeit, wird für ein paar Sekunden lang dunkler, dann ist alles vergessen.

Von den Fleischvorräten ist wenig zu retten. Die Putenschnitzel, die vom Staub verschont geblieben sind, reichen kaum für ein Viertel der Männer, und die Köche weigern sich, sie in Stücke zu schneiden, denn das würde Kinderportionen ergeben. Aufgrund von Verspätungen und falscher Zuteilung haben die Soldaten schon seit über einer Woche kein Fleisch gegessen, und wenn sie in der Kantine ein weiteres Mal Töpfe voll Pasta asciutta mit Keimöl sehen, kommt es bald zur Meuterei. Um die Gemüter zu beruhigen (und weil er selbst große Lust auf ein Beefsteak hat), genehmigt Oberst Ballesio eine erste Abweichung von den Vorschriften, indem er die Expedition von zwei Fahrzeugen zum Basar im

Ort erlaubt, um bei den Afghanen Fleisch zu kaufen. Die dafür ausgesuchten Soldaten halten drei Stunden später, von Pfiffen und Beifall begrüßt, triumphalen Einzug in der FOB, mit einer Kuh, die seitlich auf dem Fahrzeugdach liegend festgebunden ist.

Das Tier wird hinter den Zelten der Hunderteinunddreißigsten auf einer am Boden ausgebreiteten Plastikplane geschlachtet, über Nacht bei Raumtemperatur abgehangen und zum Mittagessen gebraten. Der Rauch vom Grill erfüllt die Kantine, weil der Wind ungünstig steht, aber der Gestank nach Verbranntem stört die Soldaten nicht, im Gegenteil, er steigert ihre Erregung und ihren Appetit. Sie schreien, sie wollen das Fleisch blutig gebraten, und die Köche sind froh, ihrem Wunsch nachkommen zu können. Die Beefsteaks kommen auf den Tisch, dick und innen schön rosa: Wenn man mit der Gabel hineinsticht, tritt bächleinweise blasses Blut aus, das sich auf den Plastiktellern absetzt. Das Fleisch ist zäh und nicht sonderlich schmackhaft, aber in jedem Fall besser als das aufgetaute Putenfleisch, das jetzt in den Mülltonnen verfault. Die Jungs essen davon, bis sie meinen zu platzen. Oberst Ballesio steigt auf die Bank und bekommt spontanen Applaus, er hebt das Glas und sagt einen Satz, der durch die nachfolgenden Ereignisse auf seine Weise Berühmtheit erlangen würde: «Ich sage euch, so wahr ich Oberst bin, das ist das beste Essen, das ihr in diesem ganzen Scheißafghanistan bekommen könnt!»

Nach dem Essen kehren die Jungs vom dritten Zug in ihre Zelte zurück, um sich auszuruhen. Torsu und ein paar andere gehen zur Ruine. Sie haben sich Mühe gegeben, sie wohnlich zu gestalten: Jetzt stehen da improvisierte Tische, über denen Ethernet-Kabel hängen und ekelhafte Fliegenfängerstreifen voller toter Tiere. Michelozzi, der aufgrund des Berufs seines Vaters mit Holz umgehen kann, hat aus ein paar Planken einen Bartresen gebaut. Deshalb zieht die Ruine nun auch Leute aus den anderen Zelten an, vor allem abends, auch wenn es fast immer an Getränken mangelt, um die Bar zu bestücken.

Wie der Großteil seiner Kameraden hat auch der Stabsgefreite Angelo Torsu Pornohefte im doppelten Boden seines Rucksacks. Aber er hat noch keinen Gebrauch davon gemacht: Seitdem er seine virtuelle Freundin kontaktiert, hat er Besseres zur Verfügung. Ihretwegen hat er eine Satellitenverbindung abonniert, die ihn einen Haufen Geld kostet und ihm den Neid seiner Kameraden einträgt, aber es ist die Sache tausendmal wert, denn so kann er mit ihr sprechen, wann immer er Lust hat.

Er setzt sich in eine Ecke des Raums und steckt den Satellitenstick ein. Er wartet, bis die Ampel neben dem Namen von Tersicore89 in der Liste seiner Kontakte von Rot auf Grün schaltet.

THOR_SARDEGNA: Bist du da?
TERSICORE89: Ciao, mein Liebster.

Das ist eins der phantastischen Dinge an seiner neuen Freundin: Sie begrüßt ihn auf eine Art und Weise, dass es ihm Schauder über den Rücken jagt.

THOR_SARDEGNA: Was machst du gerade?
TERSICORE89: Ich liege im Bett ...
THOR_SARDEGNA: Aber bei euch ist es doch mindestens schon halb elf!!!

> TERSICORE89: Es ist Samstag, und gestern Abend ist es spät geworden.

Ein Stich der Eifersucht fährt ihm in den Bauch. Er fühlt buchstäblich, wie sich in seinem Inneren etwas bewegt.

> THOR_SARDEGNA: Mit wem warst du aus?
> TERSICORE89: Das geht dich nichts an.

Am liebsten würde er den Laptop schließen, einfach zuklappen. Er mag keine Spielchen. «Idiotin», schreibt er.

> TERSICORE89: Kino mit einer Freundin + Glas Wein. Zufrieden?
> THOR_SARDEGNA: Mir egal.
> TERSICORE89: Komm, hör auf. Wie läuft dein Einsatz, Soldat? Du fehlst mir unendlich. Ich habe mir auf Google Earth angeschaut, wo ihr seid, und mir die Karte ausgedruckt. Ich habe sie mir übers Bett gehängt.

Zusammen mit Tersicore89 hat Torsu entdeckt, dass die reine Vorstellung einige unzweifelhafte Vorteile hat. Erstens: Am PC praktiziert, dauert der Sex so lang, wie er will, vorausgesetzt, er hält die Hände für die erforderliche Zeit im Zaum. Die Ejakulation hinauszuzögern, erlaubt ihm, ungeahnte und fast schmerzliche Grade der Erregung zu erreichen, oft ist ihm, als würde er gleich explodieren. Zweitens: Er hat die Möglichkeit, sich eine maßlos schöne Frau vorzustellen, groß und sexy, viel schöner, größer und sexyer, als er zu verdienen meint (nicht, dass er sich bemüht hätte, ein vollständiges Bild von Tersicore89 zu bekommen, vorerst fällt es ihm leichter, sie sich in einzelnen anatomischen Teilen vorzustellen). Drittens: Die Verbindung über das Netz macht es ihm leichter, gewisse intime Dinge preiszugeben, die laut auszusprechen er sich sonst nicht trauen würde. Der Körper einer Frau neben ihm, ihre bedrängende und reale Anwesenheit haben ihn immer etwas gehemmt.

Seit einiger Zeit jedoch hat er Lust, Tersicore89 zu sehen. Nicht unbedingt in Fleisch und Blut, noch nicht, aber wenigstens den Oberkörper, aufgenommen von der Webcam. Dieser Wunsch ist mit dem Näherrücken des Einsatzes in ihm entstanden. Sie schließt diese Möglichkeit aus, er aber drängt, auch jetzt.

THOR_SARDEGNA: Lass dich anschauen.
TERSICORE89: Hör auf.
THOR_SARDEGNA: Nur einen Augenblick.
TERSICORE89: Es ist noch nicht so weit. Du weißt das.
THOR_SARDEGNA: Aber es sind jetzt vier Monate.
TERSICORE89: Wir haben gerade erst angefangen, uns kennenzulernen.
THOR_SARDEGNA: Ich weiß von dir mehr als von diesem Idioten Cederna, der auf dem Feldbett neben mir schläft.
TERSICORE89: Wenn ich mich anschauen lasse, dann hörst du nicht mehr auf das, was ich sage, und denkst nur daran, ob ich hübsch genug bin oder nicht, und an meinen Körper und meinen Busen, den du vielleicht lieber größer hättest. Du würdest gar nicht mehr sehen, wer in diesem Körper drinsteckt. Ihr Männer seid so gestrickt, ich kenn das schon, danke sehr.
THOR_SARDEGNA: Ich bin nicht so.

Er lügt, und sie ahnt es. Die letzte Beziehung mit Sabrina Canton ist wegen des warzenartigen Muttermals, das sie am Kinn hatte, in die Brüche gegangen. Torsu musste es immerzu ansehen. In den letzten Wochen war das Muttermal riesig geworden, ein Abgrund, der seine Freundin verschluckte.

> TERSICORE89: Ihr Männer seid besessen von der Ästhetik.
> THOR_SARDEGNA: Und wenn ich mich anschauen lasse?
> TERSICORE89: Wag es ja nicht.
> THOR_SARDEGNA: Dann bist du es, die von der Ästhetik besessen ist. Hast du Angst, mich nicht hübsch genug zu finden?
> TERSICORE89: Nein, das ist es nicht. Du würdest mich damit einer Erpressung aussetzen. Dich anschauen zu lassen, würde so viel heißen wie: Sieh her, ich habe nichts zu verbergen, und das würde implizieren, dass ich, da ich mich nicht anschauen lasse, etwas zu verbergen habe, das wäre die Erpressung.
> THOR_SARDEGNA: Das würde implizieren??? Du redest mir zu kompliziert.

In Wirklichkeit ist es gerade ihre Art zu reden, das heißt, zu schreiben, was ihn so an ihr fesselt. Er hätte nicht gedacht, dass ihn so etwas bei einer Frau je interessieren könnte. Ja, Torsu unterhält sich gern mit Tersicore89. In wenigen Monaten haben sie einander mehr Geheimnisse anvertraut, als er je mit anderen teilte. So ist sie zum Beispiel die Einzige, die etwas von dem jüngsten Schlaganfall seiner Mutter weiß und dass sie sich jetzt immer ein bisschen vollsabbert, wenn sie isst. Und glaubt man ihren Beteuerungen, ist Torsu der Einzige, der die Gedichte gelesen hat, die sie nachts in ein

Heft mit einem Ledereinband schreibt. Nicht, dass er besonders viel davon begriffen hätte, aber gewisse Sätze haben ihn ernsthaft gerührt.

TERSICORE89: Wenn du von deinem Einsatz zurückkommst ... vielleicht ...
THOR_SARDEGNA: Ich könnte noch heute getötet werden.
TERSICORE89: Sag das nicht einmal im Scherz.
THOR_SARDEGNA: Sie könnten genau auf dieses Zelt, aus dem ich dir schreibe, eine Rakete abschießen, die mir Arme und Beine zerfetzt. Das Hirn würde mir aus Ohren und Augen spritzen, es würde den Bildschirm verschmieren, und ich könnte dir nie mehr schreiben.
TERSICORE89: Hör auf.
THOR_SARDEGNA: Nie mehr.
TERSICORE89: Ich unterbrech die Verbindung!
THOR_SARDEGNA: Ist gut, ist gut. Du wirst ja nicht im Ernst kleine Brüste haben!
TERSICORE89: Nein, sie sind groß und fest.
THOR_SARDEGNA: Beschreib sie genauer.
TERSICORE89: Was willst du wissen?
THOR_SARDEGNA: Alles. Wie sie beschaffen sind. Wie s

«Meiner Meinung nach ist das ein Mann.»
Die Stimme ertönt dicht an Torsus Ohr, der einen Schreckensschrei ausstößt und den Laptop mit einem Ruck zuklappt. Zampieri steht hinter ihm.
«Was willst du? Seit wann stehst du hinter mir?»
«Bist du sicher, dass es kein Mann ist?»
«Hau ab!»
«Tersicore ist ein Männername.»

«Das ist kein Mann.»

«Wie willst du das wissen?»

Zampieri lehnt sich mit dem Hintern an die Tischkante und verschränkt die Arme, als wolle sie eine lange Diskussion anzetteln. Torsu hat eine beginnende Erektion in der Hose und Tersicore89, die im PC auf ihn wartet. «Könntest du vielleicht gehen?», sagt er mühsam beherrscht.

Sie beachtet ihn nicht. «Das Internet ist voll mit Leuten, die sich für etwas ausgeben, was sie nicht sind, um ihre Sauereien betreiben zu können. Zum Beispiel Männer als Frauen.»

«Darf man wissen, was zum Henker du von mir willst?»

«Ich versuche nur, dich zu beschützen. Du bist ein Freund.»

«Ich brauche niemand, der mich beschützt.»

Zampieri neigt den Kopf. Sie betrachtet ihre Fingernägel, wählt einen aus und schlägt ihre Zähne hinein.

Torsu sagt: «Ein Mann würde jedenfalls bestimmte Dinge nicht schreiben.» Er hat keine Ahnung, warum er jetzt versucht, sie zu überzeugen.

«Ich könnte schreiben wie ein Mann, wenn ich wollte», erwidert Zampieri skeptisch.

«Das hat nie jemand bezweifelt.»

«Und außerdem, wenn sie sich nicht anschauen lassen will, bedeutet das, dass da etwas nicht stimmt.»

«Dann hast du also wirklich alles gelesen, verdammt?»

«Ein bisschen was. Die großen, festen Brüste. Mmmm...»

«Sei still! Ich hab keine Lust, sie zu sehen.»

«Warum denn nicht?»

«Darum.»

Zampieri streicht ihm über die Haare und den Nacken,

was in ihm einen Schauder auslöst. «Torsu, Torsu ... was ist los mit dir? Machen echte Frauen dir Angst?»

Er schiebt die Hand heftig weg, und sie bricht in Gelächter aus. «Schick deinem kleinen Verlobten Grüße von mir», sagt sie, bevor sie geht. Wahrscheinlich wird sie den anderen alles brühwarm erzählen. Was soll's. Torsu klappt den Laptop wieder auf.

> TERSICORE89: Bist du noch da?
> THOR_SARDEGNA: Hier bin ich. Entschuldige, die Verbindung war unterbrochen.

Mühsam knüpfen sie dort wieder an, wo sie unterbrochen wurden. Bald verkommt die Unterhaltung zu einem raschen Wechsel von du-machst-das-mit-mir-und-ich-mach-das-mit-dir, aber für den Obergefreiten ist die Atmosphäre futsch. Dauernd schaut er sich um, um sicherzugehen, dass ihn niemand beobachtet. Ab und an taucht das Bild eines jungen Mannes vor ihm auf, der auf dem Platz von Tersicore89 sitzt, und verwirrt ihn. Während er schreibt und liest, steigt Übelkeit in ihm auf, und er hat Bauchweh. Das Unwohlsein wird schlimmer, bis er es nicht mehr aushält. Er ist gezwungen, Schluss zu machen und den PC in aller Eile zuzuklappen. Er verspricht Tersicore89, dass er sich bald wieder melden wird.

Während er mit eiligen Schritten durch das Lager geht, meidet er die Blicke der anderen Soldaten und versucht sich nicht von den kleinen Falken ablenken zu lassen, die um den Wachturm schwirren. Er will sich den Rest an Erregung bewahren, bis er die Toiletten erreicht hat.

Auf halbem Weg wird ihm schwindlig. Das Schwindelgefühl geht rasch vom Kopf auf den Körper über, in Gestalt eines Schüttelfrosts, der sich im unteren Bauchraum konzentriert. Binnen weniger Sekunden wird der Drang so heftig, dass er rennen muss.

Er erreicht die Chemieklosetts, er zieht am ersten Griff, aber die Tür ist von innen verschlossen, er öffnet die zweite Kabine, und dort bietet sich ihm ein ekelhafter Anblick, also geht er in die dritte, er hat kaum die Zeit, den Riegel vorzuschieben und die Hosen herunterzulassen, dann hockt er sich auf die Aluminiumschüssel und entleert seinen Darm in einem einzigen Schwall.

«Uuuff!»

Er atmet langsam aus, der Herzschlag hämmert ihm in den Ohren. Ein weiterer Schwall überrascht ihn, er kommt plötzlich und noch heftiger als der erste, begleitet von mörderischen Stichen. Sein Darm ist in völligem Aufruhr. Torsu kneift die Augen zusammen und hält sich an der Türklinke fest, er hat das Gefühl, in das Abflussloch hinuntergesogen zu werden. Er versucht, die Spritzer flüssiger Scheiße auf den nackten Schenkeln und am Hosensaum nicht zu beachten.

Als die Stiche nachlassen, legt er den Kopf auf den ausgestreckten Arm und verweilt ein paar Minuten in dieser Haltung, erschöpft und entsetzt über das Ausmaß dessen, was ihm geschehen ist. Ein wohliges Gefühl durchströmt seinen ganzen Körper, begleitet von schwerer Müdigkeit. Für ein paar Sekunden nickt er in dieser unnatürlichen Position ein.

Angelo Torsu ist der Erste, bei dem sich die Symptome der Vergiftung zeigen, vielleicht weil er übertrieben hat, als er sich drei Mal von dem Rindfleisch nahm, oder weil er nie von besonders kräftiger Konstitution war. Jedenfalls flüchten sich, während er noch in der engen Kabine hockt, zwei Kollegen in die benachbarten Toiletten, und er erkennt die Geräusche einer ähnlichen Notlage wie seiner. Im Lauf weniger Stunden breitet sich der Staphylococcus aureus im Lager aus, und die FOB versinkt im Chaos. Zur Verfügung stehen achtzehn Toiletten, und die Zahl der Benutzer beträgt mindestens hundert, die Koliken überkommen sie im Abstand von zwanzig Minuten.

Um vier Uhr nachmittags wird der Bereich um die Toiletten von einer Menge Jungs belagert, zitternd und grün im Gesicht. In der Hand halten sie eine Rolle Klopapier und rufen denen drinnen zu, sie sollen sich beeilen, Herrgott noch mal. Vor dem Obergefreiten Enrico Di Salvo sind vier Personen, darunter Cederna. Di Salvo erwägt, den Freund zu fragen, ob er ihm seine Position überlässt, denn er fürchtet, nicht durchzuhalten, aber er ist sich sicher, dass er nein sagen wird. Cederna ist ein tüchtiger Soldat, witzig, wenn er will, aber auch ein Riesenarschloch.

Er versucht sich zu erinnern, wann er sich in der Vergangenheit je so schlecht gefühlt hat. Mit dreizehn Jahren wurde er am Blinddarm operiert, und in den Monaten davor wachte er nachts mit Koliken auf, die es ihm manchmal unmöglich machten, aufrecht bis zum Zimmer der Eltern zu gelangen. Seine Mutter misstraute den Medikamenten und sein Vater den Honorarnoten der Spezialisten, also behandelten sie ihn mit heißer Zitrone. Die Schmerzen vergingen nicht, und irgendwann sagte seine Mutter beleidigt, während sie ins Bett zurückkehrte: «Ich habe dir doch gesagt, du sollst sie heiß trinken, und du hast gewartet. So wirkt sie nicht.» Als der Rettungsdienst ihn holen kam, war aus der Blinddarm- eine Bauchfellentzündung geworden. Aber vielleicht war nicht einmal der Schmerz von damals so heftig gewesen wie der, den er jetzt verspürt. «Cederna, lass mich vor», sagt er.

«Vergiss es.»

«Ich bitte dich, ich halte es nicht mehr aus.»

«Dann nimm dir eine Tüte und mach da rein.»

«Ich mag nicht in Tüten scheißen. Und ich schaffe es nicht bis zur Tür.»

«Deine Sache. Uns geht es allen so.»

Das kommt Di Salvo aber nicht so vor. Cederna ist überhaupt nicht blass und hat auch noch kein Stöhnen hören lassen oder das Gesicht verzogen. Der erste in der Reihe hat angefangen, an der Tür einer Kabine zu rütteln, die schon zu lange besetzt ist. Dafür erntet er eine Beschimpfung, und er versetzt der Metalltür einen Tritt.

Nein, zweifellos, es ist ihm noch nie so schlecht gegangen. Er verspürt Messerstiche in Milz und Leber, es schüttelt ihn, und sein Kopf dreht sich. Wenn er das Klosett nicht in wenigen Minuten erreicht, wird er sich erbrechen müssen oder Schlimmeres. Er könnte auch in Ohnmacht fallen. Das Zeug, das sie gegessen haben, war Gift.

Als ob das nicht genug wäre, hat er nach dem Essen einen Abstecher in das Zelt von Abib gemacht, und sie haben zusammen geraucht, ein Gramm, zerbröselt und unter den Tabak einer Diana gemischt. Abib hat eine merkwürdige Art, das Haschisch vorzubereiten: Statt es mit dem Feuerzeug zu erhitzen, reibt er es lang zwischen den Fingern und lässt dann Speichel darauf tropfen. Das ist ekelhaft, hat Di Salvo ihm beim ersten Mal gesagt. What? Das ist ekelhaft. Abib hat ihn mit seinem schlauen Lächeln angesehen. Nach Monaten im Italiener-Camp könnte er schon ein paar Worte radebrechen, er spricht jedoch immer Englisch: Italians don't know smoke, war seine Antwort.

Vielleicht liegt es an Abibs Speichel, dass er sich jetzt schlechter fühlt als alle anderen. Wer weiß, was für eine fiese Infektion der ihm angehängt hat. Er lebt mit den andern beiden Dolmetschern in einem Zelt, auf Teppichen, die nach Fußschweiß riechen. Ein unglaublicher Gestank, als würde man die Nase in eine verschwitzte Socke stecken. Am Anfang wollte Di Salvo sich nicht hinsetzen, aber mittlerweile hat er sich daran gewöhnt. Er versucht nur, den Kopf nicht anzulehnen, auch wenn ihm schwindlig wird.

Er ist verwirrt und niedergeschlagen. Kalter Schweiß steht ihm auf der Stirn. Er bekommt keine Luft. Er wird nicht mehr zu Abib gehen. Die restliche Zeit des Einsatzes über wird er keinen Joint mehr anrühren. Er schwört das im Geiste vor Gott: Wenn du mich rechtzeitig aufs Klo kommen lässt, wenn du mich vor dieser Sache errettest, so schwöre ich, dass ich nie mehr bei Abib rauche. Er will schon weitergehen und versprechen, dass er es auch zu Hause nicht mehr tun wird, doch dann erinnert er sich daran, wie angenehm es ist, bei Ricadi auf der kleinen Terrasse zu sitzen, die Füße auf dem Geländer, und sich langsam einen Joint reinzuziehen, während er auf das ölig glatte Meer schaut, und er hält sich zurück. Sechs Monate ohne Drogen müssen als Verpflichtung genügen.

Ein neuer, sehr heftiger Krampf bringt ihn zum Husten und drückt ihm den Kopf nach unten. Einen Moment lang verliert Di Salvo die Kontrolle über den Schließmuskel, er spürt, wie er sich mit einem Schlag weitet. Er hat sich in die Hosen gemacht, da ist er sich fast sicher. Er tippt Cederna auf die Schulter. «Ich geb dir zehn Euro, wenn du mich vorlässt.»

Der Stabsgefreite wendet nur ein wenig den Kopf. «Fünfzig.»

«Du bist ein Schwein, Cederna! Dann stimmt es also, dass es dir so schlecht nicht geht.»

«Fünfzig Euro.»

«Leck mich am Arsch. Ich geb dir zwanzig.»

«Vierzig, weiter runter geh ich nicht.»

«Dreißig. Du Drecksack.»

«Ich habe gesagt, unter vierzig gehe ich nicht.»

Di Salvo spürt, wie das Tier in seinen Eingeweiden rebelliert. Sein After zieht sich unkontrollierbar in rhythmischen Bewegungen zusammen. Das ist ein Lebewesen, dadrin, mit einem eigenen Herzschlag. «Okay, ich geb sie dir, ich geb sie dir», sagt er, «und jetzt verpiss dich.»

Cederna macht eine Armbewegung, wie um zu sagen, bitte, nach Ihnen. Er grinst. Wahrscheinlich geht es ihm überhaupt nicht schlecht, er ist nur da, um den anderen auf den Wecker zu fallen. Der Erste in der Schlange ist schon reingegangen, also bleiben nur noch zwei vor ihm. Es wird nicht mehr lang dauern. Er starrt auf die Armbanduhr und sieht drei Minuten unendlich langsam verrinnen, Sekunde um Sekunde, dann öffnet sich die Toilettentür für ihn, wie eine Einladung ins Paradies.

Zu dem Toilettengang führen Stufen von zwei Seiten. Di Salvo stürzt hinauf, aber bevor er noch hineingehen kann, nimmt ihm ein Leutnant von den Pionieren seinen Platz in der Toilette weg.

«Raus da!», schreit Di Salvo.

Der Leutnant weist auf die Rangabzeichen an seiner Jacke, aber Di Salvo kennt keine Hierarchien mehr. Er hat brav gewartet und diesem Bastard von Cederna vierzig Euro geschenkt, und jetzt kann ihm keiner seinen Platz wegnehmen, nicht einmal General Petraeus höchstpersönlich.

«Komm da raus!», wiederholt er. «Hier geht es allen schlecht.»

Der Leutnant wirkt nicht drohend, sein Blick ist eher flehend, als ob er sich auch gerade in die Hose gemacht hätte. Es ist ein Junge mit quadratischem Schädel, nicht sehr groß, aber kräftig gebaut. Der Name auf der Klappe der Brusttasche lautet Puglisi. Di Salvo nimmt diese Einzelheiten instinktiv wahr. Er registriert die Merkmale, wie ein Kämpfer es tun muss, bevor er es mit dem Gegner aufnimmt: Größe, Umfang des Bizeps, Statur. Das Hirn teilt den Muskeln mit, dass es sinnvoll und möglich ist, sich zu schlagen.

«Ich bitte dich», sagt der Pionier und zieht die Tür zu sich heran, um sich einzuschließen. Di Salvo stellt einen Fuß dazwischen und drückt die Tür mit Gewalt auf.

«Kommt überhaupt nicht in Frage. Ich bin dran.» Er zerrt den Leutnant am Jackenaufschlag heraus.

«Hände weg, Soldat!»

«Sonst?»

«Mach mich nicht wütend. Ich bin aus Catania», sagt der Offizier, als ob das etwas mit der Sache zu tun hätte.

«Ach ja? Und ich bin aus Lamezia, und ich piss dir auf den Kopf.»

Noch bevor er sich's versieht, verpasst Puglisi ihm einen Kinnhaken, nicht besonders stark, aber gut gezielt auf den Unterkiefer, der *krack* macht. Di Salvo ist fassungslos.

Wenige Sekunden später balgen sie sich in dem kaum vierzig Zentimeter breiten Korridor und behindern dadurch den Zugang zu zwei Toiletten, unter dem Gejohle der Jungs in der Schlange, die sich jetzt aufgelöst hat. Di Salvo landet am Boden, das Gesicht gegen den Gitterrost gepresst, unter dem eine Brühe entlangläuft, von deren Ursprung er lieber nichts wissen will. Er ist erschöpft. Er versetzt den Waden des Leutnants wirkungslose Stöße, sonst kann er sich nicht rühren, denn Puglisi kniet auf ihm und dreht ihm den freien Arm auf den Rücken. Der andere Arm ist unter seinem Körper eingeklemmt. Der Leutnant reagiert mit Schlägen auf die Rippen, schwach, aber in regelmäßigen Abständen und immer an dieselbe Stelle, wie ein erfahrener Boxer.

Während er so Prügel einstecken muss, dämmert Di Salvo allmählich, dass er soeben einen Offizier angegriffen hat. Oder war er es, der angegriffen wurde? Das ist nebensächlich. Er prügelt sich mit einem Vorgesetzten, das zählt. Ein solches Verhalten hat schwerwiegende Konsequenzen. Arrest. Unehrenhafte Entlassung. Kriegsgericht. Gefängnis.

Nach einem unerwarteten Schlag auf den Kopf muss er etwas ausspucken. Er fürchtet, es handelt sich um einen Zahn. Er bekommt kaum Luft. Diese Toilette stand ihm zu. Er hat Cederna dafür vierzig Euro gegeben, diesem bescheuerten Gierhals von Cederna, der ihm jetzt Sachen zubrüllt, die er nicht versteht, weil sein eines Ohr auf den Gitterrost gepresst ist und auf das andere die Hand von Puglisi drückt. Die Krämpfe haben nachgelassen, oder sie vergehen unter den neuen Schmerzen der Schläge. Er muss sich unbedingt aus der Lage befreien, in der er sich befindet. Er röchelt. Mit einem kräftigen Schwung aus der Hüfte kann er den Rücken beugen und den Arm unter dem Körper hervorziehen. Er schlägt dem Pionier ins Gesicht. «Jetzt spielt hier eine andere Musik, elender Drecksack!»

Er ist wild entschlossen, es ihm mit Zins und Zinseszins heimzuzahlen, doch der Leutnant steht auf und lässt von ihm ab. Er weicht zurück. Fassungslos schaut Di Salvo ihn von unten her an. «Du bist ein Feigling!», ruft er empört. Er ist glücklich, festzustellen, dass es ihm wenigstens gelungen ist, ihm die Nase blutig zu schlagen und ihn an der Augenbraue zu verletzen. «Komm her!»

Aber der Gegner schaut in eine andere Richtung. In der Tat haben sich alle Soldaten umgewandt. Di Salvo macht es ihnen nach und sieht Oberst Ballesio, der sich, den Bauch haltend, durch die Menge drängt.

«Weg da, weg da, lasst mich durch!»

Einen Augenblick, bevor Di Salvo das Bewusstsein verliert, setzen die gedrungenen Schenkel des Kommandanten über ihn hinweg, und er schließt sich in der umkämpften Toilette ein. Ein tierisches Röcheln aus dem Inneren der Kabine erreicht ihn gerade noch, dann nichts mehr.

In dieser aufgeregten Atmosphäre begegnet Egitto zum ersten Mal den Jungs vom dritten Zug der Charlie. Die Vergiftung hat ihn den ganzen Nachmittag in Atem gehalten, er hat je zwei Imodium-Kapseln ausgegeben und enorme Dosen von Antibiotika für den Darm verabreicht, die jetzt knapp werden und die er daher halbieren muss. Er hat mehrfach den Zustand der Toiletten überprüft, an dem sich ablesen lässt, wie sich die Lage von Minute zu Minute verschlechtert: Im Augenblick sind drei Toiletten aus hygienischen Gründen unbrauchbar, eine ist mit einem Klumpen aus feuchtem Toilettenpapier verstopft, eine andere durch eine Taschenlampe, die im Abfluss stecken geblieben ist und wunderbarerweise noch leuchtet. Sie wirft Lichtblitze an die Metallwände und auf das Waschbecken.

Die Luft im Zelt des dritten Zuges ist warm und übel

riechend, aber der Oberleutnant bemerkt es nicht, genauso wenig wie er die fast irreale Stille bemerkt. Hier einzutreten ist nicht anders, als in irgendeins der Zelte einzutreten, die er schon besucht hat: Die Lager ähneln sich, die Soldaten auch, sie werden ja dazu ausgebildet, sich zu ähneln, und jetzt leiden sie alle an den gleichen Koliken und der gleichen Dehydrierung. Nichts lässt den Oberleutnant Egitto ahnen, dass sein Schicksal sich bald in ganz besonderer Weise mit dem dieser Abteilung verknüpfen wird. Wenn er später darüber nachdenkt, wird er diese Gleichgültigkeit als unheilvoll empfinden.

«Wer ist hier der Verantwortliche?», fragt er.

Ein Soldat mit nacktem, schweißüberströmtem Oberkörper setzt sich auf seinem Feldbett auf. «Feldwebel René. Zu Befehl.»

«Bleiben Sie liegen», befiehlt der Oberleutnant. Er lässt diejenigen die Hand heben, die die Symptome des Staphylokokken-Befalls aufweisen, er zählt durch. Dann wendet er sich an den einzigen Gesunden: «Name?»

«Salvatore Camporesi.»

«Haben Sie nichts von dem Fleisch gegessen?»

Camporesi zuckt mit den Achseln. «Und ob ich davon gegessen hab. Zwei ordentliche Portionen.»

Der Oberleutnant befiehlt ihm, sich zur Kommandozentrale zu begeben, der Dienst für die Nachtwache muss eingeteilt werden.

«Aber ich hatte gestern schon Nachtwache», protestiert Camporesi.

Egitto antwortet seinerseits mit einem Achselzucken. «Ich weiß nicht, was ich Ihnen sagen soll. Es ist eine Notsituation.»

«Hab eine gute Nacht, Campo», sagt ein Soldat spöttisch. «Wenn du eine Sternschnuppe siehst, sprich auch für mich einen Wunsch aus, Darling.»

Camporesi spricht mit lauter Stimme den Wunsch aus, der Kamerad möge an seinen eigenen Exkrementen ersticken, dann zieht er die Stiefel an und schlendert zum Ausgang, während die anderen ihn mit zusammengeknüllten T-Shirts, schmutzigen Taschentüchern und Plastiklöffeln bewerfen.

Egitto zieht die Spritzen auf, und die Jungs bringen sich in Stellung, auf der Seite liegend, die Unterhosen auf halbe Höhe der Hinterbacken heruntergezogen. Dem einen oder anderen entfährt ein Furz, oder er macht es extra, jedenfalls bekommt er Applaus. Unter ihnen herrscht vollkommene Freiheit, eine fast obszöne Freiheit, für sie alle ist der Körper der anderen nicht weniger vertraut als der eigene, auch für die einzige Frau in der Gruppe, die ungeniert ihre Pobacke hinhält.

Einer der Soldaten ist in einem besonders kritischen Zustand. Egitto schreibt sich seinen Namen in ein Notizbuch, das er später brauchen wird, um dem Kommandanten Bericht zu erstatten: Angelo Torsu, Stabsgefreiter. In seinem Schlafsack und unter vier Decken klappert er mit den Zähnen. Er misst ihm die Temperatur. Achtunddreißig neun.

«Vorhin waren es vierzig», bemerkt René.

Egitto spürt den Blick des Feldwebels auf sich. Er ist ein aufmerksamer und fürsorglicher Zugführer, das kann man ihm am Gesicht ablesen. Sein Feldbett hat er in der Mitte des Zelts aufgeschlagen, um alle unter Kontrolle zu haben.

«Er kann nicht mehr laufen. Das letzte Mal musste er sich hier erleichtern.»

Es liegt kein Vorwurf in dem, was er sagt, und die anderen geben keine Kommentare ab. Dieser Körper, dem es schlechtgeht, gehört auch zu ihnen, und sie behandeln ihn mit Respekt. Egitto denkt, jemand wird sich die Mühe gemacht haben, dem Soldaten mit der Tüte zu helfen, dann hat er sie verschlossen und in den Abfall geworfen. Als er das für seinen Vater tun sollte, hat er es vorgezogen, eine Krankenschwester zu rufen. Was für ein Arzt ist das, der vor dem leidenden Menschen Ekel verspürt? Welcher Sohn verweigert es, sich um den Körper seines Vaters zu kümmern?

«Wie oft?», fragt er den Soldaten.

Durch einen Schleier von Verwirrtheit und Erschöpfung sieht Torsu den Arzt an und murmelt: «Hä?»

«Wie oft musstest du dich entleeren?»

«Ich weiß nicht ... zehn Mal. Oder mehr.» Sein Atem riecht faulig, die trockenen Lippen kleben aneinander. «Was habe ich, Doktor?» Egitto misst ihm den Puls an der Halsschlagader, er ist schwach, aber es ist nicht besorgniserregend. «Es ist nichts Schlimmes», beruhigt er ihn.

«Alle schauen vom Himmel auf mich herab», sagt Torsu, dann verdreht er die Augen.

«Was?»

«Er deliriert», bemerkt René.

Egitto vertraut dem Feldwebel einige Medikamente an, die der Soldat nehmen soll, und Fläschchen mit Laktosebakterien, die er an die andern verteilen soll. Er weist ihn an, Torsus Mund mit einem getränkten Schwamm feucht zu halten und stündlich die Temperatur zu messen und ihn zu benachrichtigen, falls sich sein Zustand verschlechtere. Er verspricht, dass er am Morgen wiederkommen wird – ein Versprechen, das er auch allen anderen Mannschaften schon gegeben hat, aber sicher wird er sie nicht alle sehen können.

«Doc, könnte ich Sie kurz sprechen?», sagt René.
«Sicher.»
«Unter vier Augen.»

Egitto schließt den Erste-Hilfe-Rucksack und folgt dem Feldwebel nach draußen. René zündet sich eine Zigarette an, und für den Bruchteil einer Sekunde ist sein Gesicht von der Flamme des Feuerzeugs erhellt. «Es ist wegen eines meiner Jungs», sagt er, «er hat Mist gebaut.» Seine Stimme bebt ein wenig, vor Kälte, wegen der Krämpfe oder wegen sonst was. «Mit einer Frau, wissen Sie.»

«Eine Krankheit?», tippt der Oberleutnant.

«Nein. Diese andere Sache.»

«Eine Infektion?»

«Er hat sie geschwängert. Aber das ist nicht seine Schuld.»

«In welchem Sinn, wenn Sie gestatten?»

«Die Frau ist in einem gewissen Alter. Es hätte nicht mehr passieren dürfen, theoretisch.»

Das Ende der Zigarette glüht. Egitto folgt diesem einzigen Lichtpunkt, weil es sonst nichts anderes zu sehen gibt. Er denkt, dass Stimmen in der Dunkelheit ausdrucksvoller sind, dass er die des Feldwebels nicht so schnell wieder vergessen wird. Und in der Tat wird er sie nicht vergessen. «Ich verstehe», sagt er. «Es gibt Mittel und Wege, wie Sie bestimmt wissen.»

«Das habe ich ihm auch gesagt. Dass es Mittel und Wege gibt. Aber er möchte genau wissen, was sie ihm antun. Dem Kind natürlich.»

«Sie meinen im Fall eines Schwangerschaftsabbruchs?»

«Im Fall eines Aborts.»

«Gewöhnlich wird der Fötus mit einem sehr dünnen Röhrchen abgesaugt.»

«Und dann?»

«Dann ist es aus.»

René tut einen tiefen Zug an der Zigarette. «Wohin schafft man es?»

«Es wird … entsorgt, glaube ich. Wir reden hier von etwas Winzigem, das praktisch gar nicht existiert.»

«Es existiert nicht?»

«Es ist sehr klein. So groß wie eine Mücke.» Er sagt ihm nur einen Teil der Wahrheit.

«Ihrer Meinung nach, spürt man was?»

«Die Mutter oder der Fötus?»

«Das Kind.»

«Ich glaube nicht.»

«Glauben Sie das, oder sind Sie sich sicher?»

Egitto verliert die Geduld. «Ich bin mir sicher», sagte er, um das Gespräch abzukürzen.

«Ich bin katholisch, Doc», gesteht René. Er merkt nicht einmal, dass er sich verraten hat.

«Das verkompliziert die Dinge. Oder es vereinfacht sie außerordentlich.»

«Ich bin keiner von denen, die in die Kirche gehen. Ich glaube an Gott, sicher, aber auf meine Weise. Ich habe meinen eigenen Glauben. Ich will sagen, Priester sind Leute wie Sie und ich, richtig? Sie können nicht alles wissen.»

«Nein.»

«Jeder glaubt an das, was er fühlt, meiner Meinung nach.»

«Herr Feldwebel, ich bin nicht die geeignete Person, um über derlei Dinge zu diskutieren. Vielleicht wenden Sie sich besser an den Kaplan.»

Renés Zigarette ist erst zur Hälfte aufgeraucht, aber er zerdrückt sie zwischen den Fingern. Die Glut fällt auf den

Boden und glimmt dort weiter. Langsam verlischt sie und wird schwarz wie der Rest. René wirft die Kippe in die Mülltonne. Ein Mann, der Ordnung hält, denkt Egitto, ein Soldat, wie er sein soll.

«Wie lange dauert das?»
«Was, Feldwebel?»
«Das Kind mit dem Röhrchen abzusaugen.»
«Zu dem Zeitpunkt ist es noch kein Kind.»
«Aber wie lang dauert das?»
«Nur kurz, fünf Minuten. Nicht einmal.»
«Es leidet jedenfalls nicht.»
«Ich glaube nicht.»

Auch in der Dunkelheit begreift Egitto, dass der Feldwebel ihn noch einmal fragen möchte, ob er sich ganz sicher sei. Wie soll man gewisse Entscheidungen treffen, wenn man die Einzelheiten der Operation nicht kennt, die logistischen Details, die Koordinaten? Ein Soldat hat gerne einen genauen Plan.

«Was würden Sie anstelle des Jungen tun, Herr Doktor?»
«Ich weiß nicht, Feldwebel. Es tut mir leid.»

Später, als er allein über den Platz geht, im blauen Licht der Taschenlampe, das seine Schritte erhellt, fragt sich Egitto, ob er sich nicht hätte erlauben sollen, den Feldwebel zu beeinflussen, ihn auf die richtige Entscheidung hinzulenken. Aber was weiß er denn schon davon, was die richtige Entscheidung ist? Es ist nicht seine Gewohnheit, sich in das Leben anderer einzumischen. Was Alessandro Egitto am besten kann, ist, sich abseits zu halten.

Es gibt Menschen, die sind für die Aktion geschaffen, dafür, als Protagonisten zu handeln – er ist nur ein Zuschauer, vorsichtig und gewissenhaft: der ewige Zweitgeborene.

Un sospiro

Immer war sie bevorzugt worden. Ich bemerkte das recht bald, als ich noch ziemlich klein war und unsere Eltern daher ein bisschen Show für ausreichend hielten, um die ungleiche Verteilung ihres Gefühls zu verbergen. Instinktiv ruhten ihre Blicke auf Marianna, und erst anschließend, wie wenn man sich plötzlich eines Versäumnisses bewusst wird, wanderten sie zu meiner Wenigkeit, und ich wurde mit einem übertrieben breiten Lächeln entschädigt. Es handelte sich dabei keineswegs um blinden Gehorsam gegenüber der Ordnung, die die Natur durch die Reihenfolge unserer Geburt etabliert hatte, ebenso wenig um Faulheit oder Unaufmerksamkeit. Auch stimmte es nicht, dass sie Marianna zuerst bemerkten, weil sie *größer* war, wie ich mir eine Weile lang einredete. Es war ihre Präsenz – das Mädchen, das bei Tisch sitzt, mit dem Haarreifen, der den Pony zurückhält, das in der Badewanne im Schaum versinkt, das sich am Tisch über seine Hausaufgaben beugt –, es war diese Präsenz, die sie in Bann schlug, als würde sie sie immer wieder und jedes Mal aufs Neue überraschen. Gleichzeitig rissen sie die Augen auf, und ein weißer Stern aus Befriedigung und Bestürzung explodierte in der Mitte ihrer Pupillen, derselbe, der dort aufgegangen sein muss, als sie bebend dem Wunder ihrer Geburt beiwohnten.

«Da ist sie ja!», riefen sie wie aus einem Mund, wenn sie gelaufen kam, und knieten nieder, um den Größenunterschied auszugleichen. Wenn sie dann auch mich sahen, ergänzten sie: «... und Alessandro», wobei die Stimme auf der letzten Silbe abfiel. Mir, der ich drei Jahre später durch einen Kaiserschnitt geholt wurde – Nini in Narkose und Ernesto, der im OP das Tun des Kollegen überwachte –, war nicht mehr zugedacht als eine partielle und zerstreute Wiederholung der Aufmerksamkeiten, die meine Schwester bereits bekommen hatte.

Zum Beispiel: Ich wusste, dass mein Vater für sie seinem Auto einen Namen gegeben hatte – die Schnauze – und dass sie sich jeden Morgen, wenn sie zur Schule gebracht wurde, mit ihm unterhielt. Im Verkehr durch die Alleen am Fluss entlang, während die gesprenkelten Stämme der Platanen das frühmorgendliche Licht in regelmäßigen Abständen unterbrachen, wurde die Schnauze lebendig und nahm die Gestalt eines Tieres an: Die Seitenspiegel verwandelten sich in Ohren, das Steuerrad in einen Nabel, die Reifen in schwere Pranken. Ernesto verstellte die Stimme und piepste deutlich näselnd im Falsett. Er verbarg den Mund hinter dem Kragen seines Mantels und sprach hochtrabende Sätze: «Wohin darf ich Sie heute bringen, mein Fräulein?»

«Zur Schule, danke», antwortete Marianna wie eine kleine Königin.

«Und was würden Sie davon halten, in den Vergnügungspark zu gehen?»

«Aber nein, Schnauze. Ich muss in die Schule!»

«Oh, wie langweilig, die Schule!»

Jahre später sollte ich die Beweise für die glorreiche Vergangenheit vor meiner Geburt zusammentragen, anhand der

Erinnerungen, die Ernesto ein ums andere Mal beschwor, um sich für einen Moment wieder in den Besitz der einst manifesten, nun aber unauffindbaren Liebe seiner Tochter zu bringen. Die Nostalgie, die dabei durchschimmerte, rief in mir die Vorstellung von einem vollkommenen und unwiederholbaren Glück wach, das nach meinem Erscheinen auf mysteriöse Weise verschwunden war. Andere Male dachte ich, es handle sich dabei nur um eine der zahllosen Arten und Weisen, auf die unser Vater seine blühende Phantasie zur Geltung brachte: In der Tat schien es ihm mehr darum zu gehen, der eigenen Heldentaten als Elternteil zu gedenken, als die entschlummerte Freude meiner Schwester wiederzuerwecken.

«Schauen wir mal, ob Marianna sich noch an den Namen des Fiat Croma erinnert», sagte er.

«Die Schnauze», Marianna dehnte die Vokale und senkte langsam die Lider, weil dieses Spiel sie schon längst langweilte.

«Die Schnauze!», rief Ernesto befriedigt.

«Genau, die Schnauze», wiederholte Nini leise und sanft lächelnd.

Um sich endgültig davon zu überzeugen, dass Marianna im Herzen unserer Eltern einen besonderen Platz einnahm, bräuchte man nur in die Abstellkammer unserer früheren Wohnung zu gehen, die schwache Glühbirne anzuknipsen, die mit einem Schirm zu versehen Ernesto sich nie entschließen konnte – bis heute hängt sie nackt an Elektrodrähten –, und die Schachteln zu zählen, die an der Seite die Aufschrift *Marianna* tragen, und gleich darauf die anderen, auf denen *Alessandro* steht, meine. Sieben zu drei. Sieben Schreine, überquellend von den Zeugnissen der glorreichen Kindheit meiner älteren Schwester – Hefte, Zeichnungen, Bilder in Tempera oder Aquarell, Schulzeugnisse mit den erstaunlichsten Noten, Sammlungen von Kinderreimen, die sie auch heute noch aufsagen könnte –, und im untersten Fach nur drei weitere Schachteln voll mit meinem Krempel, dumme Fetische und kaputtes Spielzeug, das ich aus Eigensinn nicht hatte wegwerfen wollen, als es Zeit dafür gewesen wäre. Sieben zu drei: So sah im Großen und Ganzen das Verteilungsverhältnis von Liebe im Hause Egitto aus.

Ich beklagte mich jedoch nicht. Ich lernte, das Ungleichgewicht in der Liebe meiner Eltern wie einen unvermeidlichen Nachteil hinzunehmen, ja, es erschien mir sogar richtig. Obwohl ich mich manchmal geheimen Anwandlungen von Selbstmitleid hingab – die leblosen Gegenstände hatten mit mir nie sprechen wollen –, schüttelte ich diese Eifersucht doch bald ab, denn auch ich hatte, wie meine Eltern, eine Vorliebe für Marianna und verehrte sie über alles.

Vor allem war sie schön, sie hatte schmale Schultern und ein gekräuseltes Näschen im verschmitzten Gesicht, blondes Haar, das etwas nachdunkeln würde, und Unmengen entzückender Sommersprossen sprenkelten ihr Gesicht von Mai bis September. In ihrem Zimmer in der Mitte des Teppichs kniend, umgeben von den Kleidern der Tänzerin Barbie und der Friedensbotschafterin Barbie und von drei Hasbro Mini Ponys mit farbiger Mähne – jedes Teil genau an der Stelle, wo sie es haben wollte –, schien sie nicht nur Herrin ihrer selbst, sondern auch all dessen, was ihr gehörte. Während ich ihr zusah, lernte ich die Sorgfalt für die kleinen Dinge, die ich nicht hatte: Die Art, wie sie sie anschaute, wie sie der einen oder anderen Figur bloß durch eine leise Berührung Persönlichkeit und Bedeutung verlieh, und all das berauschende Rosa, das sie umgab, überzeugten mich davon, dass die Welt der Frauen faszinierender, üppiger und vollkommener als unsere war. Das erregte meinen glühenden Neid.

Marianna war unglaublich. Sie war ein schmales, biegsames Rohr beim Ballettunterricht, bevor Ernesto ihr verbot, damit weiterzumachen, wegen der verhängnisvollen Folgen, die der Spitzentanz für ihre Füße haben könnte, darunter Arthrose, schwere Sehnenentzündungen und verschiedene Knochenleiden; sie war eine brillante Unterhalterin, die die gebildeten Freunde meiner Eltern in Entzücken versetzte – beim Mittagessen anlässlich einer Kommunionfeier erntete sie Komplimente von Ernestos Chefarzt, weil sie den Begriff *Schmeichelei* korrekt verwendet hatte –; vor allem aber war sie ein schulisches Wunder, sodass es während ihrer Mittelschulzeit Ninis größte Sorge wurde, den Glückwünschen auszuweichen, die von allen Seiten auf sie einprasselten, von den Lehrern, von neidgeplagten Eltern und sogar von völlig unverdächtigen Bekannten, zu denen die Kunde von ihren erstaunlichen Erfolgen gedrungen war. Es gab kein Fach, für das Marianna keine Eignung gezeigt hätte, und die Haltung, mit der sie jedes davon anging, war immer dieselbe: folgsam, ernst und strikt ohne jede Leidenschaft.

Sie spielte auch Klavier. Dienstags und donnerstags um fünf Uhr fand sich Lehrerin Dorothy bei uns ein. Eine imposante Frau mit wogendem Busen und dickem Bauch und einer altmodischen Art, sich zu kleiden, womit sie um jeden Preis die englische Abstammung väterlicherseits betonen zu wollen schien. Von mir erwartete man, dass ich sie am Eingang begrüßte und sie anderthalb Stunden später verabschiedete: «Guten Tag, Signora Dorothy.»

«Dorothy allein genügt vollauf, mein Schatz.»

Und später. «Auf Wiedersehen, Dorothy.»
«Bis bald, mein Lieber.»

Sie wurde das erste Opfer von Mariannas geheimem Groll. Das Bündnis mit meiner Schwester, das ich lange Zeit und zu Unrecht für unerschütterlich hielt, wurde gegründet auf grausamen Spott, und zwar an dem Nachmittag, als Marianna, während sie auf die Musiklehrerin wartete, zu mir sagte: «Wusstest du, dass Dorothy eine Tochter hat, die stottert?»

«Was heißt das?»

«Das heißt, dass s-s-ie s-s-o redet. Und sie kann Worte, die mit M anfangen, nicht aussprechen. Wenn sie mich ruft, sagt sie Mmmm-mmm-mm-arianna.»

Sie verzog das Gesichtchen und fing laut zu muhen an. Es war eine monströse und unwiderstehliche Nachahmung voller fröhlicher Bösartigkeit. Nini hätte das verwerflich gefunden: Sie verbrachte einen Großteil ihrer Zeit damit, sich darum zu sorgen, auf welchen unsichtbaren Wegen unser Betragen die anderen verletzen könnte, und in der Unterhaltung vermied sie sorgsam jede Anspielung auf ihre Kinder, für den Fall, dass sie den – falschen, absolut falschen – Eindruck erwecken sollte, sie wolle sich brüsten oder Vergleiche anstellen. Wenn Marianna von einem Schulkameraden sagte: «Er ist viel schlechter als ich, er bekommt überall nur befriedigend», zeigte Nini sich sofort alarmiert: «Marianna! Man soll keine Vergleiche anstellen.» Man denke nur, was los gewesen wäre, wenn sie sie dabei erwischt hätte, wie sie mit schiefem Mund und verdrehten Augen die stotternde Tochter von Dorothy Byrne nachäffte!

Da ich mit acht Jahren meine Reaktionen spontan den vermuteten meiner Mutter anglich, war ich anfangs bestürzt, als Marianna muhte und die Konsonanten verdoppelte. Dann spürte ich, wie meine Lippen nach und nach in die Breite gingen. Fast mit Grauen bemerkte ich, dass ich lächelte. Nein, mehr noch, jetzt lachte ich höhnisch aus vollem Hals, als hätte ich mit einem Mal die Art von Dingen entdeckt, die einen wirklich zum Lachen bringen. Marianna muhte noch einmal, bevor auch sie in Gelächter ausbrach.

«U-u-nd ... schau dir mal Dorothys Achselhöhlen an ... mit all den dunklen Flecken ... das stinkt ganz erbärmlich!»

Wir konnten nicht aufhören: Das Lachen des einen lockte das des anderen hervor. Und kaum drohte das Gelächter zu versiegen, verzog Marianna nur leicht den Mund, und wir fingen wieder von neuem an. Bis dahin hatten wir nichts gemeinsam gehabt. Jede Nähe oder auch nur Komplizenschaft wurde zunichtegemacht vom Altersunterschied zwischen uns und von der herablassenden Resignation, mit der Marianna mich zu ertragen schien. Die boshafte Nachahmung der Tochter von Dorothy war unsere erste direkte Verbindung, unser erstes Geheimnis. Beim Abendessen, während Ernesto im Krankenhaus aufgehalten wurde und Nini uns den Rücken kehrte, um ein letztes Mal das wenig verlockende Kartoffelpüree umzurühren, verzog Marianna das Gesicht, und beinahe hätte ich mich verschluckt. Es sollte uns zur Gewohnheit werden, gewisse Bekannte aufs Korn zu nehmen, die absurden Seiten in unserem streng geregelten Leben aufzuspüren und uns gegenseitig anzustecken, bis wir gar nicht mehr wussten, was uns so erheitert hatte.

Als Dorothy an jenem Nachmittag in einem langen petrolgrünen Kleid mit Plisseeärmeln in der Tür stand, hatten wir Tränen in den Augen. Sofort bemerkte ich die dunklen

Stellen unter den Achseln, und obwohl ich, wenn es darauf ankam, auch damals schon eine gewisse Zurückhaltung an den Tag legen konnte, brachte ich es nicht fertig, Dorothy guten Tag zu sagen, ohne sie mit Gelächter und Prusten zu überschütten.

«Es ist ein Vergnügen, euch so fröhlich zu sehen», bemerkte die Lehrerin verärgert. Sie stellte die Handtasche auf dem Sofa ab und steuerte entschlossen auf den Klavierhocker zu.

Da ließ ich sie allein, wie üblich. Nachdem ich mich vergewissert hatte, dass auf dem Glastischchen eine Wasserkaraffe mit zwei Gläsern bereitstand, schloss ich die Tür zum Flur und kehrte in mein Zimmer zurück. Einen Augenblick herrschte Stille, dann hörte ich, wie das Ticken des Metronoms einsetzte.

Eine gute halbe Stunde wurde für Geläufigkeitsübungen verwendet: chromatische Tonleitern, Terzen, Quarten, vom Blatt spielen, die Etüden von Pozzoli und die fingerbrecherischen Stücke von Hanon. Dann kam das Repertoire. Einige Stücke gefielen mir ganz besonders gut: *Doctor Gradus ad Parnassum* von Debussy, die *Mondscheinsonate* von Beethoven, ein Menuett von Bach, von dem ich mich nur an das Thema erinnere, und das *Prélude* op. 28 Nr. 4 von Chopin, das mich mit seiner weichen Abwärtsbewegung im ersten Teil mit schmerzlicher Melancholie erfüllte. Aber mein Lieblingsstück war eindeutig *Un sospiro* von Franz Liszt, worin Marianna den Gipfel ihrer Virtuosität und die größte Intensität der Interpretation erreichte. Sie war bereits vierzehn und bereitete sich auf einen öffentlichen Auftritt vor, ihren ersten wirklichen Auftritt als Pianistin nach einer Ewigkeit des einsamen Lernens und Übens. Dorothy hatte in einer kleinen Barockkirche im Stadtzentrum ein Konzert ihrer Schülerinnen organisiert.

Marianna übte bis zum Überdruss an diesem Stück, das einige technische Schwierigkeiten aufwies, darunter das Überkreuzen der Arme im komplizierten Arpeggio am Anfang: Die linke Hand huschte über zwei Oktaven hinweg und musste dann schnell über die rechte greifen, um die Melodie in der oberen Tonlage zu vervollständigen. Das Stück war fast schöner zum Anschauen als zum Hören, während Marianna übte, öffnete ich die Tür einen Spaltbreit und beobachtete, wie ihre Finger sich anmutig bewegten, die Tastatur liebkosten, von den raschen Pupillen aufmerksam überwacht. Die Bewegungen waren so schnell, man mochte kaum glauben, dass sie die Tasten wirklich hinunterdrückte, der rechte kleine Finger war weit abgespreizt, als habe er sich vom Handteller gelöst.

Aber die heikle Stelle war weiter hinten, wo die Partitur, sich dem *languendo* nähernd, in eine schwindelerregende Abwärtsbewegung überging. An dieser Stelle blieb Marianna hängen, ihre kleinen Fingermuskeln kamen mit der Geschwindigkeit nicht zurecht, sie hielt an und ließ das Metronom mit seinen trockenen Schlägen weiterlaufen. Unerschütterlich fing sie ein paar Takte weiter vorn wieder an und spielte die Stelle noch einmal, einmal, zwei Mal, zehn Mal, bis sie meinte, die erforderliche Geläufigkeit erreicht zu haben. Oft aber blieb sie am Tag darauf wieder hängen, dann wurde sie wütend und schlug mit den Händen auf die Tastatur, sodass das Instrument ein schauriges Grollen von sich gab.

Eine Woche vor dem Konzert beherrschte sie das Stück jedenfalls vollkommen, und es kam der Zeitpunkt, sich um die Garderobe zu kümmern. Nini begleitete Marianna in ein Geschäft unter den Arkaden, und zusammen suchten sie ein ärmelloses, eng anliegendes Kleid aus, dazu Ballerinas. Für mich fielen eine marineblaue Hose und ein lachsfarbenes Hemd ab – letztere Farbe war in meinem Kleiderschrank vorherrschend, bevor sie vollständig daraus verschwand, um ein unpassendes Zusammenspiel zu vermeiden, wenn ich am Hals oder im Gesicht errötete. Während ich mich auf die Zehenspitzen stellte und im Badezimmerspiegel so viel wie möglich von meiner Gestalt zu erblicken versuchte, war ich mindestens so aufgeregt wie meine Schwester, oder wahrscheinlich – das sage ich heute – noch viel mehr als sie.

In der Kirche war es kalt, und die Zuhörer, etwa fünfzig insgesamt, behielten die Mäntel an, wodurch das Ereignis einen provisorischen Charakter bekam: Es wirkte, als müssten wir alle miteinander von einem Augenblick auf den anderen hinausstürzen. Dorothy legte ein Höchstmaß an Eleganz an den Tag und wurde mit warmem Beifall begrüßt, obwohl sie seit September den Tarif für Privatstunden von dreißig- auf fünfunddreißigtausend Lire erhöht hatte. Ihre Tochter saß in der ersten Reihe, etwas abseits, den fehlerhaften Mund gut verschlossen.

Marianna war als eine der Letzten dran, weil sie zu den fortgeschritteneren Schülerinnen gehörte. Ich zügelte meine Ungeduld, indem ich mich auf die Musik konzentrierte. Viele der Stücke, die die Mädchen vor ihr spielten, erkannte ich wieder, weil Marianna sie auch einmal geübt hatte. Keines der Mädchen schien mir auf ihrem Niveau, oder zumindest nicht so frühreif wie sie. Jedes Mal, wenn ein Mädchen auf das Podium stieg, hielt ich den Atem an, aus Angst, feststellen zu müssen, dass sie begabter war als Marianna oder ein beeindruckenderes Stück darbot. Aber keine war so begabt wie meine Schwester und kein Stück so beeindruckend wie *Un sospiro* von Franz Liszt.

Nini saß neben mir, ab und zu nahm sie meine Hand und drückte sie. Auch sie war nervös. Im Stillen studierte sie die Kleidung der anderen jungen Pianistinnen und wägte ab, ob sie bei Marianna nicht vielleicht übertrieben hatte. Höflich erwiderte sie das Komplizenschaft heischende Lächeln der anderen Mütter, aber wie um hinzuzusetzen: schön, sicher, aber ich kann es gar nicht erwarten, dass das alles vorbei ist. Es war ihr lieber, dass die musikalischen Übungen ihrer Tochter sich wieder im Wohnzimmer abspielten, in Sicherheit, denn an diesem Abend dort zu sein, verlangte einen Gefühlsaufwand, der bei weitem über das hinausging, was sie ertragen konnte. Ich hatte die größte Lust, ihr zu sagen, Marianna sei die Beste, aber ich wusste, was ich damit riskierte. Nini würde sich verschreckt nach allen Seiten umsehen, bevor sie mich warnte: Alessandro, um Himmels willen! Keine Vergleiche anstellen!

Einen Stuhl weiter saß Ernesto, den Großteil des Gesichts von einem Schal bedeckt. Er trug auch eine Mütze aus grober Wolle mit Ohrenklappen und unter dem Mantel mehrere Schichten Kleidung. Es war der zweite Tag seines Heilfastens (nichts außer literweise Wasser von Raumtemperatur), eine selbst auferlegte Reinigungskur, die ihn von einer Reihe geheimnisvoller, in allen Lebensmitteln vorhandener Toxine befreien sollte. Während des Heilfastens, das drei Jahre lang zwei Mal jährlich stattfand, nahm Ernesto frei, lag den ganzen Tag auf dem Diwan, umringt von halbleeren Plastikflaschen, und stieß röchelnde Laute des Leidens aus. Am dritten und letzten Tag redete er praktisch nur mehr irres

Zeug. Er fragte jeden, der zufällig in der Nähe war, nach der Uhrzeit (das Fasten endete um zweiundzwanzig Uhr), und Nini betupfte ihm mit feuchten Kompressen die Stirn. Am Abend des Konzerts war er noch bei sich, aber in der kalten, zugigen Kirche litt er mehr als die anderen unter der Kälte. Nini hatte ihn, bevor sie aus dem Haus gingen, beschworen, er solle ein paar Löffel heiße Brühe zu sich nehmen: «Das ist doch bloß Wasser, Ernesto. Das wird dir guttun.»

«Sicher, Wasser, angereichert mit tierischen Fetten. Und Salz. Du hast ja eine merkwürdige Auffassung von Wasser.»

Wäre er dort vor allen in Ohnmacht gefallen, auf den Stuhl vor ihm gekippt, hätte Nini sich beeilt, zu seiner Rechtfertigung die vielen Nachtdienste anzuführen (sechs, auch sieben im Monat, wirklich zu viel, aber wenn jemand ihn um einen Gefallen bittet, kann er eben nicht nein sagen).

Aber Ernesto fiel nicht in Ohnmacht, den ganzen Abend über saß er mit verschränkten Armen da, während er unter dem Schal vor Hunger nur mühsam atmete. Als Marianna sich in der ersten Reihe erhob und auf den Flügel zuging, war er der Erste, der klatschte, um ihr Mut zu machen. Er straffte sich in den Schultern und räusperte sich, wie um zu betonen, das ist meine Tochter, das herrliche Mädchen, das da aufs Podium gestiegen ist. Ich dachte an den absteigenden Lauf, der Marianna während der langen Übungszeit Probleme gemacht hatte, und wiederholte im Stillen bei mir, mach, dass sie sich nicht vertut, mach, dass sie sich nicht vertut.

Ich wurde erhört. Marianna vertat sich nicht bei dem Lauf. Es kam viel schlimmer. Die Darbietung war verheerend vom ersten Takt an. Nicht die Abfolge der Töne war ungenau – ich hätte jede falsche Note herausgehört, so gründlich kannte ich dieses Stück –, aber die Ausführung wirkte dermaßen schwerfällig und hölzern, dass es geradezu ärgerlich war, vor allem bei dem Arpeggio am Anfang, das im Gegenteil viel Weichheit und Spontaneität erfordert hätte. Mariannas Finger waren plötzlich steif geworden und brachten nur abgehackte Töne hervor, wie Schluchzer. Vor Anspannung zog sie die Schultern zusammen und krümmte sich über das Instrument, als müsse sie mit ihm kämpfen, als täten ihr beim Spielen die Handgelenke weh. Nini und Ernesto machten keine Bewegung, sie hielten die Luft an, und nun wünschten wir uns alle drei, alles möge so schnell wie möglich vorbei sein. Der Seufzer war zum Keuchen geworden.

Als sie fertig war, erhob sich Marianna, rot im Gesicht, deutete eine Verbeugung an und ging zurück an ihren Platz. Ich sah, wie Dorothy sich zu ihr beugte, ihr etwas ins Ohr flüsterte und ihr dabei über den Rücken strich, während ringsum der etwas ratlose Beifall bereits verebbte. Ich konnte mich nur mit Mühe davon abhalten, aufzuspringen und laut zu rufen Wartet! Nicht so sollte sie das spielen, ich schwöre euch, sie kann es viel besser, ich habe sie jeden Nachmittag gehört, dieses Stück ist wunderbar, glaubt mir, es war die Aufregung, lasst sie es noch einmal probieren, nur einmal ... Aber schon hatte ein anderes Mädchen den Platz am Flügel eingenommen und begann mit schändlicher Dreistigkeit eine Rhapsodie von Brahms zu spielen.

Auf dem Heimweg sprachen wir wenig. Ernesto machte allgemeine Komplimente, mehr für den Abend insgesamt als für die Darbietung meiner Schwester, und Nini schloss mit den Worten: «Oh, was für eine Müdigkeit! Aber jetzt gehen wir alle schön heim in unsere warme Wohnung, und ab morgen ist alles wieder wie immer.»

Mit abnehmender Hingabe setzte Marianna den privaten Klavierunterricht fort, jeden Dienstag und Donnerstag, insgesamt dreizehn Jahre lang, bis sie bei der Zulassungsprüfung zum Konservatorium durchfiel, eine Enttäuschung, die zu Hause mit Schweigen übergangen wurde und bald vergessen war. Im Übrigen war das schon die Zeit, da Nini und Ernesto voller Bitternis hatten einsehen müssen, wie sehr die wirklichen Neigungen ihrer Tochter von dem abwichen, was sie sich von Anfang an für sie vorgestellt hatten. Nie mehr, kein einziges Mal mehr klappte Marianna den Deckel des Schimmel-Flügels auf, und wenn sie durch das Wohnzimmer ging, machte sie einen Bogen darum, als ob dieses Tier sie zu lang gequält hätte und auch jetzt noch, obwohl es schlief, Furcht und Abscheu in ihr erregte. Das Instrument steht noch heute da, glänzend und stumm. Die Stahlsaiten im Inneren sind brüchig geworden, es ist völlig verstimmt.

Starker Wind. Verdunkelung

«Wie lang sind wir jetzt hier?»
 «Fünfundzwanzig Tage.»
 «Ach was! Es sind viel mehr.»
 «Fünfundzwanzig, wenn ich es dir sage.»
 «Es scheint eine Ewigkeit.»

Am sechsundzwanzigsten Tag nach Ankunft der Alpini in Gulistan, dem sechsunddreißigsten Tag nach ihrer Landung in Afghanistan, wird die FOB Ice zum ersten Mal angegriffen.

In der Nacht tobt ein Sandsturm, Staub wirbelt durch die Luft, und ein dichter orangefarbener Nebel verbirgt den Himmel. Die paar Dutzend Meter bis zur Kantine oder zu den Toiletten muss man mit gesenktem Kopf zurücklegen, die Augen halb zugekniffen und den Mund fest geschlossen, während die ungeschützten Partien der Wangen sich mit Schrammen überziehen. Die Zelte schlottern wie frierende Tiere, und die Windböen erzeugen fürchterliche Laute. Die Sandkörner, wie verrückt geworden in dem rasenden Wind, haben jedes Hindernis auf ihrer Bahn elektrisch aufgeladen – das ganze Lager scheint auf einem mit Schwachstrom geladenen Gitterrost zu stehen. Die Hysterie der Moleküle ist auch in die Seelen der Soldaten gefahren, sie zeigen sich redseliger als sonst. In der Ruine sprechen die Jungs vom dritten Zug laut, sie übertönen sich gegenseitig. Ab und zu steht einer auf, um an das einzige Fenster der Baracke zu treten und in die wirbelnden Sandwolken und Windhosen zu schauen, die sich auf dem Platz draußen hin und her bewegen wie Gespenster. Schau dir das an, sagt er dann, oder: Scheiße.

Das Geschrei stört vor allem Feldwebel René, der sich mit einer E-Mail an Rosanna Vitale herumplagt, für die er nicht die richtigen Worte findet. Im Kopf hat er seine Gedanken geordnet, wie es seine Gewohnheit ist, aber kaum schreibt er sie nieder, erweist sich die ganze Logik, von der sie getragen sind, als schwankend und zweideutig. Er hatte angefangen mit einem ausführlichen Bericht über den Beginn des Einsatzes – die ermüdende Reise von Italien nach Afghanistan, die Tatenlosigkeit der Tage in Herat, die Fahrt zur FOB. Er hatte sich sogar eine detaillierte und auf gewisse Weise poetische Schilderung dessen erlaubt, was er auf dem Ausflug nach Qalà-i-Kuhna gesehen hatte, sowie des gegenwärtigen Sandsturms. Erst dann kam er zum eigentlichen Anliegen des Briefes, in einem Passus, der mit dem Satz begann: *Ich habe viel nachgedacht über das, was wir uns beim letzten Mal gesagt haben*, und mit immer abenteuerlicheren Verrenkungen weiterging, bloß um das Wort *Kind* um jeden Preis zu vermeiden, es wurde ersetzt durch Umschreibungen wie *Das, was geschehen ist, der Unfall* oder *Du weißt schon, was*. Als er alles noch einmal durchliest, bemerkt er jedoch, dass die Abschweifung am Anfang etwas Beleidigendes hat, die Angelegenheit, um die es eigentlich geht, wird als ein Thema unter anderen abgehandelt, als ob ihm wenig oder gar nichts daran läge, während ihm viel daran liegt, sehr viel, und er will, dass das klar ersichtlich ist, also hat er alles gelöscht und noch einmal von vorn angefangen. Mittlerweile ist er beim vierten Versuch, trotz aller lexikalischen Bemühungen und obwohl ihm scheint, er habe auf jede erdenkliche Weise versucht, zu dem zu kommen, was ihm am Herzen liegt, kann er doch zu keinem Schluss gelangen. Er fragt sich, ob es wirklich eine Art und Weise gibt, das zu sagen, was er sagen will, ohne brutal oder feige zu erscheinen oder beides zugleich. In einer Anwandlung von Ärger schreibt er den lapidaren Satz

Liebe Rosanna,
ich glaube, du musst abtreiben

und drückt auf die Taste Senden. Aber durch den Sturm ist die Verbindung gestört, und René kann die Botschaft noch abfangen, bevor sie gesendet wird.

Um seine Füße hat sich ein kleines stinkendes Häufchen aus Asche und Kippen gebildet, der Rauch steht in samtigen Schwaden in der Luft, aber René zündet sich noch eine Zigarette an. Ein Kind würde sein Leben ruinieren oder es zumindest beträchtlich durcheinanderbringen. Und dann, welchen Sinn hat es, ein Kind mit einer Frau zu haben, die er kaum kennt, besser gesagt, die er überhaupt nicht kennt, eine Frau, die fünfzehn Jahre älter ist als er, eine, die ihn bezahlt, um an seinem Körper ihre Lust zu stillen? Ein Kind ist eine ernste Angelegenheit, das ist kein Scherz, man zeugt und plant es unter bestimmten Bedingungen. Der Doc hat gesagt, es genügt ein Augenblick, um es loszuwerden, weder Mutter noch Kind merken etwas davon … Er muss aufhören, dieses Wort *Kind* zu verwenden, Schluss damit! Es ist kaum mehr als eine Mücke, mehr nicht, es wird durch ein

Röhrchen abgesaugt und fertig. Es gibt nur einen gangbaren Weg aus dieser hässlichen Situation: Rosanna muss abtreiben, Punkt, Schluss, aus. Leider wird er nicht bei ihr sein können, weil er im Einsatz ist, und das tut ihm wirklich leid, aber wenn es so weit ist, wird er ihr Blumen ins Krankenhaus oder direkt nach Hause schicken lassen. Welche Sorte Blumen ist passend für eine Abtreibung?

An diesem Punkt schleicht sich ein Verdacht in die Überlegungen des Feldwebels, der des Egoismus. Und wenn er sich täuschte? Wenn das, was er zu tun im Begriff ist, eines der Verbrechen wäre, für die es keine Vergebung gibt? Rosanna hat gesagt, es sei ihre Schuld, hundertprozentig ihre Schuld, aber was weiß denn René davon, wie der Herr im gegebenen Augenblick die Schuld bewertet? Da gerät er wieder ins Grübeln, den starren Blick zum Fenster gewandt, gegen das Staubböen wehen. René hat keine Erfahrung mit den gefährlichen Mäandern, in die das menschliche Denken geraten kann, sein Verstand funktioniert linear, eine Idee nach der anderen, mit logischen Übergängen. All dieses Für und Wider, dieses Karussell von Einwänden und Gegeneinwänden, das ist das Ermüdendste, was er je erlebt hat.

«AUFGEWACHT, HERR FELDWEBEL!»

Passalacqua klatscht vor seiner Nase in die Hände, René fährt hoch. Beleidigt versetzt er ihm einen Stoß. Von einem anderen Tisch aus verteidigt Zampieri ihn: «So lass ihn doch in Ruhe. Siehst du nicht, dass der Feldwebel einen Liebesbrief schreibt?» Sie zwinkert ihm zu. Er erwidert die Geste nicht.

Er schließt das Mailprogramm und geht mit Doppelklick auf das Icon für Warcraft II. Zerstreuung, er braucht ein wenig Zerstreuung.

Ein paar Meter weiter drüben an einem Tisch, der durch eine unter ein Tischbein geklemmte halbe Klopapierrolle im Gleichgewicht gehalten wird, spielen Ietri, Camporesi, Cederna und Mattioli Risiko. Das ist das Spiel für Cederna, in dem er sich als der Großkotz erweist, der er ist. Er hat die schwarzen Truppen gewählt, und nach weniger als einer Stunde ist er in verschiedenen Gebieten geschlagen. Es bleiben ihm hier und da verstreute Truppen, und er hat beschlossen, seine ganzen verbleibenden Kräfte auf Brasilien zu konzentrieren; hartnäckig greift er die Streitkräfte Ietris an, die sich in Venezuela verschanzt haben. Bei jeder Runde erneuert er seinen Angriff mit aller Macht, und Ietri ist langsam genervt. Er ist sich sicher, dass die Mission des Freundes nichts mit der Zerstörung seiner Streitkräfte zu tun hat und auch nicht mit der Eroberung des südamerikanischen Kontinents. Es ist pure Schikane, Cederna will ihn ärgern, ihm den Spaß am Spiel verderben, weil er verliert und nicht akzeptieren kann, dass es für Ietri gut läuft (nachdem er den nordamerikanischen Kontinent erobert hat, rückt er langsam in Richtung Süden vor).

«Angriff auf Venezuela von Brasilien aus mit drei Würfeln», sagt Cederna. «Von deinen Panzern kannst du dich verabschieden, Jungfräulein.»

«Ich versteh nicht, warum du immer auf mich losgehst», erwidert Ietri und bereut es sofort. Und in der Tat, Mattioli setzt schon ein sarkastisches Lächeln auf.

Cederna äfft ihn nach: «*Ich versteh nicht, warum du immer auf mich losgehst* ... Weil die Venezolaner Scheißkommunisten sind und bestraft werden müssen. Darum.»

Er wirft die Würfel auf das Spielbrett und bringt – sicher mit Absicht – Ietris Truppen durcheinander, die dieser mit viel Zeit und Mühe sorgsam in Reihe und Glied aufgestellt hatte. Eine Fünf, eine Sechs und eine Zwei. «BUUUM!»

Widerwillig greift Ietri nach den blauen Würfeln. Obwohl zahlenmäßig stark, wirken seine Streitkräfte jetzt mutlos, in einem chaotischen Rückzug begriffen. Er würfelt und bekommt bei zwei von drei Würfeln eine niedrigere Punktzahl. Cederna beeilt sich, die entsprechenden Panzer wegzunehmen, und ahmt dabei ebenso viele Explosionen nach.

«Finger weg, Ich mach das selbst.»

Er hat die Nase voll. Wäre er Cederna, würde er sich nicht so aufführen. An seiner Stelle hätte er sich wahrscheinlich auf Mattioli konzentriert, der auf diese verbissene und stille Art spielt, wie jemand, der keinen Spaß am Spiel hat, weil er den Wettkampf zu ernst nimmt. Der Einsatz sind zwanzig Euro, das ist nicht viel, aber immerhin etwas. Ietri erschrickt über die Heftigkeit seines Wunsches, sich in ihren Besitz zu bringen. Neuerdings wird seine Seele immer häufiger von Kräften heimgesucht, die er nicht zu beherrschen weiß.

«Ich greife noch einmal an. Venezuela. Tod den Kommunisten.»

«O nein! Jetzt reicht's!», platzt Ietri heraus.

«Wann es reicht, das bestimme ich, Jungfräulein.»

Camporesi bricht in Gelächter aus. Niemand hat auch nur im Entferntesten eine Ahnung, wie zutiefst gedemütigt Ietri sich in diesem Augenblick fühlt. Er presst die Würfel in der Faust zusammen.

Er würfelt. Diesmal liegt er mit allen drei Würfeln unter Cedernas Punktzahl und verliert das Gebiet. Doch er lässt sich nicht aus der Fassung bringen, er hat genügend andere Territorien. Er nimmt die Panzer weg und legt sie in die Schachtel. Wenn Cederna sich gern als Arsch aufführen will, umso schlimmer für ihn. Er wird ihm bestimmt nicht die Genugtuung geben, sich zu ärgern.

Mattioli ist dran und schickt sich gerade an, einen seiner hinterhältigen, lang im Stillen ausgeklügelten Strategiezüge umzusetzen, als sie die erste Detonation hören. Ein dumpfer, nachhallender Schlag, wie ein auf den Boden geschleuderter Amboss. Das Ohr der Jungs ist darin geschult, die verschiedenen Geschützarten zu unterscheiden. Aber es ist Feldwebel René, der als Erster das Wort *Mörser* ausspricht.

Er sagt es langsam, wie für sich. Gleich darauf schreit er: «In den Bunker!»

Die Jungs springen auf und steuern auf die Tür zu, rasch und diszipliniert. Sie kennen den Evakuierungsplan, sie haben ihn mindestens hundert Mal geprobt. Für den Stabsgefreiten Francesco Cederna ist es der erste Einschlag einer Mörsergranate, den er außerhalb einer Gefechtsübung hört. Er wundert sich, wie vollkommen identisch der Klang mit dem ist, den er kennt: Na klar, natürlich ist das so. Fast möchte er dem Feind danken, dass er die Partie Risiko, bei der er am Verlieren war, unterbrochen hat.

Camporesi und Mattioli haben hintereinander Aufstellung genommen, um hinauszugehen. Cederna ist zurückgeblieben und hat das plötzlich bleich gewordene Gesicht von Ietri vor sich. Mit dem Unterarm fegt er die Panzer vom Spielbrett: «Wie schade, Jungfräulein. Es lief so gut für dich.» Er nimmt den Geldschein und steckt ihn in die Tasche. Der andere verzieht keine Miene. Es gibt noch einen Einschlag, und diesmal spüren sie ganz unverkennbar das Vibrieren des Bodens unter den Füßen. «Nur Mut. Nach dir.»

Cederna tritt als Letzter in den Sandsturm hinaus. Er will

Coolness zeigen und sich selbst den Eindruck vermitteln, dass er alles unter Kontrolle hat. Eine weitere Granate schlägt irgendwo links von ihm ein. Näher diesmal, vielleicht innerhalb des Lagers, aber die Sicht ist auf wenige Meter beschränkt, unmöglich, das festzustellen. Das gellende Heulen der Sirene und die Vielzahl der Stimmen ergeben eine komplexe Stereophonie. Die Befehle für die Soldaten im Kampfeinsatz mischen sich unter die Aufforderungen an die anderen, Deckung zu suchen. Cederna bedauert, dass seine Einheit heute nicht im Einsatz ist, sie müssen kuschen wie Hunde, die Angst haben vor einem Feuerwerk. Was für eine Scheiße.

Er hört, wie die Motoren der Lince angeworfen werden. Wo wollen die denn hin? Bei einem derartigen Sturm riskieren sie, mehr Schaden anzurichten als ein Schrapnellregen. Er macht den Mund auf, um den Kameraden zuzurufen, sie sollen sich beeilen, aber eine Handvoll Sand klatscht ihm direkt in den Rachen, er muss innehalten, stehen bleiben und auf den Boden ausspucken. Kurz überkommt ihn Brechreiz. Die Detonationen folgen einander in dichter Folge und pumpen ihm Adrenalin ins Blut. Das ist nicht unangenehm, er fühlt sich aufgeputscht. Die toben sich aus, die Drecksäcke!

Endlich erreicht er den Bunker. Seine Augen brennen, vor allem das rechte, in das ihm ein Sandkorn geraten ist, in seiner Vorstellung groß wie ein Stein. Der Betontunnel ist voll mit Soldaten. «Macht Platz», sagt er.

Seine Kameraden versuchen, näher aneinanderzurücken, aber der Tunnel ist so voll, und sie sitzen schon so eng, dass nicht einmal ein Zentimeter frei wird. Cederna flucht. «Rückt zusammen, verdammt noch mal!»

René befielt ihm aufzuhören, er muss da stehen bleiben, er sieht ja selbst, dass kein Platz ist.

«Dann geh ich in den anderen Bunker.»

«Red keinen Unsinn. Bleib hier, hier hast du Deckung.»

«Ich hab gesagt, ich geh in den anderen Bunker. Ich bleib nicht hier draußen stehen.»

«Bleib da. Das ist ein Befehl.»

Eine Wand aus Hesco Bastions schützt ihm den Rücken, aber die Luft voller Erdreich und Sand fängt sich im Umlaufgang und peitscht ihm ins Gesicht. Cedernas Selbstbewusstsein schwindet, und er beginnt sich unruhig zu fühlen, zu zittern. Wenn er bloß den Helm und die Windjacke dabeihätte, dann könnte er sich wie eine Schildkröte verkriechen, aber so ist er nackt. Die Haare sind mit Sand verklebt, überallhin dringt er, in den Jackenkragen, in die Strümpfe und in die Nasenlöcher. Wenn eine Granate nah genug einschlüge, könnte ein Splitter ihm ohne weiteres die Schulter durchbohren oder, noch schlimmer, den Hals. Er hat überhaupt keine Lust, einen Splitter abzubekommen, in wenigen Tagen geht er auf Urlaub, und bis dahin will er unverletzt bleiben. Sogar diesem Arsch von Mitrano ist es gelungen, in den Bunker zu kommen, wenigstens zur Hälfte, mit dem Daumennagel kratzt er sich eingetrockneten Schlamm von der Stiefelspitze.

Cederna hat eine Idee. «He, Mitrano.»

«Was willst du?»

«Ich glaube, ich sehe dahinten was. Vielleicht ist es ein Mann am Boden. Komm und schau.»

Alle drehen sich um, plötzlich angespannt. Cederna beruhigt sie mit einem wissenden Blick.

Aber Mitrano lässt sich nicht aus der Reserve locken.

«Das glaube ich nicht», sagt er. Er hat aus eigener Erfahrung gelernt, dass Cederna nicht zu trauen ist. Es ist seine Schuld, wenn er zum Gespött der gesamten FOB geworden ist, besonders seitdem Cederna einen Hubschrauber mit Offizieren auf Besuch mit dem Schild *Nehmt Mitrano wieder mit* empfangen hat. Er hänselt ihn ständig, in der Kantine nimmt er ihm das Essen vom Teller, steckt es in den Mund und legt es ihm dann durchgekaut wieder zurück, er nennt ihn Mongo und halbe Portion. Erst gestern hat er seinen Rasierschaum genommen, hat ihn sich auf die enthaarte Brust gesprüht und ist halb nackt und irres Zeug redend durch das Lager gelaufen.

«Ich sage dir, ich sehe was, eine dunkle Masse. Er könnte Hilfe brauchen. Komm, schau.»

«Hör auf, Cederna», schaltet sich Simoncelli ein. «Das ist nicht komisch.»

«Ja, das ist wieder einer von deinen üblen Scherzen», sagt Mitrano.

«Dann lass es bleiben, Hosenscheißer. Ich gehe allein hin», sagt er und macht Anstalten loszugehen.

«Meinst du das im Ernst?»

«Sicher.»

Mitrano zögert einen Augenblick, dann drückt er die Beine von Ruffinati, die die seinen berühren, weg und läuft geduckt aus dem Bunker. Cederna weist auf einen Punkt.

«Ich sehe nichts.»

«Schau genauer hin.»

Wie alle – außer Mitrano – vorhergesehen hatten, schubst Cederna ihn mit dem Ellbogen beiseite und nimmt seinen Platz im Bunker ein. «Ätsch!»

«He, weg da! Da war ich.»

«Ach ja? Ich sehe nirgendwo deinen Namen geschrieben.»

«Das ist nicht gerecht.»

«*Das ist nicht gerecht, nicht gerecht, nicht gerecht*, aber was bist du denn, ein Weib?»

Cederna setzt sich, wobei er sich mit den Schultern an der Betonwand Platz schafft. Die anderen finden das nicht gut und schauen ihn schief an. «Was für eine fiese Sauerei», kommentiert Camporesi. Zampieri zieht rasch ihre Finger unter dem Schenkel vor.

Er versteht nicht, warum sie sich jetzt so aufführen, sie amüsieren sich doch sonst immer, wenn er Mitrano verspottet, und plötzlich sind sie bereit, ihn in Schutz zu nehmen. Sie sind bloß ein Haufen Heuchler, das ist die Wahrheit, und er sagt es: «Ihr seid ein Haufen Heuchler.» Aber das verschafft ihm keine große Erleichterung und hält die in ihm aufsteigende Scham nicht auf, ein Gefühl, an das er nicht gewöhnt ist. Sogar Ietri weicht seinem Blick aus, als würde er sich für ihn schämen. «Ihr seid ein Haufen Heuchler», wiederholt Cederna leise.

Mitrano zieht ihn am Ärmel. «Da war aber ich», jammert er.

Cederna packt seinen Arm und quetscht ihn, bis er um Erbarmen bittet.

«Können Sie Burraco spielen, Oberleutnant?»

«Nein, Herr Oberst.»

«Briscola?»

«Auch nicht.»

«Aber Sie werden doch wenigstens Tresette können!»

«Herr Oberst, wollen Sie wirklich Karten spielen … *jetzt*?»

«Haben Sie eine bessere Idee? Schlagen Sie aber nicht Dame vor, das ist ein Spiel für Idioten.» Er teilt den Stoß Karten in der Mitte und betrachtet die aufgedeckte Karte: ein Herzbube. «Was für eine Langeweile. Glauben Sie mir. Diesen Krieg werden wir am Ende so verlieren. Diese Schurken werden uns durch Langeweile töten.»

Das Einzige, was sich im Bunker bewegt, sind kleine haarige Spinnen auf zittrigen Beinen, die ihrerseits Schutz vor dem Sturm und den Bomben gesucht haben. Sie laufen mit dem Kopf nach unten an der einzigen von den Männern unbesetzten Stelle, das heißt an der Decke, die voll davon ist. Die Soldaten folgen ihnen mit Blicken, weil sie nicht viel anderes zum Anschauen haben. Mattioli streckt den Arm aus und nimmt eine zwischen Daumen und Zeigefinger, sieht ihr zu, wie sie zappelt, dann zerdrückt er sie.

Feldwebel René bricht als Erster das Schweigen – das keine richtige Stille ist, denn der Beschuss mit Mörsergranaten geht weiter. Er spricht einen Satz, den unter Umständen wie diesen niemand hören möchte: «Wo ist Torsu?»

Er hat seine Männer durchgezählt und bemerkt, dass der Sarde fehlt. Eine Sekunde hat genügt, und ihm war klar, um wen es sich handelt, mit den Jahren ist der Appell eine Frage des Instinkts geworden. Er bräuchte nicht länger, um festzustellen, welcher Finger ihm fehlt, wenn ihm einer abgerissen würde.

Die Soldaten schweigen bestürzt. Dann sagt Allais: «Er ist noch im Zelt.» Zur allgemeinen Entschuldigung setzt er hinzu: «Es geht ihm zu schlecht. Er kann nicht aufstehen.»

In den letzten Tagen ist Torsus Fieber wie verrückt rauf- und runtergegangen, häufig bis auf vierzig hoch. In den schlimmsten Augenblicken murmelt er sinnlose Sätze, über die die Kameraden sich totlachen. Er kann nichts Festes schlucken, er ist auch im Gesicht abgemagert, die Backenknochen unter den Augen treten vor, und obwohl er nichts isst, hat der Durchfall nicht nachgelassen. Nachts hört René, wie er vor Kälte mit den Zähnen klappert, und ein paarmal musste er schon Ohropax verwenden.

«Wir müssen ihn holen gehen», fordert Zampieri sie auf, aber es liegt etwas zu Hysterisches in ihrer Bemerkung, und sie überzeugt nicht.

Einige Jungs richten sich halb auf, unentschlossen, sie warten auf den Befehl des Feldwebels. Da er nicht kommt, setzen sie sich wieder. René befragt Cederna mit Blicken: Das ist sein verlässlichster Mann, der einzige, mit dem zu messen er sich verpflichtet fühlt.

«Wir können ihn nicht hierherbringen», sagt Cederna. «Er kann nicht einmal sitzen, und am Boden ist kein Platz, um ihn hinzulegen.»

«Du bist der übliche Scheißkerl», fährt Zampieri ihn an.

«Und du die übliche Idiotin.»

«Hast du vielleicht Angst, Torsu könnte dir den Platz wegnehmen?»

«Nein. Ich habe Angst, dass jemand getötet wird.»

«Seit wann bist du denn so altruistisch? Ich dachte, das einzig Wichtige wäre, dass *du* nicht getötet wirst.»

«Du weißt nicht, wovon du redest, Zampieri.»

«Ach nein? Und warum ist Mitrano jetzt draußen, während du hier an meiner Arschbacke klebst?»

«An deiner Arschbacke kleben höchstens Zecken.»

«Hört auf!», greift René ein. Er braucht Ruhe, er muss nachdenken. Abgesehen von der Mühe, Torsu in seinem Zustand hierherzutransportieren, bleibt das Raumproblem. Sie könnten ihn in die Kommandozentrale bringen, aber da müsste man den Platz überqueren, die exponierteste Stelle in der FOB. Er müsste vier oder fünf Männer ernstlicher Gefahr aussetzen, aus übertriebener Rücksicht auf einen. Hat das Sinn?

Cederna schaut ihm fest in die Augen, als ob er seine Gedanken lesen könnte. Er schüttelt den Kopf.

Es gibt eine weitere Serie von Detonationen, gefolgt vom Abwehrfeuer der Maschinengewehre, ein Gurt nach dem anderen wird verfeuert. Der Feldwebel glaubt, einen violetten Blitz zu sehen, aber das ist vielleicht nur Einbildung. Zwei Spinnen an der Decke treffen sich, begutachten sich ein wenig, streifen sich mit den Beinen, dann laufen sie in verschiedenen Richtungen davon. Konzentrier dich!, sagt sich René. Einer seiner Männer ist allein im Zelt geblieben. Er gibt sich Mühe, das blasse und verschwitzte Gesicht Torsus aus seinem Gedächtnis zu streichen, den Klang seiner Stimme und die Erinnerung an die letzte gemeinsame Klettertour, als sie sich an einen Hirsch heranpirschten, sie beide allein. Jeden Mann, jeden Freund unpersönlich machen, das ist der Trick, die besonderen Merkmale und den Klang der Stimme löschen, sogar den Geruch, bis du imstande bist, ihn als bloßes Element zu behandeln. Vielleicht sollte er diese Methode auch für die Lösung jener anderen Angelegenheit anwenden. Jetzt ist aber nicht der Zeitpunkt, daran zu denken. Jetzt sind da die Explosionen. Lass dich nicht ablenken, Antonio. Hör nicht auf Zampieris keuchenden Atem. Beherrsch deine Angst. Betrachte die Tatsachen, nur die. Ein Soldat ist in Gefahr, aber nah genug an den äußeren Befestigungsanlagen, dass er einen gewissen Schutz genießt. Auf der anderen Seite wären fünf Männer in Bewegung und mindestens drei Minuten lang dem feindlichen Feuer ausgesetzt, wahrscheinlich länger. Vorgesetzter sein bedeutet, die Möglichkeiten abzuwägen, und René ist ein guter Vorgesetzter, er ist der geeignete Mann für diese Rolle. Als er seine Entscheidung bekannt gibt, ist er vollkommen davon überzeugt. «Wir bleiben hier», sagt er, «wir warten ab.»

«Wie spät ist es?»
«Zehn nach zwölf.»
«Wir müssten hinausgehen und nachsehen.»
«Sehr gut, geh du.»
«Jetzt geh ich.»
Aber er rührt sich nicht.

Cederna denkt schon eine Weile nicht mehr an Mitrano, aber die Überlegungen von vorhin haben eine Spur schlechter Laune in ihm hinterlassen. Er erkennt keinen Sinn darin, eingepfercht herumzusitzen, während der Feind das Lager unter Beschuss nimmt. Man müsste rausgehen und sie abmurksen, alle miteinander, sie aufstöbern, haufenweise Bomben auf ihre versifften Verstecke werfen, das ist das verdiente Ende für einen, der als Feigling kämpft. Wenn er nur schon bei den Spezialeinheiten wäre. Mitten in der Nacht aufwachen, aus dreitausend Metern mit dem Fallschirm direkt in eine rote Zone abspringen, ein Dorf durchkämmen, die Terroristen aufstöbern, sie an Händen und Füßen fesseln und ihnen eine Kapuze überziehen. Und wenn dann irrtümlich ein Schuss losgeht und einen kaltmacht, umso besser.

Im Bunker ist es warm, seine Beinmuskulatur ist steif. Er denkt an den Urlaub, an Agnese, er hat vor, sie sofort nach ihrem Examen zu entführen und mitzunehmen ans Meer, nach San Vito. Mit etwas Glück kann man dort im Oktober noch baden, aber auch bei schlechtem Wetter würden sie ihren Spaß haben, auf dem durchgelegenen Bett der Tante vögeln, bei offenen Gardinen, um sich von den Nachbarn zuschauen zu lassen. Das Haus in San Vito trägt den Geruch seiner Kindheit, der Ferien als Kind, und auch der Sex hat einen anderen Geschmack, wenn sie es dort treiben. Im Hof steht noch der verrostete Käfig, in dem die Tante ihre beiden exotischen Papageien hielt. Der Käfig war zu klein, und sie quälten sich gegenseitig mit Flügeln und Schnäbeln, unentwegt. Cederna hatte ihnen Namen gegeben, aber er erinnert sich nicht mehr – für die anderen in der Familie waren sie nur *die Papageien von Tante Mariella*. Die Vögel hatten alle enttäuscht, weil sie kein einziges Wort lernten, sie stießen nur kreischende Schreie aus, brachten die Zeit damit zu, den Käfig mit ihrem Kot zu verschmutzen und zu streiten, aber er mochte sie und hatte geweint, als sie im Abstand von wenigen Tagen einer nach dem anderen starben. Cederna schließt die Augen. Er versucht sich zu erinnern.

Um vier Uhr morgens heult die Sirene wieder. Drei kurze, deutlich abgesetzte Töne, um Entwarnung zu geben. Zu dem Zeitpunkt schlafen viele der Jungs in dem Bunker, sie haben das Gefühl für Hunger und ihre überall schmerzenden Glieder verloren. Benommen und unkoordiniert kehren sie langsam in ihre jeweiligen Zelte zurück.

Für Oberleutnant Egitto jedoch ist es noch nicht vorbei. Man weckt ihn, als er eben eingeschlafen ist (so scheint es ihm zumindest, in Wirklichkeit hat er über eine Stunde geschlafen).

«Doc, wir brauchen Sie.»

«Ja», aber er kann sich nicht aufrichten, und für einen Augenblick schläft er wieder ein.

Eine Hand schüttelt ihn. «Doc!»

«Ja.»

«Kommen Sie mit.»

Der Soldat stößt ihn vom Feldbett. Egitto ist nicht schnell genug, er kann weder das Gesicht noch den Dienstgrad erkennen. Er fährt sich mit den Händen fest durchs Gesicht, Hautschuppen fallen davon ab. Er schnappt sich die Hose auf dem Stuhl. «Was ist denn los?»

«Einer von uns will nicht aus dem Bunker raus, Doc.»

«Ist er verletzt?»

«Nein.»

«Was hat er dann?»

Der Soldat zögert. «Nichts. Aber er will nicht raus.»

Egitto schlüpft in die Socken. Sie sind voller Sand, die raue Innenseite scheuert an seinen Füßen. «Warum habt ihr mich gerufen?»

«Wir wussten nicht, wen wir sonst rufen sollten.»

«Von welcher Kompanie bist du?»

«Charlie, Herr Oberleutnant.»

«Gehen wir.»

Der Sturm dauert noch an, hat aber nachgelassen, jetzt ist es kaum mehr als ein schmutziger Wind. Sie gehen vornübergebeugt und schützen die Augen mit den Händen.

Der Junge kauert in der Mitte des Bunkers. Um ihn herum stehen ein paar Kameraden, und es ist klar, dass sie versuchen, ihn von etwas zu überzeugen: Als sie Egitto in den Tunnel eintreten sehen, grüßen sie ihn und gehen rasch auf der anderen Seite hinaus.

Er gleicht einer schlappen Gliederpuppe, bei der man die Füllung herausgenommen und sie dann wieder zugenäht hat. Die Schultern hängen herunter, der Kopf ist auf die Brust gesunken. Egitto setzt sich ihm gegenüber hin. Als sie gingen, haben seine Kameraden die Taschenlampen mitgenommen, also muss er seine anknipsen. Er lehnt sie an die Betonwand. «Was ist los?»

Der Soldat schweigt.

«Ich habe dich etwas gefragt. Antworte deinem Vorgesetzten. Was ist los?»

«Nichts, Herr Oberleutnant.»

«Du willst nicht hinausgehen?»

Der Soldat schüttelt den Kopf. Egitto liest den Namen auf der Brusttasche. «Du heißt Mitrano?»

«Ja.»

«Und weiter?»

«Mitrano, Vincenzo, Herr Oberleutnant.»

Der Junge atmet durch den Mund. Er muss stark geschwitzt haben, denn seine Wangen sind gerötet. Egitto stellt sich den Bunker vollgepfercht vor. Noch immer liegt starker Schweißgeruch in der Luft, vermischt mit einem anderen, weniger gut erkennbaren, dem Geruch, den viele aneinandergepresste Körper hervorbringen. Vagale Krise, denkt er. Panikattacke, Hypoxämie. Er fragt den Soldaten, ob ihm etwas Ähnliches schon einmal passiert sei, aber er verwendet nicht das Wort *Panik*, und auch nicht *Krise*, besser *Klaustrophobie* – das klingt unpersönlicher und macht nicht den Eindruck eines persönlichen Versäumnisses. Der Soldat antwortet, nein, er leide nicht an Klaustrophobie.

«Dreht sich dir der Kopf im Augenblick?»

«Nein.»

«Verspürst du Übelkeit, Schwindel?»

«Nein.»

Egitto kommt ein Verdacht. «Du hast dir doch nicht …», und er zeigt auf die Leiste des Soldaten.

Der schaut ihn entsetzt an. «Nein, Herr Oberleutnant.»

«Das wäre keine Schande.»

«Ich weiß.»

«Das kann jedem mal passieren.»

«Ist mir aber nicht passiert.»

«Ist gut.»

Verlegenheit macht sich breit. Egitto braucht Symptome, an die er sich halten kann. Anamnese, Diagnose, Behandlung: So geht ein Arzt vor, er kennt keine andere verlässliche Methode. Vielleicht hat der Soldat Angst gehabt, und das ist alles. Er versucht, ihm Mut zu machen: «Heute Nacht wird nicht mehr geschossen, Giuseppe.»

«Ich heiße Vincenzo.»

«Vincenzo, entschuldige.»

«Ich habe es Ihnen eben gesagt, Vincenzo Mitrano.»

«Du hast recht, Vincenzo. Heute Nacht wird nicht mehr geschossen.»

«Ich weiß.»

«Wir können rausgehen. Es ist sicher.»

Der Soldat presst die Knie gegen die Brust. Die Haltung ist kindlich, aber der Blick nicht, der Blick ist der eines Erwachsenen.

«Außerdem hat gar keine wirkliche Gefahr bestanden», insistiert Egitto. «Keine Granate hat innerhalb des Lagers eingeschlagen.»

«Sie waren dicht dran.»

«Nein, das waren sie nicht.»

«Ich habe sie gehört. Sie waren nah.»

Egitto beginnt ungeduldig zu werden. Trösten ist ein Gebiet, auf dem er sich nicht auskennt, ihm fehlen die geeigneten Worte. Mitrano seufzt. «Sie haben mich draußen gelassen, Doc.»

«*Wer* hat dich draußen gelassen?»

Der Soldat macht eine unbestimmte Kopfbewegung, dann schließt er die Augen. Man hört leises Reden wenige Schritte vom Bunker entfernt, seine Kameraden warten auf ihn. Egitto hört die Worte *etwas schwach* heraus, und er ist sich sicher, dass auch der Junge sie gehört hat, in der Tat sagt er: «Sie sind noch da.»

«Soll ich sie wegschicken?»

Mitrano schaut zum Ausgang. Er schüttelt den Kopf. «Ist egal.»

«Sicher hat es sich um ein Missgeschick gehandelt.»

«Nein. Sie haben mich draußen gelassen. Ich saß dort, und sie haben mir eine Falle gestellt, um mich von meinem Platz zu vertreiben. Sie haben das mit Absicht gemacht.»

«Du kannst mit Hauptmann Masiero sprechen, wenn du das für richtig hältst.»

«Nein. Ich darf es niemand sagen, Doc.»

«Ist gut.»

Das Schweigen dauert drei, vielleicht vier Minuten lang. Eine Ewigkeit, wenn man so übermüdet in einer dunklen Höhle hockt.

«Wie alt bist du, Vincenzo?»

«Einundzwanzig, Herr Oberleutnant.»

«Gibt es niemanden, mit dem du reden möchtest? Ein Mädchen vielleicht? Das würde dir helfen.»

«Ich habe kein Mädchen.»

«Dann deine Mutter.»

Mitrano ballt die Fäuste. «Jetzt nicht», erwidert er barsch. Einen Augenblick später setzt er hinzu: «Ich habe einen Hund, wissen Sie, Doc?»

Egitto reagiert mit übertriebener Begeisterung. «Ach ja? Was denn für eine Rasse?»

«Ein Pinscher.»

«Sind das die mit der platten Schnauze?»

«Nein, das sind Bulldoggen. Pinscher haben eine lange Schnauze und spitze Ohren.»

Der Oberleutnant würde das Thema gern nutzen, um den Soldaten abzulenken, aber er kennt sich mit Hunden nicht aus. Er erinnert sich vage, dass er sich zu einem bestimmten Zeitpunkt in seinem Leben einen Welpen gewünscht hätte, oder nein, es war Marianna gewesen, die ihn wollte, und er wünschte ihn für sie – auf jeden Fall war nichts daraus geworden. Ernesto betrachtete Haustiere als schädliche Überträger von Keimen, und für Nini hätte ein weiterer Mitbewohner die Komplexität des ohnehin schon schwierigen Netzwerks der häuslichen Beziehungen nur erhöht. Egitto fragt sich, ob er etwas entbehren musste. Selbst wenn es so wäre, kümmert ihn diese Entbehrung schon seit geraumer Zeit nicht mehr.

«Doc?»

«Ja.»

«Ich komme hier raus. Irgendwann, wenn ich mich danach fühle, komme ich raus.»

«Aber jetzt nicht.»

«Nein, jetzt nicht, wenn es Ihnen recht ist.»

«Mir ist es recht.»

«Es tut mir leid, dass man Sie gerufen hat.»

«Kein Problem. Du brauchst dir keine Gedanken zu machen.»

«Es tut mir sehr leid.»

Egitto steht auf, wobei er sich mit den Armen abstützt. Er schüttelt den Staub von der Hose. Er ist fertig, hier. Mit dem Kopf berührt er die Decke des Bunkers.

«Doc?»

«Ja.»

«Könnten Sie noch einen Augenblick hierbleiben?»

«Sicher.»

Er setzt sich wieder, stößt mit dem Ellbogen an die Taschenlampe. Der Lichtkegel zeigt auf den Boden, lässt die Abdrücke der Stiefel im Sand erkennen: Jeder verwischt einen Teil des nächsten, fossile Reste eines Kampfes. In diesem Augenblick fängt der Soldat an zu weinen, erst leise, dann immer lauter. «Scheiße», stößt er zwischen den Zähnen hervor. Dann wiederholt er: «Scheiße, Scheiße, Scheiße, Scheiße», als ob das Gift, von dem er sich befreien will, in diesem Wort eingeschlossen wäre.

Egitto macht keine Anstalten, ihn zu unterbrechen, aber aus irgendeinem Grund richtet er den Blick lieber auf das Stückchen Himmel zwischen Wand und äußerem Schutzwall – es ist fast hell. Er lauscht auf das Weinen des Jungen, zerlegt es in seine Bestandteile: Kontraktion des Zwerchfells, die Nasenhöhlen, die sich mit Schleim füllen, die Atmung, die sich maximal beschleunigt und dann plötzlich beruhigt. Mitrano ist wieder ruhig. Egitto reicht ihm ein Taschentuch. «Fühlst du dich besser?»

«Ich glaube, ja.»

«Wir haben es jedenfalls nicht eilig.»

In Wirklichkeit ist er erschöpft. Am liebsten würde er

sich hier auf den Boden legen und einschlafen. Er schließt einen Moment lang die Augen, der Kopf sinkt ihm nach vorn.

«Doc?»

Eine Sekunde genügt, und er befindet sich in einem wirren Traum, in einem Feuergefecht.

«Doc!»

«Was ist?»

Frauen

Der Sandsturm ist vorbei. Nichts an dem klaren Morgen erinnert an das Durcheinander des Gefechts, aber die Psyche der Männer ist noch erschüttert, und auf den Gesichtern derer, die nach und nach zum Frühstück eintrudeln, sind die Anzeichen von mangelndem Schlaf und unterdrückter Gereiztheit deutlich erkennbar. In der allgemeinen Unruhe laufen die Aktivitäten weiter wie gehabt: Die Schulungskräfte treffen um Punkt acht in dem kleinen Fort der afghanischen Polizei ein und bringen den Männern bei, wie man einen Lieferwagen durchsucht und verdächtige Insassen schikaniert; eine Patrouille dringt bis zu einer noch nicht erkundeten Ansiedlung in der Nähe von Maydan Jabha vor, während die anderen sich häuslichen Tätigkeiten widmen, die sie unter anderen Umständen als wenig männlich einstufen würden – Wäsche waschen, den Staub von den Zelten fegen, mit kübelweise Wasser die Toiletten reinigen.

Eine neue Bewusstheit lässt sie jedoch unmerklich erzittern. Die Veteranen, die dieses Gefühl von anderen Einsätzen her kennen, nehmen es gleichgültig hin und antworten den Rekruten, die Trost suchen, ja, wo glaubst du denn, dass du bist, in einer Ferienkolonie? Aber auch sie, erprobte und abgehärtete Kämpfer, sehen die uneinnehmbare Festung, die sie errichtet haben, zum ersten Mal als das, was sie in Wirklichkeit ist: eine allen Widrigkeiten ausgesetzte Sandburg.

Um elf Uhr ist der dritte Zug zu einer Schießübung am Fuß des Westturms angetreten. Die Jungs warten, den Hintern gegen den Tisch gelehnt, wo die Waffen blitzblank zum Gebrauch parat liegen, oder im Schatten, die Schultern an die Wand aus Hesco Bastions gelehnt. Sie bemühen sich, locker zu wirken, ja gelangweilt. In Wirklichkeit sind sie erschöpft und ein bisschen niedergeschlagen, keiner hat mehr etwas zu sagen, nachdem sie den Rest der Nacht bei brennenden Glühlampen im Zelt zugebracht haben, die einen mit vergeblich geschlossenen Augen, um ein paar Stunden Schlaf zu ergattern, die anderen immer wieder die Dynamik des Angriffs erörternd (von der keiner groß was begriffen hat), alle aber mit gespitzten Ohren, auf eine weitere Explosion gefasst. Feldwebel René hat sich den Kopf zerbrochen nach ein paar ermutigenden Worten für seine Jungs, aber es ist ihm nichts eingefallen. Und am Schluss hat er sich damit begnügt zu sagen, wir sind im Krieg, das wissen wir, als ob das ihre Schuld wäre.

Die Gewehrläufe glänzen in der Sonne, und die beiden Kisten Munition machen mehr als einem von ihnen Lust, die Waffe zu laden, aus dem Camp hinauszulaufen und wahllos auf alle Afghanen zu schießen, die ihnen vor den Lauf kommen. René kennt diese Raserei, er verspürt sie selbst, und in den Schulungskursen ist er darauf vorbereitet worden («eine natürliche Reaktion, menschlich, die aber unter Kontrolle gebracht werden muss»). Etwas unbeholfen gibt Pecone der allgemeinen Stimmung Ausdruck, als er ein Gewehr anlegt und damit auf die Berge und dann auf den Himmel zielt, geduckt und zackig um sich schauend. «Kommt raus, ihr

Drecksäcke! Ich mach euch kalt, einen nach dem anderen. Peng! Peng!»

«Leg die Waffe weg. Oder du machst noch einen von uns kalt», sagt René. Das sollte ein Witz sein, aber es klingt schaurig, und keiner lacht.

Am Ende des Platzes taucht Hauptmann Masiero auf, die herumlümmelnden Soldaten richten sich auf und nehmen Haltung an. Der Oberst hat verfügt, dass während des Aufenthalts in der FOB der Hauptmann die Schießübungen auf dem Schießplatz leitet, während für gewöhnlich jeder Zug das intern regelt. Überflüssig zu sagen, dass René über die Neuigkeit gar nicht erfreut ist, er fühlt sich zurückgesetzt. Er empfindet eine herzliche Abneigung für Masiero, er hält ihn schlichtweg für einen Vollidioten und Arschkriecher der schlimmsten Sorte. Soweit er weiß, ist die Abneigung gegenseitig.

Als der Hauptmann den Eckturm erreicht, haben die Jungs in einer Reihe Aufstellung genommen. «Ist die Waffe bereit?»

«Jawohl.»

«Dann fangen wir an, los.»

Einer nach dem anderen klettern sie die Holzleiter hinauf. René hält einen Patronengurt für sie bereit. Masiero tritt hinter jeden Einzelnen und wiederholt ihm die Weisung noch einmal dicht am Ohr: «Siehst du den Hügel da drüben? Da stehen drei Fässer. Ziel auf das rote in der Mitte. Kurze Feuerstöße und fest in die Schulter anziehen. Das MG ist ein Miststück, das sich davonmachen will, das muss man bedenken. Du musst es unten halten, verstanden? Unten. Lade und schieß, wenn du so weit bist. Nimm Ohrenschützer, wenn du dir nicht das Trommelfell zerfetzen lassen willst.»

René schießt als Erster, tadellos. Wenn das Fass getroffen ist, wird es ein Stück hochgeschleudert und kehrt in seine Position zurück. Die Projektile, die nicht treffen, produzieren Rauchwölkchen in den Felsen und im niedrigen Gestrüpp ringsum. Masiero kann sich allerdings eine Spitze nicht verkneifen: «Ziemlich gut, Feldwebel. Versuchen Sie, etwas entspannter zu sein beim Schießen. Sie werden sehen, dann haben Sie mehr Spaß.»

René stellt sich vor, ihm Zeige- und Mittelfinger in die Nase zu bohren und bei den Augen wieder herauskommen zu lassen.

Er wünscht sich, dass seine Jungs ihn nicht blamieren. Es widerstrebt ihm, das zuzugeben, aber er legt Wert darauf, dass sie vor dem Hauptmann gut dastehen.

Der Anfang ist vielversprechend. Von den meisten wird das Ziel mindestens einmal getroffen. Camporesi, Biasco, Allais und Rovere machen es vorzüglich, Cederna bekommt ein Lob für die Geschwindigkeit, mit der er die Waffe lädt und anlegt.

Der Obergefreite Ietri ist der Erste, der ihn etwas enttäuscht. Wie immer ist die Decke des Schießstands zu niedrig für ihn. Er muss sich zu dem Maschinengewehr hinunterbeugen. Vielleicht deswegen oder auch, weil ihn der Atem des Hauptmanns an seinem Ohr nervös macht, hält er den Abzug zu lang gedrückt.

«Munition verschwendet man nicht», ermahnt ihn Masiero.

Als er finster an ihm vorbeigeht, gibt René ihm einen Klaps auf die Schulter. Ietri ist noch jung, er ist wegen allem gleich beleidigt.

Zampieri kommt als Letzte dran. Unwillkürlich schaut

René ihr auf den Busen, während sie die Leiter hinaufsteigt, aber er hegt keinerlei sexuelle Gelüste ihr gegenüber. Das war noch nie so, vielleicht weil sie eine Art Freundin ist oder weil er sie einmal laut hat rülpsen sehen, nachdem sie eine Dose Bier ausgetrunken hatte, und gewisse Dinge vertragen sich nicht mit seiner Vorstellung von Weiblichkeit. Er behandelt sie wie alle anderen, wie einen Mann. Zampieri ist ein gutes Element, sie lenkt den Lince mit Bravour und der nötigen Dosis Verwegenheit, sie ist entschlossen und kneift vor nichts, auch dann nicht, wenn Torsu in der Kaserne Pornofilme einlegt. Mit verschränkten Armen bleibt sie da und sieht sie sich bis zum Ende an. Nach gewissen Blicken, die er aufgeschnappt hat, würde René wetten, dass sie vorzeiten in Cederna verknallt war, aber keiner ahnt etwas davon. Alle glauben, sie sei lesbisch.

Zampieri lauscht den Instruktionen des Hauptmanns und nickt. Sie setzt sich die Ohrenschützer auf und reckt den Hals. Sie hantiert am Deckel herum, um den Gurt einzulegen, aber sie kommt mit der Hand nicht gut hin. Jedes Mal, wenn sie versucht, ihn zu positionieren, fällt ihr der Deckel wieder auf die Finger. Die Schulterstütze rutscht ab. «Ich schaffe es nicht», sagt sie und versucht es vergeblich noch einmal.

Masiero befiehlt den Jungs, eine Palette heranzuschaffen. Di Salvo findet eine im Geräteschuppen, und zu zweit hieven sie sie auf den Turm hinauf. René legt sie auf den Boden, und Zampieri steigt darauf. «Besser so?», fragt er mit Wärme, um sie zu beruhigen.

«Ja.»

«Es würde noch besser gehen, wenn man den Gurt richtig einlegen würde», bemerkt Masiero bissig.

«Sicher. Entschuldigen Sie, Herr Hauptmann.»

Zampieri hantiert noch am Deckel herum, aber das MG entgleitet ihr immer wieder und neigt sich nach vorn, ein störrisches Tier. René ist ungeduldig. Die Jungs unten am Boden beobachten die Kameradin mit einer Mischung aus Mitleid und Neugier und schauen abwechselnd zu ihm, wie um ihn zu bitten einzugreifen. Der Hauptmann lehnt mit den Unterarmen auf der Brüstung des Turms und hat ein sarkastisches Lächeln aufgesetzt. Endlich gelingt es Zampieri, die Waffe mit dem Ellbogen festzuhalten und den Verschluss zu schließen. «Geschafft.»

«Das wurde aber auch Zeit. Fertig laden!»

Die junge Frau versucht, den Spannschieber zurückzuziehen, aber er ist zu fest. Auch René hat vorhin einen gewissen Widerstand gespürt. Jetzt ist er sicher, dass Zampieri es nicht schaffen wird. In der Tat versucht sie es noch einmal, aber sie kann den Spannschieber nicht bewegen.

«Vielleicht klemmt er», sagt sie leise.

Masiero stößt sie mit dem Ellbogen beiseite. «Der klemmt nicht, verdammt! Bei dir klemmt's», und mit einer heftigen Bewegung lädt er die Waffe. «Schieß jetzt!»

Zampieri zittert nicht, aber ihre Wangen sind röter als sonst und der Nacken steif. Auch René fühlt das Blut überall pulsieren, in den Ohren, in den Händen. Zampieri zielt überhastet, das MG prallt zurück, und der Feuerstoß trifft etwa zwanzig Meter über dem Fass. Der Hauptmann flucht, dann stellt er sich hinter die Frau und stößt sie mit dem Becken nach vorn gegen die Schulterstütze. Wenn sie nicht erstarrt wären, würden die Jungs es an ein paar schlüpfrigen Kommentaren bestimmt nicht fehlen lassen.

«Schieß, verdammt noch mal!»

Die Schüsse treffen noch weiter vom Ziel entfernt. Zampieri stößt einen Schmerzensschrei aus, wegen ihres Busens, der an die Schulterstütze stößt. Masiero reißt sie mit einem heftigen Ruck herum und beginnt, sie zu schütteln. «Und du willst ein Schütze sein? Hä? Ein Schütze? Wir sind in Gulistan, verdammt. Hier bringt man uns um wegen solchen wie dir!»

Die Jungs des Zugs haben den Kopf leicht gesenkt. René dagegen ist entschlossen, dem Hauptmann die Stirn zu bieten, bis zuletzt.

«Und wenn du heute Nacht Wache gehabt hättest? Du hättest zugelassen, dass wir alle umgebracht werden. Das hier ist Krieg, und du kannst nicht mal mit einem Maschinengewehr umgehen!»

Zampieri ist erstarrt, sie scheint jeden Moment unter Masieros Griff zerbrechen zu wollen. Ihre Augäpfel sind gerötet.

«Herr Hauptmann», meldet René sich zu Wort.

Wütend fährt Masiero herum. «Was ist?»

«Vielleicht schüchtern Sie sie zu sehr ein.»

René bleibt ungerührt in Habachtstellung, während Masiero mit langsamen Schritten auf ihn zugeht, durch den Mund atmend.

«Ich *schüchtere* sie *ein*?»

«Die Männer haben diese Waffe bisher nie benutzt.»

«Ach herrje! Das tut mir aber leid. Vielleicht hätte ich der Signorina eine Spritzpistole geben sollen. Damit hat sie wohl schon geschossen?»

René schweigt. An seinem Gesichtsausdruck ändert sich nicht das mindeste, an dem seiner Männer, die schweigend am Fuß des Turms stehen, auch nicht. Sie sind zu strengster

Ausdruckslosigkeit erzogen worden, dazu, die schlimmsten Gedanken gut verborgen zu halten, nicht in die Augen vordringen zu lassen, und Masiero war einer ihrer Lehrmeister. Der Hauptmann geht noch näher auf René zu, macht dicht vor seinem Gesicht halt. Er schaut auf das Dienstgradabzeichen an der Jacke, als ob es ihm nicht bestens bekannt wäre. «Feldwebel, sagen Sie mir, waren Sie je in ein Feuergefecht verwickelt? Ein echtes Feuergefecht, meine ich.»

«Nein.»

«Antworten Sie, wie man einem Vorgesetzten antwortet.»

«Nein, Herr Hauptmann.»

«Ich verstehe. Wie schade. Aber machen Sie sich keine Sorgen. Bei diesem Einsatz wird es was. Und wissen Sie, warum? Weil hier scharf geschossen wird. Hier hasst man uns und will uns alle töten. Haben Sie das schöne Feuerwerk gestern Nacht mitgekriegt? Nun, wissen Sie, das ist kein Fest, und die werden nicht aufhören damit, bis sie dieses Lager dem Erdboden gleichgemacht und alle ungläubigen Hunde wie Sie und mich zerstückelt haben. Wissen Sie, was die Taliban mit ihren Gefangenen machen?»

«Nein, Herr Hauptmann.»

«Sie kreuzigen sie. Wie Jesus Christus. Können Sie sich das vorstellen, ein rostiger Nagel zwischen den Sehnen der Hand? Ihr da unten, könnt ihr euch das vorstellen? Und Sie, Mademoiselle, stellen Sie sich das vor? Verhungern oder ausgeblutet sterben. Das kann auch drei Tage dauern. Diese Idioten befeuchten dir die Lippen, damit es länger dauert. Und wissen Sie, was sie sonst noch machen, Feldwebel?»

«Nein.»

«Nein *und was?*»

«Nein, Herr Hauptmann.»

«Sie schlagen mit einem Knüppel auf dich ein, stundenlang, bis nicht mehr klar ist, ob du noch Kleider am Leib hast. Aber sie passen auf, dass sie dich nicht töten. Denn danach sperren sie dich in einen Raum voller Insekten und lassen den Rest der Arbeit dann von denen erledigen. Oder ... fragen Sie mich oder was? Feldwebel!»

«Oder was, Herr Hauptmann?»

«Oder sie hängen dich an den Füßen auf, bis alles Blut ins Hirn strömt und es zum Platzen bringt. BUMM! Haben Sie jetzt begriffen, warum es nützlich ist, ein MG laden zu können?»

«Jawohl, Herr Hauptmann.»

«Und sagt die Signorina mit der blonden Mähne hier hinten auch, dass sie es kapiert hat?»

«Jawohl, Herr Hauptmann.»

«Denn es wäre doch schade, wenn diese schönen goldblonden Haare mit Blut verschmiert würden, finden Sie nicht auch?»

«Jawohl, Herr Hauptmann.»

Masiero macht eine Pause. Die Stille ist so absolut, dass René den eigenen Atem hören kann. «Gut», sagt er schließlich, «dann wären wir hier fertig.»

Der Hauptmann steigt die Leiter hinunter. Die Soldaten nehmen Haltung an, als er an ihnen vorbeigeht, ohne sie eines Blickes zu würdigen. Oben auf dem Turm lächelt René Zampieri zu, wie um zu sagen, sie solle es sich nicht zu Herzen nehmen, es sei nichts Schlimmes passiert.

Die Abenddämmerung ist Oberleutnant Egitto die liebste Tageszeit. Die Luft wird mit einem Schlag frischer, es ist aber noch nicht so schneidend kalt wie in der Nacht. Im Abendlicht scheint die FOB kleiner zu werden, und auf dem mit Steinen übersäten zentralen Platz sind endlich andere Farben zu sehen als das übliche Ocker und Grün: Die Jungs laufen in hellblauen, rosa- und orangefarbenen Bademänteln und Flipflops herum. Ein paar Stunden lang herrscht eine Atmosphäre friedlicher Alltäglichkeit. Auch die hartnäckige Apathie des Oberleutnants bekommt Risse, und unverhoffte Anwandlungen von guter Laune suchen ihn heim.

Neben den Duschen gibt es ein Zelt, das mit einem Heizstrahler ausgestattet ist und als Umkleideraum dient, aber Egitto zieht sich ungern vor seinen Kameraden aus, lieber in der Duschkabine, auch wenn es dort zu eng ist. Er hat eine Technik entwickelt, auf einem und dann auf dem anderen Bein balancierend sich aus- und wieder anzuziehen, ohne dass die Füße mit dem dreckigen Boden unter den Badelatschen in Berührung kommen. Das Überleben in der FOB erfordert solche Fähigkeiten für eine Reihe von unwesentlichen Dingen.

Das Wasser ist lauwarm, nicht wirklich heiß, aber nach zehn Sekunden wirkt es recht angenehm. Jemand hat ein Duschgel auf der Konsole vergessen. Egitto schraubt den Verschluss auf und riecht daran: Es hat einen kräftigen, herben und gnadenlos maskulinen Duft, wie er häufig in den Umkleideräumen der Kaserne anzutreffen ist. Die Jungs lieben es, sich in dichte Duftwolken zu hüllen, sie besprühen sich den Brustkorb, ja sogar die Genitalien mit aufdringlichen Deodorants, deren Geruch dann in der feuchten Luft hängenbleibt – ein weiterer Unterschied zwischen ihm und ihnen. Der Oberleutnant wäscht sich mit neutraler Seife aus der Apotheke.

Er schüttet etwas von der Flüssigkeit in die Hand und

reibt sich Brust und Schultern ein. An den exponiertesten Stellen zeigen sich kleine dunkle Schrunden, die sich gleich wieder schließen. Der Oberleutnant hält den Wasserstrahl auf die am Boden verstreuten abgestorbenen Hautschuppen, bis sie im Abfluss verschwinden. Vielleicht wartet der Besitzer der Flasche vor der Tür. Wenn Egitto an ihm vorbeigeht, wird er den Duft seines Duschgels wiedererkennen, und Gott weiß, wie er reagieren könnte. Die Jungs sind unberechenbar. Er hätte jedenfalls recht, man klaut einem Kameraden nicht die Seife, das ist eines der Vergehen, die auf einem Vorposten mitten in der Wüste gigantische Bedeutung erlangen können. Er nimmt noch etwas von dem Gel und seift sich Schritt und Beine ein. Dann bleibt er mit geschlossenen Augen unter der Dusche stehen, bis jemand an die Tür klopft. Seine drei Minuten Duschzeit sind um.

Als er in die Krankenstation zurückkehrt, ist der Reißverschluss am Zelt halb geöffnet. «Ist da jemand?»

Eine Frauenstimme kommt von der anderen Seite des grünen Vorhangs. «Alessandro? Bist du's?»

Der Vorhang öffnet sich, und ein nackter Arm kommt zum Vorschein, eine Schulter, ein Stück weißes Handtuch, dann das runde Gesicht von Irene Sammartino mit hochgesteckten Haaren. Ihr Hologramm, halb nackt, wird aus einem zeitlich und räumlich sehr fernen Anderswo vor den Oberleutnant projiziert. Verblüfft weicht Egitto vor der Erscheinung zurück.

Die Frau lächelt ihn an. «Ich habe dieses Feldbett genommen. Ich wusste nicht, auf welcher Seite du schläfst. Es war nicht zu erkennen, ob es von jemandem benutzt wird.»

«Was machst du hier?»

Irene neigt den Kopf zur Seite und verschränkt die nackten Arme vor der Brust – ihr Busen war nie sehr groß, aber auch nicht winzig. Egitto erinnert sich vage, wie es war, eine Brust mit der Hand zu umschließen.

«Empfängt man so eine alte Freundin? Komm her, lass dir einen Kuss geben.»

Widerstrebend geht Egitto auf sie zu. Irene beobachtet ihn aufmerksam, sie sieht zu ihm auf, denn sie ist ein wenig kleiner als er, sie scheint sich vergewissern zu wollen, ob noch alles an seinem Platz ist. «Du siehst immer noch eher gut aus», stellt sie befriedigt fest.

Das Handtuch bedeckt nur einen Teil ihrer Schenkel und schwingt bei jeder ihrer Bewegungen hin und her. Es ist auf der Höhe des Schlüsselbeins nicht zu einem Knoten gebunden, sondern nur mit einem Zipfel unter den Rand gesteckt, es könnte jeden Moment aufgehen und den ganzen Körper freigeben. Egitto weiß nicht, warum er diese Möglichkeit in Erwägung zieht. Da ist Irene Sammartino, barfuß in seinem Zelt, und er hat keine Ahnung, warum, er weiß weder, woher sie kommt, ob sie vom Himmel gefallen oder der Erde entsprossen ist, noch, was ihre Absichten sind. Sie drückt ihm zwei leichte, freundschaftliche Küsse auf die Wangen. Sie verströmt einen guten Geruch, der in ihm keinerlei Erinnerung weckt.

«Nur Mut, Oberleutnant! Es wirkt ja so, als hättest du den Teufel persönlich gesehen.»

Eine halbe Stunde später ist er bei Ballesio und verlangt Erklärungen von dem Obersten, der unterdessen mit dem Finger äußerst sorgfältig den Boden eines Joghurtbechers auskratzt.

«Irene, richtig. Sie hat gesagt, ihr seid Freunde. Sie haben's gut. Ein Prachtweib, keine Frage. Aber sie quasselt unentwegt. Unaufhörlich. Und sie macht Witze, die ich ehrlich gesagt nicht verstehe. Finden Sie nicht auch, dass Frauen, die schlechte Witze machen, etwas Trauriges an sich haben? Meine Frau ist auch so eine. Habe nie den Mut gehabt, ihr das zu sagen.» Ballesio steckt den Zeigefinger ganz in den Mund und zieht ihn von Speichel glänzend wieder heraus wie eine feuchte Wurst. «Und dann scheint sie mir eine von denen, die die Tendenz haben, fett zu werden. Die Beine, sage ich, haben Sie sich die Beine angeschaut? Sie sind nicht fett, aber man sieht, dass sie in Gefahr sind, es zu werden. Ich hatte ein übergewichtiges Mädchen als Unteroffizier und ... uff! Die Dicken haben etwas anderes ... etwas vom Schwein. Ist sie gut untergebracht?»

«Ich habe ihr mein Feldbett überlassen.»

«Gut. Das schätze ich. Ich hätte sie auch hierbehalten, aber ihr seid ja schon Freunde.» Hat er ihm eben zugezwinkert? Oder war das nur sein Eindruck? «Und dann schnarche ich so entsetzlich. Das hätte mir fast die Scheidung eingetragen. Meine Frau und ich schlafen seit vierzehn Jahren in getrennten Schlafzimmern. Nicht, dass ich was dagegen hätte, aber manchmal wache ich selbst auf, weil ich zu laut schnarche. Wie ein Traktor, mehr oder weniger», sagt er hustend.

«Gibt es da kein Mittel, Doktor?»

«Keines, Herr Oberst.» Egitto ist wütender, als er zu erkennen gibt.

Ballesio untersucht den Boden des Plastikbechers, ob eventuell noch eine Spur Joghurt darin sein könnte. Er hat sorgfältig auch den aluminiumbeschichteten Deckel abgeleckt, der jetzt auf dem Tisch liegt und im Neonlicht schwach glänzt. Nun wirft er den Becher in Richtung Papierkorb, verfehlt ihn aber. Der Plastikbecher prallt am Rand ab und rollt auf den Boden, dem Oberleutnant vor die Füße. Er hofft, dass der Oberst ihn nicht bittet, ihn aufzuheben. «Sicher. Weil es kein Mittel gibt. Pflaster, Pastillen, auf der Seite liegend einschlafen, alles versucht. Es gibt keine Lösung. Wenn einer schnarcht, dann ist das so. Signora Irene wird jedenfalls eine Woche hierbleiben, wenn's mit dem Hubschraubertransport klappt.»

«Was macht sie hier, Herr Oberst?»

Ballesio schaut ihn schief an. «Das fragen Sie mich, Oberleutnant? Was soll ich darüber wissen? Afghanistan ist voll von solchen Irenes, die durch das Land streunen. Sie suchen, sie untersuchen. Ich würde mich nicht wundern, wenn Ihre Freundin hier wäre, um Informationen über einen von uns einzuholen. Wer blickt da schon durch. Heute beschwert sich ein Soldat über irgendeinen Scheißdreck, und sofort fallen sie wie die Hyänen über einen her. Sie soll es sich jedenfalls bequem machen. Ich habe nichts mehr zu verlieren. Wenn man mich morgen in den Ruhestand schicken würde, wäre ich mehr als glücklich. Aber Sie. Seien Sie auf der Hut.»

Egitto holt Luft. «Herr Oberst, ich möchte Sie um Erlaubnis bitten, hier zu schlafen. Ich werde Sie nicht stören.»

Ballesios Gesicht verfinstert sich, dann entspannt es sich wieder zu einem Lächeln. «Das weiß ich. Sicher nicht. *Ich* wäre es, der Sie stören würde, wenn überhaupt. Sagen Sie mir, was ist das Problem, Herr Oberleutnant?»

«Ich halte es für passender, wenn Signora Irene einen Raum für sich hat.»

«Sie werden doch nicht schwul sein.»

«Nein, Herr Oberst.»

«Wissen Sie, was mein Alter immer gesagt hat? Er sagte, lieber Giacomo, wenn du sie gern schlapp magst, da gibt's mehr als genug.» Der Oberst fasst sich durch die Hosen an die Eier. «Er war ein Ferkel. Noch mit achtzig kroch er zu seiner Pflegerin ins Bett. Der Ärmste, er ist allein krepiert, wie ein Hund. Ich weiß nicht, ob wir uns verstehen, Oberleutnant», und wieder Augenzwinkern, doch diesmal ganz deutlich, «aber was mich angeht, so können Sie und Ihr Besuch machen, was Sie wollen. Ich habe nichts gegen etwas gesunde Promiskuität.»

Egitto beschließt, die Anspielungen des Obersten komplett zu ignorieren. Wie würde er reagieren, wenn er die Art seiner Beziehungen zu Irene Sammartino kennte? Er möchte das lieber nicht wissen. Langsam wiederholt er: «Wenn es Sie nicht stört, komme ich hierher. Vorübergehend.»

«Okay, okay, wie Sie wollen», sagt Ballesio ungeduldig. «Wissen Sie, was, Egitto? Sie sind der am wenigsten unterhaltsame Offizier, der mir in den dreißig Jahren meiner Laufbahn begegnet ist.»

In der Nacht jedoch tut er kein Auge zu. Ballesio schnarcht tatsächlich wie ein Traktor, und der Oberleutnant bringt seine Zeit damit zu, sich aufzuregen, er stellt sich das Gaumenzäpfchen des Obersten vor, wie es unter der vorbeifließenden Luft vibriert, die mit Blut gefüllten Drüsen, geschwollen und hypertroph. Er würde gern aufstehen und ihn kräftig schütteln, aber er hat nicht den Mut dazu, er würde gern auf die Krankenstation gehen und sich eine Packung Tavor schnappen, aber auch dazu fehlt ihm der Mut. Irene Sammartino ist dort, sie schläft. Wenn er daran denkt, kommen ihm immer noch Zweifel, ob es sich nicht doch nur um eine detailgenaue anhaltende Halluzination handeln könne. Das Einzige, was er tun kann, ist, Ballesio mit Schnalzlauten zu besänftigen. Der Oberst beruhigt sich für ein paar Sekunden, dann fängt er umso lauter wieder an. Manchmal verfällt er in Apnoe, und wenn er dann wieder anfängt zu atmen, stößt er ungeheuerliche Gurgellaute aus.

Die Frustration macht Egitto anfällig für den Ansturm der Erinnerungen. Der Schutzmantel des Duloxetin wird durchlässig, gibt dem Gedankenstrom schrittweise nach. Der Oberleutnant geht die wenigen, denkwürdigen Episoden der Geschichte mit Irene durch. Wie lang hatte sie gedauert? Nicht lang, zwei Monate maximal. Sie besuchten gemeinsam Kurse an der Schule für Offiziersanwärter. Sie waren sich nähergekommen, weil sie eine Spur lockerer waren als ihre überaus artigen Kameraden – sie durch ihr impulsives Temperament und er durch seine bissige Art, eine unerwartet kostbare Hinterlassenschaft von Ernestos Worttiraden.

Die Anziehung, die Irene auf den Oberleutnant ausübte, war von der kalten Art, aber manchmal schlug das plötzlich um, und dann loderte sie hoch auf, wie wenn man Benzin ins Feuer gießt. Von der mit Irene verbrachten Zeit erinnert er sich vor allem an die sexuellen Begegnungen in dem zum Ersticken engen Zimmer im Schlaftrakt, an die Leintücher, die stets etwas feuchter waren, als sie es sich gewünscht hätten. Aber Irenes überbordendes Gefühl war für ihn bald eine Quelle der Angst geworden, und als auch die erotischen Feuerstürme seltener zu werden begannen, hatte Egitto nichts gefunden, was er an ihre Stelle hätte setzen können.

Er hat das Bild von ihnen beiden vor sich, ausgestreckt auf dem schmalen Bett, wach und träge, es ist ein Sonntagmorgen, und sie lauschen dem Gurren der Tauben auf dem Fenstersims, es ähnelt den rücksichtslosen Lauten eines Orgasmus, eine Assoziation, die Egitto zu ignorieren beschließt: Und das ist der Augenblick, in dem ihm klar wird, dass er keine Lust mehr hat. Er sagt es Irene, ungefähr mit diesen brutalen Worten.

Aber Irene Sammartino loszuwerden, erwies sich als gar nicht so einfach. Zwei Wochen nach der Trennung gab es da dieses unangenehme Nachspiel, sie zitierte ihn in eine Bar im Zentrum und beichtete ihm völlig aufgelöst, dass ihre Menstruation sechs Tage überfällig war – das konnte kein Zufall sein, nein, ihre Regel war pünktlichst, absolut zuverlässig. Aber den Test wollte sie nicht machen, noch nicht. Sie gingen lang unter den Arkaden auf und ab, ohne sich zu berühren, Egitto erwog im Stillen verschiedene Szenarien, er konnte seinen Ärger nur mit Mühe unterdrücken, und unterdessen versuchte er sie zu überzeugen, sich Sicherheit zu verschaffen. Das Ganze erwies sich als falscher Alarm. In den folgenden Monaten tauchte Irene immer dann auf, wenn er es am wenigsten erwartete. Ihre gemeinsamen Freunde waren rein logisch betrachtet mehr seine als ihre Freunde, aber Irene ließ keine Gelegenheit zu einem Treffen aus. Sie kam immer allein, strahlend, und eine Weile lang war sie unwahrscheinlich laut. Sie war für alle offen, übersah nur ihn, aber wenn sie diese Rolle nicht mehr durchhielt, verschloss sie sich in Schweigen. Sie fing an, mit der Unruhe eines Raubtiers um sich zu schauen, warf häufig Blicke in seine Richtung, und im Verlauf des Abends fanden sie beide sich früher oder später allein wieder, fragten sich gegenseitig, wie es so gehe, immer verlegener.

Dann, von einem Tag auf den andern, verschwand Irene Sammartino im Nichts. Die Vermutung, die sich unter den Schülern der Offiziersschule breitmachte, war, dass sie vom Geheimdienst für ein Sonderprogramm im Ausland angeworben worden war. Egitto wunderte das nicht: Sie war immer ein aufgewecktes Mädchen gewesen, sie besaß Kommunikationstalent. Er stellte sich jedenfalls nicht viele Fragen. Er fühlte sich erleichtert.

Die Nase von Oberst Ballesio gibt einen lauten Pfiff von sich, wie das Zischen einer Rakete, der dann in einem Schnalzen endet. Egitto dreht sich zum tausendsten Mal auf seinem Bett um. Irene Sammartino ... wie viele Jahre sind vergangen? Acht? Neun? Und nach all diesen Jahren taucht sie ausgerechnet hier in Gulistan auf, in seinem Zelt, wie ein Trojanisches Pferd, welches das Schicksal bei Nacht und Nebel in sein Versteck eingeschleust hat. Um ihn zu verwirren, um ihn zurückzubringen. Wohin, das weiß er nicht. In die funkelnde Welt der Lebenden? Nein, mit Schicksal hat das nichts zu tun. Egitto ist oft versucht, sich vom Spiel der Koinzidenzen blenden zu lassen, aber hier ist Irene Sammartino mit im Spiel. Wenn sie in die FOB gekommen ist, dann, weil sie es so beschlossen hat, sie muss etwas im Schilde führen. Er wird sich nicht täuschen lassen. *Seien Sie auf der Hut, Oberleutnant.*

Ietri und Zampieri haben gemeinsam Wachdienst auf dem Hauptturm. Der Mond ist eine leuchtende schmale Sichel über dem Gebirge, und Ietri erinnert sich an einen Merkvers, den er in der Grundschulzeit gelernt hat: *Der Mond ist ein braver Schüler, wenn er ein a macht, nimmt er ab, wenn er ein z macht, nimmt er zu.* Bei zunehmendem Mond stand sein Vater vor Morgengrauen auf, um Rüben auszusäen. Bei einem a am Himmel war er jedoch eines Abends im Mai aus dem Haus gegangen und nicht mehr wiedergekehrt.

«Es ist abnehmender Mond», bemerkt er für sich.
«Was?»

«Nichts.»

Zampieri setzt sich auf den Boden und streckt die Beine aus. Sie bewegt die Stiefelspitzen vor und zurück. «Es ist kalt», sagt sie. «Scheiße, stell dir das erst im Januar vor. Das wird zum Erfrieren.»

Ietri zieht die Handschuhe aus der Tasche und bietet sie ihr an. Sie beachtet das gar nicht, redet weiter und betrachtet dabei die wundgebissene Kuppe ihres rechten Daumens. Wo das Fleisch rosa ist, beißt sie zu. «Der Hauptmann sollte hierherkommen. Um zu spüren, wie kalt es ist. Aber der, der kriegt doch den Arsch nicht hoch.»

«Wer, Masiero?»

Zampieri starrt auf die Stiefelspitzen, während sie weiter an ihrem Finger herumkaut. «Hast du gesehen, wie er mich behandelt hat? Mademoiselle hat er mich genannt, wie irgendein beschissenes Model.»

«Heißt es so?»

Wieder beachtet sie ihn nicht. «Ich kann ein MG laden, das versichere ich dir. Ich kann alle Waffen der Welt laden. Dieses Maschinengewehr war zu hoch angebracht. Masiero sollte mich mit meiner SC schießen sehen. Dieses Fass, das schieß ich ihm damit in Stücke.»

«Mit einer SC könntest du gar nicht so weit schießen», widerspricht ihr Ietri, hat aber gleich den Eindruck, etwas Falsches gesagt zu haben. In der Tat sieht Zampieri ihn befremdet an, etwas angewidert, bevor sie weiterspricht. «Diese Waffe hat geklemmt, das hab ich ihm gesagt. Das muss Simoncelli gewesen sein, er hat vor mir geschossen. Der macht an den Kanonen immer was kaputt.»

Sie nimmt den Daumen aus dem Mund und reibt ihn mit dem Zeigefinger. Sie löst den Pferdeschwanz und schüttelt den Kopf. Mit offenen Haaren ist sie schöner, denkt Ietri, weiblicher.

Einen Augenblick später schluchzt sie haltlos. «Er hat mich Signorina genannt! Scheißmacho! Mit euch macht er das bestimmt nicht. O nein! Das ist nur, weil ich ein Mädchen bin. Eine Idiotin war ich … als ich … diesen Beruf … gewählt hab.»

Die Schultern zucken vom Weinen, und Ietri muss den Impuls unterdrücken, ihr über den Kopf zu streichen.

«Ich bin … unfähig.»

«Nein, bist du nicht.»

Mit einem Ruck hebt sie den Kopf und vernichtet ihn mit Blicken. «Doch, bin ich! Was weißt du denn schon davon? Nichts. Nichts weißt du!»

Der Ausbruch scheint sie zu beruhigen. Ietri beschließt, nicht zu widersprechen. Zampieri weint noch immer, aber leise, als ob das nur eine andere Art zu atmen wäre. Ietri weiß nicht, wie man ein Mädchen tröstet. Seine Mutter hat er oft getröstet, besonders in der schlimmen Zeit, als der Vater hinter den Feldern verschwunden war, aber das war anders. Er musste nicht viel tun, sie machte alles: Sie hielt ihn so fest, dass sie ihn fast erdrückte, und wiederholte immer wieder Mama ist bei dir, Mama ist bei dir. «Manchmal glaube ich auch, dass ich unfähig bin», sagt er.

«Wo du doch immer alles richtig machst. Das Bett immer picobello in Ordnung, immer pünktlich beim Appell, nie beschwerst du dich oder machst Quatsch. Sehen Sie hier den Obergefreiten Ietri, er ist der perfekte Soldat!»

Ietri gefällt der Ton nicht, in dem sie das sagt. Er gibt sich Mühe, die Dinge richtig zu machen, das stimmt, daran kann er auch nichts Schlechtes finden. Er verspürt jedoch das Bedürfnis, sich zu rechtfertigen. «Auch ich habe Bockmist gebaut!»

«Natürlich.»

«Im Ernst.»

«Was du nicht sagst.»

«Neulich nachts ist mir die Taschenlampe ins Klo gefallen.»

Verblüfft fährt Zampieri herum und sieht ihn an. «Die Taschenlampe, die die Toilette verstopft hat, war *deine*?»

«Ich habe versucht, sie herauszuziehen, aber es war stockdunkel. Ich wollte meine Hände da nicht reinstecken. Es war schmutzig, ich hab mich geekelt.»

Das Mädchen schlägt sich mit den Händen auf die Schenkel und fängt an, lauthals zu lachen. «Du bist ein echter Idiot.»

«Hör auf! Du weckst ja das ganze Lager.»

Aber Zampieri hört nicht auf. «Du bist wirklich ein Idiot!», wiederholt sie.

Dann lässt sie sich auf die Seite fallen, und es macht ihr nichts aus, dass sie mit der Wange über den Boden streift.

«Ich kann wenigstens schießen», murrt Ietri immer gereizter.

Sie setzt sich wieder auf. Sie hat Staub an der Wange und wischt ihn mit dem Unterarm weg. «Ist gut, ist gut. Sei nicht böse», sagt sie, aber dann fängt sie wieder an zu lachen.

Das Fleckchen Erde in dem Wachturm ist mit Patronenhülsen übersät. Ietri nimmt eine und dreht sie zwischen den Fingern hin und her. Er fragt sich, ob sie zu einem Schuss gehört, der getötet hat, oder zu einem, der ins Leere ging.

Zampieri schnaubt durch die Nase. «He, bist du beleidigt?»

«Nein.»

«Wirklich nicht? Du wirkst zu Tode beleidigt.»

«Ich bin nicht beleidigt.»

«Du bist nett, wenn du so schmollst.»

Ietri bleibt der Mund offen stehen. «Was?»

«Ich habe gesagt, dass du nett aussiehst.»

«In welchem Sinn?»

«In *keinem* besonderen Sinn! Du bist nett und basta. Hat dir das noch nie jemand gesagt?»

«Nein.»

«Du solltest dich jetzt sehen. Du bist ganz rot geworden.»

«Wie kannst du so etwas sagen, wir sind doch fast im Dunkeln?»

«Du bist so rot, dass man es auch so sieht. Du leuchtest, verdammt.»

Vermutlich hat sie recht. Ietri *fühlt* sich rot. Er kehrt Zampieri den Rücken zu und tut so, als würde er durch die Schießscharte schauen. Das Gebirge ist ein großes geducktes Tier, kaum schwärzer als der Himmel, man erkennt seine Umrisse. Zampieri hat gesagt, er sei nett. Ob er das glauben soll? Sie öffnet den Reißverschluss ihrer Jacke, greift in die Innentasche und holt ein Aluminiumfläschchen hervor, trinkt einen Schluck und bietet es ihm an. «Hier. So beruhigst du dich ein bisschen.»

«Was ist denn das?»

Sie zuckt mit den Schultern.

«Bist du verrückt? Wenn man uns erwischt, wie wir gemeinsam auf dem Wachturm trinken, bekommen wir Arrest.»

«Was habe ich gesagt, meine Herrschaften? Hier sehen Sie den Obergefreiten Ietri, er ist der perfekte Soldat!»

Sie trinkt noch einen Schluck und lacht in sich hinein. Ietri schämt sich. «Gib her», sagt er.

Zampieri reicht ihm den Flachmann. Er trinkt einen Schluck. Es ist Grappa, und er ist scharf. Er gibt die Flasche zurück. «Wie bringst du dieses Zeug nur runter?»

«Ich trinke, was da ist. Willst du noch?»

«Ja.»

Ein Weilchen machen sie so weiter, reichen sich die Flasche hin und her. Ietri hört auch dann nicht auf, als er schon keine Lust mehr hat, weil er bei jeder Übergabe die Finger der Kameradin streifen kann. «Hast du Angst gehabt gestern Nacht?»

«Ich habe nie Angst», erwidert sie. Sie wickelt sich eine Haarlocke um den Finger. «Und du?»

«Nein, nein», beeilt Ietri sich zu sagen, «bestimmt nicht.»

Zampieri hat den Reißverschluss an der Jacke etwas offen gelassen, man sieht das grüne Hemd, das über dem Busen spannt. Ietri stellt sie sich ohne Kleider vor. Er baut ihre Gestalt methodisch auf, vom Hals bis zu den Füßen. Sie hat wieder angefangen, an der Fingerkuppe ihres Daumens zu beißen, und wirkt fern, in Gedanken versunken, die nichts mit ihm zu tun haben. «Das werde ich dem Hauptmann heimzahlen», murmelt sie, «eines Tages werde ich es ihm heimzahlen, das schwöre ich.»

Sie reden nicht mehr. Der Grappa ist alle, aber Ietri hat es noch zu einer Erektion gebracht. Er späht weiter unter Zampieris Jacke, stellt sich die weißen Brüste vor, bis sie bedauerlicherweise den Reißverschluss hochzieht und sich vor Kälte zusammenrollt. Eine Minute später schläft sie, er erkennt das an ihrem Atem und am Kopf, der rhythmisch nach oben und unten geht.

Als zwei Stunden später Zeit für die Ablöse wäre, weckt er sie nicht. Er beendet seinen Wachdienst im Stehen, auch wenn es ihn in den Waden kribbelt. Er hat sie lang angesehen, fast die ganze Zeit. Er hat sich erlaubt, sich auszumalen, wie er die Kameradin vögelt, auf dem Boden des Wachturms, wie er ihre Schenkel niederdrückt und ihr den Mund zuhält. Aber er hatte auch zärtlichere Gedanken, in denen sie sich küssten und die Hände streichelten, er zeigte ihr das Haus in Torremaggiore, und sie aßen zusammen mit der Mutter, die aus diesem Anlass Focaccia mit Kartoffeln gemacht hat. Diese Vorstellung ist nicht weniger erregend. Ietri kennt nur eine Art, sich von all dieser Anspannung zu befreien. Er wird zu den Latrinen gehen müssen, wenn der Wachdienst vorbei ist. Das Problem ist – und das ist kein geringes Problem –, dass er keine Taschenlampe hat.

Schauen, schauen und noch mal schauen

«Ein IED ist eine selbstgebastelte Bombe, das muss man bedenken. *Improvised Explosive Device.* Jeder ist imstande, so was zu bauen. Nehmt einen Kanister chemisches Düngemittel, zwei Kupferdrähte und zwei Klemmen und verbindet alles miteinander. Der einfachste Stromkreis, der sich denken lässt, sogar ein Kind bekommt das hin. Die Bauanleitung steht im Internet. Da könnt ihr nichts machen. Ein IED kostet so viel wie eine Pizza und ein Bier, und das Material findet man im Baumarkt. Eine Mausefalle, das ist es. Und wir sind die Mäuse. Und wegen der IEDs ist dieser Krieg so ein beschissener Krieg geworden wie im Irak. Man sieht den Feind nicht mehr, er ist nicht da. Er vergräbt die Bombe, versteckt sich hinter einem Felsen und genießt das Schauspiel. *Bum!* Da könnt ihr nichts machen außer schauen. Ihr müsst alles genau anschauen, immer. Schauen, schauen, schauen und noch mal schauen. Ein Kind, das auf dem Dach steht und euch zuwinkt? Verdacht auf IED. Eine Erdscholle, die etwas dunkler ist als die übrige Erde? Verdacht auf IED. Auch wenn das Erdreich heller ist, besteht Verdacht auf IED. Ein liegengebliebenes Auto? Der verweste Kadaver eines Kamels? Verdacht auf IED. In diesem Krieg sind wir die Trüffelhunde. Wenn der Verdacht auf Sprengkörper besteht, haltet an und lasst die von dem ACRT das erledigen. Hetzt sie nicht. Wenn das ACRT gehetzt ist, fliegt ihr in die Luft. Bringt ihnen zu trinken, ohne dass sie euch darum bitten, denn wenn die von dem ACRT Durst haben und Kopfweh kriegen und durcheinanderkommen, fliegt ihr in die Luft, das muss man bedenken. Das ist ein widerwärtiger Krieg, der widerwärtigste von allen. Ihr könnt einem Taliban nicht das Bajonett in den Bauch rammen, merkt euch das. Sie kommen in ihren weißen, vollkommen sauberen Gewändern daher. Sie gehen und verstecken das IED, und womöglich triffst du sie, wenn sie gerade davon zurückkommen. Sie lächeln dich an, sie sagen Salem aleikum zu dir, und einen Kilometer weiter vorn haben sie ihr kleines Geschenk platziert. Das sind Hurensöhne. Es war besser, als man ihnen noch ein Messer in den Bauch rammen konnte, da konnte man ihnen wenigstens ins Gesicht schauen. *(Zustimmendes Gemurmel.)* Von den IEDs weiß man nichts, niemals, das muss man bedenken. Jedes IED ist eine Geschichte für sich. Wir haben Metalldetektoren, und sie bauen die Druckplatte aus Keramik. Wir schicken Roboter zur Erkundung voraus, und sie platzieren die Ladung einen Kilometer weit hinter der Platte. Wir finden die Platte und sind erleichtert, wir heben sie hoch, um das IED zu entschärfen, das aktiviert aber ein anderes genau darunter, und die Ladung explodiert uns unterm Arsch. Die Taliban, diese Dreckskerle, wissen, wie man Krieg führt. Sie tun ja seit fünfzig Jahren nichts anderes. *(Frage.)* Ein Lince hält zehn Kilo Sprengstoff aus, vielleicht zwölf. Hier bauen sie Bomben von fünfundzwanzig Kilo. Fünfundzwanzig Kilo jagen einen Buffalo in die Luft. Eine solche Ladung reißt dich in der Mitte entzwei, wie wenn dir ein Blitz direkt in den Schädel fährt. Es hängt natürlich davon ab, wo das Teil explodiert. Wenn vor dem Panzer, ist es gut möglich, dass die beiden Schützen sich retten können. Wenn es in der Mitte explodiert, dann ciao und auf Wiedersehen. Wenn es dahinter explodiert, kommen der Fahrer und der Funker vielleicht davon, ohne Arme oder ohne Beine oder ohne beides. Den Turmschützen erwischt es in jedem Fall. Die dahinter kommen, sammeln die Teile auf. Ihr wisst, wie man das macht. Wenn ein IED explodiert ist, ist es explodiert. Wenn jemand tot ist, ist er tot. Man muss zusehen, dass die Dinge wieder in Ordnung kommen. Auch das muss man bedenken. Alles zusammen muss man bedenken. Was ihr vergesst, das wird euch töten. Wenn ein IED explodiert und ein Freund von euch draufgegangen ist, weil die von dem ACRT es nicht gesehen haben und ihr stinksauer auf sie seid und ihnen am liebsten einen Tritt in den Arsch versetzen würdet, tut es nicht, denn zwanzig Meter weiter könnte noch ein IED sein, und einer von dem ACRT, dem der Arsch weh tut, ist weniger effizient, und ihr wollt doch sicher nicht auch in die Luft fliegen. Wartet, bis ihr im Lager seid, um ihn zu lynchen. *(Gelächter.)* Wer tot ist, ist tot, und daran kann das ACRT einen Scheißdreck ändern. Niemand kann daran irgendwas ändern. *(Frage.)* ACRT ist das *Advanced Combat Recognition Team*, IED ist *Improvised Explosive Device*, das habe ich euch schon gesagt. Wenn ihr am Ende ein D anhängt, wird das *Improvised Explosive Device Disposal*. VBIED, *Vehicle Bomb Improvised Device*, ist ein IED, das in einem Scheißauto versteckt ist, kurz, eine Autobombe. Die Abkürzungen müsst ihr kennen, die Abkürzungen sind wichtig, alle. Wenn ihr kein Englisch könnt, lernt es. Die richtige Abkürzung im richtigen Augenblick kann euch das Leben retten. Das hier ist kein sauberer Krieg. Das ist kein ausgewogener Krieg. Ihr seid die Zielscheiben. Ihr seid die Mäuse in einem verschimmelten Käse. Da draußen haben wir keinen einzigen Freund. Nicht mal die Kinder mit den Fliegen im Gesicht. Nicht mal die Mau Mau. Mit neunzigprozentiger Sicherheit weiß ein Mau Mau, wo ein IED versteckt ist, und er sagt es euch nicht. Die sind korrupt wie die Huren. Geht nie dort, wo ein Mau Mau nicht langgehen will. Und geht nie dort lang, wo ein Mau Mau es euch sagt. *(Frage.)* Ein Mau Mau ist ein afghanischer Polizist. Aber wo warst du denn bis heute? *(Gelächter.)* Wir sind in einem Land mit dreckigen und korrupten Leuten. Hier gibt es nichts zu verbessern. Wenn wir die Dinge ein bisschen in Ordnung gebracht haben und abziehen, herrscht wieder dasselbe Desaster wie vorher. Ihr möchtet nach Hause. Geht nach Hause, und euer Einsatz wird ein Erfolg gewesen sein, Afghanistan kann sich beerdigen lassen. Weil wir Soldaten sind, tun wir, was zu tun ist. Und verschwendet meine Zeit nicht mit gewissen bescheuerten Fragen.»

Ein Hinweis geht ein. Ein Mann hat zu einem anderen gesagt, der es noch einem anderen weitergesagt hat, und der wiederum hat es dem Verkäufer für Autoersatzteile im Basar gesteckt – der aufgrund einer Vergünstigung, die er bekommen hat, ein Informant mittlerer Glaubwürdigkeit geworden ist –, dass sich die Verantwortlichen für den Angriff neulich nachts in einem Viertel im nördlichen Teil des Orts versteckt halten. In den letzten Wochen hat es ungewöhnlich starke Bewegungen von Mofas rund um diese Zone gegeben. Das genügt, um einen Vergeltungsschlag zu organisieren.

    Ietri weiß von alledem natürlich nichts. Auf ihrem Weg

durch die Hierarchie nach unten zerbröselt die Information. Er und seine Kameraden erfahren von René nur den Namen eines Ziels und die Uhrzeit des Aufbruchs. Sie verlassen die FOB zwei Stunden vor Sonnenaufgang. Der Plan ist, die Taliban zu überraschen, indem man sich heimlich nähert, obwohl das wenig Sinn hat: Vierzig Tonnen Stahl, die im Schritttempo über holpriges Terrain rollen, schaffen nicht eben das, was man einen Überraschungseffekt nennt. Falls die Taliban auf die Idee kommen sollten zu fliehen, würden sie den Weg trotzdem versperrt finden, weil die Soldaten sich aus fünf verschiedenen Richtungen auf die Zone zubewegen und die Straßen abriegeln. Herat hat Luftunterstützung mit zwei Jagdbombern zugesagt, die unsichtbar über der Zone fliegen und im Umkreis von vielen Kilometern Wärmequellen ausmachen. Es war Oberst Ballesio, der vor einigen Stunden in Null Komma nichts diese plumpe und unfehlbare Strategie entworfen hat.

Ietri ist an Bord des Lince, der von Zampieri gesteuert wird. Vom Rücksitz aus schaut er lieber sie an als die Ebene da draußen, den von einem orangefarbenen Bogen erhellten Horizont. Zampieri regt ihn sehr auf und beruhigt ihn sehr, je nachdem. Das ist merkwürdig und gibt ihm zu denken. Das ACRT lässt dreimal wegen verdächtiger Gegenstände anhalten: ein aufgeschlitzter toter Vogel am Rand der Piste, ein paar im Nichts abgestellte schlaffe Säcke, eine Gruppe von drei Steinen, die in fast gerader Linie liegen. Dreimal falscher Alarm, aber ausreichend, um Ietris Unruhe zu erhöhen. Von dem Punkt, wo er sie noch in Schach halten konnte, breitet sie sich nun im ganzen Körper aus. Er umklammert den Lauf des Sturmgewehrs fester, das er aufrecht zwischen den Knien hält. Er sucht nach möglichen geometrischen Formen in den Steinen, vielleicht kann er auffällige ausmachen, die den Pionieren entgangen sind. Doch er versteht nichts davon, die Steine sind alle regelmäßig oder unregelmäßig, je nachdem, wie man sie betrachtet. Er fragt sich, wie die Sturmpioniere ihre Arbeit verrichten. Kann sein, dass sie auch nach dem Zufallsprinzip vorgehen, in der Tat lässt manchmal einer sein Leben dabei. «Sind wir bald da?», kann er sich nicht verkneifen zu fragen.

Keiner antwortet ihm.

«Sind wir nun da oder nicht?»

«Wir sind da, wenn wir da sind», antwortet Zampieri kalt, ohne den Blick von der Straße zu wenden.

Sie steigen aus dem Fahrzeug aus, die Sonne ist bereits aufgegangen. Im Laufschritt legen die Soldaten etwa fünfzig Meter zurück, biegen um eine Ecke, dann um noch eine. René scheint zu wissen, wo sie hinwollen. Sie stellen sich in einer Reihe an einer Hauswand auf.

Sie verständigen sich mit Gesten der Arme, des Kopfes und der Finger, kodifizierte Zeichen. Ungefähr bedeuten sie: Ihr nach vorn, schaut da drüben, du machst die Nachhut, wir gehen durch diese Tür. Der letzte Befehl gilt Ietri: Du zuerst, Cederna gibt dir Rückendeckung, tritt die Tür ein und wirf dich zur Seite. René hebt den rechten Daumen, das heißt: Hast du verstanden. Ietri denkt, ja, aber wenn er sich täuscht? Er bewegt den Zeigefinger, um dem Kommandanten zu bedeuten, er solle es noch einmal wiederholen. René wiederholt die Zeichenfolge noch einmal, langsamer.

Okay?

Okay.

Ietri läuft an die Spitze der Kolonne und wechselt dann auf die andere Seite des Eingangs. Cederna folgt ihm in zwei

Schritten Abstand. Musste er ausgerechnet mich aussuchen?, denkt Ietri. Wer weiß, warum, aber ihm kommen die Kakerlaken aus der Ruine in den Sinn, die Art, wie sie still durch den Raum krabbelten, auf der Suche nach einem Versteck auf ihrem Weg.

Schau dich um, Alter. Schau, wo wir sind.

In der Ferne kräht laut ein Hahn und bringt ihn wieder zu sich. Also rekapitulieren wir: Da ist eine leere Straße, die zwischen den Häusern verläuft und sich in der Wüste verliert, ein Teil der Straße liegt im Schatten, der Schatten kommt von dem Haus, wo der Feind versteckt ist, und auf der schattigen Seite stehen die Soldaten, zu siebt. René vorneweg, stehen sie rechts von der Holztür, er und Cederna sind die einzigen auf der anderen Seite.

Ietri fährt mit der Hand in den Kragen, er sucht nach dem Kettchen mit dem Kreuz, führt es an die Lippen und merkt, dass seine Hände zittern. Auch die Beine. Und die Knie. Scheiße. Er hat nur einen einzigen Tritt, um die Tür aufzubrechen. Sie scheint ziemlich morsch, aber immerhin ist da ein Riegel. Vielleicht haben sie sie von innen mit Eisenstangen gesichert, in diesem Fall ist er geliefert. Sie könnten ihn in einem Augenblick erledigen, wenn die Taliban im Haus ihr Kommen bemerkt haben und sie jetzt mit Kalaschnikows im Anschlag erwarten. Sie eröffnen das Feuer auf den Ersten, der sich zeigt, und der Erste ist er. Da war etwas, woran er sich erinnern sollte, bevor er starb, bis vor einer Minute hatte er es noch im Kopf. War das vielleicht seine Mutter? Die Art, wie sie ihm als Kind mit den Fingern die Haare zum Bubikopf kämmte? Das scheint es ihm nicht zu sein. Jetzt erinnert er sich jedenfalls nur an die Ohrfeige, die seine Mutter ihm am Tag vor seiner Abreise gegeben hat, und die Art, wie sie am Flughafen geweint hat. Ietri packt eine unbändige Wut auf sie.

«Los, Jungfräulein, los», feuert Cederna ihn von hinten an.

Aber Ietris Waden sind schwer wie nasse Sandsäcke. Gar nicht daran zu denken, ein Bein zu heben und der Tür einen Tritt zu geben. Die Sohle der Stiefel könnte mit dem Boden verschmolzen sein, soviel er weiß. «Ich kann nicht», antwortet er.

«Was soll das heißen, du kannst nicht?»

«Ich kann nicht.»

«Warum kannst du nicht?»

«Mein Kopf ist leer.»

Cederna schweigt einen Augenblick, Ietri fühlt seine Hand auf der Schulter. René macht ihm noch einmal das Zeichen, er soll die Tür eintreten.

«Atme tief durch, Roberto», sagt Cederna. «Hörst du mich?»

Er darf nicht sterben, nicht, solange seine Mutter am Leben ist. Sie hat schon so viel gelitten, die arme Frau. Roberto Ietris Leben gehört nicht Roberto Ietri, nicht ganz, ein großer Teil davon gehört seiner Mutter, und er kann sich nicht erlauben, ihr das zu nehmen. Das wäre ein Verbrechen, ein Sakrileg. Sein Kopf ist so leer. Der Schweiß rinnt ihm von der Stirn und in den Nacken, tritt unter den Achseln aus und läuft in die Kleider.

«Mach tiefe, lange Atemzüge, okay? Tu nur das, atme. Das ist das Einzige, worum du dich kümmern musst. Es wird alles gut. Zähl bis fünf. Atme dabei. Tritt diese verdammte Tür ein und wirf dich dann zur Seite. Ich geb dir Rückendeckung. Hast du mich verstanden, Roberto?»

Ietri nickt. Aber sein letzter Gedanke? Und seine Mutter? Zum Henker mit seiner Mutter.

«Atme, Roberto.»

Eins.

Wie geht das? Erreicht einen zuerst der Knall des Schusses oder die Kugel? Das Intervall genügt sicher nicht, um aus der Schusslinie zu gehen. Aber vielleicht ist es für das Hirn ausreichend, um zu begreifen, um dem übrigen Körper mitzuteilen, das war's, du bist tot.

Zwei.

Er bemerkt eine Bewegung am Rand seines Sichtfelds, links. Er wendet den Kopf und sieht ein weißes Licht aufleuchten.

Drei.

Das ist nur ein Stein, der die Sonnenstrahlen reflektiert. Er schaut nach vorn. Die Tür, die Tür, tritt die Tür ein.

Vier.

Er schließt einen Moment lang die Augen, macht einen Schritt zur Seite und tritt mit dem rechten Fuß. Das Holz gibt nach, fliegt auf, schlägt einmal zurück und bleibt dann schief in den Angeln hängen.

Egitto kommt, den Schlafsack unter den Arm geklemmt, zurück zur Krankenstation und überrascht Irene dabei, wie sie in seinem Computer herumspioniert. Noch bevor er etwas sagen kann, zum Beispiel, wie zum Teufel sie das Passwort zu seinem Mailprogramm herausgefunden hat (was sie eben anschaut, ist ganz eindeutig die Maske seiner Mail) und dass sie es gefälligst sofort schließen soll, kommt sie ihm zuvor, indem sie mit engelsgleicher Stimme sagt: «Ich wusste ja gar nichts davon, dass du ein Kind gerettet hast. Der Kommandant hat es mir gesagt. Das ist wunderbar, Alessandro. Ich war gerührt.» Mit einer lässigen und schnellen Bewegung – aber nicht schnell genug – hat sie das Mailprogramm geschlossen und ein anderes Fenster geöffnet, das eine belanglose Dokumentenliste enthält. Sie dreht sich zu ihm um. «Dann bist du also eine Art Held.»

Fassungslos angesichts von so viel Dreistigkeit, kommt Egitto nichts Besseres in den Sinn, als sich auf den Stuhl auf der anderen Seite des Tisches fallen zu lassen, wie ein Kunde in einem Reisebüro oder wie einer seiner Patienten. Der Schlafsack gleitet zu Boden. «Das würde ich nicht gerade sagen», erwidert er.

Einverstanden. Wenn Irene bereit ist, darüber hinwegzusehen, dass er zum Schlafen in ein anderes Zelt gegangen ist und jetzt mit betretener Miene zurückkommt, wird er im Gegenzug dafür von ihr keine Rechenschaft für ihr plumpes Eindringen in seine Privatsphäre verlangen. Außerdem ist da ohnehin nichts Interessantes, was sie in seiner Post hätte entdecken können. Sie schließen diesen Pakt im Stillen und im Bruchteil einer Sekunde. Es gibt also noch einen Rest Einvernehmen zwischen ihnen.

Irene runzelt die Stirn und sieht dem Oberleutnant mit großer Zärtlichkeit in die Augen. «Gestern habe ich es nicht mehr geschafft, es dir zu sagen, aber ich habe das mit deinem Vater gehört. Es tut mir sehr leid, Alessandro. Das ist schrecklich.»

Diesmal kann Egitto seinen Ärger nicht unterdrücken. «Und dazu bist du hergekommen, um mir dein Beileid auszusprechen?»

«Wie streng du bist. Immer in der Defensive.» Dann setzt sie in jovialem Ton hinzu: «Also lass doch mal hören, was du in all dieser Zeit so getrieben hast. Hast du geheiratet? Hast du jede Menge Kinder gezeugt?»

«Ich habe den Eindruck, dass du bereits im Besitz dieser Informationen bist.»

Irene schüttelt den Kopf. «Du bist immer noch derselbe. Du hast dich überhaupt nicht verändert.» War das ein Vorwurf? Oder bringt sie im Gegenteil ihre Erleichterung zum Ausdruck? Freundschaften lassen sich in zwei Kategorien einteilen, die einen sind die Freunde, die dich gern anders hätten, und die anderen wollen dich immer gleich. Irene gehört zweifellos zur zweiten Sorte. «Jedenfalls nein», fährt sie fort. «Ich bin nicht im Besitz *dieser Informationen*, wie du dich ausdrückst. Aber ich gebe zu, es ist mir nicht entgangen, dass dein Ringfinger noch frei ist.»

Ihrer ebenfalls, bemerkt Egitto. Er überrumpelt sie, um ihr keine Gelegenheit zu geben, die Angelegenheit zu vertiefen. «Ermittelst du eigentlich hier?»

«Sagen wir mal so, ich mache eine Tour durch die Lager im Süden. Um zu sehen, wie die Dinge laufen.»

«Und wie laufen sie?»

«Schlechter, als es den Anschein hat.» Nachdem sie das gesagt hat, wird sie einen Augenblick lang nachdenklich, ihre Miene verdüstert sich.

«Das heißt?»

Sie wendet sich wieder ihm zu, nun mit eisigem Gesichtsausdruck. «Alessandro, verzeih mir. Aber ich kann mit dir nicht die Einzelheiten meines Auftrags erörtern. Du weißt, ich habe Weisungen ... von oben.» Sie macht eine flatternde Handbewegung.

«Sicher», beeilt sich Egitto zu sagen. «Ich wusste nicht, dass du an diesem Einsatz beteiligt bist, das ist alles.»

In Wirklichkeit ist er verärgert über Irenes anmaßende Art sowie darüber, sich eingestehen zu müssen, dass er neugieriger ist, als er zugeben will, Näheres über die Umstände zu erfahren, die sie nach Gulistan geführt haben, und über ihr Leben. Irgendwie ist er auch neidisch. Mit einem Mal wird da eine unangenehme, stillschweigende Übereinkunft zwischen ihnen fühlbar: Während Irene Sammartino eine geworden ist, die *Weisungen von oben* bekommt, hat er mit seiner mickrigen Offizierslaufbahn im Heer weitergemacht.

«Du hast es weit gebracht, ich verstehe», sagt er.

«Ach was, woher denn», entgegnet Irene gönnerhaft. «Ich bin nur eine Angestellte wie alle anderen auch.» Dann fährt sie fort, wie um ihm ein kleines Zugeständnis zu machen: «In den letzten Jahren habe ich jedenfalls Dari gelernt. Die Sprache fasziniert mich. So alt. Sie haben komplizierte und sehr elegante Wendungen, um die einfachsten Dinge zu sagen.»

Seinerzeit hat Egitto es auch mit dem Dari aufgenommen, wie viele strebsame Kameraden. Er hat das Lehrbuch noch, in irgendwelchen Kisten, doch er ist über die Begrüßungsfloskeln nicht hinausgekommen. Irene dagegen muss die Herausforderung ernst genommen haben, sie war immer schon ein hartnäckiges Mädchen. Seine glänzende Mitschülerin im Sprachkurs hat die Früchte ihres entschlossenen Lernens zur Reife gebracht und hält sie ihm nun, duftend und fleischig, unter die Nase, als etwas für ihn Unerreichbares. Das funktioniert nicht bei allen so, denkt Egitto, der Baum der Erkenntnis bringt auch verschrumpelte und saure Früchte hervor.

Irene zieht den Netzstecker des Computers heraus, als wäre es ihr Gerät und er nichts weiter als ein lästiger Störenfried. «Wenn es dir recht ist, nehme ich ihn mit rüber. Ich muss einen dringenden Bericht abschließen. Für uns ist das ein Desaster, sie nehmen sie uns aus Sicherheitsgründen immer wieder ab, sie müssen sie immer wieder ... updaten. Es ist zum Verzweifeln. Wir sehen uns beim Mittagessen, wenn du willst.» Damit bemächtigt sie sich, ohne ihn um Erlaubnis zu bitten, mit dem ihr eigenen Ungestüm seines Laptops, wirft ihm eine Kusshand zu und verschwindet auf der anderen Seite der Plane. Baff, als ob man ihm eben das Pausenbrot vor der Nase weggeschnappt hätte, ist Oberleutnant Egitto wieder einmal nicht imstande, sich zu wehren.

Ietri ist hochrot im Gesicht, seine Lippen sind aufgesprungen, sie haben dunkle Risse und zwei Klümpchen Speichel in den Mundwinkeln. Er ist konfus. Er hat Lust, sich zu übergeben, und ist müde wie noch nie in seinem ganzen Leben. Er wirft Rucksack und Helm auf den Boden, hängt sich an die Feldflasche und trinkt, bis ihm die Luft wegbleibt. Er spuckt auf den Boden.

«Und? Habt ihr sie geschnappt?» Zampieri hielt die ganze Zeit Wache bei den Fahrzeugen, vermutlich hat sie sich die Finger blutig gebissen.

Ietri schüttelt den Kopf und vermeidet es, sie anzusehen.

«Was für Drecksäcke», kommentiert er.

Er hat Angst gehabt, verdammte Angst, und jetzt weiß diese ganze Angst nicht, wo sie hinsoll, sie sitzt ihm in der Kehle. Er ist drauf und dran zu weinen, aber er kann nicht, er darf nicht, weil da die Kameraden sind und Zampieri vor ihm. Ist er ein Soldat oder nicht? War es nicht das, was er wollte? Hat er nicht dafür trainiert, ist er dafür nicht Stunden um Stunden die Berge rauf- und runtergelaufen? Wenn Zampieri nicht aufhört, ihn so anzustarren, könnte er wirklich in Tränen ausbrechen. Er lehnt sich auf die Motorhaube des Lince. Sie ist glühend heiß, aber er geht nicht weg. Er ist reglos an der Hauswand stehen geblieben, während die anderen das Innere durchsuchten. Als sie herauskamen und die Familie herausführten, hat er sich angehängt wie der letzte der sieben Zwerge, der kleine, dem der Kittel zu lang ist.

Cederna überfällt ihn von hinten. Wie eine Furie wirft er sich auf ihn, packt ihn am Kragen seines Tarnanzugs und zwingt ihn zu Boden. «Wolltest du dich umbringen lassen, Jungfräulein, hä? Wolltest du, dass sie dir ein Loch in den Bauch schießen, du Hurensohn? Hier? Wolltest du ein Scheißloch hier?»

Er presst ihm ein Knie in die Magengrube, gegen die Bleiplatte der kugelsicheren Weste. Ietri schützt sich das Gesicht mit den Händen. «Entschuldige», keucht er.

«Entschuldige? Ent*schuld*ige? Einen Scheißdreck, Jungfräulein! Entschuldige dich beim Herrgott. Er war es, der dich gerettet hat.»

Cederna gibt ihm eine Ohrfeige, dann noch eine. Schnelle Schläge, die ihn überraschen wie Blitze und ihm den Blick trüben. Er nimmt eine Handvoll Erde und wirft sie Ietri ins Gesicht, vielleicht will er sie ihm in den Mund stopfen, ihn ersticken, aber dann tut er es doch nicht. Ietri wehrt sich nicht, der andere hat recht. Er fühlt, dass sein Brustkorb jeden Moment nachgeben könnte. Erde dringt ihm in die Nase und in die Augen.

Zampieri kommt ihm zu Hilfe. «Lass ihn los», sagt sie, aber Cederna stößt sie weg.

«Warum bist du nicht zur Seite gegangen, hä? Warum bist du nicht zur Seite gegangen, du Vollidiot?» Seine Augen sind rot unterlaufen, der Blick stier. Er versetzt ihm noch einen Stoß mit dem Knie, Ietri bleibt die Luft weg. «Verdammt!», wettert Cederna, dann lässt er ihn los und geht fluchend davon.

Ietri windet sich, er hustet lang, ohne aufhören zu können. Nachdem er die Tür eingetreten hat, ist er stocksteif stehen geblieben, bis Cederna ihm Deckung gegeben hat. Wenn es dadrin ein Gewehr gegeben hätte, befänden sie sich jetzt in den Armen des Schöpfers. Seine erste Aktion war ein totaler Misserfolg, das haben alle gesehen. Der Verstand hat ihn fast sofort verlassen, und der Instinkt konnte nicht aushelfen. Nicht einmal der schlechteste, nicht einmal der unerfahrenste Soldat der Welt hätte sich so benommen wie er. Sicher denkt auch René so: Als er ihm vorhin zwei Klapse auf den Hintern gab und bravo sagte, glaubte er das nicht wirklich, das war nur, um ihm Mut zu machen, und in der Tat hat er sich auch gleich abgewandt.

Zampieri kniet neben ihm nieder. «Schau nur, wie er dich zugerichtet hat», sagt sie.

Sie nimmt ihre Kufiya ab, schüttet aus der Feldflasche etwas Wasser darauf und wringt sie aus. Sie betupft ihm das Gesicht, zuerst die Stirn, dann die Wangen.

«Was machst du?»

«Pssst. Mach die Augen zu.»

Sie tränkt die Kufiya noch einmal mit Wasser und wischt ihm den Hals ab. Als sie hinter seinen Ohren entlangfährt, fühlt Ietri intensive Lust, er schaudert. «Ich weiß nicht, warum er sich manchmal wie ein Idiot benimmt», sagt er.

Sie lächelt ihn an. «Er mag dich. Das ist alles.»

Doch das stimmt nicht. Cederna hat ihn nicht angegriffen, weil er ihn gernhat. Er hat ihn angegriffen, weil er selbst dabei hätte draufgehen können. Ietri hat sie alle miteinander in Gefahr gebracht. Er versucht aufzustehen, aber das Mädchen hält ihn nieder. «Warte.»

Sie fährt mit dem Stoff unter seiner Nase entlang, um den eingetrockneten Rotz abzuwischen.

«Ekelt dich das nicht?»

«Ekeln? Kein bisschen.»

Symbole und Überraschungen

Torsus Krankheit nimmt kein Ende. Die Lebensmittelvergiftung hat ihm die Ruhr eingetragen, die Ruhr das Fieber. Um es zu senken, hat er Antibiotika eingenommen, die einen Abszess am Zahnfleisch und weiteres Fieber verursacht haben, das ihn so lang ans Bett fesselte, bis er Hämorrhoiden bekam. Unter den plötzlichen Stichen weint er wie ein Kind. Und als ob das nicht genügte, fühlt er sich jetzt, da die Temperatur unter Kontrolle ist, wirklich niedergeschlagen. Die Kameraden behandeln ihn mit Gleichgültigkeit oder sind offen feindselig. Wenn sie ihm die Mahlzeiten ins Zelt bringen, ist das Essen kalt und noch ekelhafter als gewöhnlich. Keiner bleibt gern, um ihm am Nachmittag Gesellschaft zu leisten, und all diese Stunden allein im Bett haben die Macht, ihn zu vernichten. Am Anfang war das noch nicht so, da haben sie sich um ihn gekümmert, aber sein Zustand hat sie bald gelangweilt. Als er an diesem Morgen an seinem Bett vorbeikam, hat Cederna ihm eine kräftige Kopfnuss versetzt. «Noch einen Tag im Bett herumlungern, mein Freund?»

«Es geht mir schlecht.»

«Genau, du bist gelb wie Pisse. Wenn du mich fragst, Sarde, stirbst du.»

Da ist noch was anderes. Er hat gerade eine unangenehme Entdeckung gemacht. Wenn er die Füße auf dem Schlafsack nebeneinanderlegt, sieht er ganz deutlich, dass das rechte Bein länger ist als das linke. Das hat er noch nie bemerkt, es muss die Krankheit sein, die ihn asymmetrisch gemacht hat, das Leiden hat seinen Körper verändert. Zur Sicherheit macht er einen Test. Er legt sich ganz gerade auf das Feldbett, die Arme neben dem Körper, und streckt die Sprunggelenke, so weit es geht, dann hebt er leicht den Kopf, um nach unten zu schauen: Kein Zweifel, das rechte Bein ist länger als das linke, die Spitze des rechten großen Zehs ist eindeutig weiter unten. Dieser Gedanke macht ihn verrückt. Er stellt sich vor, dass sich die eine Hälfte seines Körpers aufbläht. In seinem Dorf gab es einen Jungen, der orthopädische Schuhe trug, er hatte einen Keil unter einem Fuß, um den Längenunterschied der Beine auszugleichen, aber auch damit lief er wie ein Krüppel und wurde natürlich von allen gemieden. Zum Verzweifeln. Torsu schreibt seiner virtuellen Freundin, sie ist der einzige Mensch, dem er sich anvertrauen kann, unter Aufbietung all seines Mutes erklärt er ihr, was ihm passiert ist, aber sie zeigt sich gleichgültig, skeptisch.

> THOR_SARDEGNA: Früher war das nicht so, verstehst du oder nicht?
> TERSICORE89: Das kommt dir nur so vor, du wirst müde sein, versuch zu schlafen.
> THOR_SARDEGNA: Alles, was du mir sagen kannst in diesen Tagen, ist, dass ich schlafen soll. Ich tu doch nichts anderes, ich kann nicht mehr schlafen. Und wenn ich dir sage, dass mein rechtes Bein länger geworden ist, solltest du mir glauben, aber nein, du weißt immer alles besser.

TERSICORE89: Mir gefällt der Ton nicht, in dem du mit mir redest.
THOR_SARDEGNA: Ich rede mit dir, wie es mir passt.

Eine halbe Stunde lang starrt Torsu auf den Bildschirm des Laptops, den er auf dem Bauch liegen hat (nicht nur ist das der einzig mögliche Platz, sondern er wärmt ihm auch angenehm den Magen), er schreibt nichts und Tersicore89 auch nicht. Ab und zu schielt er nach seinen Füßen. Jetzt scheint es ihm, als würde sein rechtes Bein von Minute zu Minute länger, er verwandelt sich in ein Ungeheuer! Tersicore ist noch online, sie schweigt. «Antworte doch!»

Zuletzt ist er es, der nachgibt.

THOR_SARDEGNA: Würdest du mich noch lieben, wenn ich anders wäre als so?
TERSICORE89: Aber wenn ich dich doch überhaupt nie gesehen habe ... Ich liebe dich wegen dem, was aus den Worten spricht, die du mir schreibst, Dummkopf. Es interessiert mich nicht, wie lang deine Beine sind. Und du?
THOR_SARDEGNA: Und ich was?
TERSICORE89: Würdest du mich auch lieben, wenn du entdecken würdest, dass ich anders bin, als du es dir vorstellst?

Torsu erstarrt. Er schiebt das Kissen hoch, um sich gerade aufzusetzen. Was soll das heißen? Wie anders? Zampieris Worte gehen ihm im Kopf herum: *Meiner Meinung nach ist das ein Mann.*

THOR_SARDEGNA: Wie anders?
TERSICORE89: Wer weiß ...

THOR_SARDEGNA: Hör auf, mit mir zu spielen! Wie anders?
TERSICORE89: Hör zu, es gefällt mir gar nicht, wie du heute mit mir sprichst. Du bist brutal und aggressiv. Ich glaube, du solltest dich ausruhen. Wir hören uns wieder, wenn du ruhiger bist.
THOR_SARDEGNA: ICH HAB DICH GEFRAGT, WIE ANDERS! ANTWORTE!
TERSICORE89: Pass auf, ich lass mir von dir nichts befehlen, ich bin kein Soldat.
THOR_SARDEGNA: Warum hast du geschrieben Soldat?
TERSICORE89: ???
THOR_SARDEGNA: Du hast geschrieben Soldat.
TERSICORE89: Ja und?
THOR_SARDEGNA: Du hättest schreiben müssen SOLDATIN, nicht SOLDAT.
TERSICORE89: Ich weiß nicht, wovon du redest.
THOR_SARDEGNA: Ach nein? Du weißt es nicht? Meiner Meinung nach weißt du es ganz genau, aber
TERSICORE89: Du solltest dich schlafen legen.

Was für ein Desaster! Torsu fühlt, wie das Fieber wieder in die Höhe schnellt und sein Blut in den Schläfen pocht. Die verschwitzten Finger gleiten über die Tastatur. Ein Mann! Monatelang hat er eine Beziehung zu einem Mann gehabt, einem Scheißperversen. Ihm ist kotzübel. Er schreibt es hin, löscht es, dann schreibt er es wieder, bleibt ein Weilchen sitzen und schaut, schließlich drückt er die Sendetaste.

THOR_SARDEGNA: Bist du ein Mann?

Seine virtuelle Freundin – oder sein Freund, an diesem Punkt weiß er gar nichts mehr – nimmt sich Zeit zum Nachdenken. Das ist keine Frage, die Nachdenken erfordert: Man ist ein Mann oder nicht, es gibt wenig so simple Fragen auf der Welt. Wenn er zögert, dann deshalb, weil er überlegt, in welcher Weise er die Wahrheit umgehen kann. Immer wieder kontrolliert Torsu den Zustand seiner unteren Extremitäten. Bald schon wird er sich missgebildet wiederfinden, und allein.

TERSICORE89: Du tust mir leid. Ich grüße dich.

Tersicore89 schaltet sofort aus. Torsu denkt, dass sie nun wohl miteinander gebrochen haben, und im ersten Moment ist ihm das gar nicht sonderlich unangenehm.

Am Nachmittag, während er den Platz überquert (mit dem Gefühl zu hinken, als ob das Becken aus der Balance wäre), sagt er sich spontan, gleich schreib ich an Tersicore89, und dieser Gedanke lässt ihn zusammenfahren und erstarren. Was zum Teufel ist ihm da eigentlich in den Sinn gekommen? Es ist nicht möglich, dass Tersicore89 ein Mann ist, nicht nach all den wunderbaren und intimen Dingen, die sie sich geschrieben haben. Es muss die Erschöpfung gewesen sein, die ihn zu einer so absurden Sache verleitet hat. Und diese Schnüfflerin Zampieri. Das Problem ist, dass er jetzt nicht weiß, wie er das wiedergutmachen soll, er ist nicht gut in Entschuldigungen. Aber was sorgt er sich? Er wird bestimmt einen Weg finden.

Der Optimismus fegt für einen Augenblick auch den quälenden Gedanken an die Beine weg. In der Tat, als er seine Entdeckung kurz zuvor dem Doc gestand – besser, er erfuhr es gleich, wenn sie ihn wegschicken mussten, dann sollten sie das so bald wie möglich tun –, beschränkte der sich auf ein skeptisches Kopfschütteln: «Nach Abschluss der Wachstumsphase wachsen die Knochen nicht mehr.» Im Gegenzug hat er ihm eine Reihe von absurden Krankheiten aufgezählt, die angesichts seiner schwachen Reaktion auf die Medikamente in Betracht kamen: Cholera, Typhus, eine Amöbeninfektion und noch andere, an die er sich nicht mehr erinnert.

Die mangelnde Anteilnahme des Doc kränkt ihn etwas. Er ist ja ziemlich in Ordnung, der Oberleutnant Egitto, er hat ihn regelmäßig untersucht, hat auch nicht eine Injektion ausgelassen, aber er hat immer so eine schroffe Art, er sagt nicht ein Wort mehr als notwendig. Was soll's. Jetzt weiß er, dass die Sache mit dem Bein nicht schlimm ist, heute Vormittag musste er nur einmal auf die Toilette, und bald wird er Tersicore89 wieder ganz für sich haben. Guten Mutes lenkt er seine Schritte zum Zelt.

Der Schrecken, der ihm beim Anblick der vor seinem Fuß zusammengerollten Schlange durch den Körper fährt, verleiht ihm blitzartig ungeahnte Kräfte – Beweis dafür, dass sein Reaktionsvermögen, wenn's darauf ankommt, intakt ist. Torsu prallt zurück, er geht noch ein paar Schritte rückwärts, stolpert, fängt sich wieder, ohne das Reptil aus den Augen zu lassen.

«Scheiße!», schreit er. Vor Schreck prickelt es ihn im ganzen Gesicht.

Die Schlange wiegt ihren dreieckigen Kopf nach der einen und der anderen Seite, wie benommen. Ihre Haut ist glänzend, hellblau, von noch helleren Ringen gezeichnet. Torsu wird schwindlig, einen Moment lang vernebelt das

Fieber ihm wieder das Hirn, und er betrachtet das Reptil aus der Distanz wie eine Fiebervision. Die Schlange dreht sich um hundertachtzig Grad, entrollt sich zu ihrer ganzen Länge und beginnt sich von Torsu wegzubewegen. Der Obergefreite ist fasziniert. Er sieht sich suchend um. Endlich kniet er nieder und nimmt vorsichtig einen der großen Ziegelsteine, die rund um den Zeltpflock aufgeschichtet sind. «Halt still», flüstert er.

Er weiß sehr wohl, dass Schlangen flink sind. Einmal hat er einen Dokumentarfilm über die Boa Constrictor gesehen, und er erinnert sich noch an die rasche Bewegung, mit der sie vorschnellt. Er fragt sich, ob das hier eine von denen ist, die würgen, oder ob sie in ihren Drüsen Gift hat. Man weiß es nicht: Schlangen ähneln sich alle ein bisschen. Er hebt den Ziegelstein mit beiden Händen hoch, hält die Luft an und wirft ihn nach vorn.

Der Kopf der Schlange platzt auf, nach allen Seiten bläuliches Blut verspritzend, der Ziegelstein bleibt einen Moment lang auf einer Kante stehen, dann fällt er auf den abgetrennten Kopf. Ohne Gehirn, beginnt der lange Schwanz des Reptils wie verrückt um sich zu schlagen, sich um sich selbst zu drehen und das triefende Ende hin und her zu wälzen. Torsu nähert sich ihm langsam, wie hypnotisiert. Der abgetrennte Schlangenleib wird von einem noch heftigeren Krampf erfasst und streift Torsus Wade, als wolle das Tier seine nicht mehr vorhandenen Zähne hineinschlagen. Torsu entfährt ein Schrei.

Dann beruhigt sich das schlüpfrige Wesen. Ein paar Sekunden lang bleibt es pulsierend auf dem Sand liegen, bevor es ganz erlischt. Der Soldat ist gezwungen, in dem Moment, als das Tier stirbt, die Augen zu schließen.

«Wow!», schreit er. «Verdammt! Wow!» Vor Aufregung hämmert ihm das Herz in der Brust.

In den ersten Tagen in Gulistan haben die Jungs sich behelfsmäßige Spinde eingerichtet, um die Handtücher aufzuhängen: einfache S-Haken in das Stahlgitter der Hesco Bastions gehängt. Torsu nimmt seine Sachen ab, hängt sie über das Zeug von di Greco und zieht den Stahlhaken heraus. Er kehrt zu dem Schlangenkadaver zurück, beugt sich hinunter und schlägt den Haken in den Schwanz. Vom Boden hochgehoben, reicht ihm das verstümmelte Reptil bis zur Hüfte. Es scheint ihm etwas zu dünn, als dass es einen Menschen erwürgen könnte, aber Torsu weiß, dass die Natur voller Überraschungen sein kann, man muss auf alles gefasst sein. Auf jeden Fall ist es eine stattliche Beute.

Er hängt das tote Reptil in der Ruine auf, in der Mitte der Wäscheleine. Dann lässt er sich, plötzlich müde, auf einen Stuhl fallen und bewundert es ausgiebig. Noch nie hat er etwas so Abstoßendes und zugleich Schönes gesehen. Als Kind hat er Flusskrebse gefangen, und da ist es schon mal vorgekommen, dass er eine Muräne oder eine Flussnatter erwischte, aber die waren kurz und scheu, gar kein Vergleich zu dem Tier hier, das in der Schläfrigkeit des frühen Nachmittags friedlich vor seinen Augen baumelt. Es ist majestätisch, das ist es. Da fällt ihm ein, dass man bei ihm zu Hause sagt, jede Schlange sei Hüterin eines Schatzes.

Ietri und Cederna trainieren auf einem Brett in der prallen Sonne. Sie haben irgendwie zusammengebastelte Hanteln, und jetzt arbeiten sie sich an den Bauchmuskeln ab: normale Crunches mit Seitdrehung, sodass alle Muskeln beansprucht werden. Der Körper muss systematisch Stück für Stück gemeißelt werden, viele Leute wissen das nicht. Das sind diejenigen, die im Fitnessraum immer dieselben drei oder vier Übungen wiederholen. Sie wissen nicht, was sie tun.

Die Soldaten halten sich gegenseitig an den Füßen fest, und jetzt macht Cederna gerade eine Verschnaufpause. Wenn Ietri sich aufrichtet, spürt er den scharfen Geruch des Kameraden: Schweiß, vermischt mit dem kräftigen Atem, den man bei körperlichem Training bekommt. Das ist nicht unangenehm, jedenfalls nicht zu sehr.

«Du strengst dich zu wenig an, Jungfräulein. Du wirkst wie ein Sack Kartoffeln. Was ist los?»

Ietri zieht vor Erschöpfung eine Grimasse. Er ist schlechter Laune. Seit der Säuberungsaktion im Dorf fühlt er sich neben der Spur. In der Nacht hat er Angstträume, die er bei Tag nicht abschütteln kann. «Ich weiß nicht», sagt er. «Ich mag nicht hierbleiben. Vielleicht ist es das.»

«Wenn es darum geht, da kann ich dir verraten, dass *keiner* hierbleiben mag.»

«Du gehst in einer Woche in Urlaub.»

Ietri löst die Finger, die er hinter dem Kopf verschränkt hat, um sich beim Aufsetzen zu unterstützen. Bei achtzig hört er auf, den Rücken flach auf dem Brett aufliegend. Sein Bauch pulsiert rasch. Der stechende Schmerz auf Höhe der Lendenwirbel zeigt ihm an, dass er gut trainiert hat. «Cederna?»

«Was ist?»

«Erinnerst du dich an das Haus, das wir gestern gestürmt haben?»

«Haus nennst du das? Eine elende Bruchbude war das.»

«Vielleicht war es nicht richtig, da so einzudringen. Wir haben ihnen die Tür eingetreten, diesen armen Kerlen.»

«Nein, *du* hast die Tür eingetreten.»

«Na ja, das spielt keine Rolle.»

«Und wer schert sich um die Tür?»

«Das war bloß eine Familie.»

«Was zum Henker sagst du da? Wie willst du das wissen? Diese Drecksäcke von Taliban tarnen sich. Womöglich hatte der Typ eine Stange Dynamit im Arsch versteckt, und wir haben es nicht einmal gemerkt.»

«Mattioli hat ihn an den Haaren geschleift. Das war nicht nötig.»

«Er wollte nicht vorwärtsgehen.»

«Er war verschreckt.»

«He, was zum Teufel packt dich denn, Jungfräulein? Was bist du denn plötzlich so zart besaitet? *Genauso* versuchen sie uns dranzukriegen, mit Schuldgefühlen. Sie machen dir schöne Augen, und dann töten sie dich.»

Aber Ietri ist nicht überzeugt. Seiner Ansicht nach war das bloß eine Familie von armen Teufeln. Er nimmt die nächste Serie Crunches in Angriff, obwohl der Schmerz im Rücken noch nicht ganz abgeklungen ist. Er dreht den Rumpf um neunzig Grad abwechselnd nach rechts und nach links, um die schräge Bauchmuskulatur mit zu kräftigen.

«Und dann, hast du nicht gesehen, wie sie die Frauen behandeln?», fragt Cederna.

«Was hat das damit zu tun?»

«Halt die Fersen unten, Alter. Und ob das was damit zu tun hat.»

«Das ist ihre Kultur.»

«Ich hab die Nase voll von dieser Geschichte mit den Kulturen. Wenn eine Kultur ekelhaft ist, dann ist sie ekelhaft. Da gibt's nichts weiter zu sagen. Wie japanisches Essen.»

«Japanisches Essen?»

«Vergiss es. Früher oder später muss irgendwer den Barbaren die Zivilisation bringen. Und wenn's im Guten nicht geht, dann machen eben wir das. Halt die Fersen unten!»

Ietri kann fast nicht mehr. Zwölf Crunches hat er noch, bis er fertig ist. «Ich weiß nicht, ob wir dafür hier sind», stößt er zwischen zusammengebissenen Zähnen hervor.

«Natürlich. Stell dir mal vor, man würde deiner Mutter eine solche Burka anziehen. Die Araber sind noch schlimmer als die Chinesen, lass dir das gesagt sein. Und auch als die Juden.»

Sie tauschen den Platz. Ietri hat versucht, sich seine Mutter in einem langen schwarzen Gewand vorzustellen. Sie sähe nicht viel anders aus als jetzt. Er hat eine Frage im Kopf, wagt aber nicht, sie zu stellen. Jedes Mal, wenn Cederna den Oberkörper hebt, haucht er ihm ins Gesicht. Verdammt, wie stark er ist, Ietri hat Mühe, seine Füße unten zu halten. Das auf den Bauch tätowierte Indianergesicht zieht sich zusammen und dehnt sich aus. Schließlich wagt er es: «Hör mal, kann ich dich was fragen?»

«Schieß los, Jungfräulein.»

«Was genau bedeutet Jude?»

Cederna runzelt die Stirn, hört aber mit dem Training nicht auf. «Was für eine bescheuerte Frage ist das denn?»

Ietri macht gleich einen Rückzieher. «Nichts. Vorhin hast du von den Juden geredet, und ich ... das war nur eine Frage, das ist alles.»

«Das ist eine idiotische Frage. Ein Jude ist ein Jude, oder etwa nicht?»

Da, er ist rot geworden. Er wusste, dass er das besser nicht gesagt hätte. Aber er trägt diese Frage schon lang mit sich herum, und er weiß auch nicht, weshalb, aber spontan flößt Cederna ihm Vertrauen ein. Immer wieder fällt er darauf rein. «Ich weiß», versucht er es wiedergutzumachen, «das heißt die ganze Geschichte mit Hitler und den Konzentrationslagern und so. Aber ... ich will sagen ... bei einem Schwarzen sieht man, dass er schwarz ist. Aber wenn einer Jude ist, woran erkennst du das?»

Cederna pausiert keuchend. Er stützt sich auf die Unterarme. Dann spuckt er zur Seite aus und schaut gedankenverloren in den Himmel. «Es gibt da nichts Bestimmtes, das weiß man eben und basta. Einige sind Juden, und die anderen wissen das.» Dann fällt ihm etwas ein, seine Augen leuchten einen Moment lang. «Und natürlich erkennt man es am Nachnamen.»

«Am Nachnamen?»

«Sicher. Zum Beispiel ... Levi. Das ist ein jüdischer Nachname.»

«Nur daran? Nur am Nachnamen?»

«Nur daran, sicher. Was hast du denn gemeint?»

Cederna macht weiter mit seinen Crunches. Ietri fühlt, wie sich die Sehnen unter seinen Händen straffen und dann wieder entspannen. «Du hast ja wirklich überhaupt keine Ahnung, Jungfräulein.»

«Cederna?»

«Hm.»

«Könntest du bitte aufhören, mich Jungfräulein zu nennen?»

«Nicht im Traum.»

«Wenigstens vor den anderen.»

«Ich hör damit auf, wenn du kein Jungfräulein mehr bist, *Jungfräulein*.»

Ietri beißt sich auf die Lippen. «Apropos», sagt er.
«Was?»
«Nichts.»
«Jetzt hast du schon angefangen. Raus damit.»
Er kann einfach den Mund nicht halten, verdammt! Woher hat Cederna diese Macht, ihm die Wahrheit aus der Nase zu ziehen? Er ist schon einmal reingefallen, als er ihm von den Mädchen erzählte, und jetzt fühlt er, dass er im Begriff ist, noch einen falschen Schritt zu tun, aber er kann es nicht lassen. «Was hältst du von Zampa?»

Der andere macht mit einem Schlag halt. «Oh, oh, oh! Vorsicht! Und warum fragst du mich das?»

«So. Aus Neugier.»

«Das Jungfräulein hat sich in die Kameradin verliebt!»
«Pssst! Komm, ich meine es ernst.»

Cederna nimmt wieder die Miene eines Philosophen an, die er schon draufhatte, als er ihm das mit den Juden erklärte. Ietri geht er auf die Nerven, wenn er sich so verhält.

«Zampa ... ein Paar schöne Titten. Aber im Gesicht ist sie eher hässlich. Und dann, eine Frau, die bei der Truppe dient, die kann doch nicht ganz dicht sein.»

«Ich weiß nicht.» Ietri zögert, er ist verlegen wie ein kleiner Junge. «Sie gefällt mir ein bisschen. Mit ihr zusammen zu sein, das ist alles.»

«Du hast aber wirklich Pech, Bruder.»

«Warum?»

Jetzt hat der Freund sich neben ihn gesetzt und trocknet sich den Schweiß unter den Achseln. Auch auf den Bizepsen hat er farbige Tätowierungen und eine kleine am Hals, wo das Stechen höllisch weh tun muss. Jede entspricht einem Symbol oder einer Erinnerung, und wenn man ihn danach fragt, gibt Cederna bereitwillig Auskunft. Er lässt ihn ein bisschen zappeln. Dann sagt er: «Weil sie lesbisch ist, ist doch klar.»

Ietri schüttelt den Kopf. Lesbisch. Wie ist das möglich? Lesbierinnen tragen kurze Haare. Zampieris Haare sind lang und goldblond. «Und woher weißt du das?»

«Na komm, Alter, das sieht man doch! Und dann, wenn sie nicht lesbisch wäre, wie könnte sie dann immer so brav sein? Tag und Nacht mitten unter uns Jungs, ohne was zu machen? Unmöglich. Sie wäre doch schon längst durchgedreht.»

Ietri würde das gern vertiefen, aber sie werden von Vercellin unterbrochen, der wie ein Besessener die Arme schwenkend angelaufen kommt. «Jungs! He, Jungs, kommt!»

«Was ist?»

Cederna erhebt sich. Ein paar Sekunden lang steht sein stolzes Profil Ietri in der Sonne. Verfinstert, so fühlt er sich, aus einem Kuddelmuddel von Gründen, die er nicht zu unterscheiden weiß. Und wegen dieser letzten, schockierenden Neuigkeit.

«Kommt und schaut, was Torsu gefunden hat», sagt Vercellin. «Das ist der Hammer.»

Die Jagdtrophäe des Sarden begeistert den dritten Zug. Die Jungs beglückwünschen ihn, und er, um seinen Ruhm zu genießen, bleibt auf, obwohl das Fieber plötzlich wieder gestiegen ist. Sie erfinden diverse Mutproben: Reihum berühren sie das tote Tier, alle außer Mitrano, der eine atavistische Angst vor Kriechtieren bei sich entdeckt. Dann heißt die nächste Herausforderung, an dem Tier zu lecken. Das schaffen nur Cederna und Simoncelli, die sich bei der Beschreibung des Geschmacks mehrfach widersprechen, als einzige Gewissheit bleibt, dass der Geschmack ziemlich ekelhaft ist. Cederna würde die Schlange gern vom Haken nehmen und sie sich wie einen Schal um den Hals legen, aber die anderen sind nicht einverstanden. Sie beginnen um den Kadaver herumzutanzen, erst jeder für sich, dann in einer Reihe, die von Pecone angeführt wird. Feldwebel René und ein paar andere halten sich abseits, lächeln aber zustimmend. Zampieri steigt auf einen Tisch und tanzt mit sinnlichen Bewegungen. Sie lässt die geöffneten Hände vom Hals über den Busen bis zur Leiste gleiten, beschreibt unregelmäßige Kreise mit dem Becken. Dann faltet sie die Hände oben über dem Kopf wie zum Gebet, lockert sich in allen Gelenken, vom Handgelenk bis zu den Fesseln, und ahmt die gewundenen Bewegungen einer Schlange nach. Ietri wendet die Augen keine Sekunde von ihr. Lesbisch? O nein, diesmal täuscht Cederna sich aber gewaltig.

Als sich die Begeisterung gelegt hat, teilen die Jungs die Entdeckung über die Computermonitore ihren Freundinnen mit, aber die lassen nicht erkennen, dass sie die Sache in ihrer ganzen Tragweite verstanden hätten. Sie beschränken sich darauf zu twittern, wie ekelhaft, wie ekelhaft, und zu lachen, nur weil sie die anderen lachen hören. Danach verteilen die Soldaten sich über das Lager, und jeder sucht bei den anderen Kompanien nach Publikum: Kommt mit und schaut euch das an, kommt, wir haben eine Schlange gefangen. Die Prozession zum Hauptquartier des dritten Zugs dauert bis spät in den Abend. Die in der Dunkelheit zitternden Lichter der Taschenlampen kommen von allen Seiten zusammen, das aufgehängte Reptil wird bestaunt. Sogar Oberst Ballesio lässt sich blicken, begutachtet das Tier mit verschränkten Armen und sagt: «Mutter Natur hat wirklich eine Menge ekelhaftes Zeug hervorgebracht», dann rückt er sich die Eier zurecht und geht.

Oberleutnant Egitto hat seinen Gast zur Ruine begleitet, und jetzt leuchtet er Irene auf dem Weg zurück zur Krankenstation mit der Taschenlampe. Er richtet den Lichtkegel auf ihre Beine und versucht sich an die Form ihrer Waden zu erinnern, an ihre Konsistenz. Er ist sich ziemlich sicher, dass er bei einer Gelegenheit hineingebissen hat und dass er es zu fest getan hat, was eine wütende Reaktion zur Folge hatte.

In der Krankenstation zieht Irene die Fleece-Jacke aus, die er ihr geliehen hat (sie hat ihm zu verstehen gegeben, dass sie wer weiß was für Erfahrung im Mittleren Osten hat, ist aber für die Kälte in der Wüste nicht ausgerüstet, ein merkwürdiger Umstand, der die Zweifel des Oberleutnants schürt), sie wirft sie beiseite, ohne sie zusammenzulegen, und setzt sich auf den Schreibtisch. «Ich bezweifle, dass ich schlafen kann. Jetzt, wo ich weiß, dass in der FOB Schlangen frei herumkriechen», sagt sie.

Die Soldaten haben Beifall geklatscht, als sie in das Betonhäuschen trat. Sie verlangten, dass sie ein Gruppenfoto von ihnen rund um die Schlange macht. Egitto hielt sich abseits.

«Wir bräuchten eins deiner Biere zum Feiern.»

Offenbar hat sie auch im Kühlschrank geschnüffelt. «Die gehören dem Obersten. Ich weiß nicht, ob er einverstanden wäre.»

Irene springt vom Schreibtisch herunter. «Dem Obersten, sicher. Ich wette, er wird nichts sagen.»

Sie beugt sich über den Kühlschrank, und sich ins Dreiviertelprofil umdrehend, wirft sie ihm einen provokanten Blick zu. Egitto nimmt die Dose Bier, die sie ihm reicht. Als Irene die ihre öffnet, fließt Flüssigkeit heraus, rinnt ihr über die Finger, sie schleckt sie auf wie eine gierige Katze. «Erinnerst du dich, wie wir es auf dem Fest von Fornari gemacht haben?»

Einmal haben sie dem Verlangen in der Dusche eines ihrer Freunde nachgegeben. Ein blitzartiger Koitus, einer der Höhepunkte der Tabuverletzung in Egittos Sexualleben. Ja, er erinnert sich.

«Das ist einige Zeit her, wie?»

Irene Sammartino hat nichts mehr von dem impulsiven und kapriziösen Mädchen, das er kannte. Sie ist eine gewandte Frau geworden, eine, die ihre Gedanken in Dari übersetzen kann, um im nächsten Augenblick, aus einer Bierdose trinkend, hemmungslos zu flirten.

«Ja, wirklich lange Zeit», antwortet Egitto einsilbig.

Später putzen sie sich vor dem Zelt die Zähne. Keiner von beiden hat Lust, bis zu den Duschen zu laufen, also nehmen sie ein Fläschchen Mineralwasser. Die ausgespuckte Zahnpasta bildet kleine weiße Schaumfleckchen neben der Einfassungsmauer. Egitto bekommt etwas davon auf die Jacke, sie wischt es mit dem Handrücken ab. Sie lachen gemeinsam darüber. Schnell wünschen sie einander gute Nacht und legen sich zu den beiden Seiten der Plane nieder. Egitto macht sofort das Licht aus.

Aber er kann nicht schlafen. Er sieht noch einmal die Jungs rings um den verstümmelten Kadaver der Schlange und Irene, die die Lasche an der Bierdose hochzieht, das Bier, das ihr über die Finger läuft. Er weiß genau, dass sie nur wenige Meter von ihm entfernt ist, und er kennt die Bedeutung des Blicks, den sie ihm kurz zuvor zugeworfen hat – das Wort, das sich in seinem Geist einstellt, ist *Bereitwilligkeit*, und auch das Wort *Absicht* geht ihm durch den Kopf.

Etliche logische Verknüpfungen überspringend, ertappt er sich auf einmal dabei, dass er sich ein Eheleben mit Irene Sammartino ausmalt. Er stellt sie sich als eine Frau vor, die jede Menge Papierkram mit sich herumschleppt, den Raum mit Illustrierten und stapelweise Papier zupflastert und ihre Kleider auf dem Sofa liegenlässt. Egitto ist nicht verärgert darüber, nicht allzu sehr, er beobachtet sie durch die Spalten und Ritzen dieser Unordnung hindurch. Er untersucht ihre anatomischen Vorzüge und Fehler, wie es ihm in der Zeit, als sie zusammen waren, unterlief, als ob man über Attraktivität und Anziehung so entscheiden könnte, abstrakt, anhand einer Tabelle mit zwei Rubriken.

So weit es also mit ihm gekommen – eine Frau pingelig in imaginäre kleine Kästchen einzuteilen, seit langer Zeit die einzige Frau, die das Zimmer mit ihm teilt, eine Frau, die er niemals wiederzusehen gewünscht hätte. Das Schicksal oder wahrscheinlicher eine Forcierung desselben hat sie dorthin gebracht, und jetzt sollen die naheliegenden Konsequenzen gezogen werden. Aber dieser Mechanismus gefällt dem Oberleutnant nicht. Er wird sich nicht in Schwierigkeiten bringen, nicht wegen Irene Sammartino.

Auf das, was dann geschieht, ist er gefasst. Irene bewegt sich vorsichtig, aber die Stille ist zu tief, als dass Egitto nicht das Geräusch des Reißverschlusses erkennen würde, dann das Rascheln des Schlafsacks, das Tappen der nackten Fußsohlen auf dem Synthetikbelag des Bodens. Ein Schritt, noch ein Schritt. Der Oberleutnant öffnet die Augen. Die winzige LED des Kühlschranks ist die einzige Lichtquelle im

Zelt, sie gleicht einem Leuchtturm in weiter Ferne, vom offenen Meer aus gesehen. Egitto spannt seinen Körper an, überlegt, wie er sich aus der Affäre ziehen kann.

Jetzt ist es der Reißverschluss an seinem Schlafsack, der aufgeht. Noch ist nicht der Zeitpunkt, das Feuer zu eröffnen, denkt er, er muss warten, bis der Feind nah genug ist. Irene legt sich auf ihn und beginnt, ihm gierig Hals, Wangen und Mund zu küssen.

«Nein!»

Die Stimme des Oberleutnants platzt wie ein Donnerschlag in die Stille.

Sie hört auf, aber nicht plötzlich, mehr so, als müsse sie nur Luft holen. «Warum nicht?»

«Nein», wiederholt Egitto. Seine Pupillen haben sich an das minimale Licht gewöhnt, sie müssen maximal erweitert sein, er erkennt die Umrisse von Irenes Gesicht über sich.

«Kommt es dir nicht komisch vor, getrennt zu schlafen, du und ich, einen Schritt voneinander entfernt?»

«Vielleicht. Aber nein. Ich will ... lieber nicht.»

Einen Moment lang hat er geschwankt. Sein Körper zeigt unerwartetes Interesse an diesem nächtlichen Besuch, er rebelliert, bringt ihn durcheinander, Egitto ist nicht mehr sicher, warum er sich der Falle entziehen will. Ja, warum eigentlich? Weil er vorhin den Entschluss gefasst hat, darum. Aus Verantwortungsgefühl sich selbst gegenüber. Um sich zu schützen.

Unterdessen liegt Irene noch immer auf ihm. Eine Hand gleitet rasch zur Leiste des Oberleutnants, taucht in den Slip. Durch die Berührung von Irenes Fingern strahlt Lust in sein ganzes Nervensystem. Entschlossen packt Egitto ihren Arm. Er schiebt ihn weg. Dann räuspert er sich, um sicher zu sein, dass seine Stimme fest klingt. «Geh weg hier. Auf der Stelle. Ich wünsche dir eine gute Nacht.»

Sie richtet sich auf die Knie auf. Das war leicht, denkt Egitto, leichter, als er es sich vorgestellt hatte. Irene setzt einen Fuß auf den Boden, gibt ihn frei. Da, sie geht. Er ist gerettet.

Mit einer überraschenden Geste, der Geste eines Torero, der das rote Tuch vor dem Stier zum Verschwinden bringt, schlägt sie den Schlafsack auf. Ein kalter Lufthauch fährt dem Oberleutnant die nackten Beine hinauf. Noch einmal murmelt Egitto nein, aber das ist ein schwacher Versuch.

Er kämpft noch mit sich selbst, innerlich, während er es geschehen lässt. Zuletzt schließt er die Augen. Ist gut. Okay.

Als es vorbei ist, fragte er, ob Irene lieber bei ihm schlafen möchte, das Bett ist schmal, aber sie hätte schon Platz. Pure Höflichkeit, ein Angebot auf Entschädigung, ein bisschen verlogen und sehr plump.

«Ich bitte dich», sagt sie. «Gute Nacht, Alessandro.» Sie streift seine Stirn mit den Lippen.

Beim Gehen stößt sie gegen etwas, vielleicht den Wagen mit dem Defibrillator. «Scheiße!», ruft sie.

«Hast du dir weh getan?»

Irene winselt vor Schmerz. Sie antwortet nicht. Im Schutz der Dunkelheit lächelt Egitto.

Im öligen Schwarz der Nacht, während der Oberleutnant in den Schlaf sinkt, werden die beiden Soldaten, die auf dem Hauptturm Wache haben, auf eine ungewöhnliche Bewegung im Lager der afghanischen LKW-Fahrer aufmerksam. Sie montieren das Nachtsichtgerät an ihre Feldstecher, um besser zu sehen, aber das ist nicht mehr nötig, weil in der

Zwischenzeit die Scheinwerfer eines Fahrzeugs eingeschaltet wurden. Ein Lastwagen, nur einer, fährt langsam in Richtung Südosten zum Eingang des Tals und ist in ein paar Minuten verschwunden.

Die Soldaten diskutieren, ob sie den Kommandanten benachrichtigen sollen, dann beschließen sie, dass das kein hinreichender Grund ist, um einen Offizier zu stören. Es reicht völlig, wenn sie die gute Nachricht am Morgen überbringen.

«Sie haben beschlossen abzuziehen», bemerkt einer.

«Ja. Das wurde aber auch Zeit.»

Letzte Nachrichten
von Salvatore Camporesi

Von: flavia_c_magnasco@****.it
An: salvatorecamporesi1976@****.it
Betreff: Große Neuigkeit!!!
Dienstag, 28. 09. 2010, h 15:19

Es gibt eine große Neuigkeit! Erinnerst du dich an das kleine Glashaus, das du Gabriele geschenkt hast? Nun, gestern kam ein Keimling aus der Erde! Ich glaube, es ist eine Bohnenpflanze oder vielleicht eine Tomatenstaude, ich weiß es nicht mehr, wir haben die Samen damals vermischt. Gabrieles Gesicht hättest du sehen sollen! Er hörte nicht auf herumzuspringen, er war wie elektrisiert. Er wollte um jeden Preis, dass ich das Glashaus auf den Boden stelle, er hat sich davor auf den Bauch gelegt und hat es mindestens eine halbe Stunde lang angestarrt, das Kinn in den Händen. Er erwartete sich, glaube ich, dass die Pflanze vor seinen Augen wächst.
Er wird groß, weißt du das? Manchmal hat er einen Ausdruck im Gesicht, der mich an dich erinnert, er wirkt dann wie ein Erwachsener. Du sagst immer, ich soll dir keine Fotos schicken, weil die Verbindung nicht gut genug ist, aber früher oder später schicke ich dir doch ein Foto. Ich pfeif auf

deine Verbindung! Und ich will, dass du mir auch eins schickst, ich will es ganz mit Küssen bedecken und sehen, wie schön du bist, so braun gebrannt.
Ich liebe dich grenzenlos
F.

PS: Ich habe in das Gewächshaus geschaut, und ich glaube, es ist wirklich ein Bohnenpflänzchen. Verdammt, wie groß es geworden ist! In nur wenigen Stunden.

Von: salvatorecamporesi1976@****.it
An: flavia_c_magnasco@****.it
Betreff: Re: Große Neuigkeit!!!
Dienstag, 28. 09. 2010, h 23:03

Mein Schatz, als ich deine E-Mail las, musste ich weinen. Die Jungs waren da, und sie haben mich den ganzen Abend auf den Arm genommen. Egal. Ich kann an nichts anderes denken als an diese Pflanze. Du musst sie pflegen, zeig Gabriele, wie man das macht. Ich glaube, in dem Karton mit dem Glashaus war auch eine Pipette zum Gießen. Aber du kannst auch einen Löffel nehmen. Wenn ich nach Hause komme, verpflanzen wir sie in den Garten. Wir legen uns einen schönen Gemüsegarten an für den Sommer.
Hier ist nicht viel los. Meistens gehen wir in der Umgebung des Lagers auf Patrouille, aber da ist keine Gefahr, niemand belästigt uns. Beinah langweile ich mich. Weißt du, ich glaube, die Wüste würde dir gefallen. In mir erzeugt sie ein seltsames Gefühl, wenn ich sie zu lang anschaue, wird mir schwindlig. Die Luft ist leichter als anderswo, und der Him-

mel beeindruckt dadurch, wie tiefblau er tagsüber und wie schwarz er in der Nacht ist. Es könnte ein großartiger Ort sein, wären da nicht die Taliban und der ganze Rest. Vielleicht ist der Krieg ja eines Tages vorbei, und wir können in den Ferien hierherkommen. Kannst du dir das vorstellen? Wir drei in Gulistan? Ich möchte wetten, Gabriele würde der Mund offen stehen vor Staunen über die Dromedare.
S.

Von: flavia_c_magnasco@****.it
An: salvatorecamporesi1976@****.it
Betreff: Re: Re: Große Neuigkeit!!!
Samstag, 02. 10. 2010, h 19:03

Ich halte es nicht mehr aus, allein zu schlafen. Ich werde noch krank davon, Salvo, das schwör ich dir. Ich werde krank, und du kannst mich nicht pflegen. Wie viele Nächte sind es noch? Mehr als hundert. Ich habe sie gezählt, Salvo. Mehr als hundert! Ich kann es gar nicht sagen, es erscheint mir unmöglich. Ich könnte dich erwürgen, wirklich. Es wird kalt, heute hat man nicht einen Sonnenstrahl gesehen. Dieses Wetter beeinflusst mich, ich glaube, ich halte nicht durch bis zu deinem Urlaub. Auch Gabriele fühlt die Abwesenheit, aber auf seine eigene Art. Ehrlich gesagt, manchmal verstehe ich ihn nicht. An manchen Tagen hat es fast den Anschein, als hätte er dich vergessen, das macht mir große Angst, und am liebsten würde ich ihn schimpfen. Ich zeige ihm dein Foto, das im Eingang, ich frage ihn, wer ist dieser Mann? Erinnerst du dich an ihn? Er schaut mich mit Glubschaugen an wie ein Fisch, als ob er dich nie gekannt hätte. Da läuft's mir kalt über den Rücken. Ich fange an, ihm von dir zu erzählen, und im nächsten Augenblick ist er wieder abgelenkt.

Dann, neulich abends beim Essen, zeigt er wie aus heiterem Himmel auf deinen Platz. Ich verstehe nicht, da nimmt er seinen Teller und stellt ihn dorthin, wo gewöhnlich du sitzt. Der Teller für Papa. So, als könntest du von einem Moment auf den anderen nach Hause kommen. Ich frage ihn, aber weißt du, wo Papa ist? Er lacht, als würde ich ihn hänseln, und zeigt auf den Boden. Ist er im Stockwerk darunter?, frage ich ihn. Er schüttelt den Kopf. Zum Schluss verstehe ich, dass er sagen will, du bist im Keller. Kannst du das fassen? Ich glaube nicht, dass ich ihm diese Idee in den Kopf gesetzt habe, das muss er selbst erfunden haben. Oder vielleicht war es doch ich. In den ersten Tagen, als du weg warst, war ich wie verrückt und habe viele unsinnige Dinge gesagt. Jedenfalls decke ich jetzt abends immer auch für dich mit. Dadurch fühlen wir uns weniger allein, alle beide. Ich gieße etwas Wein in dein Glas, und wenn ich Gabriele ins Bett gebracht habe, trinke ich ihn. Jawohl: ABENDS TRINKE ICH DEINEN WEIN! Ist da etwas Schlechtes dabei? Hast du etwas daran auszusetzen? Du kannst ja sowieso nichts ändern. Wenigstens bin ich leicht betäubt, wenn ich ins Bett gehe, und brauche nicht daran zu denken, dass du nicht da bist. Wer weiß, wie viele schreckliche Dinge du machst, dort unten, ohne mich. Ich werde verrückt davon, ich schwöre es. Ich liebe dich, du dummer Soldat.

F.

Von: salvatorecamporesi1976@****.it
An: flavia_c_magnasco@****.it
Betreff: Re: Re: Re: Große Neuigkeit!!!
Sonntag, 03.10.2010, h 21:14

Auch ich fühle mich heute niedergeschlagen. Gestern Nacht gab es etwas Aufruhr. Nichts Ernsthaftes, aber ich konnte nicht schlafen. Und als ich aufstand, war in den Waschräumen kein Wasser. Das ist das dritte Mal in wenigen Tagen. Ich habe mich stückchenweise gewaschen, so gut es ging, aber auch hier ist es morgens jetzt mörderisch kalt. Ich weiß, das scheint eine Lappalie, aber es hat gereicht, um mir die Laune zu verderben. Ich fing an herumzugrübeln, wie schwirig die Dinge sind und wie abscheulich alles ist und so fort. Ich war so gereizt, dass ich Cederna irgendwann um ein Haar eine Ohrfeige verpasst hätte. Er merkt nie, wann der Moment gekommen ist, sein verdammtes Maul zu halten.
Fast den ganzen Nachmittag habe ich auf dem Bett gelegen. Ich versuchte, mich auszuruhen, aber es gelang mir nicht. Ich versuchte, das Buch zu lesen, das du mir geschenkt hast, aber nichts, keine Chance. Schließlich habe ich angefangen, einfach meinen Gedanken nachzuhängen. Gedanken vor allem an dich und Gabriele. An all die Dinge, die wir an einem freien Tag gemeinsam hätten unternehmen können. Jetzt, wo ich hier bin und nichts machen kann, wird mir klar, dass ich oft zu faul bin. Alle beide sind wir zu faul. Aber wenn ich zurückkomme, wird das anders. Keine Minute werden wir mehr vergeuden.
Ich hätte dir eher schreiben sollen. Ich stelle fest, dass mir das guttut. Du bist meine Medizin. Ich fühle mich so dumm,

wenn du nicht da bist. Fast schäme ich mich, es zu sagen, aber manches Mal ist es, als wüsste ich nichts Rechtes mit mir anzufangen, wenn du nicht bei mir bist. Dort auf dem Bett dachte ich darüber nach, und da habe ich mich noch mehr geärgert. Hast du mir das angetan, Signora Camporesi? Mit welchem Zauber hast du mich von dir abhängig gemacht? Das wirst du mir teuer bezahlen …
S.

Von: flavia_c_magnasco@****.it
An: salvatorecamporesi1976@****.it
Betreff: Re: Re: Re: Re: Große Neuigkeit!!!
Dienstag, 05.10.2010, h 11:38

Okay, da kann ich es dir auch gleich sagen, ich kann dir die Wahrheit ja ohnehin nicht verbergen, auch wenn ich dich nicht sehe und nur an diesem blöden Computer schreibe. In Wirklichkeit laufen die Dinge mit Gabriele überhaupt nicht gut. Gestern wurde ich in den Kindergarten zitiert, weil er ein anderes Kind geschlagen hat. Eigentlich hat er ihm nur einen einzigen Faustschlag versetzt, aber den schön fest, er hat ihn umgehauen. Die Kindergärtnerin war wütend, sie sagte, Gabriele sei nicht richtig im Kopf. Genau diese Worte hat sie verwendet: nicht richtig im Kopf. Ihrer Meinung nach ist sein Problem nicht angeboren, er weigert sich ganz einfach zu sprechen, das ist seine Art, uns alle zu manipulieren. Sie sagte das, als wäre er ein Verbrecher, ein Ungeheuer. Aber wie kann sie sich das nur erlauben? Sie hat auch gesagt, wenn sich die Situation nicht bessert, müssten wir daran denken, ihn zu einem Neuropsychiater zu bringen. Neu-

ropsychiater, verstehst du, was das heißt? Ich fühle mich so verloren, Salvo.
Willst du die ganze Wahrheit wissen? Ich glaube, es ist deine Schuld. Wenn er nicht spricht und immer diesen wütenden Ausdruck hat und wenn er einen anderen geschlagen hat (der aber ein arroganter Rotzbengel ist und es meiner Meinung nach verdient hat). Ich glaube, du bist schuld und deine verfluchte Arbeit. Weil du hier sein müsstest. Es ist auch deine Schuld, wenn ich mich so erschöpft fühle. Und hässlich. Tatsächlich habe ich mir die Haare kurz schneiden lassen. Ja, du hast richtig verstanden! Ich habe meine schönen Locken abgeschnitten, die dir so gut gefielen. Und wenn du nicht bald heimkommst, schneide ich die wenigen, die geblieben sind, auch noch ab. Oder ich färbe sie rot oder orange oder violett. Ich schwöre es. Ich bin so müde. Ich kann nicht mehr. Ich ertrage nichts und niemand mehr.

Von: salvatorecamporesi1976@****.it
An: flavia_c_magnasco@****.it
Betreff: Re: Re: Re: Re: Re: Große Neuigkeit!!!
Mittwoch, 06. 10. 2010, h 0:13

Schatz, mach dir nicht immer so viele Sorgen wegen Gabriele. Er ist ein Kind. Hör nicht auf all das, was man dir sagt. Der Kinderarzt war doch deutlich, oder nicht? Er wird sprechen, wenn er das Bedürfnis danach verspürt. Vermutlich fühlt er sich vorläufig gut so. Und weißt du, was ich dir sage? Umso besser, wenn er lernt, sich zur Wehr zu setzen. Er war immer ein bisschen ängstlich und allzu freundlich. Die Welt da draußen ist gnadenlos. Zu gern hätte ich das Gesicht von

dem Jungen gesehen, den er auf die Bretter geschickt hat. Wenn ich heimkomme, werde ich ihm zwei, drei Handgriffe beibringen. Und ich hätte da auch ein paar interessante, die ich mit dir ausprobieren könnte …
Weißt du, dass Torsu eine Schlange gefunden hat? Sie war ganz nah bei unserem Zelt. Du würdest vor Angst sterben, wenn du sie sehen könntest. Dieser hirnamputierte Sarde hat ihr mit einem Stein den Kopf zerschmettert. Er hat sie wie eine Salami aufgehängt, und wir haben wie die Blöden darum herumgetanzt, wie eine Art Eingeborenenstamm, das war lustig. Erinnerst du dich an die Viper, die wir im Canzoi-Tal auf dem Weg gefunden haben? Sicher erinnerst du dich daran. Den Rest des Weges hast du dich an meinen Arm geklammert. Du warst total verschreckt, Signora Camporesi. Sobald ich zu Hause bin, fülle ich unser Schlafzimmer mit Schlangen, Spinnen, Kakerlaken und Mäusen an, so bleibst du die ganze Zeit an mir kleben.
Es ist sehr spät. Ich gehe schlafen. Ruf bitte meine Mutter an und sag ihr, dass alles in Ordnung ist. In den letzten Tagen konnte ich nicht mit ihr reden, und ich möchte nicht, dass sie sich Sorgen macht.
S.

PS: Du kannst deine Haare blau, kurz, glatt tragen oder wie immer du willst, ich bin sowieso verrückt nach dir.

Schüsse in der Nacht

«Ich habe da einen Streich vor», kündigt Cederna Ietri an, während sie sich frühmorgens rasieren.

«Was für einen Streich?»

«Sag mir erst, ob du mitmachst, dann erklär ich es dir.»

Sie tauchen ihre Rasierer in dieselbe Schüssel mit warmem Wasser, die auf dem Boden steht. Der Rasierschaum schwimmt flockig an der Oberfläche. Cederna rasiert sich vorsichtig, er hat Pickel bekommen und muss aufpassen. Den unbändigen Tatendrang, der ihn an gewissen Tagen so wie heute packt, kann er sich nicht erklären. Er weiß nur, dass er aufwacht und eine wahnsinnige Lust hat, etwas anzustellen, handgreiflich zu werden, Personen oder Dinge zu zerstören, die Ordnung umzuwerfen. Das war schon so, als er klein war, und jeden dieser Tage hat er in halb unangenehmer, halb glorreicher Erinnerung. Wenn da jemand wäre, den man gehörig vermöbeln könnte, wäre das perfekt, aber der Feind lässt sich nicht blicken, und so muss er sich was einfallen lassen. Einen Streich eben.

«Wie kann ich sagen, ich mach mit, wenn ich nicht weiß, worum es geht?», wendet Ietri ein.

«Hast du kein Vertrauen zu mir, Jungfräulein?»

Ietri denkt einen Augenblick lang nach. Cederna weiß

ganz genau, dass er ihn in der Hand hat. Ietri ist sein Schüler. Wenn er von ihm verlangen würde, nackt auf eine Gruppe Taliban zuzulaufen, würde er das wahrscheinlich tun.

Und tatsächlich sagt er: «Natürlich hab ich Vertrauen zu dir.»

«Dann sag, dass du mitmachst.»

«Ist es nicht gefährlich?»

«Ach was. Du musst nur Schmiere stehen.»

«Gut. Ich mach mit.»

Cederna kommt näher. Er hält Ietris Hand fest, in der er seinen Rasierer hat, und fährt ihm mit dem eigenen über die Wange. Ietri reißt die Augen auf, erstarrt.

«Was machst du da?»

«Pssssst ...»

Ietri hält den Atem an. «Hör zu», sagt Cederna, «heute Abend, wenn die anderen in der Kantine sind, holen wir die Schlange aus der Ruine.»

«Ich fass dieses Ding nicht an.»

«Das mache ich. Ich hab dir ja gesagt, du stehst Schmiere, du musst nur aufpassen, dass niemand kommt.»

«Was machst du mit der Schlange?»

«Ich steck sie Mitrano in den Schlafsack.»

«Verdammt.»

«Ja! Du wirst sehen, wie er in die Luft springt, wenn er sie findet.»

«Aber hast du nicht gemerkt gestern Abend, wie erschrocken er war? Er konnte sie nicht einmal anschauen.»

«Eben deswegen.»

Cederna zieht die Rasierklinge am Kinn des Freundes entlang und folgt dabei aufmerksam der Biegung des Knochens. Ihre Münder sind sich so nah, dass sie sich berühren würden, wenn beide die Lippen spitzten. Cederna ist es nicht einmal im Traum je in den Sinn gekommen, einen Mann auf die Lippen zu küssen.

«Und wenn er austickt?»

«Wer? Mitrano? Das ist ja gerade das Schöne.»

Schön ist es auch, ein für alle Mal Rache zu nehmen für die unangenehmen Gefühle, die er ihm am Abend des Angriffs eingeflößt hat, als er wie ein Weib flennte, um seinen Platz im Bunker wiederzubekommen – aber das sagt Cederna nicht, das ist eine Sache zwischen ihm und dem Idioten.

«Und wenn René wütend wird?»

«René wird nie wütend. Und wennschon, wen juckt's? Wenn es nach ihm ginge, würden wir uns hier alle vor Langeweile umbringen. Er wird seinen Spaß haben, das versichere ich dir.»

«Ich weiß nicht. Ich finde das keine gute Idee.»

«Du hast versprochen, dass du mitmachst. Wenn du jetzt einen Rückzieher machst, bist du ein Verräter. Streck das Kinn vor.»

«Okay», murrt Ietri und öffnet leicht den Mund. «Ich mach mit.»

«Das Wichtige ist, dass uns keiner sieht, sonst klappt der Streich nicht. Wenn sie die Schlange nicht mehr finden, flippen sie aus.»

«Torsu ist immer noch im Zelt.»

«Dem hat der Computer das Hirn verbrannt. Der merkt das gar nicht.»

Jetzt widmet Cederna sich Ietris Schnurrbart, und Ietri zieht folgsam die Oberlippe ein, um die Haut zu straffen. Mit den Fingern wischt Cederna den restlichen Schaum ab.

Sein älterer Bruder hat das so bei ihm gemacht, als ihm die ersten Barthaare sprossen. Ihm zuliebe wäre Cederna nackt auf eine Gruppe Taliban zugelaufen, ach was, er hätte sich erschießen lassen. Und vom Bruder hat er gelernt, wie leicht es ist, sich von einem Jüngeren bewundern zu lassen.

«Cederna?», fragt Ietri.

«Schieß los.»

«Machst du mir spitze Koteletten, so wie du sie hast? Ich kann das nicht.»

Cederna lächelt ihn an. Er ist doch ein guter Junge, sein Ietri. Er rührt ihn. «Halt den Kopf still, Jungfräulein. Das ist Präzisionsarbeit.»

Die Tatsache, dass Irene ihre Begegnung der vergangenen Nacht noch mit keinem Wort erwähnt hat, beruhigt Oberleutnant Egitto nicht: Im Gegenteil, es verursacht ihm eine gewisse Nervosität, die im Verlauf der Stunden zunimmt. Als er heute Morgen aufwachte, war sie schon gegangen. Vom Obersten erfuhr er, dass sie mit den Jungs auf Patrouille war, sie wollte sich den Basar ansehen und sich mit Informanten besprechen, *in ihren Angelegenheiten*. Zur Mittagessenszeit tauchte sie wieder auf, in der Kantine saßen sie am selben Tisch. Er sah ihr zu, wie sie die Offiziere mit der Erzählung von einem Kameraden unterhielt, der ihre Berichte über ihn beim Generalstab nicht schätzte und sie deshalb bis vor ihre Haustür verfolgte, tätlich wurde und ihr mit einem Fausthieb zwei Rippen brach. Alle waren amüsiert und empört über die Geschichte: Ein Militär, der eine Soldatin schlägt, das hat man ja noch nie gehört, da schau mal einer an, was für ein gemeiner Feigling. Egitto lächelte mit den anderen. Konnte man dieser Geschichte Glauben schenken? Und warum hatte Irene genau diese ausgesucht? Wollte sie ihm vielleicht eine Botschaft übermitteln, ihm zu verstehen geben, dass mit ihr nicht zu spaßen ist? Nach dem Zwischenfall in der Nacht – jetzt nennt er es spontan so, *Zwischenfall* – spürt er ein Gefühl der Bedrohung. Er zieht sogar eine Erpressung in Erwägung. Wenn er nicht mitspielt, wird Irene mit einem einfachen Fingerschnipsen seine Karriere zunichtemachen. Genau das ist es, was sie ihm vermittelt: Von nun an muss er ihr gehorchen, ihr Geliebter werden – als Strategie wesentlich abgefeimter als die vorgetäuschte Schwangerschaft damals. Egitto hat fast alles, was er auf dem Tablett hatte, stehen lassen, hat sich darauf beschränkt, angeekelt an den überbackenen Kartoffeln zu knabbern.

Ballesio lädt ihn zur üblichen Nachmittagsbesprechung in sein Zelt, das heißt, er lädt ihn überhaupt nicht ein, er geht davon aus, dass der Oberleutnant ihm folgt, aber Egitto bringt eine wirre Entschuldigung vor. Er kehrt in die Krankenstation zurück. Irene ist nicht da. Der Oberleutnant schiebt die Plane beiseite und betrachtet den Teil des Raums, den sich Irene widerrechtlich angeeignet hat. Ihr Gepäck steht auf dem Boden, unbewacht, ein eher kleiner Rucksack, geeignet für jemanden, der beweglich sein muss. Er schaut hinter sich. Alles ist ruhig. Er kniet nieder und öffnet den Reißverschluss.

Er zieht die Kleidungsstücke so heraus, dass er sie nicht zerknittert und ihre Anordnung nicht verändert. Fast nur Pullover und schwarze Hosen, aber auch eine Fleecejacke – da hat sie also doch eine. Er greift tiefer hinunter, spürt einen anderen Stoff und zieht ein Abendkleid oder Negligé heraus, was genau, ist ihm nicht klar, auf jeden Fall ein leichtes Kleidungsstück, vielleicht aus Seide, die Träger mit Spitze besetzt.

«Du solltest mich darin sehen. Es steht mir einfach phantastisch.»

Egitto erstarrt. «Entschuldige», stammelt er, «ich wollte nur ...» Er hat nicht den Mut, sich umzudrehen.

Vorsichtig nimmt sie ihm das Kleid aus den Händen, faltet es wieder zusammen. Dann hebt sie den Rucksack hoch und steckt es wieder hinein. «Man weiß ja nie, was so auf einen zukommt.»

Egitto steht auf.

«Ich bin todmüde. Du hast doch nichts dagegen, dass ich mich ein wenig ausruhe?»

«Nein. Klar. Mach nur.»

Aber der Oberleutnant rührt sich nicht. Jetzt, da sie sich von Angesicht zu Angesicht gegenüberstehen, er in flagranti bei seiner Missetat ertappt, müssen sie die Frage klären, die zwischen ihnen im Raum steht.

«Was ist?», fragt Irene.

«Hör mal», sagt der Oberleutnant. Er verstummt, holt tief Luft, dann versucht er es erneut: «Was das betrifft, was heute Nacht passiert ist ...»

Sie sieht ihn neugierig an. «Ja?»

«Es ist eben passiert. Aber das war bloß eine Schwäche. Es darf sich nicht mehr wiederholen.»

Irene denkt einen Augenblick lang nach. Dann sagt sie: «Das ist der schlechteste Satz, den je ein Mann zu mir gesagt hat.»

«Entschuldige.» Aus irgendeinem Grund tut es ihm wirklich leid.

«Hey, hör gefälligst auf, dich dauernd zu entschuldigen, verdammt noch mal!» Irene hat plötzlich einen anderen Ton angeschlagen. «Für so etwas entschuldigt man sich nicht,

Alessandro. Nimm es als Zeitvertreib, als Spiel, als ein Geschenk von einer alten Freundin, als was du willst. Aber *bitte* entschuldige dich nicht. Versuchen wir, wie erwachsene Menschen mit dieser Situation umzugehen, okay?»

«Ich wollte nur sicher sein, dass ...»

Irene schließt die Augen. «Ja. Ich habe verstanden, vollkommen. Jetzt *geh*. Ich bin müde.»

Gedemütigt tritt Egitto den Rückzug an. Alles, was er in den vergangenen achtundvierzig Stunden getan hat, hat sich als falsch und widersprüchlich erwiesen. Vielleicht hat er die Fähigkeit, unter Menschen zu sein, völlig eingebüßt.

Es ist dem Obergefreiten Mitrano schon oft passiert, dass er mit Simoncellis behaarten Arschbacken im Gesicht aufwachte, die ihm den Atem nahmen. Das ist kein schönes Gefühl. Zum einen, weil, wenn ein Vieh von neunzig Kilo sich auf dich setzt, das etwas dem Ersticken sehr Ähnliches hat. Es ist eine Form von Intimität, die du mit niemandem möchtest, schon gar nicht mit einer Art von Schimpansen, der die Fähigkeit besitzt, auf Kommando zu furzen. Aber vor allem das Gelächter, das du ringsum hörst, während du dich nicht rühren kannst – jemand hat deine Handgelenke an das Feldbett gefesselt, und du siehst nichts, weil die Gesäßbacken auf die Lider drücken –, dieses Gelächter kommt von den Mitgliedern deiner Kompanie, von deinen Kameraden, deinen Freunden. Dieses Gelächter tut noch mehr weh als die Hiebe, die jemand dir wiederholt auf den nackten Schenkel und auf den linken kleinen Zeh gibt.

Es gibt unendlich viele Varianten des Streichs mit den Arschbacken, und Mitrano hat sie alle durchgemacht. Den Mund mit Klebeband zugeklebt und die Knöchel damit gefesselt. Eis in die Unterhose (natürlich während du dich nicht rühren kannst). Enthaarungswachs auf die Arme, der klassische Sack aus Leintüchern, die Haare mit Zahnpasta verschmiert, die man nicht mehr rausbekommt, wenn sie eingetrocknet ist, außer mit der Schere. Insbesondere der Film mit der Zahnpasta machte im Regiment die Runde, und jetzt kann man ihn auf YouTube sehen, zu finden unter den Suchbegriffen *Wecken, Kaserne, Spezialshampoo, Pechvogel*...: Der erste Teil ist im Dunkeln gedreht, und die halbnackten Jungs haben grüne Augen wie Gespenster. Man sieht ganz deutlich Camporesi, der die Tube ausdrückt, und jemanden – vermutlich Mattioli –, der ihn anfeuert: mehr, mehr. Zu der Zeit trug Mitrano noch den unangenehmen Spitznamen Schwanzlöckchen, die Jungs rissen ihm gern Kopfhaare aus, legten sie auf einen Tisch unters Licht, um zu beweisen, dass sie wirklich wie Schamhaare aussahen. Dank der Zahnpasta ist wenigstens die Sache mit dem Spitznamen in gewisser Weise gelöst: Nachdem er gezwungen war, sich die Haare komplett abzurasieren, hat Mitrano sie nicht wieder nachwachsen lassen.

All das hat inzwischen wenig Bedeutung für ihn. Er ist daran gewöhnt. Zur Zeit der Wehrpflicht war es noch schlimmer gewesen. Da hatten sie ihm ernsthaft weh getan, sie verwendeten Gürtel, die Bleiplatten aus den kugelsicheren Westen und Klobürsten, sie pissten ihm in den Rucksack und auf den Kopf. So ist das Leben halt, das weiß man, da sind die einen, die teilen aus, und die anderen, die stecken ein, immer ist das so. Mitrano ist einer, der einsteckt, wie sein Vater übrigens auch, der sie auch von der Mama bekommt, weil er klein und zierlich ist. Das ist in Ordnung so. Ein tüchtiger Soldat kann vor allem eins: einstecken.

Im Allgemeinen aber hat er Tiere lieber als Menschen. Vor allem Hunde. Er mag sie groß und kräftig, kämpferisch. Nicht, dass sie freundlicher wären als Menschen, auch sie leben in einer Welt der Überwältigung, man braucht sie ja nur anzuschauen, wenn sie einander begegnen, wie sie sich das Hinterteil beschnüffeln, knurren und aufeinander losgehen, aber sie sind ehrlicher, sie folgen dem Instinkt und basta. Mitrano weiß alles über Hunde, und er respektiert sie. In der FOB gibt es eine Einheit der Pioniere mit Hundestaffel, dort verbringt er einen Großteil seiner Freizeit mit Maya, einer belgischen Schäferhündin mit schwarzen, wässrigen Augen, für das Aufspüren von Sprengstoff abgerichtet. Ihr Hundeführer, Leutnant Sanna, lässt ihn gewähren, denn so ist das Tier wenigstens beschäftigt, und er kann sich seinen eigenen Angelegenheiten widmen, die vor allem im gründlichen Studium gewisser Motorzeitschriften bestehen. Mitrano würde wer weiß was darum geben, in Sannas Regiment einzutreten, aber er ist beim Eignungstest kläglich durchgefallen. Die Schule war nie seine Sache.

Er hat sich bis zur Abendessenszeit mit Maya aufgehalten und mit ihr gespielt. Auf einem Teil des Platzes hat er einen Geschicklichkeitsparcours mit einigen Hindernissen aufgebaut, einem Tunnel aus Autoreifen und einem Ball. Er hat fast eine Stunde gebraucht, um ihr die einzelnen Übungen beizubringen, aber sie ist ein intelligentes Tier, und am Ende hat sie es begriffen. Die vorbeikommenden Soldaten blieben stehen, sahen ihnen bewundernd zu und applaudierten. Mitrano ist zufrieden mit sich. Er mag ja kein Ass im Denken sein – dadurch, dass er es ständig von allen zu hören bekam, von seiner Mutter, von den Lehrerinnen, von den Ausbildern und von den Freunden, hat er es schließlich akzeptiert –, aber im Dressieren von Hunden ist er echt unschlagbar. Er hat Maya ihr Fressen hingestellt und ist gleich darauf für die eigene Mahlzeit in die Kantine gegangen.

Am Abend ist er in der Ruine mit den anderen zusammen, aber für sich, er spielt auf einer Spielkonsole. Die Kameraden sind alle ganz aufgeregt, weil die Schlange verschwunden ist. Mitrano interessiert das nicht, ja, er ist froh darüber, weil es ihn schon ekelt, sie bloß aus der Ferne anzuschauen. Er liebt Tiere, alle, außer Reptilien. Die kann er wirklich nicht leiden. Mattioli beschuldigt ihn, er hätte sie weggeworfen – auf ihn gehen sie los, auf wen denn sonst –, aber sein Gesicht muss so ungläubig wirken, als er fragt: «Was wollt ihr von mir? Ich habe sie nicht einmal angefasst», dass sie ihm glauben und ihn in Frieden lassen.

Um Mitternacht geht er ins Zelt, etwas wirr im Kopf und mit brennenden Augen vom stundenlangen Starren auf den winzigen Bildschirm des Nintendo. Viele haben sich schon hingelegt, und die anderen sind dabei, sich auszuziehen. Mitrano zieht Hose und Jacke aus und schlüpft in die lange Unterhose.

«He, Rovere», sagt er zu seinem Bettnachbarn.

Rovere hat die Decke bis über die Nase hochgezogen. Er macht die Augen auf und mustert ihn feindselig. «Was willst du?»

«Denkst du daran, was die Taliban jetzt machen?»

«Was sollen sie schon machen? Sie schlafen.»

«Meiner Meinung nach beobachten sie uns.»

«Ach, hör doch auf», er dreht sich auf die andere Seite.

Mitrano kriecht in den Schlafsack. Er schüttelt das kleine Kissen auf, um es kompakter zu machen, und sucht nach einer bequemen Position auf der Seite. Manchmal kam sein

Vater mit einem blauen Auge zum Essen heim, oder er konnte wegen Schmerzen im Arm die Kaffeetasse nicht heben. Der Junge schwieg. Er hat gelernt, dass es in gewissen Familien das Beste ist, keine Fragen zu stellen, niemals, und seine Familie ist so eine.

Da ist etwas, was ihn daran hindert, die Beine richtig auszustrecken. Er tastet mit dem Fuß danach, aber durch die Hose spürt er nicht viel. Er denkt, irgendein schmutziges Wäschestück ist dort unten gelandet, dann kommt ihm der schreckliche Verdacht, seine Kameraden hätten wieder den Sack mit ihm gemacht. Er schiebt sich wieder hoch, um zu sehen, ob er noch aus dem Schlafsack herauskommt. Zum Glück ja. Im Sitzen langt er mit der Hand ins Innere, um das untere Ende zu erkunden, und kriegt etwas zu fassen. Die Haut des Reptils ist rau und trocken geworden und verbreitet einen Geruch von verwesendem Fleisch, der den Obergefreiten einen Augenblick früher überfällt als das Bewusstsein, was er da in der Hand hält.

«AAAAAAAAAAH!»

Er springt auf, beinah hätte er das Feldbett umgeworfen. Ein Zucken befällt ihn, er hüpft, als hätte er die Schlange zwischen den Füßen. Der ganze Körper wird wie von elektrischen Stößen geschüttelt, die Arme zittern.

Die Jungs wachen auf, fragen, was los ist, Lichter werden angemacht, all das dauert wenige Sekunden, in deren Verlauf er mit einer blitzschnellen Bewegung die Pistole aus der Tasche an dem Koppel zieht, das am Griff seines Spindes hängt, durchlädt, entsichert und ein, zwei, drei, vier, fünf Mal auf den Schlafsack schießt.

«AAAAAAAAAH!»

Er spürt die Schlange auf seinem Körper, er spürt, wie sie

sich über seine Schultern windet, ihm übers Gesicht kriecht, wie sie ihn überall beißt, das Gift, mein Gott, das Gift.

«DIESES SCHEISSVIEH HAT MICH GEBISSEN!»

Die Kameraden rufen ihm zu, er solle aufhören, aber Mitrano merkt nichts. Er gibt weitere Schüsse auf den Schlafsack ab und löst eine Eruption weißer Federn aus. Die Explosionen erschüttern schmerzhaft das Trommelfell der Jungs.

René will ihn aufhalten, er ist fast bei ihm, aber Mitranos Reflexe sind durch das Adrenalin beschleunigt. Er fährt um neunzig Grad herum und richtet die Waffe auf René. Der Feldwebel bleibt stehen. Die Soldaten verstummen.

«Ganz ruhig», sagt René.

Mitrano kann sich selbst nicht sehen. Er würde erschrecken, wenn er seine eigene Blässe sehen könnte, und er käme zu der Überzeugung, dass die Schlange ihn wirklich gebissen hat. Das Blut ist aus seinem Gesicht gewichen, ist ganz in die Hände geströmt, die violett sind und die Beretta umklammern. Die ist auf die Mitte von Renés Brustkorb gerichtet. Man kann viel über den Obergefreiten Mitrano sagen, aber nicht, dass er nicht schießen könne. Vor allem auf ein Ziel in anderthalb Meter Entfernung.

«Nimm die Waffe runter», befiehlt René in verbindlichem Ton, mehr wie ein älterer Bruder als wie ein Vorgesetzter.

«Da ist eine Schlange!», schluchzt Mitrano. «Eine Schlange ... sie hat mich gebissen, Scheiße.»

«Ist gut. Jetzt sehen wir nach.»

«Sie hat mich gebissen! Sie hat mich gebissen!», Tränen laufen ihm aus den Augen.

«Nimm die Pistole runter. Hör auf mich.»

Statt zu gehorchen, wechselt der Obergefreite sein Ziel,

richtet die Waffe auf Simoncelli, der wie eine lebende Statue erstarrt ist: ein Knie noch auf das Feldbett gestützt, den anderen Fuß am Boden. Dann richtet er sie wieder auf René.

Cedernas Stimme kommt aus ein paar Metern Entfernung, aus dem dunklen Hintergrund des Zeltes. «Das ist die tote Schlange, Mitrano.»

Verdutzt zögert der Obergefreite ein paar Sekunden lang. Er nimmt die Information auf, verdaut sie langsam. Natürlich, die Schlange, die aus der Ruine verschwunden war. Er wirft ein paar rasche Blicke auf den Schlafsack zu seiner Linken, als wäre er noch nicht ganz überzeugt. Die Federn haben sich auf den grünen Überzug gelegt und zittern im leichten Luftzug. Im Inneren regt sich nichts.

«Wart ihr das?»

René schüttelt den Kopf. Andere tun es ihm nach.

«HEY, WART IHR DAS?»

«Ich war es, Mitrano. Jetzt nimm die Pistole runter.» Cederna ist aufgestanden und geht vorsichtig auf den Kameraden zu, er ist fast auf der Höhe des Feldwebels.

«Du», sagt Mitrano. Seine Tränen fließen noch reichlicher. «Immer bist du es. Ich bring dich um, Cederna. ICH BRING DICH UM.»

Wenn er den Finger am Abzug krümmte, würde das Hirn von Francesco Cederna von vorn nach hinten durchschlagen, die Kugel würde austreten und in den Rucksack von Enrico Di Salvo eindringen, der an der Zeltwand hängt. Alle Anwesenden sind imstande, diese Flugbahn vorherzusehen.

Mitrano atmet durch den Mund, er kriegt keine Luft. Auf einmal überfällt ihn Müdigkeit, eine enorme Müdigkeit, die ihn erdrückt und sich wie flüssig fühlen lässt. Er senkt die Pistole einen Moment lang, was für René und Simoncelli reicht, sich auf ihn zu stürzen, ihn zu Boden zu werfen und zu entwaffnen. In Wahrheit – und im Unterschied zu dem, was später von diesem Auftritt berichtet wird – leistet Mitrano keinen Widerstand. Er beschränkt sich darauf, am Boden zu liegen. Seine Hand ist schlaff und kraftlos, als René ihm die Beretta abnimmt.

Da sind wieder Simoncellis Arschbacken auf seinem Gesicht, komisch, nicht?, denkt er unwillkürlich. Die einen teilen aus, und die anderen stecken ein, so funktioniert das. Es hat immer so funktioniert. Während die Truppe sich um ihn versammelt, schließt der Obergefreite die Augen. Er lässt sich fallen.

Die Schüsse haben die schlafenden Soldaten geweckt und die noch wachen überall auf der Basis in Alarmbereitschaft versetzt. Die Fixeren haben sich komplett angezogen, um dann blöde, von Kopf bis Fuß ausgerüstet, auf einen Befehl zu warten. Die Wachposten verständigen sich per Funk und können keine Einigung darüber erzielen, woher die Schüsse kommen, sie lokalisieren sie ungefähr im nördlichen Abschnitt der FOB. Da niemand um Hilfe bittet, beruhigen sie sich bald wieder. Sicher hat es sich um Schüsse ohne Bedeutung gehandelt. Das kann vorkommen, dass sich versehentlich ein Schuss löst, wenn man Tag und Nacht mit der Waffe im Arm zubringt.

«Was war das?», fragt Irene.

«Pssst.»

Die beiden lauschen, die Umarmung ihrer Körper nur unmerklich lockernd, während die erotische Spannung unerklärlicherweise nicht nachlässt. Egitto wartet auf das Heulen der Sirene.

«Das war nichts», sagt er schließlich. «Mach dir keine Sorgen.»

Dankbar bedeckt das nächtliche Geschöpf sein Gesicht mit einer Flut von Haaren, dann wirft es sich mit dem ganzen Gewicht auf ihn.

Weiße Flockenwirbel

Es war ein Tag im Januar, und es schneite, als ich Marianna im Hinblick auf ihr Kleid belog. Ich hatte sie gebeten, auf dem Rücksitz Platz zu nehmen, aber sie wollte nichts davon wissen. Während wir an der Wagentür darüber diskutierten, legten sich winzige Flocken auf ihre ungewohnte Frisur.

«Der Sicherheitsgurt wird es zerdrücken», sagte ich.

«Ich setze mich nicht nach hinten wie die Kinder. Dieser Platz ruft schlimme Erinnerungen in mir wach. Weißt du noch, wie dein Vater uns erklärte, was im Falle eines *Frontal*zusammenstoßes mit unserem *Schädel* geschehen würde? Na *bitte*.»

Während der Fahrt hielt sie den Gurt weg vom Busen, um das Dekolleté nicht zu ruinieren. Sie rieb die Lippen gegeneinander, und ich wusste, dass sie wie besessen darauf herumbeißen würde, hielte sie nicht der Lipgloss davon ab, den die Kosmetikerin kurz zuvor aufgetragen hatte und der sie glatt wie polierten Stein erscheinen ließ. Hätte ich ihr in diesem Augenblick den nackten Arm hingehalten, sie hätte vermutlich ihre Zähne hineingeschlagen.

«Eigentlich müsste eine Braut sich *glücklich* fühlen, wenn es am Tag ihrer Hochzeit schneit.»

«Warum, bist du nicht glücklich?», fragte ich, bereute es

aber umgehend. Es mit Mariannas Unzufriedenheit aufzunehmen war das Letzte, wozu ich Lust hatte.

Sie bemerkte den verfänglichen Charakter meiner Frage nicht. Verdrossen schaute sie auf die weiß verschneiten Äste der Bäume und sagte: «Mir scheint das nur ein Ärgernis *mehr*. All die durchnässten *Schuhe*. Und der *Matsch*.»

Die laut ausgesprochene, unbedachte Frage hatte jedoch genügt, um die ganze Bitternis über mich zu ergießen, die ich seit einigen Monaten über uns fühlte. Bestürzung hatte sich auf Bestürzung gehäuft seit dem stillen Erdbeben, das unsere Familie entzweit und mich wie ein dürres Kerngehäuse in der Mitte zurückgelassen hatte. Zum Niederschlag würde die Bedrohung voraussichtlich am Morgen der Feierlichkeit kommen, wie der Schnee, den die Meteorologen nach Tagen eines erstickend grauen Himmels mit verblüffender Genauigkeit vorhergesagt hatten. In einer Stunde würde Marianna mit einem tüchtigen Jungen die Ehe schließen. Sie heiratete ihn aus Dankbarkeit, vor allem aber aus Trotz gegen unsere Eltern. Sie heiratete ihn mit knapp fünfundzwanzig Jahren und ließ alles Weitere offen. Sie heiratete ihn und basta, aus freien Stücken, und ich würde sie am Arm durch das Hauptschiff der Kirche führen, steif und lächerlich in einer Rolle, die nicht meine war, um sie ihm zu übergeben.

Sie klappte die Sonnenblende herunter und betrachtete ihr Gesicht in dem kleinen rechteckigen Spiegel. «Heute Nacht habe ich *kein Auge* zugetan. Logisch, dass ich nervös bin, oder nicht? *Alle* sind das, in der Nacht davor. Aber ich war nicht nur nervös, sondern ich hatte auch schreckliche Magenkrämpfe, und die hatten nichts mit der Aufregung zu tun, das waren Krämpfe und basta. Ich habe zwei Buscopan genommen, aber die hatten überhaupt keine Wirkung. Sicher, wenn deine Eltern uns als Kinder nicht mit Medikamenten vollgestopft hätten, könnten sie vielleicht noch wirken ... und so ist mir um drei Uhr nachts nichts Besseres eingefallen, als es *noch einmal* anzuprobieren, das Kleid. Ich war in der Küche, mitten in der Nacht im Brautkleid, wie eine *Verrückte*. Und in den Haaren hatte ich diese verfluchten Lockenwickler, von denen ich nicht einmal weiß, warum ich sie verwendet habe, da ich diese blöde Püppchenfrisur hasse. Es ist die, die Nini mir immer machte. Kurzum, ich habe mein Spiegelbild im Fenster gesehen und begriffen, dass dieses Kleid grauenhaft ist, dass es ganz einfach *falsch* ist.»

Sie hob den Tüll ihres Rockes und ließ ihn wieder auf die Schenkel fallen, wie ein Stück altes Papier. Sie war so angewidert davon, sie war sich so unsicher über den Schritt, den zu tun sie sich anschickte – wenn ich in diesem Moment gesagt hätte, du hast recht, das Kleid ist unmöglich, und wir sind Tollpatsche, aber hör zu, hör mir gut zu, diese ganze Geschichte ist unmöglich, sie ist ein Irrtum, und das Kleid ist ein Beweis dafür, dass du ihn nicht heiraten willst, du wolltest ja überhaupt nicht heiraten, also drehen wir jetzt um und fahren zurück, alles wird sich einrenken, das verspreche ich dir, es wird sich einrenken, wenn ich also der Wahrheit, die sich mit beschämender Deutlichkeit in meinem Kopf abzeichnete, Ausdruck verliehen hätte, dann hätte sie mich ein paar Sekunden lang streng angesehen und wäre in Gelächter ausgebrochen, hätte geantwortet, ist gut, fahren wir zurück, machen wir es, wie du sagst.

Aber es schien mir nicht die geeignete Gelegenheit für Aufrichtigkeit, und ich sagte: «Das Kleid ist überhaupt nicht falsch. Und es steht dir ausgezeichnet.»

Die weiße Schicht auf dem Asphalt war einige Zentimeter dick, und bei allzu abrupten Bewegungen des Lenkrads kam der Wagen ins Rutschen. Die Autos fuhren sehr langsam und vorsichtig. Auch ich fuhr langsam, hielt mich vorzugsweise in der von den anderen gezogenen Spur. Mich auf die Schwierigkeiten des Verkehrs zu konzentrieren, erlaubte mir, die Stille, die sich im Inneren des Wagens breitgemacht hatte, zu behandeln, als ob sie etwas Normales wäre. Ich war mir bewusst, dass Marianna mich seit etlichen Minuten ansah, in der Erwartung, dass auch ich mich ihr zuwendete und die ganze Angst in ihren Augen läse, die sie nun endlich zu erkennen gab. Ich kannte diesen Blick, ich hatte ihn Hunderte von Malen erwidert, und ich wusste, dass er mich erwartete.

Aber ich konzentrierte mich weiter auf die Straße, und jedes Mal, wenn ich an die plötzliche Desertion meiner Schwester denke, sehe ich weiße Flockenwirbel vor mir, die aus dem Dunkel auf uns zukommen, und ich spüre die Schwere ihrer Not dort neben mir, die ich ignorierte.

Als ich vor der Kirche hielt, beeilte sich eine Gruppe von geladenen Gästen hineinzugehen. Erst da sah ich Marianna an, aber sie erwartete sich nichts mehr von mir. Sie war distanziert, abwesend, in derselben Haltung tatenlosen Abwartens, mit der sie Ernestos Ausführungen hinnahm.

Ich schaltete den Motor aus. Jetzt musste ich die Abstoßung unserer Körper überwinden, die sich zu ähnlich waren, und sie ein letztes Mal als ledige Frau umarmen. Als ich sie an mich drückte, wich plötzlich alle Energie aus ihrem Oberkörper, und sie fing an zu zittern. Ich hielt sie fest, bis sie sich beruhigt hatte.

«Keine dummen Witze während der Feier, das musst du mir schwören», sagte sie.

«Das hast du mir schon hundert Mal gesagt.»

«Ich will, dass keiner Küssen, Küssen schreit oder Es lebe das Brautpaar oder sonstigen Blödsinn. Ich *hasse* das.»

«Ich weiß.»

«Du musst es mir schwören.»

«Ich schwöre es.»

«Und ich will keine Rede halten, ist das klar? *Nichts*, nicht einmal ein Dankeschön. Das wäre …»

Peinlich, schloss ich im Stillen. «Es wird keine Rede geben.»

«Du hast es geschworen», sagte Marianna.

Ihr Atem war keuchend geworden, sie schien vergessen zu haben, dass man auch durch die Nase atmen kann.

«Wollen wir gehen?», schlug ich vor. Ich musste eine Regung von Ungeduld unterdrücken. Jetzt waren wir schon einmal da, alle hatten uns gesehen, und von der Schwelle der Kirche aus machte ein Typ, den ich nicht kannte, immer wieder Zeichen, dass man hineingehen solle. Ich war in einem Schneesturm Auto gefahren, ich trug ein Hemd, dessen Kragen mir in den Hals einschnitt, ich hatte ganze Wagenladungen an Groll, Unbehagen und Feigheit hinuntergeschluckt, um an diesem Tag dort zu sein und Freude über die Hochzeit meiner Schwester zu heucheln: Wann würden wir uns endlich entschließen, aus dem Auto auszusteigen und das Ganze zu Ende zu bringen?

Marianna schnaubte, sie beugte sich noch einmal vor, um die Dichte des Schneefalls zu überprüfen, als ob er es wäre, der sie aufhielt. Die Schneeflocken, die sich auf die Scheiben gelegt hatten, machten den Blick nach draußen fast unmöglich, wir waren in einer Eisschachtel eingeschlossen.

«Glaubst du, sie kommen?», fragte sie leise.

«Nein. Ich glaube nicht. Du warst sehr klar.»

«Vielleicht zum Umtrunk.»

«Auch da werden sie nicht dabei sein.»

Sie führte einen Daumen zum Mund. Unschuldig strich sie sich über die Lippen, gedankenverloren.

Ich hatte in dem Moment keine Lust dazu, aber ich fragte sie trotzdem: «Soll ich sie anrufen? Ich glaube, sie würden sich freuen zu kommen.»

Marianna riss die Augen auf. «Ich denke ja nicht im Ent*fern*testen daran. Sie werden mir nicht auch noch diesen besonderen Tag wegnehmen.»

War er besonders? Ja, auf eine seltsame Weise war er es tatsächlich. Marianna blies die Backen auf, wie als Kind. «Nichts passiert je so, wie man sich das ausgemalt hat, stimmt's?»

«Fast nichts, glaube ich.»

Sie kontrollierte noch einmal ihr Make-up im Spiegel und zupfte ein Krümelchen Mascara von den Wimpern. Dann warf sie den Kopf nach hinten und schnaubte. «Was soll's? Du bist da und begleitest mich, und das ist viel besser so. Komm, Soldat. Gehen wir heiraten.»

Sie stieß die Wagentür auf, ohne zu warten, bis ich sie ihr öffnete.

Reigen des Todes

Die Truppe ist um dich herum, über, unter und in dir. Wenn du versuchst, ihr zu entfliehen, bist du immer noch Teil von ihr. Wenn du versuchst, sie zu betrügen, ist sie es, die dich betrügt.

Die Truppe ist ohne Gesicht. Nichts vermag der Truppe ein Gesicht zu geben. Weder der Generalstab noch das Ministerium, noch die Generäle oder ihre Untergebenen. Auch du nicht.

Die Truppe war vor dir da und wird da sein, wenn du nicht mehr bist, in Ewigkeit.

Was du suchst, ist schon da, du musst nur deine Augen trainieren, es zu erkennen.

Die Truppe hat keine Gefühle, ist aber eher freundlich als feindlich. Wenn du die Truppe gernhast, wird sie dich gernhaben, auf eine Weise, die du nicht kennst und nicht erkennen kannst.

Zieh die Truppe nicht in den Schmutz, beschimpf sie nicht, und vor allem verrate sie nicht, niemals.

Durch die Liebe zur Truppe wirst du Liebe zu dir selbst empfinden.

Du hast die Pflicht, dein Leben in jedem Fall und um jeden Preis zu erhalten, denn dein Leben gehört nicht dir, es gehört ihr.

Die Truppe macht keinen Unterschied zwischen Körper und Geist, sie sorgt für beide und bestimmt über beide.

Es ist immer die Truppe, die dich wählt, nicht du wählst sie.

Die Truppe zieht Schweigen dem Geplapper vor, die eiserne Miene dem Lächeln.

Der Ruhm, den du anstrebst, ist das Mittel, das die Truppe einsetzt, um ihren Zweck zu erfüllen. Verzichte nicht auf den Ruhm, denn er ist das Tor, durch das die Truppe in dich eindringt.

Du kennst die Zwecke der Truppe nicht. Wenn du versuchst, sie zu erraten, wirst du verrückt.

Die wahre Belohnung für jede Tat liegt in der Tat selbst.

Wer an die Truppe glaubt, läuft nicht Gefahr zu scheitern, weder im Schmerz noch im Tod, denn Schmerz und Tod sind die Mittel, mit denen sie sich deiner bedient.

Deshalb antworte: Glaubst du an die Truppe? Glaubst du daran? Dann sag es jetzt. Sag es!

Ein weißes Auto hält knatternd wenige Meter vom Lager der afghanischen LKW-Fahrer entfernt. Der Fahrer, der dreist sein Gesicht zeigt, wirft sein persönliches Geschenk in den Kreis der sitzenden Männer und braust wieder in die Richtung davon, aus der er gekommen ist.

Bevor einer den Mut findet, ihn aufzuheben, betrachten die Fahrer lange den abgeschnittenen Kopf ihres Kollegen, des Wagemutigen, der zwei Nächte zuvor losgefahren war, um zur Ring Road zu gelangen. Der mit Sand verklebte Schädel sieht sie seinerseits an, die Augen erstarrt in dem letzten Grauen, das ihm zugefügt wurde. Nach der Unregelmäßigkeit der Fasern am Hals zu urteilen, ist der Kopf mit einer kleinen Klinge abgetrennt worden, vermutlich mit einem

Taschenmesser. Die Warnung ist nur allzu deutlich, und der Überbringer hat es nicht für nötig gehalten, irgendetwas hinzuzusetzen, außer einem Grinsen, das jedem, der es wagen sollte, sich auf den Weg zu machen, dieselbe Behandlung versprach: Das einzige Los, das verdient, wer mit den Besatzern kollaboriert.

Ein paar Stunden später marschieren die LKW-Fahrer in einer Reihe auf die FOB zu, den Kopf ihres Freundes in die Höhe haltend wie ein Banner oder einen makabren Passierschein. Niemand hätte gedacht, dass es so viele wären, mindestens dreißig.

Passalacqua und Simoncelli haben Wachdienst am Hauptturm und wissen natürlich nicht, wie sie sich verhalten sollen. Wenn die Männer, die da auf sie zukommen, Sprengstoff bei sich haben, sind sie schon nah genug, um ein schönes Massaker anzurichten.

«Ich schieße», schlägt Simoncelli vor.

«Aber in die Luft.»

Der Warnschuss macht die Afghanen nur entschlossener. Sie betreten nun den Korridor vor dem Eingang. Sie rufen etwas in ihrer Sprache.

«Was mach ich? Schieß ich noch einmal?»

«Ja, los!»

Noch eine Salve, nicht gerade in die Luft, sondern über die Turbane hinweg. An einem Dutzend Stellen hinter ihnen fliegt Erde auf.

«Die bleiben nicht stehen», sagt Simoncelli, «ich werfe eine Granate.»

«Bist du verrückt? Du bringst sie alle um.»

«Ich werf sie weit von ihnen weg.»

«Und wenn du dich vertust?»

«Dann wirf du sie.»

«Ich bin doch nicht blöd!»

Während sie diskutieren, gelangt die Gruppe an den Fuß des Turms. Dort bleiben die LKW-Fahrer stehen, als hätten sie es abgesprochen, und warten höflich, bis jemand kommt und sie einlässt.

«Schöne Scheiße», kommentiert Ballesio etwa zehn Minuten später, als man ihm den abgeschnittenen Kopf vor die Nase hält. Dann sieht er die Afghanen mit einem seltsam vorwurfsvollen Ausdruck an, als ob sie den Schlamassel angerichtet hätten.

Der Oberst, Hauptmann Masiero und Irene Sammartino ziehen sich für den Rest des Vormittags in die Kommandozentrale zurück. Sie erscheinen nicht einmal zum Essen in der Kantine – vor Egitto gehen drei Soldaten mit ebenso vielen Tabletts vorbei. Zimmerservice, denkt er. Er ist beleidigt, weil er nicht zu der Versammlung hinzugebeten wurde, und er kann nicht mit Sicherheit sagen, ob die Eifersucht mehr Irene oder Ballesio betrifft.

Um zwei wird er mit den anderen Offizieren und Zugführern gerufen. Der Oberst wirkt finster, er sitzt in der Mitte des langen Tisches, aber so, als befände er sich im Abseits. Er vermeidet es, Egitto anzusehen, und lässt Masiero an seiner Stelle alles erläutern. Wie üblich erklärt der Hauptmann alles in einem Zug, glasklar, ohne irgendwelche Ungenauigkeiten oder auch nur den Schatten einer emotionalen Beteiligung. In den höheren Sphären – so nennt der Hauptmann das mit unverkennbarer Verachtung – ist man der Ansicht, dass die Pattsituation mit den LKW-Fahrern kritisch geworden ist. Nicht nur ist es inakzeptabel, dass sie barbarischen Angriffen wie der jüngsten Enthauptung eines Kollegen ausgesetzt sind, sondern ihre Unzufriedenheit droht dem Image des Einsatzes insgesamt Schaden zuzufügen und stellt im Übrigen auch ein Gefahrenpotenzial dar. Kurzum, sie müssen nach Hause begleitet werden.

Der Hauptmann entrollt eine Landkarte, auf der er mit einem Stift eine Route eingezeichnet hat, zusammen mit einigen Bemerkungen in seiner pingelig genauen Schrift. Der Plan ist denkbar einfach: Die Soldaten sollen zusammen mit den LKW-Fahrern eine Kolonne bilden, das Tal durchqueren und knapp oberhalb von Delaram auf die Ring Road stoßen, wo sie die Fahrer allein lassen, um auf demselben Weg zurückzukehren. Die zurückzulegende Entfernung beträgt ungefähr fünfzig Kilometer, es sind insgesamt vier Tage für die Fahrt vorgesehen, zwei für den Hinweg, zwei für den Rückweg. Mit großer Wahrscheinlichkeit werden sie IEDs auf ihrem Weg erwarten und womöglich auch Feuergefechte, aber sie können auf die Desorganisation des Feindes zählen. Aufbruch ist morgen früh vor Sonnenaufgang. Fragen?

Während der Hauptmann sprach, fingerte Oberleutnant Egitto an der Seitennaht seiner Hose. Er ist der Einzige im Raum, der je durch das Tal gekommen ist, vor einigen Monaten, in umgekehrter Richtung. Ein ganzes Leben scheint ihm seither vergangen zu sein. Sie waren auf vier Sprengladungen gestoßen, hatten zwei komplett schlaflose Nächte verbracht, bei der Ankunft waren seine Bataillonskameraden völlig erschöpft gewesen, und einige waren für den Rest ihres Aufenthalts diensttauglich geblieben. Die Eifersucht von vorhin verwandelt sich mit einem Schlag in eine beängstigende Vorahnung. Er hebt die Hand.

«Bitte sehr, Oberleutnant.»

Ballesio wirft ihm einen wütenden Blick zu, wie um zu

sagen, dass er hier nicht zu reden hat. Egitto ignoriert das. «Ich bin einmal durch das Tal gefahren. Das ist kein sicherer Ort. Wir sollten nach einer alternativen Lösung suchen.»

Masiero streicht sich über die Schnurrbartenden, während seine Lippen sich zu einem höhnischen Grinsen verziehen. «Ich weiß ja nicht, wie das bei Ihnen ist, Oberleutnant. Aber als ich zur Truppe kam, hatte ich die Vorstellung, dass das *nicht gerade* ein Job ist, der mit *Sicherheit* zu tun hat.»

Zögerndes, nervöses Lachen, das sogleich wieder verebbt.

Egitto beharrt auf seinem Standpunkt: «Wir könnten die LKW-Fahrer mit Hubschraubern nach Herat zurückbringen.»

«Dreißig LKW-Fahrer? Ist Ihnen klar, was uns das kosten würde? Und ohne ihre LKWs. Das scheint mir kein gutes Geschäft für unsere afghanischen Freunde.»

Ballesio windet sich auf seinem Stuhl, als hätte er Bauchkrämpfe.

«Das Tal ist gefährlich, Herr Hauptmann», sagt Egitto.

Der rasche Blick zwischen Masiero und Irene, die an die Wand gelehnt dasitzt wie jemand, der mit der Sache nichts zu tun hat, entgeht ihm nicht.

«Oberleutnant, bei allem Respekt, aber es wird nicht von Ihnen verlangt, dass Sie sich mit strategischen Fragen befassen. Kümmern Sie sich lieber um die Gesundheit der Soldaten. In letzter Zeit sehen viele recht schlecht aus, kommt mir vor. Hat sonst noch jemand Einwände? Wenn nicht, sollten wir an die Vorbereitungen gehen.» Masiero faltet die Hände wie eine Lehrerin vor ihren Schülern. «Was ich vergessen habe: Die Operation heißt Mother Bear, Mutter Bär. Merken Sie sich das. MB ist die Abkürzung für die schnelle Kommunikation. Ich hoffe, der Name gefällt Ihnen, ich habe ihn mir selbst ausgedacht.»

Die Anwesenden gehen auseinander, Egitto folgt dem Kommandanten zu dessen Zelt. Ballesio kehrt ihm den Rücken, als wolle er ihn loswerden. Als Egitto seinen Fuß ins Zelt setzt, sagt er: «Was wollen Sie von mir, Oberleutnant? Ich bin sehr beschäftigt.»

«Sie müssen die Operation abbrechen, Herr Oberst.»

«Ich muss? Ich *muss*? Ja, wer zum Teufel sind Sie denn, dass Sie mir vorschreiben wollen, was ich zu tun habe?»

Egitto lässt sich nicht entmutigen. «Das ist ein leichtsinniges und riskantes Unternehmen. Es wird nicht so sein wie beim ersten Mal, jetzt erwartet uns der Feind.»

Aufgebracht fuchtelt Ballesio mit den Armen. «Was wissen denn Sie davon?»

«Der abgeschnittene Kopf ist unverkennbar eine Einladung. Und dann ...», er zögert, «habe ich so etwas wie den sechsten Sinn.»

«Ich pfeif auf Ihren sechsten Sinn, Oberleutnant. Kriege werden nicht mit dem sechsten Sinn geführt. Die anderen fünf genügen allemal.»

Egitto holt tief Luft. Er ist nicht geschaffen für die Insubordination. Er war stets ein polemischer Geist, ein messerscharfer kritischer Geist wie Ernesto, aber seine Intelligenz ist mehr eine Verteidigungs- als eine Angriffswaffe. Diesmal jedoch nicht, diesmal ist er entschlossen, seine Gründe zu nennen. Ihm ist schwindlig, sein Blutdruck muss sehr niedrig sein. «Ich sehe mich gezwungen, Herr Oberst, Sie zu bitten, Ihre Position zu revidieren.»

«So hören Sie doch auf!», dröhnt Ballesio. Dann lässt er

sich verwirrt und mit schlaffen Armen auf den Stuhl fallen. Er kennt unzählige Arten, sich hinzulümmeln. Er schüttelt den Kopf. «Glauben Sie im Ernst, *ich* wäre es, der das will? Komme ich Ihnen nicht vor wie einer, der schon genug abgekriegt hat? Wenn es nach mir ginge, könnten diese LKW-Fahrer da draußen krepieren unter ihrer scheußlichen afghanischen Sonne, krepieren mitsamt diesem ganzen Krieg. Ich hab die Schnauze voll von Krieg, von Einsätzen und dem ganzen Blödsinn.»

Auch der Oberleutnant setzt sich, vorsichtig. Jetzt muss er seinen Ton auf die plötzliche Wendung in der Unterhaltung abstimmen. «Ich verstehe nicht, Herr Oberst.»

«Sie verstehen nicht? Sie *verstehen* nicht? Bitten Sie Ihre Freundin, es Ihnen zu erklären.»

«Meinen Sie Irene Sammartino?»

«Ihre Streberin, ja, genau die.»

Im Geist korrigiert Egitto das Bild, das er sich von der Besprechung am Morgen gemacht hatte: Wenn er zuerst Ballesio auf die eine Seite, Irene und den Hauptmann ihm gegenübergesetzt hatte, sieht er nun sie in der Machtposition. Die kecke junge Frau, mit der er in einem früheren Leben eine Liebesbeziehung hatte und mit der er jetzt ... etwas teilt, diese Frau gibt Offizieren Befehle, und sie kuschen vor ihr. «War das Sammartinos Idee?», fragt er mit leiser Furcht vor der Antwort.

«Die hat keine *Ideen*, Oberleutnant. Sie ist nur die Übermittlerin, das gnadenlose Auge, das Sprachrohr derer, die über so armen Würstchen wie Ihnen und meiner Wenigkeit stehen.»

Egitto kann nicht glauben, dass Irene über sie alle ein solches Todesurteil verhängen will. Er riskiert, sich noch weiter aus dem Fenster zu lehnen, aber er sagt es trotzdem: «Ich glaube nicht, dass die Sammartino so etwas tun würde.»

Mit einem Ruck legt Ballesio die Unterarme auf den Tisch und beugt sich vor, wutentbrannt. «Ist das wieder Ihr verdammter sechster Sinn, der Ihnen das einflüstert, Oberleutnant? Ich bitte Sie, das ist ein Anfängerfehler.»

Egitto hat keine Ahnung, ob das, was Ballesio sagt, bloße Vermutungen oder Gewissheiten sind. So wie die Dinge liegen, könnte es Irene selbst gewesen sein, die geplaudert hat. Gibt es jemanden, dem er vertrauen kann? Die Anspielung, ob begründet oder nicht, verwirrt ihn, er fühlt sich entblößt. Der Mut verlässt ihn.

Der Kommandant zeigt mit dem Zeigefinger auf ihn. «Hören Sie auf mich. Gehen Sie beichten, solange noch Zeit dazu ist, denn man weiß ja nie. Wegtreten.»

Noch einmal versammeln sich die Offiziere, es versammeln sich die einzelnen Kompanien und Abteilungen, und zum Schluss hat jeder eine ungefähre Vorstellung von dem, was er tun muss, sodass er anfangen kann.

Die Moral ist gut, vor allem unter denen, die bald aufbrechen werden: Obwohl sie sich der Gefahr bewusst sind, die es bedeutet, sich in einer Kolonne aus der Sicherheitszone hinauszubewegen, ist es doch auch eine Gelegenheit, die Spinnweben loszuwerden, die sich in einem Monat des Älterwerdens in der FOB angesammelt haben. Und dann, wer will schon Soldat sein, ohne die Gelegenheit, ein bisschen herumzuballern?

Nur Cederna, ausgerechnet er, der wenigstens theoretisch ganz wild auf Feuergefechte ist, teilt den allgemeinen Optimismus ganz und gar nicht. Das Telefonat, das er führen muss, ängstigt ihn zu Tode. Schon zwei Mal hat er es aufgeschoben, und jetzt hat er zwei Jungs vorgelassen, die in der Schlange hinter ihm waren. Er hat sich die Fingerknöchel wund gebissen, und wenn er zum x-ten Mal daran saugt, spürt er den Geschmack von Blut. Agnese wird das nicht gut aufnehmen. Die Angst vor ihrer Reaktion steigert seine Nervosität. Warum hat ausgerechnet er, der vor nichts Angst hat, Angst vor einer Frau? Die Wut schürt die Furcht noch weiter, in einem Teufelskreis, der ihn um den Verstand bringt. Von einem ist er jedenfalls überzeugt: Er wird ihr nichts sagen, was auch nur entfernt mit der Wahrheit zu tun hat, dazu besteht kein Anlass. Er wird ihr nicht sagen, dass ihm der Urlaub von diesem Fettwanst Oberst Ballesio höchstpersönlich gestrichen wurde, weil er sich einen Scherz zu viel erlaubt hat und dieser Idiot Mitrano daraufhin mitten in der Nacht angefangen hat, auf seinen Schlafsack zu schießen. Er wird nicht sagen, wie hoch die Wahrscheinlichkeit ist, dass ihm der Urlaub auch später nicht gewährt wird, er mithin der Einzige im Regiment sein wird, der sechs Monate am Stück draußen ist. Und er wird nicht sagen, dass es ihm leidtut, ums Verrecken nicht.

Er packt den Telefonhörer. Er ist noch feucht vom Schweiß des Vorgängers. Agneses Stimme klingt vorsichtig.

«Ich bin's», sagt Cederna.

«Du?»

«Ja, ich.»

«Du hast mir gefehlt, Junge.»

«Sie lassen mich nicht gehen.»

Warum wartet Agnese jetzt so lang? Sag doch was, red schon! «Es tut mir leid», setzt Cederna hinzu und verrät damit seinen wichtigsten Vorsatz.

Sie bleibt stumm.

«He, hast du mich gehört?»

Nichts.

«Es ist sinnlos, dass du die Stumme spielst. Morgen beginnt hier eine Operation. Ich kann dir keine Einzelheiten erzählen, aber es ist eine ernste Sache. Alle Männer werden gebraucht, und ich kann nicht weg.»

«Versuch nicht –» Agneses Ton ist barsch, aber ruhig, anders als er es erwartet hatte. Er war darauf gefasst, sie am Telefon weinen zu hören, sie schnauben und schimpfen zu hören, aber darauf nicht. «Versuch erst gar nicht, mich zu rühren mit euren Operationen und der Gefahr und allem Übrigen.»

«Ich hab's dir gesagt. Denk, was du willst.»

«Genau. Ich denke, was ich will.»

Hat sie aufgelegt? Ist sie noch dran? Dieses in die Länge gezogene Schweigen ist als Druckmittel unfair.

«Agnese ...»

«Ich habe dir nichts mehr zu sagen.»

«Ich komme nach deinem Examen, einverstanden? Wir machen eine Reise, wie ich es dir versprochen habe. Dann ist das Wetter auch besser.»

«Wir machen keine Reise, Francesco. Wir machen überhaupt nichts. Und jetzt entschuldige mich, ich habe zu tun.»

«Was zum Teufel soll das heißen?»

Agnese deutet ein kurzes Lachen an, das den Stabsgefreiten erschaudern lässt. «Weißt du, was ich dir sage? Das ist ein wunderbares Examensgeschenk, Francesco, das schönste, das du mir machen konntest. Meine Freundinnen haben eben einen Urlaub geplant. Nur Frauen. Ich hatte gesagt, ich käme nicht mit, weil du da bist, aber in Wirklichkeit *wünsche* ich mir nichts mehr, als da mitzufahren. Ich wünsche es mir von ganzem Herzen.»

Cederna spürt, dass der Kunststoff des Hörers gefährlich nah daran ist, zu zerbrechen. Er lockert den Griff. «Du fährst nicht in Urlaub mit deinen verpissten Freundinnen. Ich polier dir die Fresse, wenn du das versuchst.»

Agnese bricht in ein lautes, raues Gelächter aus. «Du bist wirklich primitiv, Francesco Cederna.»

Irgendwo tief im Unterbewussten stellt der Soldat eine Verbindung her zu einem ähnlichen Satz, den sie ihm vor längerer Zeit und in einem ganz anderen Zusammenhang gesagt hat. Es war bei einem der ersten Male, wo sie miteinander ausgingen, einem der ersten Male, wo sie miteinander im Bett landeten, und Agnese sagte, du bist wirklich ein Großkotz, Francesco Cederna, aber damals redete sie weiter und fügte hinzu, ein Aufschneider, aber auch ein cooler Typ, ich schwöre bei Gott, dass ich mich noch nie mit jemandem so gefühlt habe wie mit dir. Er war, nun ja, geschmeichelt, aber auch überrascht. Jetzt, da dieser frühere Satz in einem entlegenen Teil seines Hirns widerhallt – wer weiß, ob sie die Übereinstimmung überhaupt wahrgenommen hat –, jetzt, da die Dinge ganz anders liegen und sie nichts hinzuzufügen hat, verspürt Cederna ein Gefühl von Bitterkeit und von Niederlage und ist nicht imstande, etwas zu erwidern.

Agnese beendet das Gespräch für ihn. «Adieu. Viel Glück bei deiner Operation.»

Der dritte Zug der Kompanie Charlie wird die Nachhut bilden, eine heikle Position, aber immer noch besser, als vorne zu sein. Und außerdem ist der Arzt bei ihnen, was auf der psychologischen Ebene eine Hilfe ist. Unter gar keinen Umständen dürfen die Fahrzeuge die Spur verlassen, die die vor ihnen Fahrenden gezogen haben, sie dürfen den auf fünfzehn Meter festgelegten Sicherheitsabstand weder unternoch überschreiten oder Initiativen irgendwelcher Art ergreifen oder auch nur vorzuschlagen wagen bla, bla, bla.

Feldwebel René hat die Litanei zum zweiten Mal noch einmal ganz von vorne wiederholt, mit häufigen Pausen, um sich zu vergewissern, dass auch alle verstanden haben. Siebenundzwanzig Stimmen antworteten mit immer lustloserem Ja. Daraufhin hat er die Jungs weggeschickt, die letzten Vorbereitungen treffen. Ietri und Cederna sollen die leichte Artillerie auseinandernehmen, reinigen, ölen und wieder zusammensetzen.

Ietri hat kapiert, dass er seinen Freund besser in Ruhe lässt, seitdem ihm der Urlaub gestrichen wurde, ist er total ungenießbar, er redet mit niemandem, und wenn man ihn vor sich hat, mit düsterem Blick und den Mund grimmig knurrend verschlossen, denkt man, er könnte einem ein Messer in den Bauch rammen, nur weil man ihm über den Weg gelaufen ist. Man möchte ihn trösten, aber Ietri weiß, dass ihre Freundschaft nicht so beschaffen ist: Sie ähnelt mehr der Beziehung zwischen einem Lehrer und seinem Schüler, und ein Schüler wagt es nicht, seinen Lehrer zu fragen, was ihm fehlt. Er hatte es ihm gesagt, dass dieser Scherz ins Auge gehen kann. Wenigstens war Cederna loyal und hat den Vorgesetzten gegenüber seine Beteiligung verschwiegen. Eines Tages, wenn er sich beruhigt hat, wird er ihm dafür danken.

Sie arbeiten schweigend. Sie schauen in die Gewehrläufe hinein, blasen den Staub weg oder verwenden die Pressluftpumpe. Für die empfindlicheren Teile, die Laserzieleinrichtungen und die Verschlüsse, verwenden sie Pinsel mit weichen schwarzen Borsten.

Ietri hat sich noch nicht entschieden, wie er sich im Hinblick auf den morgigen Einsatz fühlt. Im Umkleideraum hieß es, der Weg würde mit Sprengfallen übersät sein, und tatsächlich laufen die Pioniere in den letzten Stunden mit langen Gesichtern in der FOB herum. Er würde Cederna so gern nach seiner Meinung fragen. Das täte ihm gut. Vielleicht hat er jetzt auch Lust, ein paar Worte zu wechseln, sich ein bisschen Luft zu machen. Er beißt sich auf die Zunge, um ihn nicht zu stören, aber am Ende spricht er ihn doch an:
«He, Cederna.»

«Halt die Klappe, Jungfräulein.»

Beschütze meine Familie. Beschütze meine Mutter, sie vor allem. Beschütze meine Kameraden, denn sie sind tüchtige Jungs. Manchmal sagen sie dumme oder ordinäre Dinge, aber sie sind gut, alle miteinander. Beschütze sie vor dem Leiden. Und beschütze auch mich. Beschütze mich vor den Kalaschnikows, vor den selbstgebastelten Bomben, vor Schrapnells und Granaten. Wenn ich jedoch wirklich sterben muss, dann besser durch eine Bombe, eine mit großer Sprengkraft, mach, dass ich auf einer Bombe in die Luft fliege und keinen Schmerz empfinde. Ich bitte dich, lass mich nicht verwundet zurück, ohne ein Bein oder eine Hand. Und lass mich nicht verbrennen, wenigstens nicht im Gesicht. Tot ja, aber nicht lebenslang entstellt. Ich bitte dich, ich flehe dich an.

Die Soldaten verstehen es, in Rekordzeit ein Fest zu organisieren, und die Umstände verlangen eins, das diesen Namen verdient. Im Lauf des Nachmittags lässt sich in der FOB schön die gute Zusammenarbeit verschiedener Kompanien beobachten. Die Jungs von der dritten stellen die Ruine und einige Vorräte zur Verfügung – ein paar Tafeln Schokolade, 25-ml-Fläschchen Grappa aus der K-Ration, Chips und verschiedene Snacks –, die anderen steuern bei, was sie können: Von den Pionieren kommen zwei starke Lautsprecherboxen, die Köche machen Überstunden, um leckere Sandkuchen und zwei Bleche mit etwas Pizzaähnlichem zu backen, andere wieder kümmern sich um die Dekoration. Das Kommando steuert Plastikbecker und -teller bei, auf ausdrücklichen Wunsch Ballesios.

Um acht ist der Raum schon voll. Es bleibt nicht viel Zeit, Appell ist um vier Uhr morgens, und keiner weiß, wann er dann das nächste Mal wird schlafen können. Das Gelächter ist ein bisschen lauter als nötig, die Ausdrücke härter, man spürt genau, dass der erhöhte Geräuschpegel erforderlich ist, um ein anderes Geräusch im Inneren eines jeden zu übertönen, das von Minute zu Minute lauter wird. Ietri ist etlichen Kameraden auf die Nerven gefallen, um sich die Rolle des DJ zu sichern, und jetzt ist er an seinem Platz hinter dem Pult. Ein Fest ist kein Fest, wenn es nicht die richtige Musik gibt, und er will, dass Zampieri ihn bei etwas sieht, das er gut kann. Jedenfalls hat niemand versucht, ihn daran zu hindern, denn alle haben Lust, den Abend zu genießen, und basta.

Vor dem Abendessen hat er eine Liste der Bands zusammengestellt: Nickelback, Linkin Park, Evanescence, vielleicht etwas Älteres von den Offspring, um dann mit seinen wirklichen Lieblingsbands reinzuhauen, Slipknot, Neurosis, Dark Tranquillity. Er hofft, dass die Jungs Lust haben sich auszutoben. Auf dem Papier schien ihm die Sequenz wirkungsvoll, aber jetzt, da das Fest im Gange ist, merkt er, dass die Zeit schneller verrinnt als gedacht und dass er Stücke auslassen muss, um eher zur Sache zu kommen. Und es tanzt auch noch keiner, die Atmosphäre ist kalt. Ietri kann sich nicht recht erklären, warum, denn für gewöhnlich, wenn im Tuxedo die spanische Stimme von *Pretty Fly* erklingt, kann er sich nicht halten und stürzt sich in die Menge. Jemand legt ihm nicht allzu freundlich nahe, das Genre zu wechseln, aber er hört nicht darauf.

«Hey, mach Schluss mit dem Krawall!», ruft Simoncelli von der anderen Seite des Raums.

Ietri reagiert nicht. Aus den Augenwinkeln bemerkt er, dass Zampieri näher kommt. Er senkt den Kopf, um beschäftigt zu wirken, während er in Wirklichkeit nichts weiter zu tun braucht, als das eine oder andere Stück auszuwählen. *Pretty Fly* ist gleich zu Ende, und er weiß nicht, was er nehmen soll. Sein von Hand auf ein Blatt Papier geschriebenes Programm sieht Motörhead vor, aber das scheint ihm nicht die richtige Gruppe, um Zampieri zu empfangen, er ist durcheinander, aufgeregt. Sie ist bei ihm, und er legt das erstbeste Stück auf, das er findet: *My Plague*.

Zampieri setzt sich auf den Tisch vor ihm. Wann hat das angefangen, dass sie eine solche Wirkung auf ihn hat? Ietri fühlt sich von tausend Nadeln gestochen, am ganzen Körper.

«Hast du denn nicht etwas Melodischeres?»

«Warum? Gefallen dir die Slipknot nicht?»

Zampieri zieht eine seltsame Grimasse. «Ich weiß nicht einmal, wer das ist.»

Ietri senkt den Kopf. Wieder geht er die Liste der Titel durch, vor und zurück. Auf einmal scheint ihm, dass da nichts Geeignetes ist, nichts, was interessant genug wäre, um ihr Eindruck zu machen. «Die Suicidal Tendencies, kennst du die?», fragt er hoffnungsvoll.

«Nein.»

«Die Nevermore?»

Zampieri schüttelt den Kopf.

«Ich spiel sie dir vor. Die Never sind stark.»

Sie schnaubt. «Hast du nichts von Shakira?»

Empört richtet Ietri sich auf. «Shakira? Das ist doch keine Musik.»

«Gefällt aber allen.»

«Die macht doch nur kommerzielle Liedchen.»

Zampieri schaut sich um, freudlos. «Na, wenigstens würden welche tanzen. Siehst du nicht? Keiner rührt sich. Bald stopfen wir uns noch die Ohren zu bei dem Zeug.»

«Wenn es euch nicht gefällt, hätte ja ein anderer den DJ machen können. Das ist meine Musik.» Er ist wütend und gedemütigt. Wenn Zampieri wirklich Shakira mag, dann weiß er nicht, inwieweit sie sich überhaupt verstehen könnten.

«Schau einer an, jetzt ist er eingeschnappt», sagt sie. «Du bist wirklich wie ein kleiner Junge, wegen Musik so beleidigt zu sein.» Sie macht eine verächtliche Handbewegung. «Leg auf, was du willst, mir ist das völlig egal.» Dann geht sie.

Vor den Kopf gestoßen, bleibt Ietri stehen, den iPod blöde in der Hand. Er braucht etliche Sekunden, um sich zu erholen. *My Plague* geht zu Ende, und er hat nicht die Geistesgegenwart, einen nächsten Song auszuwählen. In der Ruine ist jetzt nur das Stimmengewirr der Jungs zu hören. Zampieri ist schon zu den anderen zurückgekehrt, zu der Gruppe von Cederna, Pecone und Vercellin, und sie lacht gackernd wie ein Huhn, als ob ihr die Musik und er wirklich völlig egal wären.

«Das wurde aber Zeit!», schreit Mattioli, die Hände als Trichter an den Mund gelegt, zum DJ hinüber. Die anderen spenden Beifall.

Was für ein Idiot er war. Er wollte sich hervortun, dabei hat er sich wie immer zum Trottel gemacht. Jetzt ist er voller Scham, am liebsten würde er im Boden versinken. Sollen sie sich ihre Musik doch selbst aussuchen. Sie verstehen ja doch nichts davon. Ietri schaut seine Kameraden an, und auf einmal hasst er sie so, wie er früher die Jungs in Torremaggiore gehasst hat. Auch die hatten keine blasse Ahnung von Musik, sie hörten die von den Radiosendern ausgewählten Bands, die süßlichen italienischen Sänger.

Er zerknüllt den Plastikbecher und wirft ihn wütend in eine Ecke. Er verlässt die Ruine. Die Nächte werden immer kälter, und er hat nichts weiter an als sein Baumwollshirt. Auch egal. Die Hände in den Hosentaschen, geht er zu den Telefonen, es ist noch Zeit, seine Mutter anzurufen. Dabei war er drauf und dran, es zu versäumen, so beschäftigt war er mit diesem blödsinnigen Fest gewesen. Er begegnet anderen Soldaten, die in die entgegengesetzte Richtung gehen. Geht nur, geht nur, amüsieren werdet ihr euch ja doch nicht.

Bei den Telefonen trifft er auf René. Der Feldwebel geht rauchend auf und ab. «Was bist du denn da unterwegs ohne Taschenlampe?», raunzt er ihn an.

Ietri zuckt mit den Achseln. «Mittlerweile kenn ich mich aus», sagt er. «Bist du nicht auf dem Fest geblieben?»

«Zu viel Durcheinander», antwortet der Feldwebel.

Er wirkt niedergeschlagen und sehr angespannt. Vielleicht bedeutet das, dass der Einsatz kein Spaziergang wird. Aber in diesem Augenblick ist in Ietri kein Platz für Angst, das interessiert ihn nicht, er ist zu enttäuscht, um etwas anderes als Frust zu empfinden. «Willst du telefonieren?», fragt er.

«Ich? Nein.» René fährt sich mit der Hand über den rasierten Schädel. «Nein, will ich nicht. Wir sehen uns morgen. Versuch dich auszuruhen.»

Er entfernt sich mit raschen Schritten, der Obergefreite bleibt allein zurück. Die nächtliche Stille in der FOB ist anders als alles, was er kennt, sie ist Abwesenheit von Motorengeräusch und von menschlichen Stimmen, aber auch von Natur: kein Vogelgezwitscher, keine Grillen, keine Flüsse, die in der Nähe rauschen, nichts, einfach nichts. Stille und basta.

Die Stimme der Mutter wühlt all seine Gefühle auf, und das Ergebnis ist eine tiefe Niedergeschlagenheit, die ihm in der Kehle sitzt. «Ist das Bauchweh vorbei?»

«Mama, das ist doch schon Tage her. Es geht mir bestens.»

«Aber deine Stimme klingt traurig.»

Nichts zu machen, sie entlarvt ihn immer. Sie besitzt Rezeptoren, die jeden Tonfall seiner Stimme wahrnehmen. «Ich bin nur müde», antwortet Ietri.

«Du fehlst mir sehr.»

«Hm.»

«Und ich fehle dir nicht?»

«Ich bin doch nicht mehr acht Jahre alt, verdammt.»

«Ich weiß, ich weiß. Red nicht so. Du warst bezaubernd mit acht.»

Und jetzt? Was ist er jetzt? Er erinnert sich, dass auch seine Mutter seine Musik nicht ertrug, und einen Moment lang ist er wütend auf sie. Sie sagte, das ist bloß Krach, das schadet deinen Ohren. Einmal hat er sie blöde Alte genannt, weil sie etwas Abfälliges über Megadeth sagte. Dieses eine Mal nur, denn da fing er sich eine Ohrfeige, dass er sich um die eigene Achse drehte.

«Mama, ich kann dich jetzt ein paar Tage lang nicht anrufen.»

«Warum?» Sofort ist sie alarmiert. In gewisser Weise klingt es, als würde sie ihm etwas vorwerfen, für das er nichts kann. «Wie viele Tage?»

«Vier oder fünf, mindestens. Die Telefonleitungen müssen repariert werden.»

«Aber sie funktionieren doch. Warum lässt man sie nicht so?»

«Weil das nicht geht.»

«Man sollte sie nicht anrühren, wenn sie funktionieren.»

«Du verstehst von diesen Dingen nichts», schneidet Ietri ihr das Wort ab.

Seine Mutter seufzt. «Das stimmt. Ich verstehe nichts davon. Aber ich werde mir Sorgen machen.»

«Dazu besteht kein Grund. Hier passiert gar nichts.»

«Eine Mutter ist immer in Sorge, wenn sie weit weg ist.»

Ietri verkneift sich, ihr zu sagen, dass sie diesmal, nur dieses eine Mal, allen Grund dazu hätte. Vorher nicht, die vielen Nächte, die sie aufblieb und auf ihn wartete, mit pochendem Herzen, da hat sie ihren Schlaf umsonst geopfert, er war immer vernünftig, harmloser und folgsamer, als sie es sich wohl vorstellte. Sicher wäre sie enttäuscht, wenn sie das herausfände. Ihr Sohn ist nichts Besonderes, ist nur einer wie viele andere auch. «Ich muss jetzt los, Mama.»

«Nein! Warte. Du wirst dann lange nicht anrufen. Erzähl mir noch etwas.»

Nur was? Alles, was er ihr zu erzählen hat, würde sie bekümmern. Dass das Essen scheußlicher ist, als man glauben sollte. Dass er sich in eine Frau verguckt hat, in eine Soldatin wie er, sie ihn aber einen kleinen Jungen nennt. Dass sie morgen zu einer Fahrt in ein von Taliban kontrolliertes Gebiet aufbrechen und dass er Schiss hat. Dass er heute Morgen den abgeschnittenen Kopf eines Menschen gesehen hat und dass es ihn dann so ekelte, dass er sein Frühstück auf die Stiefel erbrach, und dass er dieses Gesicht jetzt wieder vor sich sieht, sobald er die Augen schließt. Dass er sich in manchen Momenten leer und traurig fühlt, und alt, ja, alt mit zweiundzwanzig Jahren, und dass er nicht glaubt, früher einmal bezaubernd gewesen zu sein. Dass alle ihn nach wie vor wie den letzten Idioten behandeln, dass er nichts von dem gefunden hat, was er suchte, und dass er jetzt nicht einmal mehr weiß, was er gesucht hat. Dass er sie lieb hat und dass sie ihm sehr fehlt, sie ist diejenige, an der er am meisten hängt, die Einzige. Auch das kann er nicht sagen, weil er jetzt erwachsen ist und ein Soldat.

«Ich muss wirklich los, Mama.»

Torsu hat den Doktor belogen, aber es war eine Lüge zu einem guten Zweck. Er wollte nicht der Einzige im Zug sein, der auf der Basis zurückbleibt, in Sicherheit, während die anderen die Reise durch das Tal antreten. Bei der Rückkehr würden sie ihn wie einen Drückeberger behandeln, und eine schlimmere Schande kann er sich nicht vorstellen. Deshalb hat er erklärt, er fühle sich besser, ja, vollkommen fit, hat geschworen, sein Stuhl sei von annehmbarer Konsistenz (während er den letzten Durchfall am Morgen hatte), und hat eine Art Erklärung unterschrieben. Als der Doc mit dem Fieberthermometer daherkam, um ihm die Körpertemperatur zu messen, hat Torsu gesagt, er wolle das lieber selbst machen, und hat dann sechsunddreißig angegeben statt siebenunddreißig fünf. Was sollen ein paar Striche mehr oder weniger schon ausmachen? Er hat Glück gehabt, der Doc war zerstreut, heute wollte er die Visite schnell erledigt haben.

«Kann ich also mitkommen?»

«Wenn du dich danach fühlst, von mir aus, ich habe damit kein Problem.»

«Glauben Sie, dass wir dort unten Ärger bekommen?»

Der Doc hat auf einen unbestimmten Punkt gestarrt. Man kann nicht behaupten, sie seien Freunde geworden, aber es ist, als kennten sie sich mittlerweile etwas, Torsu war tagtäglich in der Krankenstation (und das verdächtige Einvernehmen zwischen dem Oberleutnant und dieser Geheimdienstfrau ist ihm natürlich nicht entgangen!). Egitto hat nichts geantwortet, hat ihm zwei Schachteln Paracetamol in die Hand gedrückt und hat ihn entlassen.

Seitdem er nicht mehr offiziell krank ist, hat Torsu auch bestimmte überflüssige Ängste abgelegt, wie die Geschichte mit dem Bein. Wenn er jetzt daran denkt, kommt ihm das mehr oder minder wie eine Fieberphantasie vor. Zur Sicherheit hat er sich aber trotzdem von den Jungs von der Logistik ein Metermaß ausgeliehen und seine unteren Extremitäten abgemessen, von der Ferse bis zur Hüfte, und eine Differenz von gerade mal einem halben Zentimeter festgestellt, nicht besorgniserregend also.

Was ihm hingegen Sorgen macht, ist das Schweigen, mit dem Tersicore89 ihn seit ihrem Streit straft. Sie hat auf keine seiner Botschaften geantwortet, auch dann nicht, als der Soldat ihr schrieb, er bereite sich auf einen Einsatz von einigen Tagen in der Wüste vor, wobei er die damit verbundenen Gefahren etwas übertrieb. Er beginnt die Hoffnung zu verlieren. Er ist so traurig, dass er keinen Fuß in die Ruine gesetzt hat, um am Fest teilzunehmen. Nachdem Cederna ihn aus dem Zelt geworfen hat, hat er sich draußen auf den Boden gesetzt. Er sitzt im Schneidersitz und hält den Laptop auf den Beinen. Bei Tersicores Profil heißt es *nicht online*, aber er traut dem nicht. Er ist sich fast sicher, dass sie seine Appelle liest. Um diese Zeit reden – redeten – sie gewöhnlich immer miteinander.

> THOR_SARDEGNA: Könnten wir nicht darüber reden?
> TERSICORE89:
> THOR_SARDEGNA: Ich habe dir doch schon geschrieben, dass es mir leidtut, schon oft. Was soll ich denn sonst noch machen? Es ging mir nicht gut, es ist normal, dass man was Falsches sagt, wenn es einem nicht gutgeht, das kann jedem passieren.
> TERSICORE89:
> THOR_SARDEGNA: Ich bitte dich, schreib etwas, und wenn es eine Beschimpfung ist. Nur lass mich fühlen, dass du da bist.
> TERSICORE89:
> THOR_SARDEGNA: Ich habe Angst vor dem, was morgen passiert. Ich will mit dir reden.
> TERSICORE89:
> THOR_SARDEGNA: Egoistin!

Der Monolog füllt zwei Bildschirmseiten, ein einziges Auf und Ab von Entschuldigungen, Flehen und wütenden Beschimpfungen. Seine Phantasie ist fast erschöpft, und seit etwa zehn Minuten schreibt er nichts mehr, er hat das Kinn auf die Fäuste gestützt und haut wütend auf die Tastatur, sobald der Bildschirm dunkel wird. Das übliche abendliche Fieber bringt seine Stirn zum Glühen und verwirrt ihn – mittlerweile beachtet er das schon gar nicht mehr.

Ein Soldat taucht plötzlich aus der Dunkelheit auf und erschreckt ihn. «Wer ist da?»

«Ietri.»

«Warum läufst du im Dunkeln herum, Idiot?»

Ietri ist kalt, er reibt sich die nackten Arme mit den Händen. «Ich hab mir nur kurz die Beine vertreten.»

«Ohne Taschenlampe? Du bist wirklich bescheuert.»

Der Kamerad zuckt mit den Schultern. «Ich geh schlafen», sagt er, «das Fest war öde.»

«Du kannst nicht ins Zelt.»

«Und warum nicht?»

«Cederna hat gesagt, ich soll niemand reinlassen», sagt Torsu. «Er ist mit Zampa dadrin.»

«Mit Zampa? Was machen sie denn?»

Torsu hebt den Blick vom Bildschirm und fixiert die dunkle Gestalt des Kameraden. «Na, was meinst du?»

Ietri steht reglos da.

«Was hast du?», fragt Torsu.

«Nichts.»

Dann verschwindet er endlich wieder in der Nacht. Was für ein Trottel. Torsu starrt auf den verwaisten Bildschirm.

THOR_SARDEGNA: Wenn es sein muss, warte ich die ganze Nacht.
TERSICORE89:
THOR_SARDEGNA: Ich rühr mich nicht vom Fleck, bevor du mir nicht antwortest.
TERSICORE89:

Der blaue Balken läuft bis zum Ende, und alles bleibt wie vorher.

«Nein», murmelt der Soldat. Niemand kann ihn hören, aber er wiederholt: «Nein, nein, nein, nein ... nein. Ich bitte dich, ich beschwöre dich, nein.»

Der Obergefreite Angelo Torsu wird nicht die ganze Nacht aufbleiben, wie er versprochen hat, eine halbe Stunde aber wohl, die Zeit, die nötig ist, damit Cederna und Zampieri mit ihrer Sache im Zelt fertig werden, und ungefähr die Zeit, die Ietri braucht, um sich in der FOB zu verlaufen, er stolpert mehrmals und riskiert, sich den Hals zu brechen. Er hat versucht, ein wenig zu weinen, aber nicht einmal das ist ihm gelungen. Er ist nicht einmal imstande, verzweifelt zu sein, wie er es eigentlich sein müsste. Und jetzt hat er die Orientierung verloren und befürchtet, den Weg zurück zum Quartier der Charlie nicht mehr zu finden, er hat den Eindruck, irgendwo zu sein, wo er noch nie zuvor war. Er orientiert sich an dem Licht, das aus einem Zelt dringt. Er geht näher hin, schiebt die Plane beiseite und steckt den Kopf hinein.

«Ietri, mein Bruder. Komm herein. Komm her.»

Di Salvo liegt auf bunten Kissen ausgestreckt, ohne Hemd und ohne Schuhe. Die glühenden Stäbe des Heizstrahlers blasen ihm heiße Luft direkt ins Gesicht, es ist dunkelrot, vor allem auf einer Seite. Das Zelt ist von Rauch erfüllt, dichte Schwaden hängen im Raum.

«Abib, this is Roberto. My friend. My dear friend.»

Er redet wie einer, der vollkommen zugedröhnt ist. Abib grüßt Ietri andeutungsweise, dann schließt er die Augen wieder. Die anderen Dolmetscher rühren sich nicht einmal.

Ietri tritt schüchtern näher, wobei er den Gegenständen

auf dem Boden ausweicht, und setzt sich neben Di Salvo. Automatisch nimmt er den Joint, den Di Salvo ihm reicht, und führt ihn zum Mund.

«Ein kräftiger Zug. Bravo. Halt ihn, solang du kannst. Du wirst sehen, wie dich das relaxt. Spürst du es schon? Das ist ein besonderer Stoff.»

Der Obergefreite zieht noch einmal an dem Joint, und noch einmal. Am Anfang passiert nichts außer einem Hustenanfall. Nicht einmal Drogen können mit einem wie ihm etwas anfangen, mit einem *kleinen Jungen*. Dann überkommt ihn eine bleierne Müdigkeit. Er trotzt ihr. Er will sich die Lungen mit Rauch vollpumpen, bis da kein Platz mehr ist. Er nimmt einen sehr tiefen Zug, mit dem er sich den Rachen verbrennt.

«Yesss», zischt Di Salvo ganz dicht an seinem Ohr.

Die Statue, von der er erzählt hat, steht auf einem dreibeinigen Tischchen, inmitten von leeren Zigarettenhülsen, Tabakresten und einem glimmenden Räucherstäbchen, das den Geruch im Raum jedoch nicht verändert. Ietri betrachtet die Statue. Es ist nur ein Stück Holz, grob mit einem Messer geschnitzt, die Haare sind aus Stroh. Er zieht noch einmal am Joint und hält den Rauch in der Lunge, solange es geht. Im Gymnasium machten sie Wettkämpfe, wer ihn am längsten halten kann, sie nannten das den Reigen des Todes. Keiner durfte ausatmen, bevor der Joint nicht wieder bei ihm gelandet war. Manchmal waren sie zu zehnt oder zwölft, und der eine oder andere machte extra langsam, die Gesichter wurden rot, violett, blau. Ietri stößt die Luft aus, hustet. In einer blitzartigen Vision sieht er Cederna, wie er sein Gesicht zwischen Zampieris Beinen vergräbt, sie lässt ihn ran, jault vor Lust. Er zieht noch einmal, hält die Luft an. Da, jetzt kommt's. Marihuana macht ihm immer eine trockene Kehle, das war schon in der Schule so, es hat einen widerlichen Geschmack. Er trank literweise kalten Tee, um ihn aus dem Mund zu bekommen. Abibs Statue starrt ihn aus gelben Augen an, es ist bloß ein Stück morsches Holz, auf dem Markt in Torremaggiore verkaufen die Marokkaner einen Haufen solchen Krimskrams. Wenn seine Mutter mit ihm auf den Markt ging, ließ sie ihn alles kaufen, was er wollte, ausnahmslos alles, im Tausch gegen ein Lächeln von ihm. Er hatte das verstanden und nützte es aus. Wie bezaubernd er war, mit acht Jahren. Wie bezaubernd!, sagt Cederna, und jetzt will er alles, den ganzen Rest. Scheißverräter. Ietri zeigt Abibs Statue die Zunge, zeigt dem Tod die Zunge. Soll er ihn doch holen, ihm ist alles egal. Di Salvo bricht in keuchendes Gelächter aus, auch er streckt die Zunge heraus.

«Blllllll ... Uuuuuuuh! Blllllllll ...»

Sie sind zwei Tiere und geben Tierlaute von sich. Sie hänseln den Tod, sie schütten sich aus vor Lachen.

«Brrrrrrrrrrrr ... Uh-uh-uh-uh-uh .... Uaaaaaaaahhh ...»

Di Salvo hat ihm gesagt, wenn man dieses Zeug raucht, fühlt man die Dinge, alle Dinge. Reiner Quatsch ist das. Ietri spürt nur die Angst, immer deutlicher, immer düsterer. Das Zelt umschließt ihn von allen Seiten, das Gebirge draußen beugt sich auf ihn herab, genauso wie die Nacht, alle miteinander wollen ihn erdrücken wie eine Eidechse. Seine Pupillen wandern nach oben, und sein Kopf versinkt in den bequemen Kissen.

«Bravo, Junge, bravo. Hast du gesehen? Es ist ein besonderer Stoff.»

Zweiter Teil

DAS TAL DER ROSEN

LANGSAM SCHLÄNGELT SICH der Konvoi im Morgengrauen dahin, das vordere Ende vom hinteren zwei Kilometer entfernt. Das Einladen auf dem Platz ist schnell vonstattengegangen, trotz einiger Schwierigkeiten in letzter Minute und trotz der geringen Disziplin der afghanischen LKW-Fahrer: Auf einmal widerstrebte es ihnen, diese Subspezies von einem Lager aufzugeben, worin sie die letzten Monate zugebracht hatten, fast schien es, als ob sie nach all dem Krawall, den sie veranstaltet hatten, keine sonderliche Lust hätten, diesen Haufen Zeltplanen und Dreck zu verlassen. Oberst Ballesio hielt eine verworrene Rede voller Denkpausen, die auf die Aufforderung an die Soldaten hinauslief, ihre behaarten Ärsche heil wieder zurückzubringen. Die Männer waren noch verschlafen, zeigten sich aber aufgeräumt. Sie lauschten den letzten Anweisungen in eisernem Schweigen, dann saßen sie auf und fuhren los. Etwa fünfzig Fahrzeuge insgesamt, Militärfahrzeuge und zivile LKWs.

Irene Sammartino sieht ihnen zu, wie sie sich von der FOB entfernen. Der gepanzerte Ambulanzwagen, in dem Alessandro sitzt, ist an dem roten Kreuz auf der Tür zu erkennen. Irene behält ihn im Auge, solange sie kann, während er auf die flimmernde Luft am Horizont zufährt. Sie empfindet Wehmut und eine seltsame Verwirrung bei dem Gedanken, den Oberleutnant nicht mehr wiederzusehen. In zwei Tagen wird auch sie den Vorposten verlassen, und es gibt keinen Grund, warum sie sich noch einmal begegnen sollten, die Umstände waren ihnen ohnehin schon mehr als gewogen gewesen.

Letzte Nacht war sie aus dem Schlafsack geschlüpft und zu Alessandros Feldbett hinübergehuscht, aber noch bevor sie ihn berühren konnte, sagte er barsch: «Das warst du, stimmt's?»

Reglos blieb sie mitten im Zelt stehen, im Niemandsland zwischen den beiden Feldbetten. «Ich weiß nicht, wovon du sprichst.»

«Du schickst Menschen in den Tod, Irene. Ich will, dass du dir dessen bewusst bist, bevor es geschieht, damit es nachher keine Ausrede für dich gibt.»

Mit Alessandros Stimme vorgetragen, war die Anklage eine Spur schmerzhafter als erträglich. Sie gab sich Mühe, sich das nicht anmerken zu lassen. «Ich tue nur meine Arbeit. Ich bin eine Angestellte, wie alle anderen auch. Das habe ich dir schon erklärt.»

«Jetzt wirst du mir sagen, dass die Entscheidung nicht von dir abhängt. Dass du nur Befehle ausführst. Aber ich kenne dich gut. Du bist eine geborene Manipulatorin.»

«Ich habe noch nie jemanden manipuliert.»

«Ach nein, wirklich nicht? Seltsam, denn ich habe da eine andere Erinnerung.»

«Welche Erinnerung?»

«Welche? *Welche* Erinnerung, Irene?»

«Du willst sagen, ich habe das mit dir gemacht?»

«Wie du dich benommen hast, nachdem wir uns vor Monaten getrennt hatten, vor *Monaten*, erinnerst du dich daran? Du bist um mich gekreist wie eine Fliege, du warst aufdringlich. Überall bist du aufgetaucht. Ganz zu schweigen davon, dass du ... aber lassen wir das. Aber diesmal ist es schlimmer. Du hast dich selbst übertroffen.»

Im Kontakt mit dem Fußboden wurden Irenes Füße kalt, die Kälte kroch ihr in die Knöchel, in die Knie und weiter in den übrigen Körper. Sie flüsterte: «Es tut mir leid, dass du das so siehst.» Sie wagte es, eine Hand nach Alessandros Kopf auszustrecken, dorthin, wo sie seinen Kopf vermutete. Aber die Reaktion war so heftig, dass sie sie sofort wieder zurückzog. Sie kehrte in ihren Schlafsack zurück und lag lange wach.

Irene Sammartino bereut. Sie hätte ihn heute Morgen küssen sollen, sein Kinn mit der Hand fassen und seinen Mund auf ihren drücken. Sie ist sich sicher, dass er ihr schließlich entgegengekommen und dann dankbar gewesen wäre.

Die Wachsoldaten schwenken die Arme zum Gruß, aber die Männer im Konvoi schauen nicht nach hinten, von diesem Augenblick an haben sie nur die Straße im Sinn.

«Glauben Sie, dass es gefährlich für sie wird?», fragt Irene den Kommandanten.

Er fährt sich mit der Zunge von innen in die Backe. Irene sieht diesen unterirdischen Wurm, der sich in seinem Gesicht bewegt. Mit der rechten Hand fasst Ballesio sich an die Genitalien und rückt sie zurecht. «Verzeihen Sie die Unheil abwendende Geste», sagt er, «Gott stehe ihnen bei.»

Es ist fast Tag, und Oberleutnant Egitto wartet auf das Ansteigen der Temperatur, um eine Schicht Kleidung ablegen zu können. Man hat ihm den Stabsgefreiten Salvatore

Camporesi als Fahrer zugeteilt, und bisher haben sie noch nicht viele Worte miteinander gewechselt. Egitto hat sich darauf beschränkt, den Soldaten vom Beifahrersitz aus zu betrachten und zu versuchen, vom körperlichen Erscheinungsbild auf die wesentlichen Charakterzüge zu schließen: die tiefen Geheimratsecken, der gepflegte Bart, die langen, femininen Wimpern, die dicken Bizepse, als ob ihm zwei große Kartoffeln unter der Haut steckten. Ein anständiger Kerl, der Körper wirkt jünger, als er in Wirklichkeit ist, ein Schütze, wie es viele gibt. Egitto weiß, dass Camporesi lieber bei seinen Kameraden wäre, in einem der Lince vor oder hinter ihnen, aber da kann man nichts machen, Befehl ist Befehl, Anordnung ist Anordnung, Dienstgrad ist Dienstgrad.

Hinten im Laderaum, wo sie die Tragbahren, die Erste-Hilfe-Ausrüstung und einige Konserven der verschiedenen Blutgruppen transportieren, von denen er hofft, dass er sie nicht zu verwenden braucht, fährt Abib mit, der Dolmetscher. Auch mit ihm sich zu unterhalten hat er keine Lust, daher wird die Stille in dem Gefährt nur vom tiefen Dröhnen des Motors und vom Knirschen der Reifen unterbrochen, die die Steine zermalmen.

Sie fahren im Schritttempo, buchstäblich, weil das ACRT an der Spitze des Konvois das Terrain Zentimeter für Zentimeter absucht. In dem Augenblick, als der Krankenwagen die unsichtbare Grenze der Sicherheitszone überschreitet, verspürt Egitto eine physische Veränderung, wie das Wiedererwachen von Tausenden von Nervenenden, die er schon längst für tot gehalten hatte. «Hier beginnt die rote Zone», sagt er bei sich.

Camporesi schnalzt mit den Lippen. «Wer weiß, ob die das auch wissen, Doc.»

Die Landkarte liegt auf dem Armaturenbrett, auf Glanzpapier gedruckt, der Oberleutnant nimmt sie, hauptsächlich um den Reflex der Sonne aus den Augen zu bekommen. Er betrachtet die dicht gezeichneten Höhenlinien und folgt mit den Augen dem Verlauf der Straße im Maßstab 1 : 50 000. Bald werden sie einen langen unbewohnten Abschnitt passieren, wo Häusergruppen auftauchen, die ganz allgemein als *Ruine* bezeichnet sind. Danach, wenn das Tal gewundener wird, fast so wie Darmschlingen, folgen in geringem Abstand etliche Dörfer aufeinander. Von Boghal bis Ghoziney ist alles mit schwarzen Pünktchen gesprenkelt. Also, wenn sie uns den Arsch aufreißen, dann tun sie das genau hier, hatte Ballesio gestern Abend während ihrer letzten Besprechung gesagt, während er unentwegt im Basar gekaufte Erdnüsse knabberte und die braunen Häutchen in die Faust spuckte. Er hatte einen Finger auf Ghalarway gelegt. Unter einem bestimmten Lichteinfall kann Egitto den fettigen Fingerabdruck immer noch erkennen.

Ballesio hat sich jedoch getäuscht. Der Konvoi passiert das letzte Haus von Ghoziney, ohne einer Menschenseele zu begegnen. Eine neue, weite Ebene tut sich vor ihnen auf. Egitto erkennt keinen dieser Orte wieder. Als er das Tal in umgekehrter Richtung durchquerte, muss er sehr zerstreut gewesen sein oder sehr aufgeregt.

Zu Mittag biegt der Konvoi im rechten Winkel ab, was dem Oberleutnant erlaubt, ihn in seiner ganzen Länge zu bewundern. Eine gelbe Staubwolke hüllt den Konvoi ein und verleiht ihm ein phantasmagorisches Aussehen. Eine Wanderung von Bisons, denkt er, eine geordnete Wanderung. Ein Brechreiz hervorrufender Benzingestank liegt in der Luft, noch riecht er ihn, aber er weiß, dass seine Rezeptoren nach einer Weile beschließen werden, die Wahrnehmung dieses Geruchs auszuschalten. Das wird nicht heißen, dass er verschwunden ist.

Sie fahren durch das ausgetrocknete Bett des Flusses, der in Jahrtausenden das Tal ausgehöhlt hat und schließlich in seinem Schoß verschwunden ist. Die Straße verläuft mit leichtem Gefälle zwischen den beiden Böschungen, die immer höher und steiler werden. Sie nehmen Geschwindigkeit auf, weil die Lage sicher scheint. Camporesi tut, was er kann, aber jedes Mal, wenn er die Bremse berührt, macht der Ambulanzwagen einen leichten Satz nach vorn. Das Fahrzeug ist mit einem Rüstsatz gegen Minen versehen und hat keine guten Stoßdämpfer. Diese einlullende und rucklige Bewegung, das frühe Aufstehen und die plötzlich abnehmende Anspannung lassen Egittos Kopf nach vorne sacken. Er schläft mit offenem Mund ein.

Als er erwacht, steht der Konvoi. Einige Soldaten bewegen sich auf sehr engem Raum um die Fahrzeuge herum. An den Seiten, vor sich und im Rückspiegel sieht Egitto nichts anderes als leicht rötliche Berge. Die Landkarte ist ihm von den Knien unter den Sitz gerutscht, um sie wieder heraufzuholen, müsste er den Sicherheitsgurt öffnen, vorerst lässt er es sein.

Er braucht Camporesi nicht nach dem Grund für den Halt zu fragen. Er errät es von selbst, und auch die abgerissenen Sätze über Funk tragen recht bald zur Klärung der Lage bei. Die Pioniere haben ein IED gefunden und sind dabei, es zu entschärfen. An sich ist diese Nachricht nichts Aufregendes – Afghanistan ist vermint wie ein Rübenfeld nach der Aussaat –, aber etwas ist auffällig und verheißt nichts Gutes: Anscheinend war der Sprengsatz mit bloßem Auge zu sehen gewesen, das Erdreich war erst jüngst bewegt worden und bedeckte ihn nicht ganz. Das kann vielerlei bedeuten, aber von den unterschwelligen Botschaften, die der Feind vermitteln wollte, springen dem Oberleutnant drei ins Auge: 1) Wir wissen, woher ihr kommt und wohin ihr geht; 2) dies ist eine Warnung, wir bieten euch eine letzte Chance umzukehren und die Regelung der Sache mit den LKW-Fahrern uns zu überlassen; 3) von nun an geht's rund.

Wenn Egitto viel später daran zurückdachte, war ihm sofort klar gewesen, dass das Auffinden des IED der Schlüsselmoment war, in dem die Soldaten die Illusion von einem glatten Einsatz ohne Hindernisse schwinden sahen und ihnen bewusst wurde, dass sie in einem riesigen Schlamassel steckten. Natürlich, solange sie sich in der Situation befinden, behält jeder diesen Gedanken für sich. Mit einem Mal den Optimismus zu verlieren, festzustellen, dass es von Anfang an überhaupt keinen Sinn hatte, ist das eine, etwas ganz anderes ist es, diese Ahnung auszusprechen. Mutlosigkeit breitet sich aus wie ein Virus, keine militärische Einheit kann sich das leisten.

Die Anspannung, die nicht in Worte gefasst werden darf, findet andere Wege, sich zu äußern. Camporesi trommelt mit den Fingern auf das Lenkrad, auf eine Art und Weise, die den Oberleutnant verstimmt. Er versucht, komplizierte Rhythmen zu klopfen, die er nicht durchzuhalten versteht. Ihm zuzuhören, und sei es auch nur nebenbei, ist frustrierend. Egitto seinerseits wird von einem plötzlichen Heißhunger überfallen. Es ist merkwürdig, seit Monaten lässt sein Appetit zu wünschen übrig – das ekelhafte Essen und der Überschuss an Serotonin haben ihn seit Beginn des Einsatzes fast acht Kilo abnehmen lassen –, aber jetzt ist da eine Ladung Nitrat, die im Staub nur auf sie gewartet hat, auf *ihn* gewartet hat, und da hat der Verdauungsapparat eine Alarmmeldung ans Hirn geschickt, fast als müsse der Körper sich vorbereiten auf das, was kommt, Kräfte sammeln für den Notfall.

Er sieht sich nach etwas Essbarem um, und auf einer der Tragbahren findet er die Reste einer K-Ration, Reste der Mahlzeit eines seiner Reisegefährten.

«Ist das deine?», fragt er Abib. Der Dolmetscher gibt ihm zu verstehen, er solle sich bedienen.

Egitto entnimmt dem Paket alles, was an Essbarem darin verblieben ist: Crackers, Makrelen in der Dose, Kondensmilch. Nicht einmal vor einem Stück holländischem Käse, an dem deutlich Abibs Bissspuren zu erkennen sind, kann er sich zurückhalten. Noch nicht zufrieden, reißt er eine Dose Ravioli mit Fleischfüllung auf, die aufgewärmt werden müsste. Er verschlingt den Inhalt so, wie er ist, kalt und widerlich. Während er sich gedankenlos vollstopft, verfolgt er eine mit beredten Gesten geführte Auseinandersetzung zwischen zwei Soldaten aus dem Lince vor ihnen. Einen von ihnen kennt er, es ist Angelo Torsu, der Junge, der akute Darmgrippe hatte (vor ein paar Tagen hätte nicht viel gefehlt, und Egitto hätte ihn nach Herat bringen lassen, um abzuklären, ob er sich nicht vielleicht eine Brucellose oder noch etwas Schlimmeres eingefangen hatte). Den anderen hat er schon oft gesehen, erinnert sich aber nicht an seinen Namen. Er zeigt auf ihn und fragt Camporesi: «Wer ist das?»

«Francesco Cederna. Beachten Sie ihn nicht. Das ist ein Spinner.»

Bei den wenigen Gelegenheiten, bei denen er ihn sah, hat

Egitto von Cederna den Eindruck eines aufbrausenden und erregbaren Typen bekommen, eines, der in Bars Schlägereien anzettelt, von der Sorte, die nach Ansicht seiner Schwester Marianna scharenweise die Truppe bevölkert. Es liegt etwas Beunruhigendes in seinem Blick, sein Lidschlag ist eine Spur langsamer als bei normalen Menschen.

Er ahnt, dass Cederna Torsu hänselt. Die Spannung zwischen den beiden wächst, bis ein Dritter dazwischengeht und die beiden beruhigt. Sie tauschen den Platz, und bald darauf steigt Torsu aus dem Lince aus. Er nimmt den Helm ab und stellt ihn auf den Boden. Egitto beobachtet, wie er einen schwarzen Plastikbeutel entrollt und in den Helm drückt, die Hosen herunterlässt und sich über dieses improvisierte Klo hockt.

Jetzt, da er ihn so zusammengekauert über seinem Helm sieht, das Gesicht schmerzverzerrt, kommen ihm Zweifel, ob er nicht vielleicht voreilig gehandelt hat, als er ihm erlaubte mitzukommen. Aber nun ist nichts mehr zu machen. Der Junge muss die Zähne zusammenbeißen, bis zum Schluss.

Als ob er sich angesprochen fühlte, schaut Torsu zu ihm herüber. Egitto fragt mit nach oben gestrecktem Daumen, ob alles okay ist, und der Soldat nickt. Es gibt kaum Möglichkeiten, sich zu verstecken, also versucht er es erst gar nicht. Andererseits verspürt Egitto nicht das Bedürfnis, den Blick abzuwenden, und er hört auch nicht auf, die Pampe aus der Dose zu kauen, auch dann nicht, als der Soldat sich aufrichtet und abwischt, so gut es geht, und dabei die komplette Armatur sehen lässt. Unter normalen Umständen hätte er anderswohin geschaut oder wenigstens das Essen nicht in den Mund gesteckt. Jetzt nicht. Er schaut zu und kaut. Etwas in ihm hat sich wirklich verändert, seitdem sie aus der Sicherheitszone raus sind, und mehr noch, seitdem die Pioniere den ersten Sprengsatz gefunden haben: Wo er sich jetzt befindet, im Innern des Tals, in dieser Arena, gibt es weder Scham noch Empörung. Viele Merkmale, die den Menschen vom Tier unterscheiden, sind nicht mehr zu erkennen. Von nun an, so überlegt er, existiert er selbst nicht mehr als menschliches Wesen. Er hat sich in etwas Abstraktes verwandelt, ein Agglomerat aus purer Reaktionsbereitschaft und Geduld. Plötzlich ist er damit dem Zustand von Entpersönlichung erstaunlich nahegekommen, den er seit dem Tod seines Vaters mit allen Mitteln anstrebt.

Der Oberleutnant schaut Torsu beim Verrichten seines Geschäfts zu, der Stabsgefreite Camporesi schaut ihm zu, Cederna und die anderen Jungs schauen ihm zu: Alle miteinander weiden sich an dem skatologischen Schauspiel des Kameraden Torsu, ohne irgendetwas zu empfinden.

Egitto kippt die Dose und schluckt den kalten Sugo bis auf den letzten Tropfen, dann legt er sie beiseite. Es stößt ihm sauer vom Magen auf, er unterdrückt den Rülpser.

Cederna steckt die Finger in den Mund, holt einen durchgekauten Kaugummi heraus und wirft ihn auf Torsu. «Immer am Scheißen, du blöder Sarde», ruft er ihm zu, «du bist eine einzige Kackröhre.»

Die Minenräumaktion dauert über zwei Stunden. Als sie weiterfahren, sind die Jungs gelangweilt, benommen und halb betäubt von der mörderischen Hitze. Die Fahrzeuge haben sich in erstickend heiße Käfige verwandelt. Es ist Nachmittag, und von der anfänglichen Begeisterung ist keine Spur mehr übrig. Der Dunst macht die Landschaft fast so diffus wie die Laune der Männer.

Für Ietri laufen die Dinge schlechter als für die anderen, aber mittlerweile hat er sich daran gewöhnt, dass das immer so ist. Es ist erst sein erster Tag unterwegs, und er hält es schon jetzt kaum mehr aus, eingeklemmt auf dem hinteren Sitz, neben sich stehend den Turmschützen Di Salvo, der ihm jedes Mal, wenn er mit dem Maschinengewehr in eine andere Richtung zielt, mit der Stiefelspitze kleine Tritte gegen den Schenkel versetzt. Er tritt immer ihn, nie Pecone, als würde er das mit Absicht machen, Hunderte kleine Tritte immer auf dieselbe Stelle, denn Di Salvo bewegt sich ständig.

Und dann hat er einen besonders guten Blick auf Zampieri und Cederna, die auf den vorderen Plätzen sitzen und neckische Blicke, Lächeln und scherzhafte Bemerkungen austauschen, die sich, so wie er das sieht, allesamt auf Sex beziehen. Gerade so, als wollten sie es in die ganze Welt hinausschreien, dass sie getrieben haben, was sie getrieben haben, trägt Zampieri am Hals einen münzgroßen Knutschfleck zur Schau. Ietri hat sich all diese Stunden hindurch damit gequält, dass er sich Cederna vorstellte, wie er ihren Kopf festhält und an ihrem Hals saugt, ja, er hat sich so sehr in die Phantasie hineingesteigert, dass er Zampieris Blut aus den Blutgefäßen an die Oberfläche austreten und in den Fleck einschießen sah. Ob sie danach wohl eine *vollkommene Beziehung* gehabt hatten? Sicher ja, Cederna war nicht der Typ, der sich zurückzog oder etwas nur halb machte. Aber an dem Punkt macht das auch schon keinen großen Unterschied mehr. Ietri hat beschlossen, dass ihm von nun an kein Mädchen mehr gefällt und dass er keinen besten Freund mehr hat. Das zu denken ist schlimm, er fühlt sich allein, zerrissen und beleidigt.

Di Salvo gibt ihm noch einen Tritt gegen den Schenkel. «Pass doch auf, du Arschloch!», knurrt Ietri.

«Was hast du denn zu meckern dahinten, Jungfräulein?», schaltet Cederna sich ein.

Was Ietri am allermeisten verletzt, auch wenn er das nie und nimmer zugeben würde, ist, dass sein Freund nicht einmal bemerkt hat, wie wütend er auf ihn ist, und dass er seit dem Morgen kein Wort an ihn gerichtet hat. Jetzt hat er zwei Möglichkeiten: grob zu antworten und damit seinen Ärger zu erkennen zu geben oder weiterhin nicht mit ihm zu reden, so zu tun, als wäre er Luft. Aber in der Zeit, die er braucht, um sich zu entscheiden, hat Cederna ihn schon vergessen.

Über Funk macht René Druck, sie sollen schneller fahren. Ihr Zug muss eine Distanz von ein paar hundert Metern aufholen, denn in der letzten Stunde haben sie wegen Torsus Darmproblemen zweimal extra haltgemacht. Beim dritten Mal hat René ihm die Erlaubnis verweigert, aus dem Fahrzeug auszusteigen, und jetzt ist der Soldat gezwungen, sein Geschäft im Stehen im Turm zu verrichten, zum Leidwesen von Mitrano und Simoncelli, deren Köpfe sich genau auf der Höhe seines Beckens befinden. Er lässt Hose und Unterhose herunter, entrollt den Abfallsack und macht es, so gut es geht.

Der Ärmste, denkt Ietri, der im Rückspiegel die Vorgänge im nachkommenden Lince sieht, aber damit ist sein Mitleid auch schon erschöpft. Denn im Moment ist er zu sehr mit Selbstmitleid beschäftigt. Er lässt sich von diesem klebrigen Gefühl in immer düsterere Phantasien hinunterziehen, bis hin zu Todesgedanken. Nur so kann er sich selbst etwas Gutes tun, indem er ganz in Traurigkeit versinkt.

Er wirft einen Blick durchs Fenster, aber da ist nichts, was seine Aufmerksamkeit auf sich ziehen könnte, kein Baum, kein Haus oder eine andere Farbe als die von Felsen und

Sand. Heimweh packt ihn nach dem Ort, in dem er aufgewachsen ist. Schon in der Mittelschule und auch noch im Gymnasium hat er Torremaggiore gehasst und seine menschenleeren Straßen. Er war der einzige Punk im Umkreis von hundert Kilometern, und er trug die apokalyptischen T-Shirts von Slayer als Protestschrei. Jetzt weiß er nicht, was er darum geben würde, dorthin zurückkehren zu können. Auch nur für kurz. Er möchte auf dem hohen Bett mit dem schmiedeeisernen Kopfteil dösen, in dem Zimmer, in das nachmittags zu viel Licht fiel, als dass man richtig hätte schlafen können, er möchte auf das Töpfeklappern der Mutter in der Küche lauschen, auf das Radio, das vor sich hin krächzt, leise, um ihn nicht zu stören.

Warum will er immer zu viele Dinge auf einmal und immer solche, die er nicht haben kann, solche, die vergangen sind oder, schlimmer noch, die nie eintreten werden? Ist das ein Fluch, der auf ihm lastet? Mit zwanzig Jahren beginnt er den Wunsch zu verspüren, dass all diese Begehrlichkeiten spurlos verschwinden mögen. Irgendwann muss doch der Moment kommen, da ein Mann aufhört, sich zerrissen zu fühlen, da er sich genau an dem Platz befindet, wo er sein möchte.

Aus schwindelerregender Höhe stößt ein Falke senkrecht vom Himmel herab, Ietri verfolgt seinen Flug. Kurz bevor er den Boden berührt, schnellt der Vogel wieder in die Höhe, gerät in eine Strömung und lässt sich von der Luft aufwärts tragen. Dieser Anblick inspiriert den Gefreiten. Genau so sollte es sein.

Bei einer plötzlichen Vollbremsung des Lince schleudert es Ietri nach vorn. Er schlägt mit der Stirn auf den Bügel des Vordersitzes, dann schleudert es ihn nach hinten. Ein Peitschenhieb in den Nacken, dem er keine Bedeutung beimisst, weil er erst verstehen will, was passiert ist.

Di Salvo ist mit dem Arsch ins Innere des Jeeps geplumpst und hat einen Schrei ausgestoßen, ein paar Kisten mit Munition sind umgekippt, und überall liegen Patronen herum, einige auch zwischen seinen Beinen. Cederna flucht, dann schlägt er mit der flachen Hand auf das Armaturenbrett und fragt: «Alles in Ordnung?»

Ietri antwortet mit Ja, er tut das automatisch. Auch dieses Mal ist es ihm nicht gelungen, Schweigen zu bewahren.

Zuerst nennen sie es *Graben*, aber es ist in jeder Hinsicht ein Krater, so tief, dass man auf seinem Grund Wasser schimmern sieht. Ein Brunnen mitten in der Wüste, kaum zu glauben. Das Vorderrad des Lince ist hineingeraten, während die anderen drei in der Luft hängen. Wenn Zampieri Gas gibt, drehen sie durch und verspritzen Erdklumpen in alle Richtungen. Das eigentliche Problem ist, dass das Fahrzeug mit dem Chassis auf einem vorspringenden Felssporn aufsitzt. Es abzuschleppen ist gefährlich, weil der Tank beschädigt werden könnte, und zurücklassen kann man es nicht, weil die Vorschriften das verbieten (Gott allein weiß, was der Feind mit dem Lince anfangen würde, wenn er ihn in seinen Besitz brächte!). Die einzige Möglichkeit ist zu versuchen, ihn hochzuheben und zurückzuziehen. Aber das Ding wiegt zehn Tonnen.

Die Sicht ist gut, daher sind fast alle ausgestiegen und empfinden wenigstens in den ersten Minuten Dankbarkeit gegenüber demjenigen – wer auch immer das war –, der diesen Halt verursacht hat. Sie nutzen die Zeit, um sich die Beine zu vertreten, sie fassen sich an die Knöchel und beugen den

Rumpf nach der einen und der anderen Seite. Sie wollen das Gewicht des Fahrzeugs verringern. Nach den Insassen werden auch Gepäck und Munition hinausbefördert. Cederna und Di Salvo bauen die Browning von der Lafette ab, und nun gibt es nichts mehr wegzunehmen, es sei denn, man wollte die Sitze ausbauen, wie jemand vorzuschlagen gewagt hat.

Nichts zu machen. Auch wenn sie versuchen, den Lince mit sechs oder gar mit zwölf Paar kräftigen Armen hochzuheben, er rührt sich nicht vom Fleck. René ist wütend, und er ist nicht der Einzige: Hauptmann Masiero hat seinem Unmut per Funk Ausdruck gegeben und mitgeteilt, dass er keinerlei Absicht habe, haltzumachen, nur weil Goldlöckchen nicht fahren kann. Er hat beschlossen, den Konvoi vorerst zu teilen, und der Feldwebel hat nicht einzuwenden gewagt, dass das eine überaus gefährliche Aktion ist. Er weiß, der Hauptmann würde ihm nur über den Mund fahren und dann doch nach eigenem Gutdünken handeln.

Masiero ist mit der Pioniereinheit und dem Großteil der Militärfahrzeuge weitergefahren, um für die Entminung des Geländes Zeit zu haben. Sobald der Schaden des Lince behoben ist, kann der Rest des Konvois sie mit erhöhter Geschwindigkeit einholen. Die Jungs vom dritten Zug und die LKW-Fahrer haben die vorausfahrenden Fahrzeuge hinter den Bergen verschwinden sehen. Sie sind jetzt allein. Ihre Lage ist so tragisch wie einfach: Je länger sie brauchen, um den Schaden zu beheben, umso weiter wird die Strecke sein, die sie ohne Deckung durch das ACRT zurücklegen müssen, plötzlich an vorderster Front, barfuß und mit verbundenen Augen auf vermintem Gelände. Je mehr Zeit sie verlieren, umso größer wird die Wahrscheinlichkeit, dass ein dummer Unfall sich in eine viel größere Katastrophe verwandelt.

Also legen sie sich ins Zeug, jeder, so gut er kann. Sie ziehen sich Muskelzerrungen im Bizeps und Schnittwunden an den Händen zu beim Versuch, das Fahrzeug hochzuheben. Auf Zuruf packen sie gleichzeitig an, bis ihnen die Luft ausgeht. Sogar die Afghanen ahnen die Gefahr, sie scharen sich um den Lince zusammen und geben Ratschläge, die keiner versteht.

Die Obergefreite Zampieri steht als Einzige abseits. Nachdem sie sich abgemüht hat, diesen Haufen Schrott voranzubringen, und dabei die Kupplung praktisch zum Glühen gebracht hat, ist sie jetzt ganz damit beschäftigt, das Weinen zurückzuhalten, das ihr die Kehle zuschnürt. Was ist ihr nur passiert? Warum hat sie das Loch nicht gesehen? Sie vermutet, sie war fast am Einschlafen. Seit über einer Viertelstunde hatte sie Mühe, die Augen offen zu halten. Die Vorstellung, einfach das Gesicht auf das Lenkrad zu legen und zu schlafen, war verführerisch, und statt sich eine Flasche Wasser über den Kopf zu kippen, hat sie sich einlullen lassen.

Was für eine Idiotin! Sie könnte sich ohrfeigen. Sie beschränkt sich darauf, die Zähne in den rechten Daumen zu schlagen, wo der Nagel ohnehin schon bis zum Gehtnichtmehr abgenagt ist. Sich die Fingerkuppen abzunagen, hat eine unmittelbar beruhigende Wirkung auf sie. Bei den regelmäßigen Kontrolluntersuchungen sprechen die Ärzte sie immer auf dieses Laster an, aber sie überhört das. Während sie vom gepeinigten Daumen zum Mittelfinger übergeht (der weniger Befriedigung bietet, außer der Lust, etwas Intaktes zu ruinieren), durchläuft sie eine nach der anderen die Phasen, die sie von vergleichbaren Situationen her kennt, wenn sie irgendeinen furchtbaren Blödsinn angestellt hat: Scham, der Wunsch, zu verschwinden, heftige Wut, Rachegelüste.

Cederna kommt auf sie zu. Er legt ihr einen Arm um die Schulter, mehr kameradschaftlich als liebevoll. Gestern Abend war Zampieri davon überzeugt gewesen, dass sie ihm wirklich gefällt, aber jetzt weiß sie, dass es in der allgemeinen Aufregung passiert ist und nur einen Moment lang angehalten hat. Schon als sie ins Zelt gingen, hatte sie den Eindruck, Cederna wolle es nur in Ermangelung einer besseren Alternative mit ihr treiben. Seit jeher ist Giulia Zampieri diejenige, mit der die Männer sich vergnügen. Keiner entscheidet sich ernsthaft für sie. Sie blenden den Kopf aus und treiben es mit ihrem Körper. Sie weiß das, und nach außen hin ist ihr das völlig egal.

Sie hat versucht, das Vergnügen zu genießen, und später, als sie nicht einschlafen konnte, hat sie Cedernas Leistung beurteilt, ebenso kühl, wie Männer ihre Bettgenossinnen beurteilen. Nichts Besonderes, hastig und repetitiv. Sie hat versucht, die nagende Unzufriedenheit zum Schweigen zu bringen, die mehr verlangt hätte, Besseres, und nicht nur im Hinblick auf Sex. Sie ist eingeschlafen mit dem Verdacht, dass sie schon zu lang in ihn verliebt ist, eine unannehmbar lange Zeit, und mit der Furcht, dass das Abenteuer das Behältnis, in dem dieses Gefühl abgeschlossen lag, geöffnet haben könnte.

«Das hätte jedem passieren können», sagt Cederna. «Sicher, es ist ein Scheißdesaster. Aber es hätte jedem passieren können. Das heißt fast jedem. Mir zum Beispiel wäre das nicht passiert.»

Zampieri schweigt. Sie schüttelt den Arm ab.

«Wenn du nicht über ein Hindernis hinausschauen kannst, musst du es immer seitlich angehen», fährt er fort. «Du weißt nicht, wie steil es dahinter ist.»

«Willst du mir beibringen, wie man fährt, du Idiot?»

«He, nicht aufregen. Ich gebe dir nur ein paar Ratschläge.»

«Ich brauche deine Ratschläge nicht. Warum haust du nicht einfach ab und lässt mich in Frieden?»

Cederna zwinkert ihr zu. Er ist wirklich ein Großkotz. Wie kann ihr so einer nur gefallen?

Er beugt sich zu ihrem Ohr und flüstert ihr zu: «Vielleicht bist du ja nur ein bisschen müde. Auf diesem Feldbett hast du dich ziemlich verausgabt.»

Das ist es. Das denkt Cederna über sie. Dass sie die Frau ist, bei der die Männer sich Frechheiten herausnehmen können, zu der sie Sätze sagen wie *du hast dich verausgabt auf diesem Feldbett* und mit der sie all die Schweinereien machen können, die sie sich gewöhnlich nur vorzustellen wagen.

Sie versetzt ihm einen Stoß. «Ich bin überhaupt nicht müde, verstanden? Wenn du es genau wissen willst, du hast nicht lang genug durchgehalten, dass ich auch nur *hätte anfangen können*, müde zu werden.» Das sagt sie laut, sodass die anderen es auch hören können. Und tatsächlich schauen sie sich neugierig um.

Cederna packt sie am Arm. «Was zum Teufel hast du denn, he?»

«Vielleicht ist der Moment gekommen, dass wir erzählen, was du wirklich draufhast, Francesco Cederna. Damit es alle wissen.»

«Sei still!» Cederna holt mit der Rechten zu einer Ohrfeige aus, und es ist nicht klar, ob er den Mut gehabt hätte, sie ernsthaft zu schlagen, denn aus dem Nichts taucht Ietri auf und stellt sich zwischen die beiden.

«Was geht hier vor?»

«Verpiss dich, Jungfräulein.»

«Ich habe dich gefragt, was hier vorgeht.»

Cederna tritt zu ihm, sozusagen unter seine die Nase, weil Ietri ihn um Haupteslänge überragt. «Verpiss dich, hab ich gesagt.»

«Nein, Cederna, ich verpiss mich nicht. Verpiss du dich.» Ietris Stimme ist vor Aufregung leicht belegt.

Am äußersten rechten Rand von Zampieris Gesichtsfeld ist der festgefahrene Lince mit den Jungs rundherum, die sich daran zu schaffen machen, in der Mitte das aggressive Profil Cedernas und ganz links, unscharf, das von Ietri. Zampieri ist zugleich da und nicht da. In diesem Augenblick bewohnt sie ein leeres weißes Herz. Ihre Arme zittern, und die Wangen glühen. Die Männer wissen immer, was sie mit ihr anfangen sollen, aber sie hat gelernt, was sie mit den Männern anfangen kann.

Langsam wendet sie sich um. Sie legt Ietri eine Hand in den Nacken und zieht ihn zu sich her. Der sinnliche Kuss, den sie ihm auf die Lippen drückt, hat keinerlei gefühlsmäßige Bedeutung, er ist ein klarer Racheakt, ein Akt der Selbstverteidigung und der Zähmung des wilden Tieres, das sie bedroht.

Mit einem Schmatz nimmt sie die Lippen weg und sieht Cederna, der blass geworden ist, von der Seite an. «Du solltest deinen Freund hier bitten, dir mal was beizubringen, weißt du das? Von wegen Jungfräulein. Er weiß, wie man's macht.»

Es ist fünf Uhr vorbei, und die Sonne steht tief am Horizont, als René beschließt, einen letzten Versuch zu wagen. «Wir ziehen ihn mit dem Ambulanzwagen raus.»

«Damit riskieren wir, dass beide auseinanderbrechen.»

«Wir ziehen ihn mit dem Ambulanzwagen raus, habe ich gesagt.»

Sie nehmen ein doppeltes Abschleppseil, René setzt sich selbst ans Steuer. Er will nicht, dass die Verantwortung für einen eventuellen Fehler einen seiner Männer trifft. Er sähe es gern, wenn die Jungs diese Großzügigkeit anerkennen würden, dagegen beobachten sie ihn skeptisch, während er das Manöver vorbereitet, einige denken sogar, er wolle, falls die Aktion erfolgreich sei, als Einziger dafür gelobt werden. Er bemüht sich, sich darum nicht zu kümmern. Das weiß er mittlerweile: Die erste von einem Vorgesetzten geforderte Tugend besteht darin, auf jede Form der Dankbarkeit zu verzichten.

Er gibt kräftig Gas. Die Reifen des Ambulanzwagens drehen durch und wühlen Staub auf. Der Drehzahlmesser steigt auf sechstausend, ein lautes Kreischen zwingt die Soldaten, sich die Ohren zuzuhalten. Der Lince schwankt und scheint sich auf die Seite legen zu wollen, doch dann kommt er mit einem heftigen Ruck aus dem Loch heraus. Als Zeichen des Unfalls bleibt an der Unterseite des Chassis eine silberne Narbe, die sich bis zur Tür zieht.

René stellt die Reihenfolge der Fahrzeuge wieder her, und sie fahren weiter, aber der amputierte Konvoi legt keinen weiten Weg zurück. Die Sonne ist mittlerweile untergegangen. Außerdem kann er durch das Fernglas eine Siedlung erkennen. Lartay. Er kann sich nicht entscheiden, ob das gut ist oder nicht. Hauptmann Masiero ist unbehelligt daran vorbeigefahren. Es war nicht vorgesehen gewesen, dass sie sich so weit voneinander entfernten – seinen Fehler in der Einschätzung der Lage und folglich auch jede Entschuldigung unausgesprochen lassend, hat der Hauptmann ins Funkgerät geknurrt, dass es bis zum Buji-Pass keine geeignete Stelle gebe, um die Nacht zu verbringen, daher sei er bis dorthin vorgerückt, Punkt, aus, basta. René ist versucht, ihn einzuholen, aber er kann nicht das Risiko eingehen, womöglich im Dunklen in einem Dorf steckenzubleiben.

Es ist das erste Mal, dass er einen Einsatz mit konkreten Gefahren leitet, das erste Mal, dass er eine so heikle Entscheidung treffen muss. Noch am Morgen wäre er vor Aufregung überwältigt gewesen, hätte man ihm eine solche Gelegenheit vor Augen geführt, aber jetzt verspürt er, anders als erwartet, kein Gefühl der Vollkommenheit. Er empfindet entschieden mehr Angst als Stolz.

Er gibt Befehl zu lagern. Jetzt, da Masiero sie sich selbst überlassen hat, wäre eigentlich Oberleutnant Egitto der Ranghöchste, trotzdem übernimmt René das Kommando, weil er der erfahrenere Stratege ist, und der Doc unterstützt ihn.

René lässt die Fahrzeuge in Kolonne aufgestellt – im Falle eines Überfalls könnten sie so schneller aufbrechen –, dann legt er die Wachdienste fest. Er fühlt sich völlig erschöpft. Bevor er den Zündschlüssel herumdrehte und der Sitz unter seinem Hintern zu vibrieren aufhörte, hat er das nicht wirklich bemerkt. Der Nacken tut ihm weh, sämtliche Glieder sind steif, und er spürt Stiche, vor allem im unteren Rücken. Ganz zu schweigen von dem Juckreiz überall. Es ist nicht seine Art zu jammern, aber diesmal entfährt ihm ein «Ich kann nicht mehr».

«Wem sagst du das, Feldwebel», erwidert Mattioli.

René glaubt aber nicht, dass es den anderen genauso geht wie ihm. Keiner hat die Last des Kommandos getragen.

Er löst den Sicherheitsgurt. Es ist kein einfacher Sicherheitsgurt, sondern ein Werkzeug der Hölle, bestehend aus einem Ring, in den vier straff gespannte Gurte eingehakt werden, von denen zwei ihm die ganze Zeit über die Eier eingeklemmt haben. Er nimmt den Helm ab, die Sonnenbrille, durch die ihm der Abend weiter fortgeschritten schien, als er tatsächlich ist – hätten sie noch ein Stück fahren können? Verflucht, es ist Zeit, sich auszuruhen! Er zieht auch die Handschuhe aus, dann beugt er sich über das Lenkrad, um die komplizierteste Operation vorzunehmen: die kugelsichere Weste. Er öffnet den Klettverschluss an den Seiten, dann zieht er den Kopf ein wie eine Schildkröte und schiebt das Teil mühsam nach oben. Kaum löst sich die Weste vom Körper, spürt er ein heftiges Brennen am Bauch, als hätte man ihm ein Stück Fleisch mit weggerissen. Krämpfe? Er versteht gar nichts mehr, die Schmerzen überwältigen ihn. Er wirft die Weste über das Lenkrad, zieht das Baumwollshirt aus der Hose und rollt es über den Bauch hoch.

Als er es sieht, entschlüpft ihm nicht einmal ein Ach. Ein violetter, fast schwarzer Streifen verläuft von einer Seite des Bauches auf die andere, dort, wo die Bleiplatte der kugelsicheren Weste aufsaß. Er ist daumenbreit, und an einigen Stellen sieht man frische Abschürfungen und Klümpchen eingetrockneten Eiters. Den Kommentar dazu gibt Mattioli: «Verdammte Scheiße, René.»

Die anderen beugen sich zu ihm herunter, auch Torsu geht in die Knie und streckt den Kopf in den Innenraum des Lince, er ist leichenblass und fast erleichtert, dass es jemandem ebenso schlechtgeht wie ihm. Alle fangen an, sich wie die Besessenen auszuziehen, um zu sehen, was sie unter der Schutzweste haben, und von außen betrachtet, sind sie eher komisch, wie sie sich drehen und winden, denn es ist nicht leicht, im Sitzen und auf engstem Raum die Panzerung abzulegen. Einige haben rote Hautstellen, aber keiner ist aufgeschürft wie René.

«Du musst zum Doc», sagt Mattioli.

«Wozu?»

«Du brauchst eine Salbe.»

«Das ist bloß ein blauer Fleck.»

«Es blutet. Hier. Und da auch.»

«Es sieht aus, als ob man einen Kaiserschnitt gemacht hätte», bemerkt Mitrano.

«Ein Kaiserschnitt ist doch nicht so lang, du Idiot!», sagt Simoncelli.

«Was weiß denn ich davon? Ich hab das nie gesehen!»

René willigt ein, vorübergehend mit Camporesi den Platz zu tauschen. Auch eine banale Aktion wie diese verlangt einen gewissen Grad an Vorsicht, man kann nicht einfach aussteigen und die fünfzehn Meter, die sie trennen, gehen, womöglich gibt es hier oder da Heckenschützen, in diesem Felsspalt auf acht Uhr zum Beispiel. Zuerst muss man mit den Fahrzeugen einen Sicherheitskorridor schaffen.

Schließlich steigt der Feldwebel in den Ambulanzwagen, auf den Fahrersitz. Der Doc lässt ihn sich im hinteren Teil auf einer Trage ausstrecken. Das Medikament, mit dem er ihn behandelt, brennt wie reiner Alkohol, und vielleicht ist es das auch. René hat bogenförmige Schwellungen auch unter den Achseln und eine große auf dem Rücken. Ein paar Sekunden nachdem der Doc eine Stelle mit dem in Desinfektionsmittel getränkten Tupfer berührt hat, klingt das Brennen ab, und an seine Stelle tritt ein Gefühl der Frische.

«Atmen Sie, Feldwebel!»

«Hä?»

«Sie halten die Luft an. Sie können atmen.»

«Aha. Okay.»

René schließt die Augen. Ausgestreckt liegen. Die Rückenmuskulatur strecken, die Gliedmaßen locker lassen, all das verursacht ihm ein tiefes Wohlgefühl im ganzen Körper.

Der Doc massiert ihm die Schultermuskulatur, seine Hände sind warm. Das ist gewiss der intimste Kontakt, den René je zu einem Mann hatte. Zuerst ist es ihm peinlich, doch dann lässt er sich fallen. Er möchte, dass es nie aufhört.

Die Möglichkeit, die Nacht im Ambulanzwagen zu verbringen, zeichnet sich vor ihm ab, ausgestreckt statt zusammengekauert auf dem Fahrersitz in dem überbesetzten Lince, mit dem Lenkrad, das einen daran hindert, sich auch nur auf eine Seite zu drehen. Die Trage, auf der er liegt, stünde allerdings Camporesi zu. Er hat den Ambulanzwagen den ganzen Tag lang gefahren, er selbst hat ihn dafür eingeteilt: Jetzt mit ihm den Platz zu tauschen wäre fies. Aber der Feldwebel ist völlig entkräftet. Zum ersten Mal in seiner Laufbahn führt sein Egoismus einen erbitterten Kampf gegen die Redlichkeit.

Jeder meiner Männer würde so handeln. Keiner würde sich für mich opfern.

Das ist keineswegs so, das weißt du genau.

Im Grunde sind alle Egoisten. Wir sind alle Egoisten. Warum muss ich mich immer so benehmen, als ob ich besser wäre als sie, warum soll ich es auch diesmal sein, wenn sie mir nichts zurückgeben? Ich habe mich mehr verausgabt als alle anderen. Morgen muss ich ausgeruht sein, um sie durch das Dorf zu führen.

Nein, nein, nein! Das ist nicht richtig. Der Platz steht Camporesi zu.

René weiß, wenn er der Verführung der Trage nachgibt, wird seine Selbstachtung für immer davon beschädigt sein. Er wird seinen Dienstgrad ausgenützt haben, um es etwas bequemer zu haben. Er wird nicht anders gewesen sein als viele seiner Vorgesetzten, die er stets verachtet hat.

Alle nützen es aus. Wir sind Hurensöhne, der eine so, der andere so. Und es ist ja nur für diese Nacht.

Er setzt sich auf. Der Doc protestiert, er soll liegen bleiben, bis das Schmerzmittel wirkt. «Nur einen Augenblick», sagt René.

Er langt nach dem Funkgerät im vorderen Teil des Fahrzeugs und setzt sich mit dem Lince davor in Verbindung, er lässt sich Camporesi geben.

«Hier bin ich, René», antwortet der Soldat.

«Wir tauschen den Platz. Heute Nacht bleibe ich im Ambulanzwagen.»

Auf der anderen Seite langes Schweigen.

René drückt die Sprechtaste. «Ich bleibe im Ambulanzwagen. Kommen.»

Weiterhin Schweigen.

«Camporesi, hast du gehört?»

«Verstanden, Ende.»

Doch als er auf die Trage zurückkehrt, findet er sie weniger bequem als vorher. Er spürt plötzlich ihre Härte und bemerkt, dass die Arme, wenn er auf dem Rücken liegt, seitlich herabfallen, dass er sie also auf dem Bauch falten muss wie eine Leiche im Sarg. Vielleicht war es die Sache nicht wert, sich wegen ein bisschen mehr Platz das Gewissen zu belasten, aber es ist nun mal geschehen. Es erstaunt ihn, dass die Gewissensbisse dann doch nicht so stark sind.

Nachdem er sich die Zähne trocken mit einer Plastikzahnbürste geputzt hat, streckt Oberleutnant Egitto sich auf der Trage daneben aus. Sie sind die beiden ranghöchsten Militärs in diesem Überbleibsel von einem Konvoi, und sie sind diejenigen, die die angenehmste Nacht verbringen werden. Es ist beschämend und ungerecht, aber so ist es nun mal auf der Welt. Vielleicht ist es an der Zeit, dass René lernt, damit umzugehen. Er atmet die verbrauchte Luft ein.

Es ist der Abend des ersten Tages, und sie haben fünfzehn Kilometer zurückgelegt.

DIE KÖPFE von Angelo Torsu und Enrico Di Salvo schauen in der rosigen, eisigen Morgendämmerung im Tal aus dem Turm des Lince heraus. Die beiden MG-Schützen haben verklebte Augen und steife Beine. Neben den Wolldecken, die sie um den Hals gewunden tragen, ragen die eigenartigen Läufe der Brownings heraus.

«He», sagt Torsu.

«He.»

Sie flüstern.

«Ich muss mal raus.»

«Das geht nicht. Du musst durchhalten.»

«Nein, ich muss *wirklich* raus.»

«Wenn René dich erwischt, bist du geliefert.»

«Er schläft. Ich sehe das von hier aus. Gib mir Deckung.»

Torsus Kopf verschwindet ein paar Sekunden lang, eine Ente, die in einem Teich nach Fischen taucht. Als er wieder hervorkommt, hat er eine Rolle Klopapier zwischen den Zähnen. Er stemmt sich aus dem Turm heraus. Er läuft über die Kühlerhaube, wobei er sich mit ausgebreiteten Armen im Gleichgewicht hält. Dann setzt er einen Fuß auf den Kotflügel und springt hinunter.

«Beeil dich!», flüstert Di Salvo.

Torsu hat eine passende Stelle ausgemacht, einen großen Felsbrocken mitten im Flussbett, der in den Zeiten, als da noch der Fluss war, aller Wahrscheinlichkeit nach die Strömung teilte und kleine Wirbel entstehen ließ. Die ganze Nacht hindurch hat er den vom Licht des Vollmonds erhellten Felsen sehnsüchtig angesehen, in den Pausen einer Benommenheit, die dem Schlaf nur ähnelte.

Um das, was von oben kommen könnte, ein gezielter Genickschuss zum Beispiel, macht er sich keine Sorgen. Wenn der Feind ihn hätte treffen wollen, hätte er das längst getan. Ihm macht mehr Angst, was sich unten verstecken könnte. Vom Lince bis zu dem Felsbrocken sind es etwa vierzig Schritte. Vierzig Gelegenheiten, den Fuß auf eine Sprengfalle zu setzen und vom Angesicht der Erde zu verschwinden. «Die Explosion, die du nicht hörst, ist diejenige, die dich getötet hat», hat Masiero im Kurs gesagt.

Torsu macht möglichst große Schritte und gibt sich Mühe, die Füße nur ganz leicht aufzusetzen (er weiß, dass das nichts nützt: Wenn da ein Sprengsatz ist und er darauftritt, dann gute Nacht). Am Anfang zögert er und dreht sich nach jeder zweiten Bewegung um, wie um sich von Di Salvo ermuntern zu lassen. Der Kamerad macht ihm Zeichen, er solle gehen, weitermachen, René könne jeden Augenblick aufwachen, und die Strafe treffe dann auch ihn, weil er zugelassen hat, dass der Sarde gegen die Vorschriften verstößt.

Noch ein Schritt. Es macht keinen Unterschied, ob man im Zickzack oder geradeaus läuft, dann kann man auch gleich die kürzeste Strecke wählen.

Die Hälfte des Wegs hat er schon geschafft. Er gewinnt Zutrauen, jetzt geht er schneller voran. Sein Gedärm freut sich auf die Sitzung und zieht sich immer mehr zusammen.

Torsu wird noch schneller. Die letzten Meter rennt er. Bevor er um den Felsen herumgeht, bückt er sich, nimmt einen Stein und wirft ihn ein Stück weiter vor, um Vipern, Skorpione, giftige Spinnen und wer weiß was sonst noch alles in die Flucht zu schlagen.

Endlich ist er allein. Er lässt die Hosen herunter. Die Kälte beißt angenehm in die nackten Oberschenkel. Sein Penis hat sich zurückgezogen, eingerollt, er sieht aus wie eine Haselnuss. Er schüttelt ihn mit den Fingern, aber der ist störrisch und gibt nur ein erbärmliches, sehr dunkles Rinnsal Urin von sich.

Wie gedemütigt er sich fühlte! Die ganze Zeit über war er da oben im Turm, durchgerüttelt und verdreckt. Hätte er sich doch bloß nicht in den Kopf gesetzt, an dem Einsatz teilzunehmen. Es war sein Recht, in der FOB zu bleiben. Und wozu hat er das getan? Um zu zeigen, wie tüchtig er ist, wie groß seine Loyalität ist. Loyalität *wem gegenüber*?

Der Körper hat nun schon nichts mehr auszuscheiden, es handelt sich bloß noch um Krämpfe im Leeren, aber es ist schön, da zu hocken und sie vorübergehen zu lassen. Während seiner Krankheit hat der Stabsgefreite die Gewohnheit angenommen, mit seinem Verdauungsapparat Gespräche zu führen, so, als ob das jemand anderer wäre. Er macht ihm Vorwürfe, wenn der Schmerz zu heftig ist, und er lobt ihn, sagt brav, du benimmst dich gut, wenn es besser läuft. Jetzt versucht er, ihn zu beruhigen: «Wir haben noch einen weiten Weg vor uns. Wenn du heute keine Ruhe gibst, dann schießt Simoncelli im Ernst auf mich.»

Während er sich mit seinen Eingeweiden unterhält, spielt er mit den Kieseln im Flussbett Murmeln und scharrt mit den Fingern im Boden. Um es in dieser Hockstellung auszuhalten, ohne dass die Fersen darunter leiden, wiegt er sich vor und zurück wie ein Bonze. Am liebsten würde er pfeifen, aber das wäre vielleicht doch zu viel.

Wenn er den Kopf hebt, kann er den ersten Lichtstrahl des Tages einfangen, der ihm direkt ins Gesicht fällt. Er ist sehr hell und schmal, führt keine Wärme mit sich. Die Sonne ist so nah am Berg, dass er das Gefühl hat, zusehen zu können, wie sie aufsteigt. Gigantisch groß taucht der Feuerball auf, als würde er sich gleich nach unten ergießen und alles in Brand setzen. Der Himmel ist voller orange-rosafarbener und gelber Streifen, die im dunklen Bau verlaufen. Noch nie hat Torsu einen so klaren und majestätischen Sonnenaufgang gesehen, nicht einmal am Strand von Coaquaddus, wenn er im Sommer mit Freunden die Nacht durchgemacht hatte.

«Was für ein Scheißwunder!», ruft er aus.

Jetzt bräuchte er Tersicore89. Sie würde sicher passendere Worte dafür finden als er: Sie ist eine Dichterin. Aber Tersicore89 will ihn nicht mehr. Sie ist wütend, weil er an ihr gezweifelt hat. Torsu überlässt sich seiner Trostlosigkeit.

Als sein Interesse an der aufgehenden Sonne verflogen ist, versucht er sich mit dem Wasser aus der Feldflasche zu reinigen, doch er findet keine Möglichkeit, die Genitalien ohne Einsatz des Schals zu trocknen.

Kein Feind weit und breit, wie es aussieht. Keiner hat auf ihn angelegt. Abgesehen von dem gestern gefundenen IED – das auch schon vorher da gewesen sein konnte –, abgesehen von dieser Unannehmlichkeit gibt es überhaupt keinen Hinweis auf eine Anwesenheit des Feindes. Zum ersten Mal denkt Torsu, dass sie sich einen Haufen überflüssiger Probleme machen und dass wahrscheinlich alles glattgehen wird, bis sie am Ziel sind.

«Wie blöd», kommentiert er leise, während er beschwingten Schritts, ja sogar mit den Händen in den Hosentaschen (aber doch darauf bedacht, in den eigenen Fußstapfen zurückzugehen), auf den Lince zuschlendert.

«Was hast du gesagt?», flüstert Di Salvo.

Torsu macht eine wegwerfende Geste. Er ist sauber, in Form, gut gelaunt. Bereit weiterzufahren.

Um halb sieben setzen sich die Fahrzeuge in Bewegung. Masiero hat versprochen, er werde sich nicht von dort wegbewegen, wo er ist, bis sie ihn eingeholt haben. Oberleutnant Egitto hat nur momentweise geschlafen, vor allem wegen der Kälte. In der Nacht ist die Temperatur drastisch gesunken, und im unruhigen Halbschlaf zitterte er, eingehüllt in den wasserdichten Poncho. Jede Viertelstunde stand Feldwebel René von der Trage auf, kroch in die Fahrerkabine und ließ den Motor an, um die Heizung in Gang zu setzen, doch er war gezwungen, den Motor schnell immer wieder abzustellen, um nicht zu viel Treibstoff zu verbrauchen. Schließlich hatte er dieses Hin und Her satt und blieb am Lenkrad sitzen, wach, ins Dunkel starrend. Egitto bewundert die außerordentliche Zähigkeit des Feldwebels. Es erscheint ihm ein bisschen lächerlich, sich von einem Jüngeren beschützt zu fühlen. Der freie Platz auf der Trage wurde sofort von Abib eingenommen, der noch schnarcht und schläft, in einer legeren Haltung mit gespreizten Beinen und dem Arm unter dem Kopf.

Egitto muss die taub gewordenen Gesichtsmuskeln mit den Händen massieren. Er verspürt alle Symptome einer Erkältung: verstopfte Nase, Gliederschmerzen, der Kopf schwer wie eine Bleikugel, vielleicht auch Fieber? Für alle Fälle zerbeißt er eine 100-mg-Tablette Paracetamol, dann spült er sich den Mund aus. Ihm ist bewusst, welche Leberschäden eine Überdosis Paracetamol verursachen kann, aber das ist nicht der Moment, es damit so genau zu nehmen.

René hat einen weicheren Fahrstil als Camporesi, er weiß, wie man die Schlaglöcher anfährt, um die Stoßdämpfer nicht überzustrapazieren. Jetzt, da sie das dritte Fahrzeug in der Kolonne sind, haben sie weniger Staub vor sich, und man kann alles sehen. Der Feldwebel murmelt ihm einen Gutenmorgengruß zu, dann schweigt er wieder, als wolle er auf sein langsames Erwachen Rücksicht nehmen. Im Gegensatz zu Egitto lässt René trotz der fast schlaflosen Nacht und der Wunde am Bauch kein Zeichen von Schwäche erkennen.

In wenigen Minuten sind sie durch Lartay durch, unversehrt.

«Und eins», sagt René und atmet heftig durch den Mund aus.

Egitto reicht ihm einen Energieriegel hinüber, der Feldwebel nimmt ihn. So feiern sie, während Abib sich lautstark die Nase putzt. Das Paracetamol erreicht seine maximale Wirkung und hat alle Gliederschmerzen sowie die Benommenheit der Erkältung weggenommen. Die samtige Ruhe der Medikamente, das ist etwas, worauf der Oberleutnant immer zählen kann.

Sie lassen Pusta hinter sich, Saydal umgehen sie, indem sie am Gebirgshang entlangfahren. Das sind keine strategischen Entscheidungen des Feldwebels: Alles, was sie tun können (und müssen), ist, der Spur der Fahrzeuge zu folgen, die ihnen vorausgefahren sind. Wo man auf dem Boden die Reifenspuren von Masieros Trupp erkennt, ist die Wahrscheinlichkeit hoch, dass sie keine Überraschungen erleben.

Um halb acht erblicken sie die Häusergruppe von Terikhay, das auf der Karte bedeutender aussah, während es kaum mehr ist als eine Alm. Sie gewinnen noch etwas an Höhe, bevor es wieder abwärtsgeht Richtung Flussbett. Sie sind an einer Stelle, wo sich das Tal plötzlich verengt wie eine Sanduhr, und da sehen sie das Spektakel.

Eine unüberschaubar große Herde von rötlichen Schafen versperrt die Durchfahrt, während von beiden Seiten noch mehr Schafe herbeiströmen. Sie stürzen auf ihren Hufen rutschend den Hang herunter: zwei Ströme von Tieren, die genau auf ihrem Weg zusammentreffen und ein wirbelndes Fellknäuel bilden. Die Schafe beschnuppern sich gegenseitig an ihren Hintern, von Zeit zu Zeit hebt eines den Kopf und schleudert ein schrilles Blöken zum Himmel.

Egitto ist überrascht von diesem Vitalitätsausbruch. «Wie viele werden es sein?», fragt er.

René antwortet nicht. Er hat bereits etwas verstanden, das dem Oberleutnant, abgelenkt von den Tieren oder von zu viel Serotonin im Hirn, entgangen ist. Der Feldwebel hat sich über das Lenkrad gebeugt und kaut auf seiner Oberlippe. «Da ist kein Schäfer», sagt er und nimmt das Fernglas, das am Sitz hängt. Er sucht die Gegend ab.

Es stimmt, da ist kein Schäfer dabei, da ist überhaupt niemand außer Hunderte von Schafen, sie scheinen wie direkt vom Berg ausgespuckt und laufen verschreckt vor etwas davon, was die Soldaten nicht sehen können.

«Wir müssen hier weg», sagt René.

Egitto bemerkt seine veränderte Gesichtsfarbe. «Und wie?», fragt er. «Wir sitzen fest.»

«Wir schießen.»

«Wir schießen auf die Schafe?»

Ein paar Meter von ihnen entfernt steht Torsu an der Browning und scheint sich zu amüsieren. Immer wieder verschwindet er durch die Luke im Fahrzeuginnern, taucht wieder auf und zeigt auf das Heer von Schafen. René nimmt das Funkgerät und ruft Cederna an den Apparat, der sich an der Spitze des Konvois befindet, aber die ironische Antwort des Kameraden – ein Blöken – wird vom Knall einer Panzerfaust übertönt, die hinter ihnen losgeht. Aus dem Augenwinkel sieht der Oberleutnant im Rückspiegel den Blitz. Danach nur schwarzen Qualm, der von einem der Fahrzeuge aufsteigt. Egitto hält die Luft an, während er herauszufinden sucht, welcher Wagen das war. Er ist erleichtert, als er bemerkt, dass es einer der LKWs mit den afghanischen Zivilisten ist. Erst sehr viel später wird er Gelegenheit haben, über diesen vorübergehenden Mangel an Menschlichkeit nachzudenken.

Was dann geschieht, bis zu dem Augenblick, als der von Salvatore Camporesi gelenkte Lince von zwanzig Kilo Sprengstoff in die Luft gejagt wird und es alle Insassen bis auf einen zerfetzt, der das Glück hat, einige Meter durch die Luft mitten unter die Schafe geschleudert zu werden, dauert drei, maximal vier Minuten.

Torsu, Di Salvo, Rovere und die anderen MG-Schützen feuern mit der Browning, was das Zeug hält. Sie schießen auf jemanden, den sie nicht sehen, aufs Geratewohl und im Wesentlichen nach oben.

Mattioli schießt.

Mitrano schießt. Keiner hatte Zeit zu verstehen, aus welcher Richtung die Panzerfaustgranate gekommen ist, also zielen sie auf die Schafe, die sich den Abhang hinunterstürzen, als käme die Bedrohung von ihnen. Bald jedoch wird klar, was Sache ist, weil der Feind anfängt, sie mit allem, was er zur Verfügung hat, *von allen Seiten* zu beschießen. Der Mörserbeschuss kommt aus den Dörfern Terikhay und Khanjak, und man sieht, dass die Schützen Gelegenheit hatten, sich gut zu platzieren, denn sie zielen bis auf wenige Dutzend Meter genau. Gewehrsalven treffen den Konvoi von vorne und von beiden Seiten, dazu kommen Splittergranaten, die am Himmel zerplatzen und ihnen auf die Köpfe regnen. Die Hölle. Die Hölle auf Erden.

Pecone, Passalacqua und Simoncelli schießen.

Cederna macht zwei bewaffnete Schatten aus, oben auf neun Uhr, und er hört nicht auf, bis er beide unschädlich gemacht hat. Die Befriedigung, die er empfindet, als der erste Schatten nach hinten kippt, kommt jedoch nicht an das heran, was er sich vorgestellt hatte, es geht zu schnell und ist zu weit weg. Fast ist es befriedigender, auf dem Schießstand auf der Schießscheibe ins Schwarze zu treffen.

Ruffinati schießt.

Ietri führt seine Aufgabe mit Eifer aus, was nicht weiter schwer ist: Di Salvo den Patronengurt halten und in der Zeit zwischen einem Feuerstoß und dem nächsten versuchen, mit dem Fernglas den Feind auszumachen, um die Position an Cederna weiterzugeben. Wie ruhig er ist. Er begreift kaum, was vor sich geht. Ein Schaf reibt sich am warmen Metall der Wagentür, dann starrt es ihm in die Augen, wie hypnotisiert starrt er zurück, bis Di Salvo ihm zuruft: «Mach weiter, du Idiot!»

Allais, Candela, Vercellin und Anfossi schießen.

René schreit über Funk: «Vorwärts, vorwärts, vorwärts, vorwärts, vorwärts.»

Zampieri müsste anfahren, weil sie die Erste in der Reihe ist, aber sie ist wie versteinert. Sie denkt an nichts, sieht nur all diese Schafe und fragt sich, was sie da machen, auch wenn die wesentlich naheliegendere Frage wäre, was *sie* da macht.

Camporesi hupt, um Zampieri aufzurütteln. Niemand hört ihn, es ist zu laut.

Eine Panzerfaustgranate jagt einen weiteren LKW in die Luft.

Egitto wird einige Sekunden lang vom Explosionsblitz einer Mörsergranate geblendet, die mit einem Schlag ein Dutzend Schafe tötet. Der Ambulanzwagen erbebt.

«Vorwärts, vorwärts, vorwärts.»

Die Schafe gebärden sich wie verrückt, sie machen kehrt und klettern den Hang hinauf, sie stoßen mit denen zusammen, die herunterkommen, gemeinsam rutschen sie ein paar Meter weit, aber sie fallen nie um.

«Vorwärts, verdammt noch mal, vorwärts!»

Camporesi gibt Gas, schert nach rechts aus, um an Zampieris Fahrzeug vorbeizukommen, mit quietschenden Reifen überholt er sie, einige Schafe weichen aus, um ihn vorbeizulassen, die anderen überfährt er gnadenlos, er setzt sich an die Spitze, zerteilt die blökende Masse, gerät mit dem linken Hinterrad auf einen Druckzünder, bestehend aus zwei Graphitlamellen und 1,5-Volt-Alkaline-Batterien, löst die darunter angebrachte Ladung aus und fliegt in die Luft.

Die verkohlten Teile des Lince liegen im trockenen Gras herum, Ietri schaut sie durch das schlammverspritzte Fenster an. Er könnte die Scheibe mit dem Unterarm abwischen, um besser zu sehen, aber ein Teil von ihm weiß, dass der Schmutz vor allem außen ist und das keinen Sinn hätte. Als er genauer hinsieht, erkennt er, dass einige der Stücke am Boden, die kleineren, keine mechanischen Teile, sondern Körperteile sind. Zum Beispiel ein Goretex-Stiefel, der mit etwas oben dran schön aufrecht auf der Sohle steht. Bei anderen Teilen ist Ietri sich nicht sicher, worum es sich handelt. So reißt es also einen menschlichen Körper in Stücke, denkt er.

Das Feuer greift vom Fahrzeug auf die Sträucher über und breitet sich strahlenförmig ein paar Meter weit aus.

Wie viele Schafe werden bei der Explosion getötet worden sein? Vielleicht fünfzig, vielleicht mehr, ein blutiger Fellteppich, darüber breitet sich Rauch aus, der in dichten Schwaden aus dem brennenden Fahrgestell quillt. Das Wort *Hekatombe* taucht in Enrico Di Salvos Hirn auf. Hätte man ihn gestern oder auch nur vor ein paar Minuten nach dessen Bedeutung gefragt, so hätte er keine Antwort gewusst. Hekatombe? Heka-*was*? Jetzt hingegen ist es da, dieses schwierige Wort aus dem Wörterbuch, aufgetaucht aus den Tiefen des Gedächtnisses, präzise und zielgenau wie ein Pfeil, der sich in den Grund eines Brunnens bohrt: *Hekatombe*.

Salvatore Camporesi, Cesare Mattioli, Arturo Simoncelli und Vincenzo Mitrano existieren nicht mehr. Sie haben sich entmaterialisiert.

Nach einem pyrotechnischen Kunststück liegt Angelo Torsu dreißig Schritt von dem zerstörten Fahrzeug entfernt auf dem Rücken. Er hat das Bewusstsein verloren, aber kurz darauf wiedererlangt. Er spürt keines seiner Glieder, er ist blind und atmet kaum. Es gäbe Wichtigeres zu denken, er aber sorgt sich vor allem, dass eins der Schafe kommen und an ihm lecken könnte, ihm graut davor, im Dunkeln eine raue Zunge zu spüren. Er blutet überall ein bisschen, und er weiß es.

Feldwebel René hat seinen inneren Appell beendet. Er war langsamer als sonst, aber das Ergebnis, zu dem er gelangt ist, entspricht der Wahrheit. Von seinen Männern fehlen Camporesi, Mattioli, Mitrano und Simoncelli. Torsu liegt dort hinten, reglos, wahrscheinlich zu den Abwesenden zu zählen. Seine Augen füllen sich – und das ist eine echte Neuheit – mit Tränen.

Es genügt nicht, heldenhaft zu sein, um ein Held zu sein.

Der Feind hat aufgehört zu schießen, fängt aber, hochmütig geworden, fast sofort wieder damit an. Cederna ist als Einziger geistesgegenwärtig genug, das Feuer zu erwidern. Er schießt, lädt nach, schießt, lädt nach, schießt, lädt nach, ohne Luft zu holen.

Zu den letzten Erlebnissen mit seinem Vater, an die Ietri sich erinnern kann, gehört die Nacht, in der sein Vater ihn aufweckte, um ihm die brennenden Stoppelfelder zu zeigen. Die Landschaft stand in Flammen, die gesamte Daunia brannte, rote Hügel vor Schwarz.

Zampieri erkennt bizarre Formen in den Rauchwolken: einen Baum, eine Hand, einen riesigen Drachen. *All das kann einfach nicht wahr sein.*

Mit einem Knacks beginnt Torsus Zwerchfell wieder zu arbeiten. Auch sehen kann er wieder (aber nicht ganz, das linke Auge ist geschwollen, und das Lid lässt sich nur zur Hälfte öffnen). Torsu sieht nur einen Ausschnitt des Himmels. Wo auch immer er sich befindet, er muss den anderen zu erkennen geben, dass er noch am Leben ist. Vorausgesetzt, dass es die anderen noch gibt. Er rafft alle Kraft zusammen, die er noch im Leib hat, lenkt sie in den rechten Arm und hebt ihn mit einer ungeheuerlichen Anstrengung hoch.

«Er lebt! Torsu lebt!»

Auch René hat den gehobenen Arm bemerkt. Aus allen Fahrzeugen erreicht ihn per Funk die Nachricht, gefolgt von der Aufforderung zu handeln, um den Kameraden in Sicherheit zu bringen. Aber wer sich aus der Deckung wagt, riskiert, dabei draufzugehen. Schon wieder muss er wegen Torsu eine unbequeme Entscheidung treffen. Elender Sarde!

Feldwebel René, der Unteroffizier, der gern Hauptmann wäre, der unerschrockene Soldat, weiß nicht, was tun.

«Charlie drei eins an Med. Charlie drei eins an Med. Bitte um Erlaubnis, den Verwundeten zu bergen. Kommen.»

René dreht sich zu Oberleutnant Egitto um. Er ist schließlich der Kommandant. «Was machen wir, Doc?»

Di Salvo muss die Browning ruhenlassen, will er den Lauf nicht überhitzen. Er nimmt das Sturmgewehr und schießt damit weiter.

Das Geknatter von Hubschrauberrotoren kommt näher. Es sind zwei. Zwei Hubschrauber! Sie kommen. Wir sind gerettet!

Egitto antwortet René: «Wir warten.»

Torsus Arm fällt zu Boden. Er fängt an zu weinen.

Unbesonnenheit ist das Wunder der Jugend. Ietri ist der Jüngste von allen. Er ist gerade einmal zwanzig. Er hat Torsus Arm in die Höhe gehen und dann zurückfallen sehen. Ich bin Soldat, sagt er sich. Ich bin ein Mann. Zampieris Kuss brennt ihm noch auf den Lippen und macht ihm Mut. Ich bin Soldat, verdammt noch mal. Ich bin ein Mann! «Ich gehe und hole ihn», sagt er. «Du rührst dich nicht weg von hier», erwidert Cederna, der der Ranghöhere von beiden ist. Wie kann er sich erlauben, ihm Befehle zu geben? Nach dem, was er ihm angetan hat. Ietri öffnet die Tür und springt aus dem Wagen. Er läuft, weicht den Schafkadavern aus und den Körperteilen seiner Kameraden, und im Nu ist er bei dem Freund. «Jetzt bring ich dich weg von hier», verspricht er. Aber dann weiß er nicht, wie er es anstellen soll, ob er ihn an den Händen oder den Beinen schleifen oder ob er ihn hochheben und ihn sich über die Schulter legen soll. Und wenn die Wirbelsäule verletzt ist? Bis hierher ist er gekommen, und jetzt ist er sich unsicher. «Halt durch», sagt er und meint damit vor allem sich selbst: Tu was!

Der Feind nimmt ihn in aller Ruhe ins Visier. Er wird von mehreren Seiten gleichzeitig getroffen, ungefähr die gleiche Anzahl Kugeln von vorn und von hinten. Deshalb bleibt der Körper von Roberto Ietri, wenn auch hin und her geschüttelt, unerhört lang aufrecht stehen. Die Autopsie wird ergeben, dass die tödliche Kugel vom Schulterblatt in einer seltsamen Kurve ins Herz gedrungen ist, in die rechte Herzkammer. Schließlich klappt Ietri zusammen und fällt auf Torsu.

In der Nacht mit den brennenden Feldern ist er auf dem Arm seines Vaters eingeschlafen, während sie zum Wagen zurückgingen. Nur selten war er so lang auf, aber am Morgen kroch er aus dem Bett, um der Mutter alles zu erzählen. Sie hörte ihm geduldig zu, auch beim dritten oder vierten Mal. Vielleicht war das nicht der letzte Gedanke, den der Obergefreite für den Augenblick des Todes vorgesehen hatte, aber alles in allem war er nicht so schlecht. Das Leben war nicht so schlecht gewesen.

Torsu atmet wieder mühsam, unter dem Kameraden, der ihm aufs Brustbein drückt. Jetzt hat er Schüttelfrost, und er hat Angst zu sterben. Sein Gesicht fühlt sich seltsam an, als hätte man ihm Eis daraufgelegt. Er wimmert. Er hatte nicht gedacht, dass es so ausgehen würde, dass er sterben würde und alles ungelöst zurücklassen. Er hat sich so dumm benommen, im Allgemeinen, und im Besonderen Tersicore89 gegenüber. Wem nützte denn diese ganze Wahrheit? Was machte das für einen Unterschied? Sie hatte ihn gern, sie hat ihn verstanden. Damit hätte er sich zufriedengeben sollen. Und jetzt, wo ist er gelandet? Eingequetscht unter der Leiche eines Freundes und ohne jemanden, dem man nachweinen könnte, ohne einen Namen, den man anrufen könnte. Bloß um sich weniger allein zu fühlen, umarmt der Obergefreite Angelo Torsu den leblosen Körper von Roberto Ietri. Er drückt ihn fest an sich. Er hat noch etwas von seiner Körperwärme behalten.

OBERST BALLESIO hat alle wegtreten lassen außer ihr. Als die Untergebenen hinausgegangen waren, hat er mit dem Becken den Stuhl zurückgeschoben und die Stirn auf die gefalteten Hände gelegt. Er bewegte sich nicht mehr. Ob er wohl schläft? Gibt es etwas, was sie tun sollte? Sie könnte zu ihm hingehen und ihm eine Hand auf die Schulter legen, zum Beispiel. Undenkbar. Von solcher Vertraulichkeit ist ihre Beziehung weit entfernt.

Und sie, Irene, wie fühlt sie sich? Zunächst erleichtert, denn auf der Liste der Gefallenen taucht Alessandros Name nicht auf. Natürlich ist sie benommen, aber der eigentliche Schrecken breitet sich erst langsam in ihr aus. *Du schickst Menschen in den Tod, Irene. Ich will, dass du dir dessen bewusst bist, bevor es geschieht, damit es nachher kein Alibi für dich gibt.*

Ballesio hat den Verlauf des Gefechts grob geschildert und die Liste der gefallenen Soldaten verlesen, mit Kunstpausen dazwischen: «Stabsgefreiter Simoncelli, Stabsgefreiter Camporesi. Obergefreiter Mattioli. Gefreiter Mitrano. Sie waren in dem Lince. Der Gefreite Ietri wurde von Schüssen aus Handwaffen getroffen. Der Verletzte ist Obergefreiter Torsu. Die Überlebenden stehen noch unter feindlichem Feuer. Und jetzt alle raus hier.»

Bei jedem Namen entschlüpfte irgendjemandem ein Seufzer, ein Murmeln, ein Fluch: ein guter Gradmesser für die Beliebtheit der Opfer.

Irene steht auf, füllt am Wasserbehälter einen Becher und trinkt in kleinen Schlucken. Sie füllt auch für den Kommandanten einen und stellt ihn auf den Schreibtisch neben seinen Kopf. Ballesio richtet sich auf. Er hat einen roten Striemen auf der Stirn, dort, wo sie auf den Händen auflag. Er stürzt das Wasser in einem Schluck hinunter, dann betrachtet er den halbtransparenten Kunststoffbecher.

«Wissen Sie, was, Frau Doktor? Ich würde gern etwas Persönliches über diese Jungs zu sagen haben. Die Männer erwarten, dass ich heute Abend über ihre Kameraden zu ihnen spreche, dass ich eine Gedenkfeier für sie halte, wie eine Art Vater.» *Vater* sagt er mit Verachtung. «Jeder gute Kommandant ist dazu in der Lage. Wie ehrlich er war, wie tapfer, wie gut er mit Motoren umgehen konnte. Irgendeine bescheuerte Anekdote für jeden. Und sie haben recht. Aber wissen Sie, was die Wahrheit ist? Dass mir nichts einfällt. Ich bin nicht ihr Vater. Wenn ich Söhne hätte wie meine Soldaten, ich würde sie nur pausenlos in den Arsch treten.» Er zerknüllt das Blatt Papier, worauf er die Liste der Gefallenen notiert hatte, bereut es sogleich und streicht es mit der Handfläche glatt. «Ich erinnere mich an keines ihrer Gesichter. Arturo Simoncelli. Wer zum Teufel soll das sein? Vincenzo Mitrano. An den erinnere ich mich vage. Auch den hier glaube ich vor mir zu sehen: Salvatore Camporesi. Er war sehr groß. Finden Sie vielleicht, dass ich das sagen kann? *Wir trauern um unseren Freund Salvatore Camporesi, der sehr groß war.* Und diese zwei hier? Ietri und Mattioli. Von denen habe ich überhaupt keine Vorstellung. Vielleicht habe ich sie gar nie zu Gesicht bekommen. Hier in der FOB gibt es hundertneunzig Soldaten, Frau Doktor. Hundertneunzig Christenmenschen, die von mir und von meiner Laune beim Aufstehen abhängen, und ich habe mir nicht die Mühe gemacht, sie voneinander zu unterscheiden? Was sagen Sie dazu? Das ist interessant, finden Sie nicht auch? Mir erscheint es sehr interessant. Wollen Sie diese Information an Ihre Vorgesetzten weiterleiten? Tun Sie das nur, mir ist das ohnehin scheißegal.»

«Ich bitte Sie, Herr Oberst.»

«Sie sind alle gleich. Sagen Sie ihnen das auch. Oberst Giacomo Ballesio spricht über seine Männer so, Doppelpunkt Anführungszeichen, *Für mich sind alle gleich*. Einer ist gestorben statt eines anderen, ja und? Das macht überhaupt keinen Unterschied. Sagen Sie das Ihren verfluchten Vorgesetzten. Das macht überhaupt keinen Unterschied. Das waren bloß Jungs, die nicht wussten, was sie tun.»

Er ist hochrot im Gesicht. Irene ist bereit, seinen Ausbruch zu tolerieren, solange er sich nicht gegen sie richtet. Sie fragt sich, was geschehen würde, wenn sie die Äußerungen des Kommandanten im Ernst weiterleiten wollte. Was er hier abgibt, ist ein Statement, zwar unter dem Eindruck der Erschütterung, aber doch ein Statement und daher legitimes Beweismittel. Wird sie den Mut haben, es zu verwenden? Wenn man detaillierte Auskünfte über die FOB von ihr verlangt – und die wird man von ihr verlangen, nach dem, was vorgefallen ist, wird man alles von ihr wissen wollen –, wird sie auch das sagen? Wem würde das nützen außer ihrer professionellen Integrität? Sie zieht es vor, sich mit dieser Frage nicht so direkt auseinanderzusetzen. Es ist besser, der Kommandant lässt es dabei bewenden. Sie versucht ihn zu unterbrechen, aber das ist zwecklos.

«Wenn sie tot sind, dann, weil sie einen Fehler gemacht haben. Sie haben einen Fehler gemacht. Ich habe einen Fehler gemacht, indem ich sie da hinausgeschickt habe. Und Sie sind im Begriff, einen weiteren Fehler zu begehen, indem Sie in Ihrem Bericht Dinge schreiben, die der Wahrheit nicht einmal nahekommen, der Komplexität der Wahrheit. Denn Sie, Frau Doktor, sagen wir es doch ganz offen, verstehen nicht das Geringste von Krieg.»

Da, da kommen sie, die Anschuldigungen. *Ich will, dass es nachher kein Alibi für dich gibt.* Sie toleriert auch das noch, aber danach wird sie ihm den Rücken kehren und gehen.

«Es ist eine unendliche Kette von Fehlern, die Ihnen und mir vorausgehen, aber das rechtfertigt uns nicht.» Ballesios Stirn ist schweißbedeckt, die Hände aber hält er merkwürdig ruhig, die Handflächen auf den Tisch gelegt, wie eine Sphinx. «Wir tragen alle Schuld, Frau Doktor. Alle. Aber einige von uns ... nun, die tragen viel mehr.»

Von oben, aus der Perspektive eines Hubschraubers betrachtet, sieht der Kreis von Fahrzeugen auf dem Talgrund aus wie ein magisches Symbol, ein Kreis, um die bösen Geister fernzuhalten. Es würde sich lohnen, das zu fotografieren, aber keiner tut es.

Für die im Lince sitzenden Soldaten ist der Ausblick weniger erfreulich: das Fahrzeugwrack, das an einigen Stellen noch brennt, verstümmelte, geköpfte und zerquetschte Schafe und der Obergefreite Torsu mit dem Leichnam des anderen auf ihm drauf.

Sie haben sich im Kreis aufgestellt, mit den Fahrzeugkühlern nach außen, um dem Verletzten Schutz zu bieten. Ein unangenehmes Manöver – einige mussten die toten Schafe überrollen – und unvorsichtig –, alle oder fast alle haben die vorgegebene Spur verlassen, sich der Gefahr aussetzend, auf weitere IEDs zu treffen.

Während der Minuten, die verstreichen, nachdem die Schüsse aufgehört haben, nimmt Oberleutnant Egitto andere, weniger auffällige Details wahr. Sein Fenster ist blutbespritzt. Einige der Tiere, die orientierungslos herumlaufen, tragen Schnüre um den Hals. Und die Waffen der Toten sind wie durch ein Wunder unversehrt.

Er hat Torsu zugerufen, er solle jede Minute mit dem Arm Zeichen geben, dass er noch am Leben und bei Bewusstsein ist. Sollte ein Zeichen ausbleiben, müsste der Oberleutnant sich etwas ausdenken, eine rasche Bergungsaktion. Jemand müsste mit ihm sein Leben aufs Spiel setzen. Aber Torsu hebt eifrig die rechte Hand und lässt sie auf den Boden fallen. Sieben Mal insgesamt.

Ich bin noch am Leben.

Ich bin noch am Leben.

Ich bin noch am Leben.

Ich bin noch am Leben.

Ich bin noch am Leben.

Ich bin noch am Leben.

Ich bin noch am Leben.

Ausreichend Zeit für die Hubschrauber, die letzten Feinde zu vertreiben, zur Sicherheit ein paar Runden zu drehen und die Landung zu versuchen, ein, zwei, drei Mal, ohne Erfolg. Beim vierten Mal gelingt es einem der Black Hawks aufzusetzen, da zieht der andere wieder hoch und kreist in großen Schleifen über dem Geschehen.

Egitto wird von wer weiß wo per Funk verlangt, von einem Posten in Hunderten Kilometern Entfernung, mitten in einer anderen abscheulichen Wüste, wo die Funker aber Becher voll dampfenden Kaffees neben der PC-Tastatur stehen haben. Die Stimme gibt ihm Anweisungen in nachsichtigem Tonfall, wie man ihn einem Kind gegenüber verwenden würde, das sich in einem entlegenen Stadtrandviertel verlaufen hat, einem Kind, das nicht mehr weiß, wo es ist: «Er ist der Arzt, richtig? Okay, es ist ein Vergnügen, mit ihm zu sprechen, alles wird gut, sie werden euch da rausholen, ihr müsst nur die Anweisungen genau befolgen. Vorerst ruhig halten, wartet darauf, dass das Zeichen Weg frei gegeben wird. Wenn die Gegend gesäubert ist, werden Sie, Herr Oberleutnant ... Sie sind Oberleutnant, stimmt's? Und wie heißen Sie, Herr Oberleutnant? Gut, Oberleutnant Egitto. Suchen Sie sich ein paar Ihrer Männer aus, versetzen Sie sie in Bereitschaft, und wenn wir Ihnen das Signal geben, laufen Sie gemeinsam hinüber und bergen die beiden Verletzten. Sie werden sehen ...»

«Einer der beiden ist nicht verletzt», unterbricht Egitto. «Ich glaube, er ist ...», aber er kann nicht zu Ende sprechen. Könnte er noch am Leben sein, nach der Anzahl der Kugeln, die ihn getroffen haben, und nach der Art, wie er zusammengesackt ist? Nein, das könnte er nicht.

Die Stimme aus dem Funkgerät fährt fort, in phlegmatischem Tonfall. «Den Verletzten und den Gefallenen also. Nachdem Sie alles getan haben, um den Verletzten zu versorgen, laden Sie beide in den Hubschrauber.»

Egitto spürt, wie er am Arm gepackt wird. Er dreht sich um zu René. «Der Leichnam bleibt bei uns», sagt der Feldwebel.

«Aber ...»

«Die Jungs würden mir das nicht verzeihen.»

Egitto versteht Renés Anliegen und versteht es nicht. Gemeinschaftssinn ist etwas, was er immer nur von außen betrachtet hat. Die Entscheidung liegt jedenfalls bei ihm, er hat das Kommando. Er kennt die Vorschriften für eine solche Situation nicht, aber er hat den Eindruck, dass die Forderung des Feldwebels gegen eine Reihe von Vorschriften verstößt. Wen schert das?

«Der Leichnam bleibt bei uns.»

«Das ist nicht möglich, Herr Oberleutnant», entgegnet die Stimme im Funkgerät etwas gereizt.

«Ich habe gesagt, er bleibt bei uns. Oder wollen Sie ihn persönlich abholen kommen?»

Einige Sekunden lang rauscht das Gerät bloß. Dann sagt die Stimme: «Verstanden, Oberleutnant Egitto. Warten Sie auf das Signal.»

Nach seinem Aussehen zu urteilen, ist Renés Gefühlszustand nicht der beste. Seine Lippen sind blutleer, das Gesicht ist sehr blass, der Kopf schaukelt vor und zurück, als hätte er mit einem Mal beginnenden Parkinson. Egitto reicht ihm die Wasserflasche und befiehlt ihm zu trinken, dann trinkt er selbst auch – man muss für ausreichende Flüssigkeitszufuhr sorgen, darf nicht aufhören, das Notwendige zu tun.

Er muss die folgende Aktion planen. Er erklärt dem Feldwebel: «Sie und ich laufen hin, zusammen mit einem von den Männern, nur einem. Je weniger wir da in der Mitte sind, umso besser ist es für alle. Wir kümmern uns um die ganz gebliebenen Körper. Zunächst nehmen wir den Leichnam von dem Jungen runter. Wie heißt er?»

«Ietri. Roberto Ietri.»

«Gut. Wir versorgen den Verwundeten und legen ihn auf die Trage des Hubschraubers. Können Sie Blut sehen, Feldwebel, offene Wunden und blank liegende Knochen?»

«Sicher.»

«Es ist nicht schlimm, wenn Sie das nicht aushalten, viele schrecken davor zurück, aber dann müsste ich jemand anderen mitnehmen. Ich brauche Sie bei Bewusstsein.»

«Ich halte das aus.»

«Ihr Mann muss die anderen Körperteile einsammeln.» Er macht eine Pause, wieder hat er eine trockene Kehle. Er sammelt etwas Speichel im Mund und schluckt. Wie den rechten Ton finden für einen Satz wie den, den er nun aussprechen muss? «Sagen Sie ihm, er soll vier Plastiksäcke mitnehmen.»

Da ist er also, der Augenblick, an den Oberleutnant Egitto sich besser erinnern wird als an alle anderen, das Bild, das ihm zuerst vor Augen stehen wird, wenn er an die Vorgänge im Tal zurückdenkt oder wenn er – ohne daran denken zu wollen – von einer blitzartigen Vision überfallen wird: der Black Hawk, der vom Boden abhebt und Staub aufwirbelt, die Soldaten im Sand.

Torsu ist im Inneren des Hubschraubers schon in Sicherheit, den Kopf in der Halskrause aus Polyäthylen fixiert, den Körper mit elastischen Bändern festgeschnallt und die Infusion mit der Kochsalzlösung, die tropfenweise in den Arm läuft – Egitto hat die Infusion noch selbst gelegt. Er hat die Wunde abgetupft und mit Gaze verbunden, er hat sich vergewissert, dass die Wirbelsäule nicht verletzt ist. Torsu biss die Zähne zusammen, er stöhnte, es tut weh, Doc, es tut weh, ich bitte Sie, ich sehe nichts mehr, Doc. Er beruhigte ihn, es wird alles gut, wir bringen dich hier raus, du bist okay. Merkwürdig, dieselben Sätze, die wenige Minuten zuvor aus dem Funkgerät gekommen waren und an die er überhaupt nicht hatte glauben können. Warum sollte Torsu mehr Vertrauen haben? Es ist ihm gelungen, ihm die Schutzweste ausziehen, er hat den Körper nach weiteren Blutungen abgesucht, da waren nur Kratzer. Aber er wusste nicht, wie er die Verbrennungen im Gesicht behandeln sollte, ebenso wenig wie die weggerissene Wange oder die Augen. Er ist Orthopäde. Er kann einen Gips anlegen. Die vielen Vorlesungen an der Universität, die Übungen, die Lehrbücher und Fortbildungskurse, nichts hat ihm geholfen, auch die Konzentration nicht, nur seine Hände erinnerten sich an das, was zu tun war, und an die Reihenfolge, in der es zu tun war. Er hätte dem Soldaten Morphium spritzen sollen, aber vorerst schien der Schmerz erträglich zu sein. Vielleicht stand er nur unter Schock. Wie misst man das Leiden eines anderen menschlichen Wesens? Er hätte ihm Morphium geben müssen, er hatte Verbrennungen, verdammt noch mal! Aber jetzt ist es zu spät. Bevor er ihren Blicken entschwindet, hebt Torsu noch einmal den Arm zum Gruß für seine Kameraden und als letzte Botschaft für ihn: Ich bin noch am Leben, Doc.

Torsu steigt zum Himmel auf, René wendet sich ab und schaut zum Gebirge hinüber. Mit einem Müllsack in den Händen streift Cederna um den ausgebrannten Lince herum, wie ein Pilzsammler. Kurz zuvor hat er René und Egitto wütend beiseitegestoßen, er wollte Ietris Leichnam allein tragen. Er hat ihn in den Arm genommen wie ein Kind (ein makabres Detail, an das Egitto sich nicht gern erinnert: Ietri war zu groß für die Kiste, sie mussten ihm die Knie anwinkeln; als man ihn viele Stunden später herausnahm, war er in dieser Position erstarrt, und um ihn wieder auszustrecken, musste man ihm die Gelenke brechen – das Geräusch der zerbrechenden kalten Knorpel sollte sich für immer seinem Gedächtnis einschreiben). Nachdem er ihn im Ambulanzwagen abgelegt hatte, wusch Cederna ihm das Gesicht mit Wasser aus der Feldflasche und sprach leise in sein Ohr. Eine Zeitverschwendung, die zu unterbinden der Oberleutnant nicht den Mut hatte.

Das Tal ist still, die Motoren sind abgestellt. Viele Minuten verstreichen so. Ab und zu bückt sich Cederna, hebt etwas auf und steckt es in den schwarzen Sack oder wirft es weg.

Dann ist da Feldwebel René, der, ohne sich umzudrehen und völlig unvermittelt, sagt: «Ich habe mich entschieden, Herr Oberleutnant. Ich will das Kind behalten. Ich bin nicht einmal sicher, ob ich der Vater bin, aber ich will es behalten. Komme, was da wolle. Es wird jedenfalls ein schönes Kind.»

Dann ist da Cederna vor einem Haufen menschlicher Überreste und Kleiderfetzen. Er bedeckt das Gesicht mit den Händen und fängt an zu schluchzen. «Wie soll ich sie denn wiedererkennen, verdammt noch mal? Sie sind völlig verkohlt, seht ihr das denn nicht? Sie sind völlig verkohlt, Scheiße!»

Dann wird ein vernünftiges und zugleich empörendes Kriterium aufgestellt, Egitto schlägt es vor: «Machen wir es so, dass auf jedem Haufen zumindest ein intakter Körperteil liegt, egal, von wem. Es reicht, wenn die Haufen den Jungs gleichen. Für die größeren machen wir größere Haufen.»

Dann sind alle Soldaten aus den Fahrzeugen ausgestiegen, ohne um Erlaubnis zu bitten, und helfen mit, während die Schafe verschwunden sind, die lebendigen wie die toten, sich in nichts aufgelöst haben wie eine kollektive Halluzination.

Dann ist da Egitto, der den Männern zusieht, wie sie auf die vier Haufen starren. Cederna hält die Säcke auf, während die anderen sie füllen. Sie werden oben zugeknotet, und er schreibt mit einem Stift die Initialen darauf. Der Sack von Camporesi ist schwerer als die anderen. Er hätte ein wenig mit ihm plaudern können, gestern. Vielleicht hätte das etwas geändert, oder wenigstens würde er sich jetzt nicht so beschissen fühlen.

Dann legen sie noch mehr Weg zurück, noch mehr Wüste, wie Schlafwandler. René schluchzt verzweifelt, ohne das Lenkrad loszulassen. Der Oberleutnant weiß nicht, was er ihm sagen soll, daher schweigt er.

Dann ist es Nacht, und es ist kalt, und da sind eine Milliarde weiße und hoheitsvolle Sterne, die darum wetteifern, wer am hellsten strahlt. In den Fahrzeugen eingeschlossen, beobachten die Jungs sie mit aufgerissenen Augen.

Den ganzen Nachmittag hindurch war es ein einziges Kommen und Gehen. Sie hatten die Nachricht im Radio gehört oder im Fernsehen gesehen, und von da an stand immer wieder jemand vor der Tür. Zu zweit, zu viert, ganze Familien. Bis Signora Ietri in den Keller hinunterging, den Inhalt des Werkzeugkastens auf den Boden kippte, einen Kreuzschraubenzieher packte, die Abdeckung der Sprechanlage abmontierte und die elektrischen Drähte mit der Schere durchschnitt. Eine Frau wie sie, die dreizehn Jahre ohne Ehemann gelebt hat, kann bestimmte Dinge, weiß, wie man kaputte Glühbirnen auswechselt, auch die an schwer zugänglichen Stellen, sie weiß, wie man elektrische Drähte verbindet, und folglich auch, wie man sie durchtrennt. Sie hat im ganzen Haus die Rollläden heruntergelassen, aber die Quälgeister ließen nicht locker, sie verlegten sich aufs Telefon. Sie ließen es so lange läuten, bis sie dranging. Eine Belagerung. Der Letzte war Oberst Ballesio, der ihren Sohn zwei Tage zuvor noch lebendig gesehen hat. War er mager? Nein, nicht sehr. War er glücklich? Ja, er schien glücklich. Haben Sie mit ihm gesprochen? Ich ... nicht eigentlich, jedenfalls habe ich ihn gesehen. Signora Ietri stellte alle Fragen, die ihr in den Sinn kamen. Und war doch nicht zufrieden, als er sie alle beantwortet hatte. Aber sie war stolz darauf, keine einzige Träne vergossen zu haben. Sie will sich das Weinen für später aufheben, wenn sie vorzeigbar ist. Sie ist noch gar nicht richtig angezogen, sie ist noch nicht einmal gekämmt. Die Offiziere sind gekommen, mit dem Hut unter dem Arm, als sie noch gar nicht ausgehbereit war. Da, schau doch nur, was für ein schreckliches Loch in den Strümpfen! Sie müssen es bemerkt haben. Es kommt ihr so vor, als würde sie nie mehr die Kraft aufbringen, sich anständig herzurichten. Sie muss für immer so bleiben, mit dem Loch im Strumpf, durch das der große Zeh herausschaut; und im Morgenrock. Mein Gott! Was habt ihr mit ihm gemacht? Jetzt ist sie zweifache Witwe. Aber der alte Schmerz versteckt sich nicht hinter dem neuen. Der neue setzt sich auf die Schultern des alten und schaut weit in die Ferne hinaus. Mein armer Junge. Er war erst zwanzig. An einer Stelle ist der Nagellack am großen Zeh abgegangen. Wie ich ausgesehen hab! Was für eine Schande für die Mutter eines Soldaten. Signora Ietri bricht in heftiges Weinen aus. Sie läuft ihrem Sohn nach, in die Wüste.

Renés Männer sind erschöpft und haben Verluste erlitten, aber sie müssen weiterfahren. Es ist der dritte Tag des Einsatzes, und sie sind gegenüber dem Marschplan so sehr im

Rückstand, dass die Gefahr besteht, dass ihnen die Wasservorräte ausgehen, bevor sie am Ziel sind. Das wäre dann das nächste Unheil.

Jeder mobilisiert Energien, von denen er nicht einmal wusste, dass er sie besitzt. Diesmal begleiten die Hubschrauber sie von oben, wie Schutzengel, und am Boden wird nichts mehr gefunden.

Sie erreichen den anderen Teil des Konvois. Sie kommen an Buji vorbei, in Gund werden sie noch einmal mit Mörsergranaten unter Beschuss genommen, aber der Feind hat sie auf der entgegengesetzten Seite erwartet, und der Angriff bleibt wirkungslos. Die Einheit von Masiero reagiert auf das Feuer mit unverhältnismäßiger Gewalt, während die Jungs vom Dritten zu erschöpft sind, um auch nur die Gewehre zu laden. Apathisch beobachten sie das Geschehen, als ob es sie nichts anginge. Die Aufständischen sind rasch zerstreut, die Fahrzeugkolonne kommt aus dem Tal heraus und findet sich in der grenzenlosen Ebene wieder.

Im Ambulanzwagen liegt Ietris Leichnam, von einem Tuch bedeckt, das die Knöchel frei lässt. Abib zeigt sich überhaupt nicht beeindruckt, er hat sogar Gegenstände darauf abgelegt, als er in seinem Sack kramte und Ordnung darin machen wollte. Oberleutnant Egitto bemerkt einen süßlichen Geruch, der sich im Wagen ausbreitet und immer stärker wird. Ist es möglich, dass die Leiche schon angefangen hat zu verwesen? In der Regel setzt die Verwesung im Augenblick des Todes ein, aber der Gestank nicht, der dürfte erst später kommen. Vermutlich erliegt er einer makabren Sinnestäuschung.

«Doc?», sagt René.

«Ja?»

«Glauben Sie, man verleiht uns eine Tapferkeitsmedaille? Für das, was wir getan haben?»

«Ich weiß nicht. Vielleicht. Wenn Sie Wert darauf legen, kann ich Sie für eine Auszeichnung vorschlagen.»

René hat die Beruhigungsmittel abgelehnt, die Egitto ihm angeboten hat. Dieser ist weniger mutig und hat zusammen mit dem Fläschchen Grappa aus der K-Ration eine doppelte Dosis seiner Pillen geschluckt. Die zerrissene Wirklichkeit hat wieder ihre zarten und gedämpften Töne angenommen.

«Wenn jemand mir eine Nadel an die Brust heften will, dann benutze ich sie dazu, ihm die Augen auszustechen, Doc.»

«Dann besser nicht.»

«Nein. Besser nicht.»

Sie kommen jetzt zügig voran. Die Staubwolke, die den Konvoi umgibt, ist wieder dicht, und soweit Egitto sehen kann, könnten sie auch allein unterwegs sein. Ein verwirrter Oberleutnant, ein völlig erschöpfter Feldwebel, ein betrügerischer Afghane und ein Toter inmitten einer gelben Nebelwand. «Haben Sie das mit dem Kind ernst gemeint?», fragt er.

René zieht eine Zigarette aus dem Päckchen, das offen auf dem Armaturenbrett liegt. Er nimmt sie zwischen die schmutzigen Finger und zündet sie an. «Ich will ihm Motorradfahren beibringen. Vielleicht komme ich, wenn dieser Mist vorbei ist, hierher, und wir fahren Motocross. Können Sie sich das vorstellen? Ich möchte etwas Richtiges tun», wieder überkommt René die Rührung, Egitto beobachtet seinen Kampf, sie einzudämmen. «Fünf haben sie mir getötet. Fünf von siebenundzwanzig. Ist Ihnen klar, was das heißt?» Die

Asche fällt in den Zwischenraum zwischen den beiden Sitzen. Das Innere des Ambulanzwagens ist zu einem Mülleimer geworden. «Vielleicht wird es ja ein Mädchen. Ich hätte gern ein Mädchen.»

Um drei Uhr nachmittags erreichen sie die Ring Road und lassen die LKWs der Afghanen ziehen. Zum Dank gibt es ein Hupkonzert, das ist die ganze Anerkennung, die sie mit nach Hause nehmen können. Geht doch zum Teufel.

Der Militärkonvoi fährt auf Asphaltstraßen bis zum Camp Delaram. Oberst Ballesio hat es so eingerichtet, dass die Jungs ein paar Tage bei den Marines zu Gast sind, Zeit, um sich ein wenig zu regenerieren.

In einem riesigen Hangar gibt ein Hispano mit pockennarbigem Gesicht ihnen in seiner Sprache Instruktionen. Dann verteilt er Formulare zum Ausfüllen und Kopien mit den Verhaltensregeln im Camp. Es wird kein Alkohol getrunken. Es wird nicht geschrien. Es wird nicht geschossen. Es werden keine Fotos gemacht. Die Jungs zerknüllen die Papiere und stecken sie in die Tasche.

Auch wenn die Kantine extra für sie eine Stunde länger offen bleibt und Köstlichkeiten zu bieten hat, an die sie nicht mehr gewöhnt sind, wie gezuckerte Getränke und eine Handbreit hohe Torten mit bunten Zuckergussverzierungen, machen wenige Gebrauch davon. Die meisten der Jungs flüchten sich unter die heiße Dusche, allein. Auch Oberleutnant Egitto. Er hält das Gesicht in den Wasserstrahl, bis es tiefrot ist, dann kratzt er sich mit den Fingernägeln am ganzen Körper, überall. Zusammen mit dem Schmutz laufen die Schuppen trockener Haut die Beine hinunter, wirbeln zweimal über dem Abfluss und verschwinden dann darin.

EIN HUBSCHRAUBER nimmt Ietris Leiche mit, und im Austausch dafür setzt er einen Militärpsychologen ab, der auf dem Landeplatz allen die Hand schüttelt und lächelt, als wäre er zu spät zu einem Fest gekommen. Er heißt Finizio, ist Korvettenkapitän, und wenn man ihn so sieht, wirkt er zu jung, um sich in die Psyche eines anderen hineinzuversetzen, die eigene mit eingeschlossen. Auf einem Auge schielt er ein wenig, was ihm ein leicht verstörtes Aussehen verleiht, und der Händedruck wirkt schlaff. Auch wenn der Neuankömmling einen höheren Dienstgrad hat, spricht Hauptmann Masiero so laut, dass ihm sein Kommentar deutlich zu Ohren kommen muss: «Und der da? Was zum Henker sollen wir denn mit dem?»

Die Räume der Marines sind alle belegt, daher wird das Büro des Psychologen provisorisch in einer Ecke der Kantine aufgeschlagen, bei den Automaten für warme Getränke und einem Elektrogenerator, der mit Unterbrechungen funktioniert und einen, wenn er läuft, zwingt, laut zu sprechen. Der Psychologe kann die Jungs von einer Stunde nach bis eine Stunde vor den Mahlzeiten empfangen. Zelt für Zelt verteilt er einen handgeschriebenen Zettel mit der Reihenfolge, die er festgelegt hat. Den Soldaten, die das Blatt sofort vor seinen Augen zerreißen, erklärt er unmissverständlich, dass das psychologische Gespräch nicht optional ist, sondern auf Weisung eines Vorgesetzten erfolgt.

Feldwebel René macht freiwillig den Anfang. Er will mit gutem Beispiel vorangehen, aber das ist es nicht nur. Er muss sich Luft machen, er fühlt sich von einem giftigen Gas erfüllt – es sitzt ihm im Kopf, im Magen, sogar unter den Fingernägeln hat es sich eingenistet. Nervengas. Die Gedanken, die ihn quälen, sind drei oder vier, von unterschiedlicher Natur. Er wollte bei einem amerikanischen Priester beichten, er ist ihm durch das Lager bis zum Eingang der Kapelle nachgelaufen, aber das Hindernis der fremden Sprache und eine praktische Überlegung – wäre das nicht eine weitere Sünde, bei einem protestantischen Priester zu beichten? – haben ihn zurückgehalten. Ein Psychologe wird ihn nicht von der Schuld reinwaschen, das steht fest, aber wird ihm doch wenigstens die Gelegenheit geben, sich etwas zu erleichtern. «Das kann ich Ihnen gleich sagen, dass ich nicht an diese Techniken glaube, Herr Korvettenkapitän», fängt er an, nachdem er Finizio zum zweiten Mal die Hand geschüttelt hat.

«Machen Sie sich keine Sorgen, Feldwebel. Setzen Sie sich erst mal. Machen Sie es sich bequem.»

René setzt sich genau in die Mitte der Bank, den Rücken gerade und den Kopf stolz erhoben.

«Machen Sie es sich *bequem*, Feldwebel. Als ob Sie allein wären. Wenn Sie das Bedürfnis haben, können Sie sich auch ausstrecken. Sie können die Augen schließen, die Füße auf den Tisch legen, ganz wie es Ihnen beliebt. Verhalten Sie sich, wie es Ihnen spontan richtig erscheint.»

René hat keinerlei Absicht, sich auszustrecken oder die

Augen zu schließen. Er rutscht auf der Bank etwas nach hinten, um seinen guten Willen zu zeigen, dann kehrt er in die vorherige Position zurück. Vor einem Vorgesetzten die Füße auf den Tisch legen, gar nicht auszudenken!

«Ich sitze bequem so.»

Finizio, der im Unterschied zu ihm in einem richtigen Sessel sitzt, lehnt sich darin zurück. «Sie sollen wissen, dass dies ein Raum der Freiheit ist, Feldwebel. Hier sind nur Sie und ich. Niemand sonst. Keine Videokameras, kein Mikrophon. Ich mache mir keine Notizen, weder jetzt noch später. Alles, was wir sagen, bleibt in diesem Raum. Daher möchte ich, dass Sie frei heraus sprechen, ohne Auslassungen oder Zensur.» Er legt die kleinen Hände zusammen, neigt den Kopf und schaut ihn eindringlich an. Genauer gesagt, René findet sich in der Mitte der divergierenden Sichtachsen des Doktors. Der Psychologe schweigt, viele Sekunden lang.

«Muss *ich* anfangen?», fragt der Feldwebel schließlich.

«Nur, wenn Sie das Bedürfnis danach verspüren.»

«In welchem Sinn?»

«In dem Sinn, dass, wenn Ihnen etwas einfällt, das Sie sagen möchten, Sie es sagen können. Aber Sie sind nicht verpflichtet zu sprechen.»

Was zum Teufel soll das heißen? Sollen sie dasitzen und sich gegenseitig anglotzen? «Könnten nicht Sie mir Fragen stellen?», sagt René.

«Ich folge lieber Ihrem Gedankenfluss, ohne ihn umzulenken.»

«Und wenn mir das nicht gelingt?»

«Können wir warten.»

«Schweigend?»

«Auch schweigend. Warum nicht? Es ist nichts Verkehrtes am Schweigen.»

So verharren sie eine weitere Minute. Angst macht sich in der Brust des Feldwebels breit. Sie vermischt sich mit dem Unbehagen, stumm einem Menschen gegenüberzusitzen, den er nicht kennt, mit dem Gefühl, bei einem Vergehen auf frischer Tat ertappt worden zu sein. Hastig sichtet sein Gehirn die Themen, mit denen er anfangen könnte. Da war eine Sache, die er gern sagen würde, eine Sache, die ihm am Herzen liegt, wie er Camporesi den Platz im Ambulanzwagen weggenommen hat und wie Camporesi wenige Stunden später zusammen mit den anderen Jungs in die Luft geflogen ist. Er bekommt diese grausame Verbindung nicht aus dem Kopf, aber jetzt, da er sie aus- und ansprechen müsste, weiß er nicht, wie er anfangen soll, ohne sich vor dem Vorgesetzten in ein schlechtes Licht zu rücken. Er möchte ihm vor allem zu verstehen geben, dass seine Absicht gut war, dass es keinen *strategischen* Plan hinter seiner Entscheidung gab und dass es sich nicht um puren Egoismus handelte – das heißt, Egoismus war schon dabei, ein bisschen normaler Egoismus, verdammt noch mal! Seit zwei Nächten hatte er nicht geschlafen, haben Sie schon mal ausprobiert, was es heißt, zwei Nächte lang nicht zu schlafen und ununterbrochen auf einer Straße aus Steinen und Bomben zu fahren, die Verantwortung für das Leben all dieser Männer auf dem Buckel? Nein, das haben Sie nicht, jede Wette, niemand hat das je ausprobiert, und er hatte diese Wunde am Bauch, sie brannte, als würde der Teufel persönlich daraufblasen, sie brannte wie ein Wickel mit Salzsäure, das war kein Egoismus, glauben Sie mir, es ging nur um ein paar Stunden, und wenn er nur gewusst hätte, wenn er hätte voraussehen können, was dann geschah, wäre er in den Lince zurückgekehrt, da können Sie sicher sein, er hätte sich für Camporesi geopfert, und jetzt säße er nicht hier vor ihm und würde ihm was vorerzählen, jetzt wäre er ein Häufchen Asche und ein paar Reste, oder er hätte verhindert, dass dieses Unglück geschah, sicher hätte er es verhindert, denn er ist ein guter Zugführer, einer, der weiß, was er tut, einer, der seine Jungs gernhat und sich für sie opfern würde, da können Sie Gift drauf nehmen, dass ich das tun würde, ich war immer bereit, mich für meinen Nächsten zu opfern, das ist das Einzige, was ich mit Bestimmtheit von mir weiß, ja, aber warum bin ich jetzt hier, warum bin ich noch am Leben, ich, ausgerechnet ich?

«Sehen Sie? Haben Sie es bemerkt?»

«Was?»

«Sie haben Ihre Atmung verändert. Sie setzen das Zwerchfell ein, das ist viel besser.»

René bemerkt keinerlei Veränderung in seiner Atmung. Hingegen hat er das Gefühl, dass sein Hals kürzer wird und der Kopf langsam in den Rumpf hineinsinkt, wie bei einer Schildkröte. Eine unsichtbare Hand drückt seinen Kopf nach unten.

«Feldwebel, geht es Ihnen gut? Sie sind etwas blass. Möchten Sie Wasser?»

«Nein, nein danke. Kein Wasser.»

Je länger er mit dem Reden wartet, umso mehr verwirren sich seine Gedanken. Jetzt scheint es ihm so, als hätte die drückende Hand mit Finizio zu tun, als würde er sie wie eine unsichtbare Verlängerung befehligen. Er raubt ihm den Sauerstoff, indem er ihn ganz an sich zieht. Und er hört nicht auf, ihn anzustarren, vielleicht versucht er ihn zu hypnotisieren. René senkt den Kopf, um dem Blick auszuweichen.

«Herr Korvettenkapitän, wie wäre es, wenn Sie mir Fragen stellen würden? Das würde mir helfen.»

Wieder lächelt der Psychologe mit dieser irritierend betonten Nachsicht. «Es geht alles sehr gut», sagt er.

«Sehr gut? Aber wenn wir doch noch gar nicht angefangen haben!»

Finizio breitet die Arme leicht aus. In einigen Bewegungen erinnert er wirklich an einen Priester. Einmal hat jemand zu René gesagt: *Darüber sollten Sie mit dem Kaplan sprechen.* Das scheint vor langer Zeit gewesen zu sein.

«Ich werde Vater.» Es ist klar, dass das sein Bauch war, der, ohne dass er es ihm aufgetragen hatte, Luft in Form von Worten ausstieß, es war sein Zwerchfell.

Der Psychologe nickt, ohne sein Lächeln im Geringsten zu verändern. Ist das eine weitere Unterstellung von René, oder wusste der Psychologe schon, wovon René sprechen würde?

«Eine schöne Nachricht. Wann ist es so weit?»

Wann? Das weiß er nicht. Er hat noch nicht nachgerechnet. «In sechs Monaten», wirft er hin. «Ungefähr.»

«Gut. Dann sind Sie ja rechtzeitig zurück.»

«Ja.»

Wieder schweigen sie.

«Ich hoffe, es wird ein Mädchen», setzt René hinzu.

«Aus welchem Grund?»

«Weil die Frauen ... na, weil sie sich nicht in gewisse Schlamassel verwickeln.»

«Spielen Sie auf den Unfall von neulich Morgen an?»

René ballt die Fäuste. «Nein. Das heißt, ja, vielleicht.»

Er zieht überhaupt keinen Nutzen aus der Unterredung, nur neue Frustration. Der Psychologe wendet sich in übertrieben ruhigem Ton an ihn. Er scheint ihm irgendetwas vorzuwerfen. Und wenn er schweigt, so wie jetzt, ist es noch schlimmer. Das mit der psychologischen Betreuung ist wahrscheinlich eine Falle. Aber wessen verdächtigt man ihn? Verrat? Machtmissbrauch? Mord? Er fällt nicht darauf herein.

«Feldwebel, kennen Sie den Ausdruck posttraumatische Belastungsstörung?»

«Ja, man hat uns bei der Einsatzausbildung davon erzählt.»

«Und glauben Sie, dass diese Störung in diesem Augenblick irgendetwas mit Ihnen zu tun haben könnte?»

«Nein.»

«Sind Sie sicher?»

«Ja, hab ich doch gesagt. Weder zittere ich, noch habe ich Halluzinationen. Die letzte Nacht habe ich geschlafen, und ich habe auch keine Albträume.»

«Deshalb machen Sie keine Phase von posttraumatischer Belastungsstörung durch.»

«Zittern, Halluzinationen, Albträume. Das sind die Symptome, ich erinnere mich.»

«Sind das alle Symptome?»

«Ja. Das hat man uns in der Ausbildung beigebracht, und ich habe diese Symptome nicht.»

«Und was haben Sie geträumt, Feldwebel?»

«Ich träume nie, Herr Korvettenkapitän.»

«Nie?»

«Nie.»

Cederna ist noch weniger kooperativ, als er an der Reihe ist. Die langen Gesichter seiner Kameraden haben ihm schlechte Laune gemacht, er findet es lächerlich, dass sie darum wetteifern, wer mehr Schmerz empfindet über das, was geschehen ist. Da hätten sie früher dran denken sollen. Es ist traurig, das stimmt, verdammt traurig, auch ihm geht es nah, aber er hat sicher nicht die Absicht, das zu erkennen zu geben. Sie sind im Krieg, was haben sie denn geglaubt, dass die Leute nicht sterben, im Krieg? Er ist Realist, und manchmal ist es hart, der Realität ins Gesicht zu schauen, denn das Dasein ist roh und nimmt einen auf die Hörner, aber wenn du ein vernünftiger Mensch sein willst, kannst du nur die Augen weit offen halten, immer. Stattdessen verpflichtet man ihn, mit einem Psychologen zu reden. Matrose obendrein. Von den vielen Schwachsinnigkeiten, die er hat mitmachen müssen, ist das zweifellos die schlimmste.

«... deshalb möchte ich, dass Sie freiheraus reden, ohne Auslassungen oder Zensur.» Finizio beendet seine Einführung und wartet ab, aber Cederna ist bereit zum Überraschungsangriff. «Bei allem Respekt, Herr Kapitän», sagt er, «da ist nichts, worüber ich reden möchte.»

«Lassen wir die Formalitäten beiseite, Cederna. Ja, machen wir es so. Von diesem Augenblick an bin ich nicht mehr Kapitän. Schauen Sie, ich nehme auch das Dienstgradabzeichen ab. Jetzt bin ich nur noch Andrea. Und Sie? Darf ich Sie Francesco nennen?»

«Cederna ist in Ordnung, Herr Kapitän. Stabsgefreiter noch besser. Oder Soldat, wenn Ihnen das lieber ist. Francesco ist nur für die Freunde.»

«Meinen Sie, ich sei nicht Ihr Freund?»

«Ich meine, dass jemand wie Sie wohl kaum mein Freund werden kann, Herr Kapitän.»

Der Psychologe ist sichtlich getroffen. Cederna muss sich ein Grinsen der Genugtuung verkneifen. Er hat ihn in der Hand.

«Und warum?»

Er zuckt mit den Schultern. «Ich wähle meine Freunde instinktiv aus. Ich beschnuppere sie. Ich bin ein Wolf, hat man Ihnen das nicht gesagt?»

«Nein, das hat man mir nicht gesagt. Und was haben Sie bei mir gerochen?»

«Ohne Zensur?»

«Wie gesagt.»

«Gestank nach Kompromissen. Und nach Pisse.»

«Pisse? Im Ernst?»

«Sie machen sich hier in die Hosen, Herr Kapitän. Sie würden lieber schön bequem hinter einem Schreibtisch sitzen, weit weg von unschönen Orten. Und sehen Sie nur, wohin man Sie geschickt hat.»

Finizio nickt. Cederna weidet sich am Schauspiel seiner Verwirrung.

«Das ist interessant. Ich werde darüber nachdenken. Wollen Sie mir also von einem unschönen Ort erzählen, den ich noch nicht gesehen habe? Vielleicht von dem Tal, durch das ihr gezogen seid?»

«Und weshalb sollte ich?»

«Weil ich nicht dort war.»

«Dann suchen Sie es auf Google Earth. Sie brauchen nur den Namen einzugeben. Versuchen Sie es mit Verdammte Hölle. So können Sie es von hinter Ihrem Schreibtisch aus genießen.»

«Ich hätte es lieber, wenn Sie mir davon erzählen würden.»

«Ich habe überhaupt keine Lust dazu.»

«Okay, Cederna. Ich verstehe, wie schwierig es ist, in diesem Moment zu kommunizieren. Andere Gefühle zu zeigen als Wut. Es ist alles noch ganz frisch, und der Schmerz lässt uns verstummen. Sie fürchten, wenn Sie den Deckel hochheben, könnte eine solche Menge an Leid darunter hervorkommen, dass Sie es nicht ertragen können, aber ich bin hier, um Ihnen zu helfen.»

«Der Schmerz macht mich überhaupt nicht stumm. Ich kann reden, so viel ich will. Bla, bla, bla, bla. Haben Sie gesehen? Und noch einmal Bla, bla, bla, bla. Nur *Ihnen* habe ich nichts zu sagen, Herr Korvettenkapitän.» Jetzt wird der Psychologe ihn entlassen, und diese Farce wird ein Ende haben. Soll er doch dann seinen giftigen Bericht schreiben. Cederna hat einen Lebenslauf, bei dem jede Kommission große Augen kriegt. Für die Aufnahme in die Spezialeinheiten werden sie diesen psychologischen Quatsch bestimmt nicht anschauen.

Finizio hebt den Kopf, er wirkt nun weniger versöhnlich. «Ich habe erfahren, dass Sie es waren, der Ihre Freunde eingesammelt hat», sagt er unvermittelt, «das muss eine sehr schmerzliche Aufgabe gewesen sein.»

«Wer hat Ihnen gesagt, dass das meine Freunde waren?»

«Auch ihnen haben Sie nicht erlaubt, Sie Francesco zu nennen?»

«Das geht Sie nichts an, wie sie mich genannt haben.»

«Haben sie auch nach Pipi gerochen?»

«Halten Sie den Mund.»

Finizio sieht sich eine Karteikarte an. «Ich glaube, sie waren Ihre Freunde. Vor allem einer. Ich muss mir seinen Namen irgendwo notiert haben ... ach da. Gefreiter Roberto Ietri. Ihr wart ...»

«Vergessen Sie's.»

«Hier heißt es, dass ihr ...»

«ICH HAB GESAGT, DU SOLLST DIE KLAPPE HALTEN, DU IDIOT!»

Der Psychologe bleibt unerschütterlich. «Wollen Sie darüber reden? Über den Gefreiten Ietri?»

Das Blut saust ihm in den Ohren. Es ist das erste Mal, dass Cederna ausdrücklich an Ietri denkt, seitdem er dem Toten ins Ohr geflüstert hat. Die Stirn war schon kalt, als er sie berührte, die Fasson der Koteletten war noch sichtbar, ein bisschen rausgewachsen, Ietri war nicht erfahren genug, die Kontur sauber zu halten. Er hatte nicht die Zeit, es zu lernen.

Ohne es zu bemerken, steht er auf. Nun überragt er den Offizier um eine halbe Körperlänge. «Kann ich Ihnen wirklich sagen, was mir durch den Kopf geht, Herr Kapitän?»

«Sie müssen es, ich bitte Sie darum.»

«Es geht mir durch den Kopf, dass Sie ein widerwärtiges Stück Scheiße sind. Sie kommen daher und sagen mir, der Schmerz lässt uns verstummen. Wen *uns*? Sie waren nicht dabei. Sie waren anderswo. Auf einem dieser Schiffe, um Ihre bescheuerten Handbücher der Psychologie zu lesen. Ich kenne solche wie Sie, wissen Sie, *Herr Korvettenkapitän*? Die an der Universität studiert haben. Ihr glaubt, ihr wisst alles. Aber ihr wisst nichts. GAR NICHTS! Es macht Ihnen Spaß, in den Kopf von jemand anderem einzudringen. In der Scheiße zu rühren. Sie möchten, dass ich Ihnen meine Privatangelegenheiten erzähle. Das hätten Sie gern, ja. Und unter dem Tisch wären Sie ganz geil. Ein hässlicher, schielender Scheißperverser. Wagen Sie nie mehr, vor mir den Gefreiten Ietri zu nennen, verstanden? Er war so, wie ein Mann sein soll. Sie haben an die falsche Tür geklopft, Herr Psychologe. Es gibt eine Menge Schwuler hier, suchen Sie sie da draußen. Bedauerlich für Sie, aber ich bin keiner von ihnen. Ich spreche nicht mit dem Erstbesten über meine Angelegenheiten. Ende der Unterredung.»

Als er die Tür knallend aus der Mensa kommt, würde er sich gern mit jemandem prügeln, Kopfstöße austeilen, schlagen, schießen, töten. Stattdessen eilt er in die Kneipe, wo er das Getränk bestellt, das dem Alkohol am nächsten kommt: eine Dose Red Bull. Doch das reicht nicht, um seinen Geist durchzuspülen. Ietri kommt ihm wieder in den Sinn, als Toter und als Lebender. War er wirklich ein Freund? Mit Sicherheit war er das einem Freund Ähnlichste, was er in der letzten Zeit hatte finden können. Als Erwachsener hat man keine wirklichen Freunde mehr, das ist die ganze bittere Wahrheit. Die schönsten Jahre hast du hinter dir, und du gibst dich mit dem zufrieden, was übrig bleibt. Bloß war Ietri etwas Besseres als ein Überbleibsel. Aber was ist denn mit ihm los? Er wird ja zur Heulsuse. Das Jungfräulein ist nicht mehr, aus, basta, es ist an der Zeit, der Realität ins Gesicht zu blicken, mit eiserner Miene.

Während er vergeblich versucht, sich zu beruhigen, lauscht er einem Gespräch zwischen zwei Marines. Er versteht die Worte nicht recht, aber er hört, wie sie eine Masseuse erwähnen, eine, die im Camp praktiziert. Eine Masseuse in einem Militärlager, das heißt für Cederna nur eins, und in der Tat wirken die beiden recht angeregt, während sie darüber reden, und sie machen unmissverständliche Gesten mit den Händen. Ja, das ist es, was er braucht, um die ganze Wut, die er im Leib hat, loszuwerden: Sex. Dann würde er die blutigen Schafe aus dem Kopf bekommen, Ietris sandverklebte Haare, den Anschlag. Agnese, die ihn wie einen Loser behandelt, und das Ohrfeigengesicht des Psychologen. Das würde reinen Tisch machen.

Er tritt zu den Soldaten und fragt sie, wie man die Frau findet.

Nach dem Abendessen geht er hin. Er folgt den Auskünften, und die führen ihn zu einer Blechhütte in einer abgelegenen Zone in der Nähe des Gefängnisses. An der Tür ist mit Tesa ein Blatt befestigt, auf dem *Wellness Center* geschrieben steht. Geschäftszeiten sind nicht angegeben.

Cederna klopft an, aber niemand antwortet. Er drückt die Tür auf.

Eine Frau rekelt sich, eine Zigarette rauchend, auf einem Plastikstuhl. Die weiße Schürze, die sie über einer Fleecejacke trägt, lässt sie aussehen wie eine Köchin. Die Gesichtszüge sind weder europäisch noch asiatisch. Die Arme unter der Jacke müssen schlaff und fleischig sein.

«Massage?», fragt Cederna.

Die Frau nickt hinter dem Schleier aus Rauch. Sie bedeutet ihm mit der Hand, er solle warten. Dann steht sie auf, drückt die Zigarette aus und schiebt einen Vorhang beiseite, der den Raum in zwei Teile teilt. Auf der hinteren Seite steht eine Bank mit gefalteten Handtüchern darauf und auf dem Boden eine Schale mit Wasser, in der vier Blütenblätter schwimmen.

«Ten dollars for thirty minutes.»

«Hä?»

«Ten dollars. Thirty minutes», wiederholt die Frau, die Silben einzeln betonend.

Cederna kennt die Stundenlöhne von Masseusen nicht, und von denen der Prostituierten hat er nur eine vage Vorstellung, aber das ist in seinen Augen schlichtweg Diebstahl. Zehn Dollar! Nichts auf der Militärbasis kostet so viel. Aber er hat eine verzweifelte Lust, diese Hände auf seinem Körper zu spüren. «Okay», sagt er und steuert auf die Bank zu. Die Frau hält ihn auf. «First, you pay.»

Gierige Hyäne! Cederna sucht im Portemonnaie. Er zeigt der Frau eine Fünfernote. «Five euros. Like ten dollars.»

Sie schüttelt streng den Kopf. «Ten dollars, ten euros.»

«Ist gut, ist gut. Verflucht noch mal.» Er drückt ihr einen zerknitterten Zehn-Euro-Schein in die Hand, als ob sie ihn berauben würde. Die Frau verzieht keine Miene. Sie fordert ihn auf, sich auszustrecken. «Undress», befiehlt sie ihm.

«What?»

«Undress yourself. You naked», erklärt sie mit Gesten, dann zieht sie den Vorhang vor und lässt ihn allein.

Das ist genau die Sorte von Ort, wo das geschieht, was er jetzt braucht. Er hält eines der Handtücher gegen das Licht und betrachtet es, es hat stark abgenutzte, fast durchsichtige Stellen, er führt es ans Gesicht und riecht daran. Er empfindet ein unbestimmtes Unbehagen. Wenn Ietri noch am Leben wäre, wären sie zusammen hierhergekommen. Für den Gefreiten wäre es die Chance gewesen, er hätte seinen Spitznamen «Jungfräulein» ablegen können. Oder nicht. Cederna hätte ihn auch weiterhin so genannt. Sie hätten gemeinsam etwas getrunken, und er hätte ihn nach den Einzelheiten ausgepresst. Ihm ist schwindlig, er muss sich an der Liege festhalten, um nicht umzukippen. Warum fällt ihm das immer wieder ein? Er hat überhaupt keine Absicht, sich ein Gespenst aufzuhalsen. Er muss es sofort verscheuchen.

Er öffnet den Gürtel. Er zieht sich rasch aus, nicht jedoch ohne die Kleidungsstücke sorgfältig zusammenzulegen. Er muss sich auf sich selbst konzentrieren, sonst kommt man im Leben nicht voran. Er hat zehn Euro ausgegeben, und es ist besser für ihn, dass er sie bis zur Neige auskostet. Er zieht auch die Unterhosen aus. Nackt steht er da, unschlüssig, was er tun soll. Vielleicht hätte er sich nicht ganz ausziehen sollen, die Masseuse hat nichts von der Unterwäsche gesagt. Auf einmal überkommt ihn Verlegenheit. Er zieht die Boxershorts wieder an und streckt sich auf der Bank aus, aber sofort überlegt er es sich anders. Er springt herunter, zieht sie aus und legt sich auf den Bauch, das Handtuch über den Hintern gebreitet.

«Ready?», fragt die Stimme auf der anderen Seite.

Die Massage beginnt bei den Extremitäten. Cederna wundert sich, wie viel Kraft die Frau hat. Sie steckt die Finger einen nach dem anderen in die Zwischenräume der Zehen, dann zieht sie daran, als wolle sie ihm die Zehen ausrenken. Mit dem Daumen drückt sie auf eine Stelle in der Mitte der Fußsohle, von wo blitzartig ein Schauder ausgeht, der den Soldaten bis zum Kopf durchläuft. Dann kommt sie zu den Waden. Die mit duftendem Öl eingeriebenen Hände fahren über Cedernas Muskeln.

Er sieht auf die Rosenblätter, die reglos in der Schale schwimmen.

Von den Schenkeln aus fährt sie unter das abgenutzte Handtuch und streichelt ihm die Pobacken. Bei der Abwärtsbewegung streifen die Finger die Leiste, dann ziehen sie sich wieder zurück, lassen ihn unbefriedigt. Sein Körper ist voller Anspannung, die sich nur schwer löst.

Nicht denken, nicht denken, Hör auf. Nicht denken.

Auf dem Rücken tut ihm die Behandlung weh, aber er beißt die Zähne zusammen. Die Frau verweilt lang bei den Verspannungen, sie traktiert sie mit den Daumen. Als sie ihm einen Ellbogen zwischen die Schulterblätter setzt, entfährt Cederna ein Stöhnen, und er stößt sie beiseite.

«Massage too strong?», fragt sie, kein bisschen erschrocken.

Der Stolz verbietet ihm, die Wahrheit zu sagen. «No, not too strong. Mach weiter.»

Sie verringert aber doch den Druck. Cederna mag es, als sie beim Nacken und der Kopfhaut ankommt. Er kämpft gegen den Schlaf, bis die Frau ihm barsch befiehlt, sich auf den Rücken zu drehen, und wieder von vorn anfängt. Fußrücken. Knöchel, Oberschenkelmuskel. Jetzt macht sie schneller. Als sie mit den Beinen fertig ist, wirft er mit einer raschen Geste das Handtuch beiseite. Sie hat Cedernas mächtige Erektion vor der Nase, nicht zu übersehen.

Da. Jetzt sind wir so weit.

Einen Moment lang öffnet er die Augen und schaut auf das Gesicht der Frau. Sie scheint nicht überrascht, und das kränkt ihn ein wenig. Zerstreut massiert sie seinen Bauch.

Cederna hat noch nie mit einer Fremden geschlafen. Bei so einer könnte man sich leicht eine Krankheit holen, Aids, Gonorrhö oder sonst etwas Unbekanntes und Grauenhaftes, eine von diesen Infektionen, die die Genitalien befallen. Egal, daran wird er später denken. Er wird sich gründlich waschen. Jetzt will er nur das erdfahle Gesicht Ietris loswerden, das ihm plötzlich wieder vor die Augen tritt.

Die Frau hat die Neonröhre an der Decke ausgeschaltet und stattdessen eine rot gestrichene Glühbirne angeknipst. Die Schäbigkeit des Raums wird dadurch undeutlicher, aber weg ist sie nicht. Während sie seine Leisten bearbeitet und ihn erregt, überkommt den Stabsgefreiten eine enorme, düstere Traurigkeit. Auf einmal hat er Sehnsucht nach Agnese, nach Ietri und etwas Unfasslichem, das allein ihm gehört, wie ein Geheimnis, das er vor langer Zeit kannte und vergessen hat.

«Baby massage?»

«Hä?»

«Do you want a massage for your baby?»

Cederna kämpft mit der Traurigkeit. Die Masseuse macht sich mit derselben Geste verständlich, die auch die Marines verwendet haben. Von unten in dem roten Licht gesehen, ist sie wenig anziehend. Macht nichts. Cederna versucht, sie mit einem Arm an sich zu ziehen, sie macht sich los und zeigt dabei noch einmal ihre Kraft. «No! No sex!», schreit sie. «Only massage.»

Verdutzt lässt er sie los. «No sex? Aber ich habe dir doch zehn Euro gegeben!»

«No sex», widerholt die Frau, weicht einen Schritt zurück und verschränkt die Arme.

Cederna haut mit der Faust auf die Seite der Bank.

«Baby massage, yes or no?»

Er gibt auf. Ist gut, baby massage, irgendwas. Hauptsache, es bringt ihn weg von dort, wo er ist. Er lässt die Arme an den Seiten herabfallen.

«Do you want music?»

«No. Please. No music.»

In den Laufgräben von Camp Delaram, in den Abflüssen für das Regenwasser, häuft sich Müll jeder Art. Eine Schar streunender Katzen bewegt sich vorsichtig zwischen den Abfällen, ab und zu bleiben sie stehen, fassen etwas ins Auge und schnellen mit einem Satz vor. René kann keine einzige Ratte entdecken, aber es ist klar, dass welche da sind, und nicht zu wenige.

Er betritt den Raum mit den Telefonen, der im Vergleich zu den wackeligen Einrichtungen in der FOB wie das Kontrollzentrum einer Raumstation wirkt. Er sucht die Nummer von Rosanna heraus, gibt sie ein, ohne sich die Zeit für weiteres Zögern zu lassen, er hat schon viel zu lang gezögert. Das Telefon läutet vier Mal, endlich antwortet sie.

«Ich bin's, René.»

«O mein Gott.»

Die Zeit bis zum Abheben lässt noch einmal Raum für ein letztes Schwanken. Will er das wirklich? Er ist im Begriff, sich an eine Frau zu binden, die er kaum kennt und die älter ist als er, er hat ein halbes Dutzend Mal mit ihr geschlafen, und sie haben sich gemeinsam alte Filme angesehen. Er geht ernsten Verpflichtungen entgegen, ungeahnten Widrigkeiten, vielleicht dem Unglück. Der Kampf zwischen Pro und Kontra will noch einmal in Renés Gedanken beginnen, aber jetzt lässt René das nicht mehr zu. Er weiß, was richtig ist. Er sieht sich selbst ganz deutlich zusammen mit dem Kind auf einer grünen Wiese liegend, und letzten Endes ist das seit langem die beste Phantasie, die ihn gestreift hat.

«Wie geht es dir? Bist du verletzt?»

«Nein. Nein, es geht mir gut.»

«Ich habe alles in den Nachrichten gesehen. Dein Name wurde genannt. Wie schrecklich, wie grausam, René. Die armen Jungs.»

«Rosanna, hör mir zu. Ich hatte viele Zweifel, ich habe wieder und wieder darüber nachgedacht. Ich glaubte, ich schaffe es nicht, du wärst … kurzum, wir kennen uns kaum, ist es nicht so? Und es gibt viele Unterschiede zwischen uns. Aber das Leben hat mir die Augen geöffnet. Gott hat entschieden, dass ich nicht sterben soll. Ich habe beschlossen, dass ich mich um unser Kind kümmern muss, damit es mit einem Vater aufwachsen kann. Ich dachte, ich müsste mich noch mehr um mich selbst kümmern, aber das stimmt nicht, es interessiert mich nicht mehr. Ich will das Kind. Ich bin bereit. Ich bin es wirklich, glaub mir.»

«René, hör zu ...»

«Ich habe mir schon alles überlegt. Letzte Nacht habe ich auf dem Bett gelegen mit der Taschenlampe im Mund und habe mir Notizen gemacht, ich habe eine Liste zusammengestellt. Es gibt viele Dinge zu regeln, aber wir werden es schaffen. Du kannst zu mir ziehen, meine Wohnung ist nicht riesig, aber groß genug. Ich muss mein Arbeitszimmer ausräumen, aber da ist ohnehin nur Mist drin. Es ist nicht einmal ein richtiges Arbeitszimmer, ich nenne es bloß so. Ich kann alles wegwerfen und Platz schaffen. Ich werde ein guter Vater sein, Rosanna, ich schwöre es dir. Ich war ein miserabler Vorgesetzter, ich habe zugelassen, dass fünf meiner Jungs sterben, aber ich werde das wiedergutmachen, ich werde ein perfekter Vater sein. Ich werde immer bei ihm sein. Ich werde ihm Radfahren und Fußballspielen beibringen und ... alles. Auch wenn es ein Mädchen ist. Ich hätte so gern, dass es ein Mädchen ist. Hat man es dir schon gesagt? Ist es ein Junge oder ein Mädchen, Rosanna? Sag's mir, ich will es wissen.»

Er hört sie atmen am anderen Ende der Leitung. Sie weint. Er möchte sie hier haben, sie umarmen und ihr die Tränen trocknen. Es ist richtig so, dass sie weint, denn das ist ihrer beider Augenblick, tragisch und glorreich zugleich, es ist der Anfang ihrer gemeinsamen Geschichte, und in vielen Jahren werden sie sich daran zurückerinnern.

«Du bist ein Dummkopf, René.»

«Nein, Rosanna. Ich werde alles gut machen, das schwöre ich dir. Wir zwei ... wir werden einen Weg finden.»

«Sei still. Verstehst du denn nicht?»

«Was?»

«Es ist zu spät.»

René hat einen trockenen Mund. Er hat lang und schnell gesprochen. Die Amerikaner reden laut, sie brüllen in die Hörer, sie bellen, nehmen wenig Rücksicht. Der Lärm macht ihn ganz benommen. «Was hast du getan?», fragt René.

«Es ist zu spät.»

«Rosanna, was zum Teufel hast du getan?»

Die Schafe kommen den Hang herab, schwanken auf ihren glatten Hufen, die Mäuler starr vor Schreck. Etwas stimmt da nicht, es ist kein Schäfer dabei. Sie wollen uns verarschen. Schießt, schießt, schießt mit allen zur Verfügung stehenden Waffen. Der Lince explodiert mit einem Krachen, das ein Pfeifen im Ohr zurücklässt. Man muss bereit sein, man muss aufpassen. Das Kind ist noch kein Kind, es ist eine Mücke. Die mit einem Röhrchen abgesaugt wird, und in fünf Minuten ist alles vorbei.

«Leb wohl, René», sagt Rosanna. «Pass auf dich auf.»

Die Masseuse heißt Oxana, ist achtunddreißig Jahr alt, wirkt aber älter. Sie kommt aus Turkmenistan, was in Cedernas Vorstellung nur ein weiterer scheußlicher Ort ist, irgendwo im Norden, ein Ort, den kennenzulernen sich nicht lohnt. Viel mehr erlaubt sie ihm nicht zu erfahren: Wenn der Soldat versucht, eine Unterhaltung zu beginnen, unterbricht ihn die Frau und zeigt auf die Liege oder, wenn sie fertig sind, auf die Tür. Fragen beantwortet sie einsilbig, und ihn fragt sie nie etwas. Aus Rache zwingt Cederna sie, die Dauer der Massage zu verkürzen. Er packt ihre Hand und legt sie sofort dorthin, wo er sie haben will. Sie ist damit nicht zufrieden, die Vorbereitung erlaubt ihr, weniger Abscheu vor sich selbst zu empfinden. Cederna ist nicht so unsensibel, dass er das nicht merken würde. So ist alles in wenigen Minuten erledigt. Dann ist der Soldat wieder draußen, orientierungslos im amerikanischen Lager, und schlägt sich mit einer Erregung herum, die, statt abzunehmen, wächst und wächst. Kaum hat er das Zelt erreicht, wo seine Kameraden stumm und zerknirscht herumhocken, hat er schon wieder Lust. Er kann an nichts anderes denken. Seine Geschlechtsdrüsen produzieren ununterbrochen Samen, exzessiv.

An einem einzigen Tag kommt er fünf Mal zu der Masseuse. Die Befriedigung mit der Hand ist erniedrigend, befriedigt ihn nicht vollständig, aber was soll er sonst machen? Sie weist ihn zurück, wenn er mehr zu bekommen versucht. Als er die Tür der Hütte einmal verschlossen vorfindet, geht er mit Fäusten und Tritten darauflos. «Komm raus!», schreit er. Er macht einen Rundgang durch das Camp und kommt in weniger als einer halben Stunde zurück. Sie ist da. Er überfällt sie mit Fragen. Ist es möglich, dass er auf eine Prostituierte eifersüchtig ist? Sie war einfach raus aufs Klo gegangen. Er beruhigt sich nur mit Mühe.

Vor dem dritten Abend in Delaram hat er sein Geld aufgebraucht. Er versucht Oxana zu überreden, ihm eine Gratisbehandlung zu gewähren. Sie lässt ihn nicht einmal bis an die Liege. Cederna beschimpft sie, doch er erreicht nichts.

Er kehrt ins Lager zurück, noch erregter. Er bittet Di Salvo, ihm Geld zu leihen. Unter den Verbliebenen ist er der beste Freund.

«Dir würde ich nicht mal zehn Cent leihen, du blödes Arschloch.»

«Bitte.»

«Verpiss dich, Cederna. Geh jemand anderen anbetteln.»

Er wendet sich an Pecone, an Rovere und Passalacqua und sogar an Abib. Alle antworten ihm, sie hätten selbst kein Geld oder einfach nein, mit einer Unfreundlichkeit, die er nicht zu verdienen glaubt. Schließlich versucht er es bei Zampieri.

«Wozu brauchst du es?»

«Das kann ich dir nicht sagen.»

Zampieri hat rote Augen. «Auch wenn ich welches hätte, ich würde es dir nicht geben», sagt sie. Sie ist apathisch, ihre Iris erinnert ihn an die seiner Großmutter, als sie noch am Leben war, verschleiert vom grauen Star.

«Es ist eine Notsituation.»

«Nein, das ist es nicht, die Notsituation hatten wir schon. Jetzt gibt es überhaupt keine Notsituation mehr.»

«Komm, Zampieri, hilf mir.»

«Weißt du, wie lang ich schon nicht schlafe? Vierundachtzig Stunden, ich habe sie gezählt. Vierundachtzig. Ich glaube, ich werde nie wieder schlafen können.»

Verstört entfernt er sich. Keinen einzigen Euro hat er auftreiben können. Er weiß nicht, was er machen soll, wenn er nicht irgendwo Geld auftreibt.

Vor dem Abendessen ist er wieder vor Oxanas Hütte. Er wird ihr im Tausch etwas geben. Er hat ein schönes Messer, das ist viel mehr wert als zehn Euro. Ein Messer mit Hartgummigriff und einer Klinge mit Antireflexbeschichtung. Es kostet ihn einiges, sich davon zu trennen, aber in Italien wird er sich das gleiche noch einmal kaufen.

Er stürzt in den Raum, und diesmal ist sie auf der anderen Seite des Vorhangs mit jemandem zugange. Sie beschimpft Cederna in ihrer Sprache und verscheucht ihn.

Er setzt sich draußen auf den Boden. Es wird dunkel, während er sich vorstellt, was sie mit dem anderen Soldaten treibt. Sicher erlaubt sie ihm, weiter zu gehen, weil er Amerikaner ist. Als der Mann herauskommt, leuchtet er ihn kurz mit der Taschenlampe an. Ein Neger. Oxana war eben mit einem Neger zusammen! Wie eine Furie stürzt er hinein und knallt die Tür hinter sich zu. Er will sie in flagranti erwischen, noch halb nackt. Oxana aber hat wie üblich ihre Schürze um und legt auf der Liege frische Handtücher zurecht.

«Warst du mit dem da zusammen?»

Sie wirft ihm einen hochmütigen Blick zu, zuckt mit den Achseln. Sie versteht nicht.

«Was ist? Machst du es auch den Negern?»

«Do you have the money?», fragt sie, ohne sich umzusehen.

«No», sagt er.

«No money, no massage.»

Sie ist imstande, ihn wieder wegzuschicken. Er muss sich beruhigen. Cederna zieht das Messer aus dem Gürtel. Er sagt: «I have this.»

Oxana weicht zurück. Sie drückt sich an die Wand. «Put it away!», schreit sie. Sie streckt die Hand nach der Schublade in einem Rollschränkchen aus.

Sie hat ihn missverstanden. Cederna hat nicht die Absicht, ihr weh zu tun. Er bricht in Gelächter aus. «Was soll das denn?»

«Put it away!», wiederholt die Frau.

Für wen hält sie ihn? Für einen Feigling? «Ist gut», sagt Cederna, «wenn es das ist, was du denkst, dann amüsieren wir uns eben ein bisschen.»

Er kommt näher, schiebt das Rollschränkchen mit dem Fuß beiseite. Sie starrt unverwandt auf die schwarze Klinge.

Cederna dreht das Messer in der Hand (er kann es zwischen den einzelnen Fingern um dreihundertsechzig Grad drehen, eins der Kunststücke, um die ihn viele beneiden). «Huhu», sagt er, «no money, no massage? Und der vorher, hatte der Geld?»

Oxana kauert sich auf den Boden. «Please», fleht sie.

An dieser Stelle wird Cederna klar, welche Chance ihm die 165 Millimeter der Klinge aus geschwärztem Stahl bieten. Sein Geld ist alle. Oxana ist allein. Bei wem will sie sich beschweren? Offiziell existiert sie nicht, in einer Militärbasis gibt es keine Prostituierten. In wenigen Stunden wird er in einen Hubschrauber steigen und zur FOB zurückkehren. Selbst wenn die Masseuse im Camp Schutz genießt, was wahrscheinlich ist, hätten ihre Freunde nicht die Zeit, sich zu organisieren und ihn zu suchen.

Zwischen Analyse und Aktion vergehen gerade einmal ein paar Sekunden. Bei der Truppe wurde er auf Reaktionsgeschwindigkeit getrimmt.

Er hilft ihr aufzustehen, freundlich. Er schiebt sie in Richtung Liege, dreht sie mit dem Rücken zu sich. Oxana gehorcht der Spitze des Messers wie einem Zauberstab. Sie ist stark, aber nicht stark genug, ihn daran zu hindern, dass er ihre beiden Hände mit seiner Linken festhält. Mit der Rechten zieht er sie und sich selbst aus, nur das Nötigste, dann nimmt er das Messer wieder, das er kurz zwischen den Zähnen gehalten hat, und setzt es ihr an die Gurgel. Er drückt es sacht gegen die Haut am Hals, ohne zu schneiden. Er will sie nicht verletzen.

Du bist wirklich primitiv, Francesco Cederna.

Ich bin ein Wolf, hat man Ihnen das nicht gesagt?

Oxana schreit nicht mehr, sie gibt ein Winseln von sich, das auch als Ermunterung gemeint sein könnte. Sie macht sich steif, als er ihr in die Schulter beißt, und Cederna fühlt sich angespornt weiterzumachen. Er will sie in Stücke reißen, sie zerfleischen. Er ejakuliert auf ihren Hals und auf ihre Haare. Da, endlich, weichen die Gedanken. Die Gespenster verflüchtigen sich. Nur das hat er gebraucht, und das ist nicht wirklich viel. Er ist ein Soldat: Was ihm nicht gewährt wird, weiß er sich zu verschaffen.

Danach erinnert er sich an wenig. Nur an den letzten Blick, den er auf die Masseuse warf, bevor er aus der Hütte floh: das T-Shirt zur Mitte des Rückens hinaufgerollt, die Schürze am Boden, Hose und Unterhose um die Knöchel gewickelt und zwei wohlgeformte Beine, bleich in dem roten Licht. Eines davon zittert leicht. Satt, mager und ungläubig taucht Cederna ein in die Nacht.

Giulia Zampieri ist lange durch das amerikanische Lager geirrt, in der Dunkelheit, die nicht so vollkommen ist wie in der FOB, sondern vom Neonlicht über dem Eingang zu den Baracken unterbrochen wird. Ihr Gehirn ist leer, als hätte es jemand mit einer Feuerwehrspritze gesäubert. Hinter einem Zelt biegt sie ab und entdeckt eine Schaukel. Sie ist improvisiert, ein Lastwagenreifen, mit zwei Ketten in einem stählernen Dreispitz aufgehängt. Was machen die Marines bloß mit einer Schaukel? Das scheint ein Witz: *Was macht ein amerikanischer Soldat auf einer Schaukel?* Das Einzige, was er damit machen kann, denkt Zampieri, ist schaukeln.

Sie setzt sich auf den Gummireifen und versinkt in dem Hohlraum im Inneren. Sie stößt sich mit den Füßen ab. Die

Kette quietscht. Mit den Zehenspitzen berührt sie wieder den Boden, dann setzt die Bewegung ein, die man ihr vor hundert Jahren beigebracht hat, in einem früheren Leben: Vorbeugen und Strecken, vorbeugen und strecken ... Sie beugt den Oberkörper stärker vor, um die Schaukelbewegung zu vergrößern. Die Schaukel wiegt sie, vor und zurück, in der stehenden, lauen schwarzen Luft.

ALS DIE SOLDATEN in die FOB zurückkehren, hat sich das Wetter geändert. Es regnet drei Tage lang ohne Unterbrechung, ein feiner, nervtötender Regen. In kürzester Zeit ist der jährliche Durchschnitt an Niederschlägen in der Gegend erreicht, dann wird es doppelt und dreimal so viel. Der Staub auf dem Boden wird zu einem schlammigen Brei, dann verflüssigt er sich ganz. Wo immer es ein wenn auch nur minimales Gefälle gibt, rinnt der Schlamm. Die Rinnsale vereinen sich zu einem Fluss, der das Lager von Nord nach Süd durchzieht und beim Haupteingang hinausläuft. Nach und nach zeigen sich die Grenzen der Wasserundurchlässigkeit der einzelnen Zelte und kommen die zahllosen Schlampereien zutage, die beim Aufstellen unterlaufen sind. Um jedes Zelt müssen Gräben ausgehoben werden, Löcher müssen geflickt und Wachstuchplanen ausgebreitet werden. Für die Jungs ist das ein grausames und zynisches Training zur Fortsetzung des irdischen Lebens: Einige sind tot, aber die Überlebenden müssen die Ärmel hochkrempeln und dafür sorgen, dass sie im Trockenen bleiben.

Oberleutnant Egitto hat sich darauf beschränkt, unter einem Riss in der Naht seines Zeltdachs einen Eimer aufzustellen. Die Tropfen fallen in regelmäßigen Abständen, wie das Ticken einer Pendeluhr. Auf dem Boden beim Eingang hat er ein paar Fetzen ausgelegt, so können die Soldaten sich die Schuhe abputzen, wenn sie hereinkommen. Es kommen allerdings wenige. Nach dem Einsatz hat sich im Lager ein völlig neues Schamgefühl breitgemacht: Wer brächte es fertig, sich eine Bindehautentzündung behandeln zu lassen, eine Grippe oder harmlose Schmerzen in der Leistengegend, wenn fünf Kameraden im feindlichen Feuer gefallen sind und einer praktisch außer Gefecht gesetzt ist? Egitto ist ebenfalls von dieser unerhörten Form der Vernachlässigung seiner selbst ergriffen. Er hat sich nicht mehr rasiert, isst kaum etwas und putzt sich auch die Zähne nur noch selten.

Irene ist fort. In einem Fläschchen seiner Antidepressiva hat er einen zusammengerollten Zettel gefunden, den Inhalt hat sie durch eine Handvoll Fruchtbonbons ersetzt. Eine liebevolle Geste, aber auch ein Vorwurf. Auf dem Zettel stehen ihre Initialen und die Telefonnummer, ohne jeden Gruß oder Kommentar. Warum hat sie beschlossen, den Zettel dazulassen? Und was soll er damit anfangen? Er legt ihn zu seinen persönlichen Dingen und ist sich sicher, dass er keinen Gebrauch davon machen wird.

Er fühlt keinen Schmerz, weder über ihre Abreise noch – was wesentlich schlimmer ist – über den Tod der Jungs. Vielleicht sind es die Pillen, die ihn daran hindern, oder er selbst ist nicht mehr in der Lage dazu. Die zweite Annahme befremdet ihn, aber die erste ist auch kein großer Trost. Er erfährt etwas, was ihm schon bekannt ist: dass aller Schmerz, alles Leiden und Mitleiden sich auf die pure Biochemie reduzieren lässt – inhibierte oder ausgeschüttete Hormone und Neurotransmitter. Als ihm das bewusst wird, ist er zu seiner Überraschung empört.

Da er nicht imstande ist, etwas Besseres zu empfinden, beschließt er, sich dazu zu zwingen, das soll seine persönliche Form der Sühne sein für die Schändlichkeiten, die er mit angesehen und an denen er teilgenommen hat. An einem Freitagabend hört er Knall auf Fall auf, seine Medikamente einzunehmen. Er schraubt die Kapsel auf und lässt den pulverförmigen Inhalt in den Abfalleimer rieseln. Stattdessen kaut er ein Fruchtbonbon mit Himbeergeschmack. So unterbricht er nach acht Monaten radikal die Behandlung und verstößt mit klammheimlicher Freude gegen sämtliche Empfehlungen des Pharmaunternehmens.

Er erwartete sich wer weiß welche Erschütterungen von der Beendigung der Einnahme, dagegen geschieht tagelang nichts, abgesehen von Schlaflosigkeit und einer rasch vorübergehenden Halluzination. Seine Seele ist eine Ebene. Das Leiden bleibt eingefroren, anderswo. Der Oberleutnant beginnt sogar an seiner Existenz zu zweifeln. Er empfindet nichts während der Totenmesse, die in der Kantine von einem auf Besuch weilenden Kaplan gehalten wird. Er empfindet nichts, als er am Telefon zu dem Obergefreiten Torsu etwas murmelt, der in Italien auf den dritten kieferchirurgischen Eingriff zur Wiederherstellung seines Gesichts wartet. Er empfindet nichts beim schwachen und abwesenden Klang der Stimme Ninis und auch nichts, als der erste Sonnenstrahl seit Tagen durch die Wolken bricht und das Gebirge in seiner goldenen Pracht zeigt.

Nach dem Mittagessen geht er immer noch zur Besprechung mit Ballesio. Anfangs scheint der Oberst unentschieden, welche Haltung er zur allgemeinen Trauer einnehmen soll. Dann kommt er offenbar zu dem Schluss, dass es am besten ist, dem Instinkt zu folgen, das heißt weiterzumachen, als ob nichts wäre. Er hat seine ganz eigene Art zu versuchen, Egitto aufzurichten, die sich aber als nicht sehr wirksam erweist. Immer öfter verharren sie schweigend, Ballesio auf die Pfeife konzentriert, die er unlängst hervorgeholt hat, Egitto die Rauchringe beobachtend, die zwischen den Lippen des Obersten hervorkommen und sich beim Aufsteigen auflösen.

Es ist sein Körper, der zuerst reagiert. Er bekommt Fieber, hohes Fieber, in der Nacht ist es bei vierzig Grad. Seine Körpertemperatur ist seit seiner Kindheit nicht so hoch gestiegen, damals horchte Ernesto ihn ab, Nase und Mund hinter Mundschutz. In seinen Schlafsack gehüllt, schwitzt Egitto reichlich, und er hat Schüttelfrost. Er bleibt zwei Tage lang im Bett, aber er bittet nicht um Hilfe. Er lässt sich eine Schüssel Wasser bringen, die ihm reicht, um nicht aus dem Zelt zu müssen. Ballesio kommt ihn einmal besuchen, aber er ist zu krank, um sich später daran zu erinnern, was er ihm gesagt und was der andere geantwortet hat. Er erinnert sich nur, dass er, während sein Vollmondgesicht über ihm hing, unaufhörlich redete und mit den Händen gestikulierte.

Und dann, so plötzlich, wie es gekommen ist, verschwindet das Fieber und lässt ihn träumerisch und seltsam energiegeladen zurück, entschlossen zu einer Tat, die er noch nicht unternommen hat und von der er noch nicht einmal etwas weiß. Egitto hat Lust zu gehen, sich zu bewegen, er durchquert das Lager mehrmals am Tag der Breite und der Länge nach. Wenn er nur könnte, würde er hinauslaufen und kilometerweit rennen, ohne zu ermüden.

Das einzige zur Verfügung stehende Mittel, um sich zu entfernen, ist jedoch das Telefon. Nach zehn Tagen, in denen er es immer wieder aufgeschoben hat, entschließt er sich, Mariannas Nummer zu wählen.

«Ich habe dir acht E-Mails geschrieben, *acht*. Ich habe bei allen möglichen Stellen im Ministerium angerufen, um mit dir zu sprechen, und du hast nicht *geruht* zurückzurufen. Hast du eine Vorstellung davon, wie *schlecht* es mir gegangen ist? Es war *grausam*. Hast du nicht an all die Sorgen gedacht, die ich mir womöglich mache?»

«Es tut mir leid», sagt Egitto, aber es ist eine automatische Entschuldigung.

«Jetzt hoffe ich, dass sie dich nach Hause zurückschicken. Sofort.»

«Mein Einsatz hier dauert weitere vier Monate.»

«Ja, aber du hast ein Trauma erlebt.»

«Wie alle anderen hier auch.»

Marianna schnaubt laut. «Ich habe überhaupt keine *Lust*, diese Diskussion mit dir zu führen. Ich habe ... genug davon. Hast du wenigstens Nini angerufen?»

Es ist das erste Mal in vielen Jahren, dass Marianna sich für die Mutter interessiert, für die Tatsache, dass Nini seinetwegen in Sorge sein könnte. Egitto ist verblüfft.

Natürlich täuscht er sich, die Illusion dauert keine fünf Sekunden.

«Hast du wegen der Wohnung mit ihr gesprochen?», fährt die Schwester fort.

«Nein.»

«Alessandro, ich hatte dich gebeten, dich darum zu kümmern. Dies ist der Augenblick für Immobiliengeschäfte, ja, wir sind schon *zu spät* dran. Bei der Immobilienkrise verliert dieses Objekt von Tag zu Tag an Wert.»

Er versteht es erst jetzt: Er besteht weder aus Mitleid noch aus Barmherzigkeit, er besteht nicht aus Leiden. Der Pfropfen, der seine Emotionen unter Verschluss hält und jetzt herausgepresst wird, ist ein Pfropfen aus purer Wut. Er löst sich in der Höhe des Magens, fährt ihm durchs Rückenmark und verzweigt sich bis in die feinsten Nervenenden.

«Du hättest mit ihr reden können», sagt Egitto.

«Alessandro, bist du verrückt geworden? Ich *rede* nicht mit ihr.»

«Du hast Interesse am Verkauf der Wohnung. Du hättest mit ihr reden können.»

«Hör mal, was du durchgemacht hast, dürfte nicht angenehm gewesen sein. Das ist mir klar. Aber das gibt dir nicht das Recht, *auf mich* loszugehen.»

«Ich liebe diese Wohnung.»

«Du liebst diese Wohnung nicht. *Wir* lieben diese Wohnung nicht, erinnerst du dich? Erinnerst du dich, wie wir sie nannten?»

Ceausescu-Palast, so nannten sie sie. «Das war vor langer Zeit.»

«Das heißt *nichts*, Alessandro. Nichts. Nicht einmal zu meiner Hochzeit sind sie gekommen, erinnerst du dich? Das war ihnen egal.»

«Du hast mich nie gefragt, wie es hier ist.»

«Wovon redest du?»

«Du hast mich nie gefragt, wie es ist. Hier.»

«Ich glaube, ich kann es mir vorstellen, dieses Afghanistan.»

«Aber nein. Du kannst es dir nicht vorstellen. Hier ist ein riesiger Berg ohne einen Baum und ohne ein Büschel Gras. Jetzt ist der Gipfel schneebedeckt, und die Grenze zwischen Schnee und Fels ist so klar und deutlich, wie man es sich gar nicht vorstellen kann. Und viel weiter weg gibt es noch mehr

Berge. Bei Sonnenuntergang nehmen sie verschiedene Tönungen an, das sieht aus wie Vorhänge.»

«Alessandro, dir geht's nicht gut.»

«Das ist ein großartiger Ort.» Die Flecken pulsieren alle gleichzeitig, sie sind im Begriff aufzuspringen. Vielleicht gibt es darunter eine neue Haut, eine unversehrte Epidermis. Oder da ist nur lebendes Fleisch, getränkt mit Blut. «Marianna, am Tag deiner Hochzeit, als wir zum Altar gingen, da waren wir nicht unbesiegbar. Das redeten wir uns nur ein. Wir erzählten uns, dass es auch so gutginge, sogar besser, alle würden uns sehen … frei und unabhängig. Aber das stimmt nicht. Wir waren bloß zwei Verrückte. Sie hatten Mitleid mit uns.»

Jetzt schweigt Marianna, während der Oberleutnant den üblen Geschmack auskostet, der damit verbunden ist, zu weit gegangen zu sein, über eine Linie hinaus, die er zuvor nicht einmal in den Blick zu nehmen wagte.

«Wir sprechen bald wieder, Marianna», sagt er.

Er hört noch den letzten, leisen Protest der Schwester – «Du hast dich mit ihr verbündet?» –, der ihm einen Stich ins Herz versetzt. Er kann nichts dagegen machen. Er legt den Hörer auf.

Nein, er hat sich nicht mit Nini verbündet. Er ist niemandes Verbündeter.

Dritter Teil

MÄNNER

Das Leben ohne Schuld
der Nutria

In letzter Zeit ging Ernesto am Spätnachmittag aus dem Haus, um stets denselben Spaziergang am Flussufer zu machen. Er zog sich wärmer an als nötig, Pullover und Strickjacke übereinander, wie um einem Körper, den er zu verlieren drohte, Fülle zu geben. Er ging, den Blick nach oben gewandt, ein skeptischer Ausdruck lag darin, und er gelangte zu der Stelle, wo der Flusslauf sich zu einem Becken mit stehendem Wasser erweitert. Er setzte sich auf eine Bank aus lackiertem Metall unweit vom Ufer. Hier schöpfte er wieder Atem und maß sich mit Hilfe seiner Armbanduhr an der Halsschlagader den Puls. Wenn die Werte in den Normbereich zurückgekehrt waren, zog er eine Papiertüte mit trockenem Brot aus der Tasche und zerkrümelte es zwischen den Fingern, langsam und sich räuspernd. Manchmal brachte er statt Brot Apfelschnitze mit.

Die Nutria, denen er zu fressen gab, waren schmutzige Tiere, eine Art großer Mäuse mit verklebten Schnauzen, langen hellen Barthaaren und nassglänzendem Fell. Sie lebten in dem Tümpel und an dem schlammigen Ufer, alle auf einem Haufen. «Siehst du?», sagte er eines Tages zu mir. «Sie sind wie die Kinder. Alle bereit, für ein bisschen Nahrung die anderen wegzudrängen. Sie sind so unschuldig. Und bedürftig. Widerwärtige Opportunisten.»

Während die Nager sich um die Mahlzeit scharten, sprach Ernesto über Marianna als Kind. Er wiederholte dieselben Wortspiele, die ich schon Dutzende Male gehört hatte und die durch das oftmalige Erzählen inzwischen abgenutzt waren. Es gelang ihm nicht, diese Episoden damit zu vereinbaren, dass seine Tochter Rache an ihm genommen hatte, vielleicht war er auch gar nicht imstande, ihr Verhalten als solche zu erkennen. Rache wofür?, hätte er gefragt. Er war nie sonderlich geneigt gewesen, sich in Frage zu stellen. Lieber begnügte er sich mit einer Reihe von Phantasien. Was die Tochter betraf, so lebte sie irgendwo, und er erwähnte sie nicht. In Luftlinie dürfte sie sich nicht allzu weit weg von dem Teich der Nutria befinden, aber sicher war sie Lichtjahre von seinem Herzen entfernt. Genau betrachtet war eben das die verblüffende Neuigkeit der letzten Tage, die ich mit meinem Vater verbrachte: Ich hatte immer geglaubt, er hätte kein Herz. Ich konnte es erst jetzt sehen, da es unheilbar gebrochen war.

Als sein Zustand sich plötzlich verschlechterte, nahm ich drei Wochen Urlaub und zog wieder zu Hause ein. Ich war Ninis und Ernestos Gast, Gast in dem Zimmer, in dem ich aufgewachsen war. Auf dem Bett liegend, sah ich die Tür zu Mariannas Zimmer, dieselbe Tür, die ich zahllose Male voller Angst angestarrt hatte, während ich zu erraten versuchte, was dahinter wohl vor sich gehen mochte, wenn Marianna sich an Nachmittagen ohne die Eltern mit Jungs dort einschloss.

Ich hatte einen Satz Handtücher und eine Zahnbürste bei mir. Jedes Mal, nachdem ich sie benutzt hatte, legte ich sie zurück in den Koffer. Es widerstrebte mir, im Bad oder anderswo Dinge liegenzulassen, die mir gehörten. Auf jedem

Möbel lag ein solcher Firnis von Vergangenheit, dass sie bestimmt auf der Stelle verschluckt und in eine andere, unzugängliche Zeitdimension versetzt worden wären. Abends, wenn ich mein Gesicht im Spiegel betrachtete, fiel mein Blick auf die Aufkleber mit der Giraffe und dem Elefanten. *Sei ein braves Kind, putz die Zähne dir geschwind. Für den Zwischenraum der Zähne nicht faul den Seidenfaden nehme.* Im Stillen sagte ich mir die Verschen auf, ich empfand weder Groll noch Nostalgie.

Ninis diskrete und eiserne Ordnung herrschte noch in der Wohnung. Wenige Wochen später, noch am Tag, als mein Vater starb, sollte sie die Wohnung mit leichtem Gepäck verlassen und zu ihrer Schwester ziehen, die vor ihr Witwe geworden war, und nie mehr zurückkehren. Erst da verstand ich, wie wenig sie an der Wohnung hing, in der wir zusammengelebt hatten. Wenn sie sie je wirklich geliebt hatte, musste sie irgendwann damit aufgehört haben, und niemand von uns hatte es bemerkt. Ich hätte Anzeichen dafür feststellen können, zum Beispiel sehen, dass der Haushalt sie immer mehr anstrengte (sie hatte sich damit abgefunden, eine Ausländerin zu nehmen, die ihr alle zwei Tage helfen kam, wodurch sie mit einem Schlag gegen drei oder vier Prinzipien ihrer Charta der Nüchternheit verstieß), aber ich achtete schon seit einiger Zeit nicht auf Ninis Verfall.

Seit Mariannas Aufstand war sie Tag für Tag weniger geworden, geistig wie körperlich. Ihr Leben lief weiter wie auf einem dünnen alten Filmband, das sie von außen umgab. Sie reagierte noch auf Aufforderungen, wie man es von ihr erwartete, oder genauer, wie man es von einem Automaten mit dem Aussehen einer kleinen, sechzigjährigen Frau erwarten würde. Wenn sie selten lächelte, war ihr Lächeln leer und erinnerte mich daran, dass ich auf gar keinen Fall ein hinreichender Grund für die Wiederbelebung ihrer Freude war. Auch Ernesto war das nicht, Nini beobachtete den schnellen Verlauf seiner Krankheit wie den Vollzug einer göttlichen Strafe, die sie beide traf. Früher hätte sie diesem stummen Gefühl Ausdruck gegeben mit einem Satz wie: «Das haben wir uns wirklich *verdient*.»

Die Vormittage waren mit Ernestos Aufenthalten im Krankenhaus und der damit verbundenen, entmutigend umfangreichen Bürokratie ausgefüllt. Er hatte einunddreißig Jahre lang in demselben Krankenhaus gearbeitet, in einem Gebäude knapp vierzig Meter und zwei Stockwerke von der Abteilung für Urologie entfernt, wo er jetzt behandelt wurde. Die Ernennung zum Chefarzt hatte er um ein Haar verfehlt, aber er genoss wenige Privilegien. Wie alle anderen Patienten auch wartete er auf der Reihe blauer Plastikstühle im Gang, unruhig und ununterbrochen redend. Damals war er besessen von den chemischen Lösungsmitteln, die unter die Farben gemischt wurden, mit denen auch die Wände dieses Korridors gestrichen waren, von der elektromagnetischen Umweltverschmutzung und von dem Phthalat, das in rauen Mengen im Plastikgeschirr des Krankenhausessens enthalten war und eben Prostatakrebs erzeugte. Seiner Schätzung nach hatte er sechsunddreißig Zentner belasteten Essens zu sich genommen. Als ob das jetzt noch einen Unterschied machte.

Hin und wieder erkannte ihn ein jüngerer Kollege, blieb stehen und plauderte ein wenig mit ihm. Ernesto nutzte die Gelegenheit, um ihn in die Enge zu treiben und die Therapie, der er unterzogen wurde, zu kritisieren. Er legte alternative Behandlungsmethoden dar, die er sich in den Nachtstunden ausdachte, und zitierte exotische und recht fragwürdige Quellen der neuesten onkologischen Literatur. Niemals hätte er einem Fachmann so getraut wie sich selbst und seinen Intuitionen, nicht einmal auf einem Gebiet, auf dem er sich nicht auskannte. In diesen improvisierten Medizinvorlesungen, die häufig auf die allgemeine Lehre ausgeweitet wurden, war er noch immer so überzeugend, dass er mich oft auf seine Seite zog. Aber es war klar, dass er diese Faszination nur noch auf mich ausübte und auf niemanden sonst. Der Mann im weißen Kittel nickte ungeduldig, nur scheinbar beteiligt. Und wenn er im Verlauf des Tages noch einmal vorbeikam, blieb er nicht mehr stehen.

«Das Leben gibt nicht viel zurück», sagte ich eines Morgens, weil ich mir sicher war, dass ein Gedanke dieser Art ihn quälen musste. Ernesto zuckte mit den Achseln. Er hatte keine Lust zu antworten. Das Alter hatte verschiedene Aspekte seiner Person angegriffen, aber nicht den Respekt vor dem geordneten Gedankengang, der immer logisch und deduktiv sein musste. Er duldete keine Phantastereien über das, was die Wirklichkeit war oder nicht, es sei denn, es gab objektive Beweise. Und außerdem, schien er mir mit seinem Schweigen zu entgegnen, ist klar, dass dir das Leben nicht das zurückgibt, was du dir erwartest.

Eines Nachts im Februar bekam er Atemnot. Die Ambulanz holte ihn und brachte ihn ins Krankenhaus. Er wurde auf die Intensivstation gebracht, intubiert und an eine Infusion gehängt. Sie waren so umsichtig, ihn in ein Einzelzimmer zu legen, mit einem Fenster, durch das man Ausschnitte von verschneiten Bergen sah, die am Morgen in Rosa gehüllt waren. Als klar war, dass es nicht mehr lange dauern würde, sagte Nini ziemlich förmlich zu mir: «Geh, ruf sie an. Ich bitte dich.»

Ich verließ das Gebäude. Ich hatte vergessen, die dicke Jacke anzuziehen, und die Kälte überraschte mich. Ich ging bis zu einer kahlen Birke und legte die Hand an den Stamm. Im Inneren lief der Saft sehr langsam und beharrlich. Ich dachte an den stummen Kampf der Pflanzen, und mit einmal überkam mich Wut. So würde es also ablaufen? Zwei Personen erklären sich für den Rest ihrer Tage den Krieg, schaffen verbrannte Erde rings um sich, und schließlich führt der Tod sie in einem Krankenhauszimmer wieder zusammen, als ob nichts wäre. Was blieb da noch von den Drohungen, den eisernen Mienen, der Unerbittlichkeit, von all dem, worunter *ich* gelitten hatte?

Marianna antwortete verschlafen. «Es ist Viertel nach sechs, Alessandro. Was willst du?»

«Papa ist im Krankenhaus.»

«Sprichst du von Ernesto?»

«Ja, von Papa.»

Ich hörte, wie meine Schwester ihren Mann beruhigte – «Schlaf nur, es ist nichts» –, dann ein Rascheln von Leintüchern, ein paar Schritte. Mit lauterer Stimme sprach sie weiter. «Und ich, was soll ich dabei?»

«Er liegt im Sterben. Es könnte auch schnell gehen. Er hat eine Blutung im ...»

«Es interessiert mich nicht, was er *hat*. Erzähl es mir nicht. Hat er dich gebeten anzurufen?»

«Er ist sediert. Er spricht nicht.»

«Er hat genug geredet, solang er wach war.»

«Marianna, das ist jetzt nicht der Zeitpunkt, um ...»

«Um was? Hab Erbarmen mit mir, Alessandro. In einer Stunde klingelt der Wecker, und ich will nicht *aufgelöst* zur Arbeit kommen.»

«Meinst du das im Ernst?»

«Glaubst du etwa, ich bin zu Scherzen aufgelegt? Du weißt genau, wie schwer es mir fällt, wieder einzuschlafen, also glaube ich, ich werde mit *offenen* Augen im Bett liegen, bis es sieben ist.»

Ich versetzte dem Baumstamm einen Tritt. Ein Stück Rinde löste sich in einer weißen Locke. Die Schicht darunter war glatt und sauber. Ich beugte mich hinunter, um mit der Hand darüberzustreichen. Die Wut verschwand, wie sie gekommen war. Sie überließ ihren Platz einer großen Sehnsucht, etwas wie einer letzten Hoffnung auf Rettung, die man bis zum Moment zuvor vergessen hat und die mit einem Mal vor einen hintritt. Marianna musste zu mir kommen, sofort, das war wesentlich. Wenn sie nicht schnellstens in das erstbeste Taxi stieg, wenn sie nicht rechtzeitig in Ernestos Zimmer trat, um ihn noch atmen zu sehen, wenn ihr nicht die Tränen in die Augen traten, wenn sie dann Nini nicht fest umarmte, wenn sich all dies nicht ereignete, würde es für uns keinerlei Erlösung geben. Wir hatten eine Überdosis Leiden überlebt, und wir konnten noch mehr ertragen, nicht überstehen würden wir aber die Entdeckung, dass es in dieser ganzen enormen Qual keinen Sinn gab.

«Komm», flehte ich sie an, «unser Vater liegt im Sterben.»

Marianna blieb ein Weilchen still. Ich spitzte das Ohr, um eine Andeutung des Weinens zu hören, das uns am Ende gerettet hätte, uns alle.

«Für mich existiert er nicht.»

Acht Jahre zuvor war es ein anderes Telefonat gewesen, ebenso schwerwiegend, aber in nachgiebigerem Tonfall geführt, das den Gipfelpunkt der schwarzen Phase im Leben meiner Schwester markierte und ihren endgültigen Austritt aus dem erstickenden Universum von Nini und Ernesto bekräftigte. Wenn ich heute daran zurückdenke, will mir scheinen, dass die entscheidenden Etappen bei uns in der Familie alle nach dem gleichen Schema zu Ende gingen: am Telefon. Nur kilometerweit und tief im Schutz der Erde verlegte Kabel machten die Auseinandersetzung über Themen erträglich, die, wenn wir uns gegenüberstanden, zu kontrovers schienen, als dass wir sie auch nur erwähnen konnten.

Nachdem sie in ihren Zeugnissen, die Nini in der obersten Schublade des Küchenschranks in einer Mappe sicher verwahrte, eine beeindruckende Serie von Bestnoten gesammelt hatte, nach Belobigungen, die sie von allen Seiten einstrich, kam Mariannas schulische Laufbahn plötzlich zum Stillstand. Vorzeichen hatte es wohl gegeben. Im Gymnasium verbummelte Marianna Monate und Monate, in deren Verlauf ihr Notendurchschnitt absackte, aber immer hatte sie diese Zeiten der Verirrung durch enorme Anstrengungen wettgemacht und den Status der Klassenbesten wieder erreicht. Die Verschlechterung ging fast unmerklich vor sich. Und doch, wenn Ernesto die Leistungen seiner Tochter mit denselben strengen, rein quantitativen Maßstäben gemessen hätte, mit denen er den Rest der Welt beurteilte, wenn er eine Graphik angelegt hätte mit den Quartalsabschlussnoten von der Grundschule bis kurz vor Studienabschluss, dann hätte er sofort bemerkt, dass die Kurve abfallend war.

Ich für meinen Teil bemerkte diese leise und beständige Veränderung an der Deutlichkeit, mit der bei Beginn der schönen Jahreszeit Mariannas Sommersprossen sichtbar wurden. Seit jeher machte ich die kleinen Pigmentflecken auf den Wangen meiner Schwester verantwortlich für ihre wunderbare Kraft: Unterschied sie sich nicht durch sie von uns anderen mittelmäßigen Wesen? Aber in jedem Frühjahr kehrten sie blasser wieder. Seitdem sie die Angewohnheit angenommen hatte, die sommerliche Bräune im Solarium vorwegzunehmen, waren sie kaum noch zu erkennen. Im achten Semester an der Universität, da war sie schon fast Doktorin der Kunstgeschichte – ein Fach, das sie nicht mehr interessierte als alle anderen auch, das aber eine Neigung zur Kreativität bestätigte, die wir in der Familie ihr alle gern zuschrieben –, waren die Sommersprossen ganz verschwunden wie Sterne über einer Stadt im Smog. Und sie machte einfach nicht weiter.

Die Prüfung war nicht einmal eine der schwierigeren, ein Kurs über Leben und Werk William Blakes. Beim ersten Versuch verpasste sie die Bestnote. Sie machte kurz eine Tragödie daraus, aber ihre Verzweiflung und ihr heftiges Wettern gegen den Assistenten, der sie geprüft hatte und ihr dabei auch nicht eine obskure Interpretation des *Großen roten Drachen* erspart hatte, schien eine Pose zu sein, dazu da, ein schwerwiegenderes grundsätzliches Desinteresse zu verbergen. Als sie es einen Monat später noch einmal probierte, ließ die Dozentin selbst sie durchfallen. Wir saßen fassungslos beim Mittagessen, und während sie sie als inkompetent, als Idiotin und frigide Schreckschraube hinstellte, die dringend mal, na ja, sie wusste schon, was, nötig gehabt hätte, umklammerte Nini unwillig ihr Besteck, ohne diesen Urteilen zu widersprechen.

Ich war auf Mariannas Seite, wie immer. Als wir allein waren, ließ ich zu, dass sie ihr ganzes parodistisches Talent entfaltete und die Dozentin in den grimmigsten Farben malte, was nun wirklich eines düsteren Blake-Gemäldes würdig gewesen wäre. In den kurzen Zeiträumen, die sie mir für meine Beiträge ließ, versuchte ich sie anzufeuern.

Das nützte nicht viel. Es gab einen dritten und einen vierten Misserfolg, unter Umständen, die nie ganz geklärt wurden. Beim fünften Mal kam Marianna zur Prüfung ohne Prüfungsheft, setzte sich vor die Professorin und den Assistenten und sah sie stumm an, bis die beiden die Geduld verloren und sie entließen.

Nach der Prüfung rief sie mich an, ich solle auf jeden Fall nach Hause kommen – ja, es war *unerlässlich*. Im Jahr zuvor hatte ich die letzte Einspruchsfrist gegen den Militärdienst verstreichen lassen und die Missbilligung der gesamten Familie geerntet, damit aber die erste meiner stillschweigenden Fluchten angetreten (gut möglich, dass ich die unmittelbar bevorstehende Katastrophe vorausahnte und Schutz suchte). Ich wohnte schon in der Kaserne, aber im Tausch für einen Gefallen, den ich einem Vorgesetzten tat, konnte ich ihrem Wunsch entsprechen.

Beim Abendessen verkündete Marianna unter Schluchzen und hysterischem Weinen, dass sie das Studium aufgeben wolle. Wir sahen sie sich winden wie ein Tier in der Falle. Ihr Schmerz klang in mir mit gleicher Intensität wie in ihr wider, aber ich konnte nichts tun, um ihn zu lindern. Nini erwartete, dass ich etwas sagte. Ernesto aß mit kleinen Bissen weiter. Am Ende dessen, was er für eine typisch infantile Äußerung seiner Tochter halten musste, sagte er schließlich: «Morgen kommst du mit ins Krankenhaus. Mit mir.»

Ich begriff nicht gleich, dabei war die Sache ziemlich einfach. Für einen Arzt wie Ernesto Egitto, der seit jeher leugnete, dass es im menschlichen Organismus etwas anderes geben könne als die Mechanik des Körpers und den diesen lenkenden Willen im Gehirn, konnte die Diagnose nur eine sein: Er hatte Marianna ganze Nachmittage am Schreibtisch sitzen sehen, wenn der Fehler also nicht in der Entschlossenheit lag, musste er notwendigerweise woanders im Organismus liegen. War seine Tochter denn nicht immer Klassenbeste gewesen? Die Eifrigste, die einzig Unfehlbare? *Oh, ich muss aber in die Schule!*, hatte sie der Schnauze geantwortet. Irgendetwas in ihrem inneren Mechanismus musste sich verklemmt haben, und er würde herausfinden, was es war.

Darüber, was in den folgenden Monaten in den verschiedenen Abteilungen des Krankenhauses geschah, habe ich nur indirekte Informationen, Zusammenfassungen, die Ernesto mir bei den sporadischen Gelegenheiten, wenn ich meinen Urlaub zu Hause verbrachte, zu meiner Unterrichtung vortrug. Er zählte die Tests auf, denen er Marianna unterzogen hatte, paraphrasierte ihre Krankenakte, die immer umfangreicher wurde, als ob er experimentelle Daten für eine wissenschaftliche Veröffentlichung sammelte oder als ob er lebendiges Anschauungsmaterial für das beibringen wollte, was ich mittlerweile an der Universität in den Lehrbüchern studierte. Er war unparteiisch, kommentierte nicht, er war wie durchsichtig. Selten nickte er einmal oder verzog die Lippen einen Augenblick lang zu einem Lächeln ohne Wärme.

Als Erstes ließ Ernesto eine Röntgenaufnahme von Mariannas Schädel machen. Ein paar Tage lang hörten wir ihn die Vorzüge und Nachteile der Schädelformation meiner Schwester erörtern. Das alles in allem reduzierte Volumen der frontalen Partien war ein Erbfaktor, der zweifellos der Familie Ninis anzulasten war, vielleicht Anzeichen für eine geringe Disposition zu abstraktem Denken. Obwohl ich nicht einverstanden war mit dieser Deutung, die Gedankengut

Lombrosos aufnahm und in so grobem Kontrast zur sonstigen wissenschaftlichen Strenge meines Vaters stand, fühlte ich mich nicht imstande, ihm zu widersprechen.

Das EKG zeigte eine leichte Extrasystolie, und Ernesto wollte die Untersuchung unter Belastung wiederholen lassen. Anomalien am Skelett und an den Gefäßen ausgeschlossen, vermutete er eine Funktionsstörung im Lymphsystem, und auch diese Fährte wurde bis in die entlegensten Winkel verfolgt, um sich dann als Irrweg zu erweisen. Durch Untersuchung von Blut und Urin konnte er eine Reihe von gewöhnlichen Störungen ausschließen, auch wenn der erhöhte Bilirubin-Spiegel ihn eine schwere Erkrankung der Leber annehmen ließ. Er bezichtigte Marianna, zu viel Alkohol zu trinken, aber das war eine so lächerliche Unterstellung – sie war so gut wie abstinent –, dass nicht einmal Nini, die den Gang der Untersuchungen stets sehr aufmerksam verfolgte, ihr Glauben schenkte. Da begnügte er sich damit, meiner Schwester das Gilbert-Meulengracht-Syndrom zu attestieren, eine andere mögliche Mitursache ihres jüngsten Scheiterns (so nannte er das nun: *das Scheitern*).

Aus Mariannas dunklen Venen wurden weitere Deziliter Blut abgezapft, um Anzeichen seltener Krankheiten oder Autoimmundefizite zu finden. Man musste den Blickwinkel erweitern und auch Lupus, Diabetes mellitus, Glutenunverträglichkeit, Morbus Cushing oder Morbus Crohn in Erwägung ziehen … Im zweiten Monat, den sie damit zubrachte, Ernesto von Abteilung zu Abteilung zu folgen, erschien sie vor allem blutarm, obwohl die Anzahl ihrer roten Blutkörperchen das Gegenteil bezeugte. Man machte zwei CTs und eine Kernspintomographie, weitere Röntgenaufnahmen von Schädel und Thorax, die diesmal von der vollzählig versammelten Kollegenschaft Ernestos erörtert wurden, außerdem von einer Kapazität aus der Schweiz, die für diesen Anlass hinzugezogen wurde: alle gleichermaßen angesteckt von Ernestos beeindruckender Redegabe und von seiner verständlichen Sorge als Elternteil. Mariannas Fall war mittlerweile eine öffentliche Angelegenheit, und fast vergaß man, welches Symptom diese Jagd ausgelöst hatte: ein nicht bestandenes Universitätsexamen. Mittlerweile betrachteten wir sie als krank, als gefährdet. Sie war einfach zu schwach oder zu müde, um sich zu widersetzen. Wie ich erst viel später rekonstruierte und eigentlich aus gewissen schlauen Blicken, die sie mir hin und wieder zuwarf, schon früher hätte schließen können, wollte sie sehen, wie weit Ernesto gehen würde, wollte der ganzen Welt vorführen, wie schlimm seine Verrücktheit war, um den Preis, das am eigenen Leib zu büßen. Sie willigte ein, dass man ihr eine harmlose Talgdrüse hinter dem linken Ohr entfernte und dass man ihr eine Sonde durch die Speiseröhre in den Magen schob, um die Magenwände abzusuchen.

Nach dem negativen Ergebnis der Gastroskopie sagte Nini völlig unerwartet, jetzt sei es genug, man könne sie nicht weiter quälen. Sie wusste schon seit langem, dass ihrer Tochter nichts fehlte, aber es kostete sie zu viel Mühe, sich den Absichten des Ehemanns zu widersetzen. Jetzt aber musste er aufhören. Ein Streit entbrannte. Bei den seltenen Gelegenheiten, da Nini ihm widersprach, hüllte Ernesto sich in eisernes Schweigen. Er verbrachte Stunden um Stunden im Dunkeln, und es konnte vorkommen, dass man ihn im Badezimmer auf der Bademratte ausgestreckt fand, auf dem Rücken liegend und die Arme auf der Brust verschränkt, wie ein toter Pharao. Eines Abends kam er nicht nach Hause. Da befahl Nini Marianna, das zu tun, worum sie einige Zeit später mich bitten sollte. «Geh und ruf ihn an. Bitte ihn um Entschuldigung. Sag ihm, er soll nach Hause kommen.»

«Ich ihn um Entschuldigung bitten?»

«Ja, du.»

«Und warum?»

«Er ist nun mal so.»

Nini sagte nichts weiter. In der Familie Egitto musste man ohne weitere Erklärungen begreifen, was notwendig war. Und Marianna ließ sich nicht lang bitten. Als ob sie zum ersten Mal die bizarre und vorhersehbare Entwicklung dessen betrachtete, was sie selbst ausgelöst hatte, aber wie hinter einer Panzerglasscheibe, ging sie entschlossen zum Telefon, wählte Ernestos Nummer und sagte mit eintöniger Stimme: «Ich bitte dich um Entschuldigung. Komm nach Hause.»

Die Universität war unterdessen ein überwundenes Problem, das niemand je ans Licht zu bringen wagte, ebenso wenig wie die unsinnige Parenthese des Check-up: für alle Zeit in Schweigen gebannt. Marianna verbarrikadierte sich für den Rest des Semesters in ihrem Zimmer. Das war eine Art Quarantäne. Wenn ich sie sah, schien sie mir so glücklich und unbeschwert wie schon lange nicht mehr.

Im Sommer brachen wir zu einer Reise auf, sie und ich zusammen mit einigen Freunden. Endziel war die triste Ostseeküste, aber nachdem wir die Grenze zwischen Österreich und der Tschechischen Republik überschritten hatten, sagte Marianna, sie wolle umkehren, und bat darum, zum nächstgelegenen Bahnhof gebracht zu werden, wo sie in den nächstbesten Zug steigen würde. «Ich fühle mich *unwohl*, klar? Diese Orte gefallen mir nicht, sie lösen bei mir *Angst* aus.»

Sie zwang die Gruppe zu einem eintägigen Aufenthalt in

einem nichtssagenden Ort in der Nähe von Brünn. Schließlich fuhren die anderen weiter, verärgert über die Verspätung und auch darüber, dass sie nun beengt in einem Auto sitzen mussten. «Ich kann nicht verstehen, warum du nicht *mit ihnen* gefahren bist», protestierte Marianna, aber es war klar, dass sie mir dankbar war und es in gewissem Sinn auch für richtig hielt, dass ich bei ihr blieb. Ich konnte sie überzeugen, die Ferien nicht ganz zu verschenken: Wir waren schon bis dahin gekommen, da konnten wir uns wenigstens Wien anschauen. «Wien wird dir keine Angst machen.»

Von den letzten gemeinsamen Tagen bewahre ich eine wirre und zerrissene Erinnerung, eine Erinnerung, wie man sie von einem Sturm haben kann, der einen im Schlaf überrascht. Marianna war unleidlich, sie schien ständig drauf und dran, in Tränen auszubrechen. Sie aß wenig, fast nichts. Im Restaurant oder in den kleinen Gastwirtschaften, wo wir zu Mittag einkehrten, sah sie das Essen an, als wolle sie es befragen, bis sie es gelangweilt zur Seite schob.

Nach ein paar Tagen verzichtete auch ich aufs Essen. Das Gefühl des Hungers ist das einzige gemeinsame Element in den ansonsten unzusammenhängenden Erlebnissen dieses Aufenthalts. Ich hatte Hunger, während Marianna mit wildem Gesichtsausdruck die gequälten weiblichen Körper auf den Aquarellen von Egon Schiele betrachtete und mir dann befahl, gehen wir raus hier, gehen wir sofort weg hier, ich *hasse* dieses Museum. Ich hatte Hunger, als wir ausgestreckt und wach auf dem Ehebett lagen, das zu teilen uns peinlich war, und eine Reihe von alten Anekdoten Revue passieren ließen, die uns zum Lachen brachten oder uns sehr weh taten. Ich hatte Hunger zum Umfallen, und mir war schlecht während unserer stillen Fahrt auf dem Riesenrad, als sich

Marianna mit dem vollkommen leeren Blick, den ich an ihr kannte, mir zuwandte und sagte: «Ich will nie mehr etwas mit ihnen zu tun haben, nie mehr.» Und ich hatte Hunger während der nicht enden wollenden Rückfahrt im Regen, der uns von Anfang bis Ende begleitete. Ohne es zu bemerken, hatten wir die vollkommenste Form der Hygiene praktiziert, die Ernesto uns beigebracht hatte: so lang wie möglich, so lang man es aushält, nichts zu sich nehmen.

Nach unserer Rückkehr wurde Marianna für alle unzugänglich. Die Strategie, die sie im Kopf hatte, setzte sie mit der Gründlichkeit um, die ich immer an ihr bewundert hatte. Sie nahm den Kontakt zu einem Jungen wieder auf, mit dem sie sich bis vor wenigen Monaten ohne Begeisterung getroffen hatte, ein blasser Typ, der sie bewunderte und den Nini mit der ganzen Kraft ihrer stillen inneren Haltung ablehnte, sie zog zu ihm, und ein Jahr später machte sie ihn zu ihrem Bräutigam. Sie lehnte jede Einmischung seitens unserer Eltern und jede Vermittlung meinerseits ab. Sie brachte das bravouröse Kunststück zuwege, nie das Wort an Nini oder Ernesto zu richten, auch nicht versehentlich und auch nicht, um zu sagen, lasst mich in Ruhe. Ein für alle Mal spielte sie mit waghalsiger Geschwindigkeit ihre eigene absteigende Tonleiter, fehlerfrei bis zu den tiefsten Bässen auf der Tastatur.

So belebte sie die Vergangenheit noch einmal neu: sämtliche Schmähreden Ernestos, die Feiern zu ihren Ehren, die geschenkte und zurückgenommene Liebe, die Ermahnungen Ninis, die Vorsichtsmaßnahmen, das unablässige und besessene Lernen, die Mathematik-Olympiade, bei der sie Zweite wurde, die Kosenamen, die Solfeggien, die ins Klavier gedroschenen Akkorde, die durch die fünf Stockwerke des

Hauses bis hinunter in die Garagen widerhallten und von dort unter die Erde, die syntaktisch perfekten und eiskalten Gymnasialaufsätze. Jedes einzelne dieser Elemente hatte dazu beigetragen, Marianna aufzuziehen wie einen Federmechanismus. Eine Million Drehungen an dem Zinnsoldaten, der sie war. Der Schlüssel war abgesprungen, und sie war auf ihr Ziel losgelaufen. Dabei zählte es kaum, dass dieses Ziel die Tischkante war: Mit Abgründen hatten wir alle in der Familie eine gewisse Vertrautheit.

Nach der Hochzeit sprachen wir fast gar nicht mehr über unsere Eltern, auch nicht über Freunde, über nichts, was zwischen uns von Belang gewesen wäre.

Wenn ich sie besuchte, war sie immer in Gesellschaft ihres Mannes. Ich begriff nicht, wie ein Racheakt so kaltblütig ins Werk gesetzt und mit solcher Beharrlichkeit ausgeführt werden konnte. Sie hatte alles schon sehr viel früher beschlossen, die einzelnen Schachzüge vorhergesehen. Ein kleines Manöver hatte einen verheerenden Prozess in Gang gesetzt. Es hatte nicht einmal einen wirklichen Streit gegeben, jeder war reglos in seiner Höhle sitzen geblieben und hatte zugesehen. Beim Studium der Knochen hatte ich im Übrigen gelernt, dass die schlimmsten Brüche diejenigen sind, die man sich im Ruhezustand zuzieht, wenn der Körper beschließt, in seine Teile zu zerfallen, und das auch tut; im Bruchteil einer Sekunde zerfällt er in so viele Stücke, dass es undenkbar ist, ihn wieder zusammenzusetzen.

Bei Ernestos Begräbnis fragten mich nicht viele nach Marianna. Einige vermieden es aus einem natürlichen Hang zur Vorsicht, die meisten aber hatten sich im Lauf der Jahre eine ziemlich konfuse und schauerliche Vorstellung von der Sachlage gebildet, sodass sie lieber den Mund hielten. Anscheinend war auch ein so versiegeltes Haus wie das der Egittos nicht hermetisch abgeschlossen.

Ein paar Tage nach der Beerdigung wandte ich mich an einen Kollegen im Militärhospital, der Psychiater war. Ich bat ihn um ein Rezept, ohne ihm zu gestatten, mich zuvor zu untersuchen, und ohne irgendeines der Motive zu erläutern, die mich zu ihm geführt hatten. Ich sagte nur, dass ich mich noch nie in meinem ganzen Leben so müde gefühlt hätte, dass zu dieser unglaublichen Müdigkeit eine ebenso große Hektik hinzukomme und dass beides zusammen mich nicht schlafen lasse. Er solle entscheiden, was, welcher Wirkstoff auch immer, imstande wäre, mich etwas runterzubringen, ich verlangte nichts weiter, als auszuruhen, zu verschwinden. «Wenn du es nicht machst, geh ich zu jemand anderem, oder stelle mir das Rezept selbst aus», drohte ich ihm.

Widerwillig kritzelte der Kollege das Rezept, mit der Aufforderung, in einem Monat wiederzukommen. Ich ging nicht wieder hin. Ich fand es bequemer, das Medikament auf Kosten der Truppe zu bestellen, eine Anzahl von Schachteln, mit der ich lange auskommen würde. Eine Pille am Tag, jede, um eine Frage auszulöschen, auf die ich im Lauf der Zeit keine Antwort gefunden hatte: Was ist eine Familie? Warum bricht ein Krieg aus? Wie wird man Soldat?

Das Gras wächst unermüdlich

Die Tatsache, dass die Heimkehr aus dem Einsatz mit dem beginnenden Frühling zusammenfiel, war ein Unglück für die Alpini. Die Jahreszeit ist zu sehr von Sehnsucht erfüllt, ein echter Schock, die Tage hören gar nicht mehr auf und vermitteln einem das Gefühl eines nicht zu befriedigenden Drangs, die Düfte in der Luft bringen nur falsche Erinnerungen an die Oberfläche, und ständig ist man versucht, der Laschheit nachzugeben. Feldwebel René wehrt sich mit all seinen Kräften dagegen. Er weiß, dass man mit etwas Disziplin jedes Maß an Schmerz überwinden kann, man muss sich nur seine Zeit einteilen und sich beschäftigen.

Er hat auf den Urlaub verzichtet, und eine Woche nach der Rückkehr war er schon wieder auf seinem Posten in der Kaserne. Seine Verwandten aus Senigallia waren beleidigt, aber ihre mitleidigen Gesichter zu sehen, stand ganz oben auf der Liste der zu vermeidenden Dinge. Er wacht um halb sieben auf, der Jogginganzug liegt schon auf dem Stuhl im Schlafzimmer parat. Bei der Arbeit füllt er die Tage aus, indem er dieselben Aufgaben womöglich zweimal erledigt, und nach Dienstschluss bleibt er so lang im Fitnessraum, bis er nicht mehr kann; Montagabend spielt er mit Pecone Squash, am Donnerstag hat er Aikido-Unterricht, freitags sucht er sich jemanden zum Ausgehen, oder er zieht allein los. An den Wochenenden, den heikelsten Momenten, plant er erschöpfende Motorradtouren oder die Reinigung der Garage oder irgendwelche anderen überflüssigen Dinge, die ihm in den Sinn kommen. Mit den Videospielen hat er auch noch die letzten lästigen Zeitsegmente ausgefüllt. Er absolviert dieses Programm mit Disziplin und ohne nennenswerte Abweichungen Tag für Tag, Woche um Woche. Ein Mann wie er könnte immer so weitermachen.

Eine wenig angenehme Tätigkeit, die ihn unter anderem in Anspruch genommen hat, war die Besucherrunde bei den Eltern der Gefallenen, er ist dabei methodisch vorgegangen, und heute wird er sie mit dem Besuch bei der Frau von Salvatore Camporesi abschließen. Warum er ausgerechnet sie als Letzte aufsucht, warum er diesen Besuch so lang hinausgeschoben hat, ist bestimmt von Bedeutung, er aber hat keinerlei Absicht, der Sache auf den Grund zu gehen.

Seit fast zwei Stunden sitzen sie gemeinsam im Schatten der Veranda am Haus der Camporesis, während der Sohn Gabriele seelenruhig auf den Stufen hockend spielt. Flavia war von Anfang an entschlossen, nichts zu tun, um die Unterhaltung weniger mühsam zu gestalten, als sie ist. Der Fruchtsaft, den sie ihm serviert, ist warm, und sie hat ein Päckchen Kekse einer unbekannten, wenig vertrauenerweckenden Marke vor ihn hingestellt, die er nicht anzurühren wagt. Es ist klar, dass sie in diesem Augenblick nicht geneigt ist, viel Wert auf Förmlichkeiten zu legen.

Sie haben wenig miteinander gesprochen, dafür unentwegt geraucht. Nachdem sie bei den ersten Zigaretten noch um Erlaubnis gebeten hat, fuhr Flavia fort, sich aus dem Päckchen zu bedienen, ohne zu fragen. Es bleiben nur noch drei, und wenn sie die aufgeraucht haben, stellt sich der Feldwebel vor, wird es Zeit, die Unterredung zu beenden. Trotz der Schwierigkeiten sieht er diesem Abschied nicht allzu ungeduldig entgegen. Flavia Camporesi ist die jüngste und eindeutig die hübscheste Witwe, der er begegnet ist. Das Wort Witwe passt gar nicht zu ihrer Person.

«Hast du gesehen, was für ein Desaster?», sagt sie plötzlich und weist dabei auf den Garten, wie um den zu aufdringlichen Blick von sich abzuwenden.

René tut erstaunt, obwohl er auf den wenigen Metern zwischen Gartentor und Haus den verwahrlosten Zustand des Vorgartens sofort bemerkt hat. Das Gras reicht bis an die Waden, dazwischen sind grüne Ähren und giftig aussehender Klatschmohn gewachsen, und die Hecke, die um die Einzäunung verläuft, ist voller unregelmäßig vorstehender Büschel.

«Ich hatte ihm gesagt, dass wir kein Haus wie dieses nehmen sollten. Aber für ihn war das eine fixe Idee. Seine Eltern wohnten in einem ähnlichen Haus. Salvo wollte immer sein Leben von früher wiederholen, er machte mich ganz verrückt damit. Bis zum Sommer ist das ein Urwald hier.»

«Hast du niemanden, der dir hilft?»

Auch wenn der Besuch angekündigt war, hat Flavia sich nicht die Mühe gemacht, sich zu schminken, und die mit einem Gummiband zusammengehaltenen Haare sollten vielleicht mal gewaschen werden. Doch all das genügt nicht, ihr Gesicht unattraktiv zu machen.

«Eine Weile lang ist sein Vater gekommen. Er kümmerte sich darum. Aber nach dem Unfall wollte er immer über Salvo reden. Er hat mich stundenlang in der Küche festgehalten, das war nervtötend. Ich habe ihm gesagt, er soll es seinlassen.» Sie macht eine Pause. «Ich bin mir sicher, dass er mich vor allem kontrollieren wollte. Er hat überhaupt kein Recht dazu.»

«Ich könnte dir helfen. Den Rasen in Ordnung zu bringen, meine ich.» Er sagt das spontan, und gleich packt ihn die Angst, einen falschen Schritt getan zu haben, wie wenn man seinen Fuß in Treibsand setzt.

Flavia schaut ihm für den Bruchteil einer Sekunde in die Augen, mit einer Mischung aus Zärtlichkeit und Mitleid. Zwischen den Fingern hält sie die brennende Zigarette. «Lass es gut sein, René. Trotzdem danke schön.»

«Ich mach das gern.»

«Du tust es aus Mitleid.»

«Das stimmt nicht. Und im Übrigen wäre auch an Mitleid nichts Schlechtes.»

«Wenn du den Rasen einmal mähst, wird der Garten in einem Monat wieder in dem Zustand sein, und ich bin wieder am selben Punkt. Dann werde ich nicht wissen, wen ich rufen soll, und dann rufe ich dich an. Du wirst dich nicht trauen, einer verzweifelten Witwe nein zu sagen, aber du wirst keine Lust dazu haben. Und so jeden Monat, bis du es satthast und eine Ausrede erfindest, um nicht mehr kommen zu müssen. Du wirst dich schuldig fühlen und ich mich wie eine Verlassene. Wir sollten uns das nicht antun, René. Leider wächst das Gras unermüdlich. Wir können nichts daran ändern.» Sie schweigt einen Augenblick, dann setzt sie hinzu: «Es ist nicht deine Schuld, dass Salvatore tot ist.»

Dem Feldwebel versetzt es einen Stich. Wenn sie wüsste! Wenn sie wüsste, wie sehr sie sich täuscht und wie viele Kilometer Rasen er mähen müsste, um sie für das zu entschädigen, was er ihr genommen hat. Mit dem Taschenmesser müsste er einen Wald abholzen. «Und wenn ich es mir antun will?», beharrt er. Flavia schnippt ein Ascheflöckchen vom Pullover. «Kannst du denn überhaupt mit einem Rasenmäher umgehen?»

«Sag mir, wo er ist, dann zeige ich es dir gleich.»

Sie bläst den Rauch nach oben. «Nein, nicht jetzt. Heute ist nicht der Tag für den Rasen.»

«Wann denn?»

«Am Samstagmorgen.» Sie drückt die halb aufgerauchte Zigarette im Aschenbecher aus und steht auf, als ob es plötzlich spät wäre und sie den Besuch abbrechen wolle. «Du hast jedenfalls noch Zeit, es dir anders zu überlegen. Du brauchst mir nicht Bescheid zu geben. Und ich bitte dich, es nicht zu tun.»

Aber René ist nicht der Typ, der kneift. Er hält das Versprechen, ja, in den Tagen davor denkt er an nichts anderes. Samstag erscheint er zeitig am Haus der Camporesis. Flavia ist noch im Morgenmantel. Sie hatte die Verabredung vergessen. Er registriert diese Vergesslichkeit mit unerwartetem Missfallen.

Er hat sie belogen: Er hat sich nie zuvor mit Gartenarbeit befasst, er hat immer in Wohnungen gewohnt. Es scheint ihm jedenfalls kein schwieriges Unterfangen. Bestimmte Amateurfilmchen vor Augen, die er sich im Netz angeschaut hat, macht er sich an die Arbeit.

Er fährt die Fläche mit dem Rasenmäher ab, in die eine und in die entgegengesetzte Richtung. Er hatte sich vorgestellt, die Bahnen würden farblich unterschiedlich sein wie auf dem Fußballplatz, aber irgendwie klappt das nicht. Es muss eine besondere Technik sein, die er nicht kennt. Er bemerkt Flavia, die ihn von der Veranda aus beobachtet, mit verträumtem Blick, als ob sie in seinen Bewegungen die eines anderen sähe. Jetzt trägt sie einen tief ausgeschnittenen Pullover ohne BH. Sie steht genau an der Stelle, wo ihr das Sonnenlicht direkt ins Gesicht scheint. «Du hast das noch nie gemacht, stimmt's?»

René betrachtet den Teil der Rasenfläche, den er schon gemäht hat. Jetzt, da sie es gesagt hat, kann er zugeben, dass das Ergebnis ziemlich enttäuschend ist. «Merkt man es sehr?»

Flavia lächelt. «Es ist jedenfalls besser als vorher.»

Am Ende bleibt er zum Mittagessen und auch einen guten Teil des Nachmittags. Dann hat Flavia wie beim ersten Mal einen plötzlichen Stimmungsumschwung und verabschiedet ihn schnell, ohne Vorwarnung. Sie verspricht, dass sie ihn anrufen wird, wenn sie Hilfe braucht, aber die Art, wie sie es sagt, wirkt so, als hätte sie keinerlei Absicht, das zu tun.

Auf der Autofahrt nach Hause ist René durcheinander. Der Tag hat eine unvorhergesehene Wendung genommen. Es bleibt ihm ein Teil des Nachmittags, den er ausfüllen muss – zu Hause erwartet ihn Level acht von Halo –, aber er glaubt nicht, dass das Spiel ihn fesseln wird. Er hat so eine Ahnung, dass er nichts anderes wird tun können, als in der beschämenden und überaus gefährlichen Sehnsucht zu schwelgen, die sich in ihm breitgemacht hat, seitdem er das Gartentor hinter sich geschlossen hat, die Sehnsucht nach dem Garten eines seiner gefallenen Soldaten und nach dessen abweisender Frau auf der Veranda.

Wegen dieser Sehnsucht lässt er zwei Tage später die Verabredung mit Pecone zum Sport ausfallen und postiert sich im Auto bei dem Haus von Flavia Camporesi. Er bleibt dort, bis es dunkel wird, starrt auf die an- und ausgehenden Lichter im Haus und fragt sich, ob er in der Zeit im Tal nicht doch einen Knacks weggekriegt hat.

Am nächsten Abend kommt er wieder und auch am darauffolgenden. Schon bald werden die Wachdienste bei Flavias Haus die normale Fortsetzung seiner Tage in der Kaserne, und ab einem gewissen Zeitpunkt teilt er es sich so ein, dass er sich das Abendessen mitbringt. Er parkt nah genug, um alles zu sehen, aber weit genug entfernt, um nicht bemerkt zu werden. Er weiß nicht, was er sucht. Es genügt ihm, Flavia oder ihren Sohn hinter einem Vorhang zu sehen, einen Moment ihres gestörten Familienlebens einzufangen, um sich besser zu fühlen und zugleich die Angst, die ihn dort festnagelt, zu erneuern. Als hätte er das Bedürfnis, sich ständig zu vergewissern, dass diesen beiden wehrlosen Geschöpfen nichts Böses zugestoßen ist. Was die physische Attraktion anbelangt, die die Witwe Camporesi auf ihn ausübt, so hat sie nichts mit der Verliebtheit in bestimmte Mädchen zu tun, die er vor langer Zeit, als Jugendlicher, kennengelernt hat. Sie ist ein komplizierteres Gefühl, das er nicht entziffern kann und auch nicht will.

Während er im Wagen sitzt, das Radio ausgeschaltet, verweilen seine Gedanken nirgendwo länger, aber es sind in etwa immer dieselben: der verspätete Anruf bei Rosanna Vitale, die Müllsäcke mit den Jungs drin, der kleine Gabriele, der endlich beschließt, ihn nachzuahmen – wie er geht er auf die Knie und sammelt das Laub unter der Hecke ein, ein Blatt, denn mehr können seine kleinen Händchen nicht fassen.

Die bewährte Routine des Feldwebels funktioniert nicht mehr, und es ist ihm egal. Er will Wachdienst tun und basta. Er hat einkalkuliert, dass früher oder später eine Streife der Polizei kommen und ihn nach dem Grund für seine sehr langen Aufenthalte fragen wird, aber es ist ausgeschlossen, dass er darauf verzichten könnte, sich in der Nähe des Hauses mit dem violetten Anstrich aufzuhalten, das Salvatore einst gekauft hat, um sein Leben als Kind fortzusetzen. Es ist noch lang, zu lang bis zu dem Tag, da er sich um den Rasen kümmern muss, und in der Zwischenzeit kann er nicht anders, um seine Unruhe in Schach zu halten. Das Gras wächst unermüdlich, aber nicht schnell genug.

Er erhält den Anruf einer alten Bekannten, Valeria S., eine Kundin aus der Zeit, als er noch sein Einkommen aufbesserte. Vor ihr hat niemand nach ihm gefragt. In den Monaten seiner Abwesenheit müssen sie Ersatz für ihn gefunden haben, oder sie haben von dem Unfall gehört und beschlossen, sich fernzuhalten. Er akzeptiert das Engagement mit der gewohnten formvollendeten Höflichkeit und auch, weil er Lust auf Sex hat (das letzte Mal war mit einer Frau, die von ihm schwanger war, in einem früheren Leben).

Vor der Tür kommen ihm Zweifel, ob er sich nicht zu sehr parfümiert hat, ein Merkmal der Unsicherheit, ein klares Zeichen dafür, dass er aus der Übung ist. Macht nichts, mit der Kleidung wird auch ein Gutteil des Geruchs verschwinden. Valeria S. kommt sofort zur Sache. Schon im Wohnzimmer fallen sie übereinander her. Etwas Heißhungriges und Verzweifeltes macht sie einander gleich. Die Frau hat einen schönen, biegsamen Körper, und nachdem sie das Unterhemd abgelegt hat, stützt sie sich auf seinen Unterarm und beugt den Rücken, die Brüste seinem Mund darbietend. Keine falsche Bewegung und kein Blick zu viel unterbrechen den hastigen Wechsel ins Schlafzimmer. Sie umarmen und küssen sich, heben und streicheln sich, ohne sich auch nur einen Augenblick loszulassen. Selbst die lästige Notwendigkeit, das Präservativ überzustreifen, kann die

Harmonie nicht stören. René erledigt das mit einer Hand und lenkt sie derweil ab.

Bis hierher ist alles gut. Er spielt eine Rolle, aber es ist eine so gut eingeübte Rolle, dass es ihn keine Mühe kostet. Er hält Valeria unter sich fest. Sie hat die Augen geschlossen, und ihr Gesichtsausdruck ist nicht zu deuten. Sie verlangt nach Schmerz, und er fügt ihn ihr zu. Er nimmt eine Brustwarze zwischen die Schneidezähne, bis ihr ein Schrei entfährt. Er geht sogar so weit, ihr eine Ohrfeige zu verpassen.

Als der Beischlaf nach dem Eindringen in den repetitiven Rhythmus der Penetration übergeht, merkt er jedoch, dass etwas nicht stimmt. Es kommt ihm so vor, als sehe er Valeria kleiner werden, ihm entgleiten. Aber es könnte auch das Gegenteil sein, es könnte sein, dass er sich entfernt. Eine Handbreit vor seinen Augen wird die Frau zu einem dunklen Objekt, und auch die Geräusche im Zimmer werden gedämpft.

Ein schwarzer Klumpen bildet sich in der Brust des Feldwebels und steigt ihm in die Kehle. So etwas ist ihm noch nie passiert, und doch scheint der Körper eine alte Erfahrung dessen zu haben, was da vorgeht. Mit einem Mal ist er sicher, dass er nicht zum Orgasmus kommen wird, dass es ihm in wenigen Sekunden sogar unerträglich sein wird weiterzumachen. Und genau in dem Augenblick, da er das denkt, reagiert sein Körper auf der Höhe der Lenden.

Später besteht Valeria darauf, dass er das Geld in jedem Fall nimmt. Ihre Argumentation ist logisch: «Wenn du nicht gekommen bist, ich aber ja, ist die Leistung trotzdem erbracht.»

René zögert, fühlt sich vernichtet, weniger durch Beschämung als durch die Angst, die ihn kurz zuvor im Schlafzimmer gepackt hat. Sie einigen sich auf den halben Preis:

halber Tarif für halben Koitus, das scheint fair. Bevor sie sich von ihm verabschiedet, wirft die Frau ihm einen letzten Trost hin: «Das ist ganz normal, René. Bei dem, was dir passiert ist. Du wirst schon wieder der Mann von früher, du wirst sehen.»

Aber genau das ist der Punkt, denkt René, während er die Treppen hinuntereilt, um sich wenigstens die Peinlichkeit zu ersparen, blöd dazustehen und auf den Lift zu warten: Will er denn wirklich der Mann von früher werden? Und wer verdammt noch mal war denn dieser Mann von früher?

Er hört auf, morgens zu joggen, im Fitnessstudio Gewichte zu heben, er fährt nicht mehr mit dem Motorrad. Jetzt tut er nichts anderes, als Flavia Camporesi und ihren Sohn auszuspionieren. Ihm ist klar, wie gefährlich das ist, aber er kann dem brennenden, dramatischen Wunsch nicht widerstehen, diese amputierte Familie vor Augen zu haben. Die morgens hochgezogenen und abends herabgelassenen Rollläden, die Unausweichlichkeit, mit der sie Gabriele an der Hand nimmt, kaum dass sie aus dem Gartentor treten, ihre übertriebene Vorsicht, mit der sie den Wagen aus der Garage fährt, und der Blick, den sie gleich darauf in den Rückspiegel wirft, um ihr Aussehen zu kontrollieren, all das ist zugleich Beruhigungsmittel und Treibstoff für sein Unbehagen.

Manchmal, immer öfter, wagt er sich aus der Deckung und klingelt. Flavia empfängt ihn, auch wenn sie sich oft wieder auf das Sofa setzt und ihn vergisst. Sie ist noch immer umgeben von der zähen Nachlässigkeit des ersten Tages. Seitdem sich eine feuchte Wärme über Belluno gelegt hat, trägt sie nichts weiter als ein kurzes Nachthemd aus Baumwolle mit einem widerspenstigen Träger, der gern bis zum Ellbogen hinunterrutscht, sodass der Busen halb unbedeckt ist. René fühlt sich von Flavias Nacktheit mit einer Macht angezogen, gegen die er nicht ankommt. Wenn er sie lange beobachtet, muss er aufstehen, eine manuelle Betätigung suchen oder sich das Gesicht mit kaltem Wasser waschen.

Was geht ihm durch den Kopf? Wie ist er in dieses Haus gekommen? Das ist die Frau eines seiner Männer, verbotenes Material, rote Zone. Er war es gewohnt, seine erotischen Regungen zu beherrschen, sie einzusetzen wie seine Gliedmaßen, wie Schusswaffen, wie das lederbezogene Lenkrad seines Wagens deutschen Fabrikats, aber jetzt vermischen sie sich mit einem Scham- und Schuldgefühl, das sie vervielfacht und verwirrt. Er fühlt, dass er die Kontrolle über sich verliert. Durch das Scheitern bei Valeria S. sieht er seine Männlichkeit von Grund auf in Frage gestellt. Er hat Angst, dass die Durchquerung des Tals ihn in eines dieser ekligen Individuen verwandelt hat, die die Lust der anderen von ferne betrachten, ohne den Mut, sich daran zu beteiligen – in einen impotenten Spanner. Er verachtet Menschen dieses Typs, er hat sie nie verstanden. Immerhin sind schon drei Monate vergangen, seitdem er auf der Veranda mit Flavia sprach, und seither hat es keinerlei Entwicklung gegeben.

Unerklärlicherweise und trotz aller Vorsichtsmaßnahmen ist von seinen Besuchen etwas durchgesickert. Eines Tages in der Kantine setzt sich Zampieri ihm gegenüber. «Hör mal, Feldwebel. Es heißt, du hast was mit der Frau von Camporesi, stimmt das?»

«Nein.»

«Es heißt aber so.»

«Ich helfe ihr im Garten. Sie ist allein geblieben.»

Zampieri tippt sich mit der Gabel auf die Unterlippe. «Findest du das eigentlich anständig?»

«Du bist auf dem Holzweg, Zampieri.»

«Ich habe einmal einen Film gesehen, in dem etwas Ähnliches passierte. Er ging sehr schlecht aus.»

Er ist sich nicht sicher, aber ihm scheint, dass die Jungs ihn seit diesem Tag eher meiden. Er bemüht sich, nicht daran zu denken. Er hat nichts Schlechtes getan, nur einer Mutter in Schwierigkeiten Hilfe angeboten. Was die Motive betrifft, die ihn zu so viel Eifer antreiben, so ist niemand imstande, sie zu erraten, und noch weniger, sie zu verstehen, sie gehen nur ihn etwas an.

Es kann auch sein, dass die Jungs wegen etwas anderem durcheinander sind. Die Ersatzmänner aus anderen Kompanien sind angekommen, und bisher haben Renés Bemühungen, ein Klima der Zusammenarbeit herzustellen, nicht ausgereicht. Er selbst zeigte sich am Anfang ihnen gegenüber abweisend, hatte Mühe, sich ihre Namen zu merken, musste sie dauernd bitten, sie zu wiederholen, und hatte ihnen vermutlich nicht gerade das Gefühl vermittelt, willkommen zu sein. Die Alten essen auf der einen Seite, die Neuen auf der anderen. Die Alten trainieren auf der einen Seite, die Neuen auf der anderen. Die Alten sind der Ansicht, dass die Neuen nicht in der Lage sind, auch nur ansatzweise zu verstehen, was sie durchgemacht haben – und vermutlich haben sie recht –, die Neuen halten das für keinen guten Grund, sich schlecht behandeln zu lassen, und lassen sich allerlei einfallen, um zu zeigen, dass die Ablehnung auf Gegenseitigkeit beruht. Die gesamte Situation ist frustrierend. Der Feldwebel hatte große Pläne für seinen Zug, er war überzeugt, dass er an Gewandtheit und Glanz gewinnen würde, stattdessen ist er dabei zu zerfallen.

Vielleicht ist es Zampieris Unverschämtheit, die ihm den letzten Anstoß gibt, selbst auch ein bisschen forscher zu werden. Eines Nachmittags schlägt er Flavia vor, was er ihr innerlich schon seit Wochen vorschlägt, aber so, als käme er im Moment erst auf die Idee: «Hättest du Lust, essen zu gehen, wir beide, an einem der nächsten Abende?»

Sie taucht aus einem ihrer Abwesenheitszustände auf. Sie sieht René an wie einen Unbekannten, der sich unbemerkt eingeschlichen hat, in einem Anflug von Ekel kräuseln sich ihre Lippen, dann verlässt sie den Raum, ohne etwas zu sagen. Beim Abschied befiehlt sie ihm eisig, nie mehr wiederzukommen.

Jedes Jahr Ende Juli veranstaltet die Kaserne von Belluno sportliche Wettkämpfe. Die sechshundert Soldaten, die daran teilnehmen, tun das nicht aus Zwang und auch nicht zu ihrem Vergnügen, sondern weil die außerdienstlichen Aktivitäten Punkte für das Fortkommen auf der Karriereleiter bringen. Die Wettkämpfe ziehen Journalisten von der lokalen Presse und verschiedene Sponsoren an, die üppige Preise aussetzen, um das eigene Firmenlogo groß auf den Trikots prangen zu sehen. Rund um das Ereignis wird eifrig gewettet, Ballesio ist im Bilde und unternimmt nichts, um das heimliche Treiben zu unterbinden, weil er das Glücksspiel ebenso wie andere männliche Laster als Teil des Stammbaums jedes guten Soldaten betrachtet.

Dieses Jahr gab es das Gerücht, der Oberst habe beim sommerlichen Biathlon zwanzig Euro auf Masiero gesetzt. Die Buchmacher, unter denen Enrico Di Salvo ist, sehen den Hauptmann bei einer Quote von drei zu eins als den absoluten Favoriten, während René, der immer ein ernstzunehmender Gegner gewesen war, gerade mal mit neun bewertet wird. Das Urteil über den Feldwebel ist symptomatisch für die psychophysische Verfassung, in der er sich befindet: sichtbar dicker geworden, untrainiert, nervös. Keiner von seinen Männern hat einen Cent auf seinen Sieg gesetzt, und ihm ist das durchaus bewusst.

Deshalb ist er selbst völlig überrascht davon, dass er im zweiten Teil des Wettkampfs aufholt. Ohne sonderliche Anstrengung lässt René Masiero rund zehn Meter hinter sich und erzielt im Schießen eine höhere Punktzahl, indem er bei vier Scheiben ins Schwarze trifft. Es ist das erste Mal, dass er diesen idiotischen Wettbewerb gewinnt, und das erste Mal, dass ihm nichts daran liegt.

Auf dem Podest allerdings genießt er es, auf den kahlen Schädel des Hauptmanns hinabzuschauen. Die Soldaten applaudieren, und die Gruppe seiner Leute ist gut zu erkennen, denn sie sind wie außer Rand und Band. Auch aus der Entfernung hat der Feldwebel den Eindruck, dass das für seine zusammengewürfelte Mannschaft zum ersten Mal ein Grund für gemeinsamen Stolz ist.

«Glückwunsch, Feldwebel», brüllt Masiero.

René bemerkt, dass seine Hand schweißnass ist. «Glückwunsch Ihnen, Herr Hauptmann.»

Ballesio zeichnet den Drittplatzierten mit einem Radiowecker aus, der die Uhrzeit an die Wand projiziert. Masiero bekommt außer der Medaille eine Suunto-Taucherarmbanduhr mit Stahlgehäuse, großem Zifferblatt und unendlich vielen Funktionen. Die wird mindestens dreihundert Euro gekostet haben. Sein Preis wird noch mehr wert sein, überlegt René.

Er beugt den Nacken und lässt sich vom Kommandanten die Goldmedaille umhängen. Dann öffnet er das Paket. Er fühlt Masieros kalten Blick auf sich ruhen, und von seiner Höhe aus bemitleidet er ihn, weil er immer noch in ihrem unnützen Wettstreit befangen ist.

Auch er als Erstplatzierter bekommt eine Uhr: eine gewöhnliche Swatch aus Plastik, das Armband in schwarz-grünem Tarnfleck. Ungläubig schickt er einen fragenden Blick zu Ballesio, der so tut, als verstünde er nicht. Dann blickt er Masiero an, der Hauptmann lächelt ihm zu: Es gibt doch immer noch etwas zu lernen über die Feinheiten des Kommandos.

Sein Trostpreis jedoch lässt nicht auf sich warten. Die Nacht ist erstickend heiß, und es ist schon eins vorbei, René steht auf der Straße, weil das Licht in Flavias Schlafzimmer noch immer an ist. Fast wäre er eingenickt – es wäre nicht das erste Mal, dass er im Wagen einschläft, um am Morgen mit schmerzenden Gliedern aufzuwachen –, als ein elektrisch blauer Lichtschein den Innenraum des Wagens erhellt. Einen Augenblick später lärmt sein Handy auf dem leeren Beifahrersitz neben den Resten eines Take-away-Abendessens. Auf dem Display erscheint der Name Flavia.

Der Feldwebel spitzt die Ohren, um die Sirenen der Polizeistreife zu hören, aber da ist nichts. «Hallo?»

«Bist du noch da draußen?»

René, der Stratege, René, der Mann voller Umsicht, der vor weniger als einem Jahr zu einem Einsatz aufbrach, der sich in ein Blutbad verwandeln sollte, hätte gesagt nein, dann hätte er sich vorsichtig von dem Ort, wo er nicht erwünscht war, zu einem sicheren Versteck begeben. Die neue, wirre Version seiner selbst hingegen kann nicht anders, als die Wahrheit zu sagen: «Ja, aber ich fahre weg, wenn du willst.»

«Nein. Bleib noch ein bisschen.»

«Kannst du nicht schlafen?»

«Das kann ich fast nie. Den letzten Herbst habe ich so gelebt, als wäre ich auch in Afghanistan. Jetzt, glaube ich, bin ich nur ein wenig aus dem Gleichgewicht geraten. Weißt du, welches die Zeitzone der Toten ist?»

«Nein.»

«Entschuldige, das war eine dumme Bemerkung.»

«Du brauchst dich nicht zu entschuldigen.»

«Du warst gut beim Wettkampf.»

«Wer hat dir das erzählt?»

«Ich war da. Gabriele hat auf dich gezeigt, als du ausgezeichnet wurdest. Ich glaube, er hat den Mann mit dem Rasenmäher wiedererkannt.»

«Ich glaube, es wäre an der Zeit, mal wieder zu mähen.»

Flavia übergeht das. «Es gibt Leute, die beschweren sich über den Haufen Kippen, den man jeden Morgen neben dem Gehsteig findet. Du solltest den Aschenbecher benutzen.»

«Ist gut. Ich werde daran denken.»

«Salvo sagte, an gewissen Tagen hätte deine Kleidung derartig nach Rauch gestunken, dass man nicht in deiner Nähe sein konnte.»

«Ich glaube, er hatte recht.»

«Gehst du noch zu deinen Jungfern?»

Die Frage kommt unvermittelt. René gibt sich Mühe, seine Verwirrung in Maßen zu halten. «Ich weiß nicht, wovon du sprichst.»

«Salvo hat mir von deinem Nebenjob erzählt, weißt du. Also, gehst du noch zu ihnen?»

«Nein. Und im Übrigen sind es keine Jungfern. Nur Freundinnen.»

«Wie viel verlangst du?»

«Ich mag darüber nicht reden.»

«Ach komm, ich bin neugierig, sag mir, was du nimmst.»

«Das kommt darauf an.»

«Worauf?»

«Wie betucht sie sind.»

Flavia bricht in Gelächter aus. René hält das Handy ein paar Zentimeter vom Ohr weg.

«Wie altruistisch! Und wenn ich dich engagieren würde?»

«Mach keine Witze.»

«Alleinerziehende Mutter mit Witwenrente. Du müsstest großzügig sein.»

«Hör auf.»

«Fünfzig? Hundert? Bis hundert könnte ich gehen.»

«Ich würde nicht mit dir ins Bett gehen.»

«Und warum nicht?» Sie hat plötzlich den Tonfall gewechselt. «Dann stimmt es also, dass ich wirklich reif für den Müll bin.»

«Das ist es nicht.»

«Ach nein?»

«Du bist ...» Aber er findet keinen Schluss für diesen Satz.

«Die Frau von Salvo? Eine Witwe? Das ist eine eigenartige Klassifizierung. Was soll's, vergiss es.» Mit einem Mal ist sie aggressiv. Sie macht eine Pause, wie um sich zu beherrschen. «Ich geh schlafen.»

Ist es möglich, dass sie ernsthaft diese Absicht hat? Dass sie ihn wirklich ins Haus einladen will? Vor einiger Zeit hat sie ihn weggeschickt, weil er gewagt hatte, von einem Abendessen zu sprechen, und jetzt denkt sie daran, Sex mit ihm zu haben. Vielleicht macht sie sich nur über ihn lustig, aber

René hält sich nicht dabei auf, diese Möglichkeit auszuloten. «Aber wenn du ...», versucht er es.

«Hundert Euro sind im Moment viel für mich», erwidert Flavia schnell.

«Wir sollten nicht über Geld reden.»

«Ich finde aber doch.»

Ihm ist schwindlig. Er ist im Begriff, ein Date mit der Gefährtin des Mannes auszuhandeln, den er hat sterben lassen. «Dreißig sind in Ordnung», sagt er, ohne nachzudenken.

«Ich bitte nicht um eine milde Gabe.»

«Also fünfzig.»

So kommt es, dass er, noch ungläubig, das Bett eines seiner Soldaten usurpiert. Sie sind vollständig im Dunkeln in einem glühend heißen Zimmer, das er bei Tageslicht nie gesehen hat. Flavia liegt auf dem Bauch, nackt und die Beine geschlossen, als erwartete sie eine Züchtigung. René ist es noch nie passiert, dass er zittert, wenn er sich einer Frau nähert. Fürchtet er, wieder zu versagen? Oder sind es die ungewöhnlichen Umstände, die ihn erschrecken? Er hat so lange von diesem Augenblick geträumt, dass sich die Erregung nicht so schnell einstellen will.

Er zögert. Flavia rührt sich nicht, ermuntert ihn nicht. Reglos, wie sie ist, könnte sie auch eingeschlafen sein, wäre nicht ihre wachsame Präsenz spürbar. Als René ihr den Nacken küsst, schüttelt sie heftig den Kopf, wehrt sich. Da streicht er am Rücken die geschwungene Linie der Wirbelsäule entlang, um noch Zeit zu gewinnen, aber Flavia lehnt jede Art Vorspiel ab. Sie stoppt seine Hand, zieht sie zu den Hüften. Sie will bloß Körper sein, keine Person, sie will die soundsovielte anonyme Kundin seiner zweiten Laufbahn sein. Traurigkeit überkommt René. Vorwärts, Feldwebel, das ist alles, was sie sich von dir erwarten.

Und doch, die Frau, in die er nun hineingleitet, ist wirklich sie, Flavia Camporesi. Die Umarmung mit ihr gleicht in nichts den immergleichen, kontrollierten Leistungen, die er bei Valeria S. und Rosanna Vitale, Cristina M., Dora und Beatrice T. sowie Dutzenden anderer erbracht hat, die es auch noch gab und deren Namen er vergessen hat. Zum ersten Mal in seinem Leben macht René Liebe mit sämtlichen Fasern und Muskeln auf einmal, nicht nur mit dem Becken, und sein Kopf ist nicht imstande, zusammenhängende Gedanken zu fassen.

Er schließt die Augen, um die Kontrolle wiederzugewinnen, aber er wird überfallen von einer Salve grellroter Blitze, überall sind Schüsse und Explosionen. Da kehrt er in den Raum zurück, ohne auch nur ein bisschen langsamer zu werden. So geht das nicht, das ist nicht das, was die Kundinnen wollen, dafür zahlen sie nicht, er ist schon zu nah am Orgasmus, und er kann ihn nicht zurückhalten. Flavia presst ihr Gesicht in die Matratze, sie röchelt oder weint, René versteht es nicht, aber er drückt ihren Kopf noch weiter hinunter, als könnte er ihn in das Laken tauchen. In weniger als einer Minute lässt er sich gehen, während das Rot der Explosionen von den Lidern aus um sich greift und das Zimmer überschwemmt.

Erst später, als sie noch nebeneinanderliegen, ohne dass ihre Körper sich irgendwo berühren, fängt Flavia wieder an zu sprechen. Sie verschwendet keinen Satz auf das, was eben geschehen ist, die Implikationen zu erörtern oder sich zu rechtfertigen. Sie will von der Wüste hören, wie die Tage waren und wie lang die Wachdienste dauerten, was gegessen wurde und wer sie zu der Unvorsichtigkeit anhielt, sich vom Lager zu entfernen, als ob sie diese Fragen in irgendeiner beliebigen Nacht an Salvatore stellen würde. Sie will wissen, ob ihr Mann den Bart immer halblang trug oder ob er sich ab und zu rasierte, ob er sie erwähnte und wie oft und in welchem Zusammenhang.

René gibt ihr geduldig Auskunft. Wunderbarerweise empfindet er überhaupt kein Gefühl von Peinlichkeit, wenn er über den Kameraden spricht, ausgerechnet da, in seiner Hälfte des Ehebettes, nach einer weiteren Runde, die er nach den früheren Kriterien als sehr schlecht einstufen müsste und die ihn ganz im Gegenteil bis in die letzte Nervenfaser befriedigt hat. Er bemerkt, dass er Salvatore Camporesi noch einmal den Schlafplatz geraubt hat.

Am folgenden Abend wartet er im klimatisierten BMW auf ein Zeichen. Alles wiederholt sich in derselben Reihenfolge: Sie machen Sex wie Fremde, hypnotisiert und schweißgebadet, und wenn sich ihre Körper der Angst entledigt haben, fangen sie an zu reden. So geht das den Rest des Sommers weiter.

Am 6. August befragt sie ihn eingehend nach den Details der Operation Mother Bear, und als sie bei ihm auf Zurückhaltung stößt, wird sie zornig und beschuldigt ihn, sich nur an dumme Regeln zu halten, wie alle anderen. Am 9. August erzählt sie ihm, wie viel Angst Salvatore in sich verschloss, komprimiert in sich trug, und wie er sich erst nachts im Schlaf durch heftige Muskelzuckungen davon befreite. Hat er das bemerkt? Nein, eigentlich nicht. Am 28. August insistiert sie wegen eines Lederarmbands, an das René sich natürlich überhaupt nicht erinnert. Er schwört jedoch, es jeden einzelnen, in der FOB verbrachten Tag an Salvatores Handgelenk gesehen zu haben, sicher, jeden Tag, er legte es nie ab. Er sieht sich gezwungen, sie häufig zu belügen, vor allem, wenn sie unbedingt etwas über den Leichnam wissen will, den zu sehen man ihr verwehrt hat (31. August, 7. und 9. September). Was sonst soll er ihr erzählen? Dass sie nicht einmal sicher waren, ob sie die sterblichen Überreste von Salvatore gefunden hatten und dass da jedenfalls keine Spur von seinen Händen oder Augen war? Dass ihr Mann zusammen mit den anderen in der Luft zerfetzt wurde? Am 13. September hält sie ihm einen Vortrag über die Verantwortung, die uns auferlegt wird durch die Zuneigung derer, die um uns sind. René tut nur so, als würde er verstehen. Am 26. September schreit sie ihn an, er solle gehen, und droht, die Polizei zu holen, was er von ihr wolle? Es ist nichts Gutes da, nur Schmerz, er soll seinen verdammten Wagen wenden und sich ein lustiges Mädel suchen, weit weg von dieser Ware mit abgelaufenem Verfallsdatum, die sie ist. René nimmt den Ausbruch mit Bitterkeit hin, aber zum ersten Mal erwägen sie die Möglichkeit, dass ihr Umgang miteinander mit etwas anderem zu tun haben könnte als mit Einsamkeit und Trauer.

Am 30. September bleibt der Feldwebel bis zum nächsten Morgen, weil Gabriele hohes Fieber hat und Flavia sich unsicher fühlt. Mitten in der Nacht weckt Gabriele sie mit seinem Weinen, er hat ins Bett gemacht. René hält den Jungen auf dem Arm, während Flavia das Bett frisch bezieht. Der Körper des Kindes ist glatt und nachgiebig, wie hingegossen. Am 5. Oktober kostet es René extreme Mühe, Flavia davon abzubringen, dass die Schuld für das, was geschehen ist, ganz bei Zampieri und ihrer Fahrweise liegt. Wer weiß, wie sie darauf gekommen ist, wahrscheinlich hat er selbst es ihr suggeriert, mit seiner Version der Tage im Tal. In anderen Nächten hört er einfach, wie sie weint, und versucht nicht, sie davon abzuhalten.

Am 18. November sind sie noch wach, als draußen ein Unwetter niedergeht. René merkt, dass sich etwas verändert hat. Er hat ihr alles erzählt – alles, was er konnte –, für Flavia gibt es in der ganzen FOB kein unerforschtes Fleckchen mehr. Er könnte ihr einen Kuss geben und für immer gehen, er weiß, dass sie nicht versuchen würde, ihn zurückzuhalten. Stattdessen findet er den Mut, sie noch einmal zum Abendessen einzuladen. Nach langem Schweigen antwortet sie:

«Du weißt, was da auf uns zukommt.»

«Ich glaube, ja.»

«Nein, du weißt es nicht. Ich bin nicht allein, René. Ich habe ein Kind, falls du es noch nicht bemerkt haben solltest.»

«Ich mag Gabriele.»

«Das Problem ist nicht, ob du ihn magst, sondern ob er dich mag. Siehst du? Da hast du dich schon vertan.»

«Ich kann das ändern.»

«Du verstehst nichts davon.»

«Ich verstehe so viel, wie ich verstehen muss.»

«René, wir sollten so ein Schlamassel vermeiden.»

Ein Hagelkorn schlägt gegen die Fensterscheibe und zerspringt, ohne jemanden zu verletzen oder die Scheibe einzuschlagen. «Und wenn ich es nicht vermeiden will?»

Flavia zögert. «Wenn du in mein Haus kommen willst, musst du erst die Kaserne verlassen.»

«Du weißt, dass ich das nicht kann.»

«Dann kann ich auch nicht. Ich will nichts mehr mit dem Krieg zu tun haben.»

«Flavia …»

«Entweder du versprichst es mir jetzt, oder du gehst und kommst ab morgen nicht wieder.»

Der Feldwebel hat die Gegenargumente parat. Die Truppe ist sein ganzes Leben, jahrelang hat er sich aufgeopfert, um dorthin zu gelangen, wo er jetzt ist. Er macht den Mund auf, um zu widersprechen, aber mit einem Mal haben alle seine Ziele an Bedeutung verloren. Die Fixsterne, die ihn von frühester Jugend an bis heute geleitet haben – im Zimmer einer Frau, die ihm nicht gehört, und ihres stillen Kindes sind all diese Sterne im Aufruhr und nicht wiederzuerkennen. Im Lauf einer Sekunde ist René bereit, sie aufzugeben.

Du wirst schon wieder der Mann von früher. Was ist mit diesem Mann geschehen? Hat er sich verflüchtigt, oder hat er nur einen sehr langen Urlaub genommen? Mit Sicherheit ist er nicht hier. Der Feldwebel sieht eine weiße Zukunft vor sich, die ausgefüllt werden muss.

«Gut», sagt er, «ich werde alles regeln.»

Die Entwicklung der Spezies

«Denn siehst du, du bist jung und bist neu hier, du weißt noch nicht, wie es im Zug so läuft und nicht nur dort – jetzt kommt dir alles vollkommen klar vor, du hast deine Pläne, du sagst dir, ich werde das und das machen, vielleicht, denkst du, werde ich Feldwebel oder Oberleutnant, ist es nicht so? – Wie viel stemmst du im Fitnessraum? – Neunzig ist ausreichend, nicht gerade das Maximum, aber ganz gut für jemand von deiner Statur, und wie geht's beim Schießen auf dem Schießplatz – ich hab dich gesehen, du hast die Tendenz, auf dem Standbein nachzugeben und nach hinten zurückzuweichen, du triffst immer zu hoch, aber das lässt sich korrigieren, man muss nur ein paar Tricks lernen – aber da sind zwei oder drei viel wichtigere Dinge, die du noch nicht weißt, und das erste davon ist, dass du nie das wirst, was du werden willst, schreib dir das hinter die Ohren – das ist schwer zu verdauen, aber früher oder später muss man sich damit abfinden, besser, man weiß es, das ist, wie zu weit übers Ziel hinauszuschießen, kannst du mir folgen? – Wenn du das Huhn nicht aufisst, gib es mir, leg es hierher – hör zu, jede Waffe hat ihre Reichweite, und du musst erkennen, welches die deine ist, du musst dein Ziel richtig bestimmen, so vergeudest du wenigstens keine Munition und weißt, wann der

Idiot, der dich abknallen will, nah genug ist, um das Feuer zu eröffnen – die Beine still zu halten, ist schon ein großer Vorteil – ich kann dir helfen, wenn du willst, schau mir nur zu – hast du eine Freundin? Das ist wichtig, so bist du verankert, da war vor dir ein Junge hier, du erinnerst mich ein bisschen an ihn – kurz und gut, der Typ ähnelte dir, auch er hatte einen langen Schädel wie eine Aubergine und die Augen – ich weiß auch nicht, ihr habt etwas gemeinsam, wer weiß, was, aber Tatsache ist, dass er bei den Mädchen ein völliger Versager war, zu schüchtern, und die Schüchternheit hat ihn um das Beste gebracht, das heißt, die schmackhaftesten Dinge im Leben hat er nicht gekostet, wir verstehen uns, wir zwei, es ist also sehr positiv, wenn du eine Freundin hast, das ist ein Anfang – wenn du in dieser Hinsicht Rat brauchst, wende dich an meine Wenigkeit, Cederna, Schalter Tag und Nacht geöffnet, ich versteh was davon – wir könnten mal abends ein Bier trinken gehen, ich kenne da ein Lokal, das ist nicht schlecht, die haben fünfhundert verschiedene Biersorten, berühmte Marken, Import aus Belgien und Deutschland – wenn du noch nicht auf das richtige gestoßen bist, das dir schmeckt, dort findest du sicher eins, sie haben auch englisches Bier, verdammt, so reden wir ein bisschen miteinander – man kann auch etwas anderes trinken, ich geb dir ein paar Tipps – willst du mich verarschen? Und wer ist sie denn? Verwaltet sie deinen Terminkalender? Du bist noch zu jung, um dich festnageln zu lassen, nimm dir Zeit, schau dich um, glaub mir, du brauchst jemand, der dir beibringt, wie man mit Frauen umgeht, wenn du zulässt, dass sie sich zu breitmachen, bist du geliefert – geh mir doch bitte noch ein Dessert holen – ja, das gleiche – also Folgendes, gestern Abend war ich mit meinem Mädchen zusammen, wir waren eben fertig mit, na ja, du weißt schon – was kümmert dich das, wie sie heißt? Agnese, sie heißt Agnese, zufrieden? Was macht das für einen Unterschied, wenn ich es dir jetzt gesagt habe? – Wir waren also fertig, und ich weiß nicht, was mich gepackt hat, kennst du das, diese Momente bei uns Männern, wenn man keine Lust hat, dazubleiben für die Schmuserei und sonstiges Gedöns, keine Minute länger hältst du es aus in diesem Zimmer, weil du drohst zu ersticken, weißt du? – Nein, du hast keine Ahnung, wovon ich rede, das sieht man dir an den Augen an – nein, du weißt es nicht, aber auch mir ging das früher nicht so, ich war immer eher ... na ja, lassen wir das – nein, mit Spaßmachen hat das nichts zu tun, aber hörst du mir überhaupt zu, verdammt noch mal? Das passiert danach, *nachher*, wenn sie erwartet, dass du sie umarmst und ihr nette Dinge sagst, zärtlich bist, kurz und gut, es kommt ein Punkt, wo du es nicht mehr aushältst, so eng umschlungen an einem anderen Körper zu kleben, denn was sie von dir erwartet, ist zu viel, das muss dir absurd vorkommen, ich weiß, aber das passiert, es ist eine natürliche Reaktion, eine physische Angelegenheit, du willst in Ruhe gelassen werden – ich bin einfach weggegangen, habe Hemd und Schuhe angezogen und bin abgehauen, raus, an die frische Luft, den Geruch der Nacht atmen, in dieser Jahreszeit ist das phantastisch, man muss raus und das riechen, in diesen Nächten, das lädt einen auf – eine Zeitlang hatte ich eine Hütte gemietet oben im Tal, das war eine Zeit, wo ich einfach niemanden sehen wollte, Agnese und ich hatten eine Pause vereinbart, und ich war dort oben für mich allein, um Energie zu tanken, bloß dass es da keine Heizung gab, und als der Winter kam, kurzum, bei dem ganzen verdammten Schnee schaffte ich es nicht einmal zur Kaserne – ja, auch die Rohre waren eingefroren, so ein Mist – na jedenfalls gehe ich da rauf für die Nacht, für mich allein, und heute Morgen, als ich nach Hause komme, sitzt sie schmollend auf dem Sofa, die Verrückte hat die ganze Zeit da gesessen, kannst du dir das vorstellen? Auf dem Sofa, ihre Augen waren violett, so viel hatte sie geheult – sie sagt zu mir, wenn das noch einmal vorkommt, bin ich es, die geht, damit das klar ist, und ich, nein, klar ist gar nichts, halt den Mund – so macht man das – wir heiraten nächstes Jahr – du sagst das, weil du jung bist und noch nichts weißt, wie alt bist du, hast du gesagt? – eben, warte, bis du dreißig wirst, dann wirst du schon sehen, wie sich alles verändert, die dreißig, die stellen dich an die Wand und setzen dir die Pistole auf die Brust, so – entschuldige, ich wollte dich nicht verletzen, du bist empfindlich, sicher – Empfindling, so könnte ich dich nennen, was sagst du dazu, oder Eierkopf – gehen wir raus, hast du Geld für den Kaffee, ich habe kein Kleingeld – dreißig ist jedenfalls das beschissenste Alter, weil du schon echte Verantwortung hast, eben, Verantwortung, die dir überhaupt nicht passt, die du aber einfach nicht abschütteln kannst, das ist der Zeitpunkt, wo du dir eine Familie zulegen musst und alles Übrige auch voranbringen, Kinder und so weiter, sonst ist es bald zu spät, und du hast die Anforderungen der Spezies nicht erfüllt – der menschlichen Spezies, Junge, die dreißig muss man gut vorbereitet erreichen, man muss – zentriert sein und realistisch, weißt du, was das heißt, realistisch? Dass ich niemandem seine Geschichten abnehme, dass ich mir keine Illusionen mache, wie schön alles ist, ich betrachte die Dinge so, wie sie sind, und entscheide über meine Geschichte – letztendlich ist das eine Frage der Eier, die, die keine haben, bleiben auf der Strecke, Evolution hat Darwin das genannt –

nimm auch für mich die mit Schokolade, ich geb dir das Geld dann später – da sind ein Haufen Leute, die jenseits der dreißig ausrasten, das kannst du dir gar nicht vorstellen, nimm unseren früheren Zugführer – ich hab dir doch gesagt, dass du ihn nicht kennst, verdammt noch mal, er heißt René, Feldwebel René, bist du jetzt zufrieden? – Hör lieber zu, was er angestellt hat, er hat sich eine Familie aufgehalst, die nicht die seine ist, er hat eine Frau mit Kind genommen – das Kind ist *nicht von ihm*, Eierkopf – das ist doch nicht natürlich, das scheint mir klar, eine Nacht kann ja angehen, okay, aber sich zusammentun – dieser elende Drecksack hat sich die Familie von einem anderen genommen, die Familie von einem Toten, und jetzt tut er so, als wär es seine – vor Scham hat er sich nicht mehr blickenlassen, elender, feiger Opportunist – er ist Kellner in einem Restaurant, eine echte Kaschemme, ich werde meinen Fuß da nie hineinsetzen, garantiert – wo war ich noch? Ich war dabei, dir etwas Wichtiges zu erklären – gib mir eine Zigarette – genau, die dreißig, das ist der Punkt, der überhaupt nicht so einfach ist, wie du das erwartet hast, kannst du mir folgen? Und wenn es dir jetzt extrem einfach vorkommt, als hättest du alles im Griff und könntest sagen, he Jungs, schaut her, schaut, wie tüchtig ich bin, und dir vorerzählen, dass alles in die richtige Richtung laufen wird, nun, in zehn Jahren sprechen wir uns wieder, Champion, und wir werden sehen, ob ich dir nicht die ganze beschissene Wahrheit gesagt habe, wir treffen uns genau hier wieder, und du wirst mir sagen, weißt du, was ist, Stabsgefreiter Cederna? Du hattest auf der ganzen Linie recht, verdammt noch mal, das Leben hat mir einen schönen Arschtritt verpasst und mich an einen Ort befördert, an dem zu landen ich nie gedacht hätte – sie hat nichts damit zu tun, wozu würde ich denn sonst heiraten – jedenfalls, wenn du Rat brauchst, kannst du zu mir kommen, ich kneife nicht, ich kann dir helfen, womöglich gehen wir zusammen das berühmte Bier trinken – heute Abend, was meinst du? – Oder morgen? Kurzum, wann du magst, ich bin immer hier – nein, ich habe abends nicht viel zu tun – an vielen Dingen verliert man den Geschmack, daran kannst du nichts ändern, wenn du früher gern ausgegangen bist, um tausend genauso Durchgeknallte wie dich zu treffen, jedes Mal, wenn du da auf Urlaub warst, hast du doch nur daran gedacht, so viel wie möglich zu saufen, später hast du dazu keine Lust mehr – das bist nicht du, der sich verändert hat, das ist der Körper, die Evolution, verdammt, er befiehlt dir, Schluss zu machen mit diesem Quatsch, weißt du, wie viel ich in deinem Alter gestemmt habe? Rate – nein, mein Herr, sechzig pro Arm, insgesamt hundertzwanzig, zwei Serien à zehn, und meiner Meinung nach würde ich das auch heute noch stemmen, aber ich habe keine Lust mehr dazu, verstehst du? Die Abende sind jedenfalls zu viele, einer nach dem anderen, immer wieder, einer nach dem anderen, du weißt nicht mehr, wie du sie rumkriegen sollst – du wirst eine Menge Dinge sehen, mein Lieber, Dinge, die dir nicht mehr aus dem Kopf gehen, du bist noch jung, hast gerade mal angefangen.»

Andere Berge

Die Disziplinarkommission, wie sie großspurig in der Vorladung genannt wird, besteht aus drei Mitgliedern. Zwei sind Externe: ein Major und ein anderer Offizier, der keine Rangabzeichen trägt, beide mit südlichem Akzent – Egitto kennt sie nicht. Der Vorsitzende, der in der Mitte sitzt, ist Oberst Matteo Caracciolo, mit dem Egitto schon so lang Umgang hat, dass man es fast als Freundschaft bezeichnen könnte, wäre da nicht diese unüberwindliche Distanz zwischen ihnen. Zumindest seinen Worten nach steht Caracciolo auf seiner Seite. Wenn er ihn nur machen lässt – hat er ihm gestern unter vier Augen gesagt –, wird alles seinen richtigen Gang gehen, und der Zwischenfall wird bald resorbiert sein (genau diesen Ausdruck hat er verwendet, *resorbiert*, als wäre von einer Hirnkonfusion die Rede). In der Folge hat er sich jedoch geweigert, den genauen Inhalt der Anklage zu nennen, als ob ihm das peinlich wäre – aber sicher doch, Egitto könne ruhig schlafen, es werde um Lappalien gehen, die üblichen Nichtigkeiten, wie bei der Truppe typisch.

Vor den anderen Mitgliedern der Kommission duzt der Oberst ihn ständig, auch wenn es so aussieht, als würden die diesen Mangel an Förmlichkeit nicht eben schätzen. Zur Eröffnung der Sitzung in Turin stellt er klar, dass er es für völlig sinnlos halte, Umstände wieder aufzurollen, die über ein Jahr zurücklägen, wenn für seine Brigade schon von einem neuen Einsatz die Rede sei. Aber was sollen sie machen? Die Zeitabläufe der Bürokratie stimmen nicht notwendig mit denen der menschlichen Wesen überein, im Gegenteil, sie stimmen fast nie überein.

In dem überheizten Raum, der fast vollständig von dem rechteckigen Schreibtisch aus dunklem Holz ausgefüllt wird, ist es stickig. Egitto hat das Bedürfnis, die Augen zu schließen. Trotz der Versicherungen des Obersten hat er in der Nacht nicht geschlafen und fühlt sich jetzt kraftlos, vernichtet, schlecht gelaunt wie an den schlimmsten Tagen vor der medikamentösen Therapie. Das scheint ihm nicht der geeignete Morgen für eine ihn betreffende Untersuchung – Müdigkeit macht ihn immer wenig kompromissbereit. Außerdem hat er mittlerweile begriffen, dass er fasziniert ist von der Freiheit, die das Leben einem gelegentlich lässt, in wenigen Augenblicken alles durcheinanderzubringen. Noch bevor sie in die eigentliche Verhandlung eintreten, ist er sicher, dass er einen Weg finden wird, alles über den Haufen zu werfen.

Die Akte, die über ihn angelegt wurde, betrifft den Einsatz in der FOB während des zweiten Halbjahrs ihres Aufenthalts und die Art, wie sein Verhalten zum Teil – Caracciolo unterstreicht *zum Teil* – die Ereignisse vom Oktober beeinflusst haben könnte. Egitto verweilt einen Moment lang bei diesem Ausdruck, was ihn von allem Übrigen ablenkt. Mit dieser Formulierung hat man also beschlossen, die Toten im Tal von sich fernzuhalten: *die Ereignisse vom Oktober,* als ob es ähnlich bedeutsame Ereignisse für Dezember, April, Juni, August geben würde ... Er fragt sich, welches die

Ereignisse des aktuellen Monats wären. Sicher werden sie mit der laufenden Untersuchung nichts zu tun haben.

Caracciolo bemüht sich, all seine verdienstvollen Handlungen aufzuzählen, bevor er zu den – hier macht er eine lange Pause, sucht nach dem passenden Adjektiv, und nachdem er es gefunden hat, *diskutabel*, heischt er mit Blicken um die Zustimmung der anderen Kommissionsmitglieder –, bevor er, wie gesagt, zu den diskutablen Aspekten kommt. Er führt die Episode mit dem mit Opium vollgestopften Kind an, das Egitto wie durch ein Wunder gerettet hat, zusammen mit weniger symbolisch aufgeladenen Aktionen, die er etwas ausschmücken muss. Egitto ist ihm nicht besonders dankbar für den Gefallen. Er hört zu und hört nicht zu.

Der Major, damit beauftragt, das Protokoll zu führen, bewegt die Hand nur sparsam. Diese Art von Apologetik interessiert ihn nicht; nicht, um ihn zu belobigen, haben sie sich um zehn Uhr morgens an diesem diesigen Tag versammelt. Er wirkt aber plötzlich belebter, als Caracciolo die Verwundung des Obergefreiten Angelo Torsu in der Schlacht erwähnt. Egitto ist klar, dass damit der zentrale Punkt der Verhandlung erreicht ist.

Die Familie des Soldaten – die, da Signora Torsu vor kurzem verstorben ist, nur aus dem Vater besteht sowie einer Schar weniger naher Verwandter, Onkel und Vettern ersten bis dritten Grades – hat gegen den Oberleutnant Anzeige erstattet. Aus den gesammelten Zeugenaussagen von Torsus Kameraden geht hervor, dass der Obergefreite zum Zeitpunkt des Aufbruchs des Konvois noch kaum genesen war von einer schweren Lebensmittelvergiftung, verursacht durch den Genuss von vor Ort gekauftem Fleisch, was im Übrigen eine klare Verletzung der Hygienevorschriften war (eine

Fahrlässigkeit, für die der Arzt vom Dienst verantwortlich zu machen wäre, obwohl, beeilt Caracciolo sich zu präzisieren, diese Anklage nicht Gegenstand der Verhandlung ist – alle Anwesenden werden verstehen, dass sich die Anforderungen auf dem Kriegsschauplatz nicht im Nachhinein bewerten lassen, denn schließlich hätten sie das ja alle selbst schon erlebt, ist es nicht so?).

Aber der Obergefreite Torsu ... der stellt ein schönes Problem dar. Vor allem wegen des Zustands, in dem er sich befindet. Und es ist verständlich, dass die Familie jetzt nach einem Schuldigen sucht, oder sagen wir ruhig, nach einem Sündenbock (den letzten Satz nimmt der Major nicht ins Protokoll auf, aller Wahrscheinlichkeit nach hält er ihn für zu tendenziös).

«Das Bild kompliziert sich durch den Bericht, abgefasst von einem neutralen Beobachter, der im fraglichen Zeitraum in der FOB zu Besuch war.»

Unwillkürlich reißt Egitto die Arme nach oben, eine derjenigen körperlichen Reaktionen, die man in einem solchen Kontext besser vermeiden sollte. Er umfasst die Knie, um sich in den Griff zu bekommen. Der Beobachter, von dem Caracciolo in so geheimnisvollen Andeutungen spricht, ist in Wirklichkeit eine Beobachterin, aber er hat das deutliche Gefühl, der Einzige im Raum zu sein, der das weiß. Er beschließt, das Detail für sich zu behalten.

Im Bericht von Irene Sammartino wird der Oberleutnant beschrieben als – und hier zitiert der Oberst wörtlich – *sichtlich in einem Zustand der Stumpfheit, müde, nicht sehr klar*, was seine *unvorsichtige Bewertung* des körperlichen Zustands des Obergefreiten Torsu erklären könnte. Als persönlichen Kommentar setzt Caracciolo hinzu, ein gewisser Grad an Erschöpfung erscheine ihm nach so vielen Monaten in der Hölle das Minimum, und wieder unterbricht der protokollführende Major, nimmt die Bemerkung nicht auf.

Schließlich erinnert der Oberst Egitto daran, dass dies eine freundschaftliche Unterredung ist. Er fordert ihn auf, das Wort zu ergreifen, aber Egitto ist noch versunken in das Bild von Irene, die in einem halbdunklen Zimmer am PC sitzt, die Finger schnell über die Tastatur gleiten lässt und das Dokument dann ausdruckt. Sie beschwerte sich, dass ihr Laptop dauernd beschlagnahmt würde: Man muss ihn ihr zurückgegeben haben. *Ich bin nur eine Angestellte, Alessandro. Wie alle anderen auch.*

«Oberleutnant», drängt der Oberst.

Warum hat sie das getan? Und warum hat er sie nicht angerufen? Nein, was für eine Absurdität. Sie hat es getan, weil das ihr Job ist, sie hatte keine andere Wahl. Sie hatte den Auftrag, einen Bericht zu schreiben, und sie hat ihn geschrieben. Irene Sammartino ist ein Vollprofi, sie drückt sich nicht vor der Verantwortung. Sie behandelt die Krankheiten des Systems mit einer Unbestechlichkeit, die ihr verbietet, irgendjemanden im Einzelnen zu betrachten.

Der Oberleutnant empfindet eine Regung der Zärtlichkeit für sie, wegen der Einsamkeit, zu der das Leben sie verdammt hat: Von Lager zu Lager ziehen, immer unter Unbekannten, Akten anlegen, deretwegen sie dann gehasst wird – zur Staatenlosigkeit verdammt. War es wegen dieser Ähnlichkeit zwischen ihnen, dass sie sich im Dunkel des Zelts so eng aneinanderklammerten? Er kann den Schmerz erahnen, den die Freundin gefühlt haben muss, als sie den Bericht noch einmal las. Vielleicht ist sie in die Küche gegangen, hat sich ein Glas Wein eingeschenkt und es in einem

Zug ausgetrunken. Die zeremoniöse Art, wie sie den Kopf nach hinten legt, wenn sie Alkohol trinkt, steht ihm noch ganz klar vor Augen, aber er kann nicht sagen, dass sie ihm fehlen würde, nicht wirklich. Nicht alle Formen der Anhänglichkeit haben etwas mit Sehnsucht zu tun.

«Erkennen Sie die?»

Der Offizier links von Caracciolo hat bisher geschwiegen, als hätte er auf den richtigen Augenblick für seinen Auftritt gewartet. Seine Stimme ist höher, als man bei der massigen Gestalt vermuten sollte. Egitto wendet ihm den Blick zu.

Er hält ein durchsichtiges Plastiksäckchen hoch, das Corpus Delicti. Es enthält eine Handvoll gelb-blauer Kapseln, grob geschätzt die Ration für einen Monat medikamentöser Behandlung. In dem Nylonsäckchen, so zusammengewürfelt, sehen sie harmlos aus, sogar fröhlich.

«Sind das Ihre, Herr Oberleutnant?»

«Es waren meine, jawohl.»

Zufrieden legt der Offizier das Beweisstück auf den Tisch. Die Kapseln machen ein Geräusch wie ein leichtes Regengeprassel. Der Major protokolliert wie ein Besessener.

Jetzt mustert Caracciolo ihn mit konsternierter Miene. Er schüttelt den Kopf. «Ich bin gezwungen, dich das zu fragen, Alessandro. Wie lange geht das schon mit den Psychopharmaka?»

Egitto umfasst seine Knie noch enger. Er strafft ein wenig den Rücken. «Ich bitte dich, Oberst, nenn nicht auch du sie so.»

«Warum, wie soll ich sie denn nennen?»

«Auf jede andere Weise: Antidepressiva. Medikamente. Sogar Pillen passt. Aber lass den Begriff Psychopharmaka aus dem Spiel. Der beinhaltet ein ziemlich allgemeines moralisches Urteil.»

«Und meinst du nicht, dass ein moralisches Urteil notwendig wäre?»

«Aus welchem Grund?»

«Weil du dieses Zeug nimmst ... kurz, diese ...»

«Drogen», suggeriert der Offizier zu seiner Rechten. Der Major schreibt: Drogen.

Egitto antwortet langsam: «Wenn du das Bedürfnis hast, darüber ein moralisches Urteil zu fällen, steht es dir frei, das zu tun.»

Mit einem Mal verliert er die Geduld. Und gar nicht wegen der Art und Weise, wie sie ihn foltern, auch nicht wegen der Feindseligkeit, die er bei den externen Kommissionsmitgliedern bemerkt und die sie nicht im Geringsten zu verbergen trachten, und auch nicht, weil sie ihm die Tüte mit dem unwiderlegbaren Beweis seiner Schwäche vor die Nase gehalten haben. Das Problem ist ein anderes. Irene Sammartino, die Disziplinarkommission, die entfernten Verwandten des Obergefreiten Torsu, mit ihrem Hunger einerseits nach Gerechtigkeit, andererseits nach Geld – sie alle haben recht, und diese Entdeckung trifft ihn wie eine schallende Ohrfeige. Er hätte ihm nicht erlauben sollen, mitzufahren. Er hat ihn selbst entscheiden lassen, überzeugt, dass der Körper des Angelo Torsu dem Angelo Torsu gehört und basta, während *er* zu dessen Hüter bestellt war. Er hingegen fand es bequemer, sich abzulenken, er hat sich in eine Schicht aus Indolenz und Selbstmitleid gehüllt. *Müde, nicht sehr klar, sichtlich in einem Zustand der Stumpfheit.*

Es sieht so aus, als hätte sein angeborener Hang zur Untätigkeit nun zu Konsequenzen geführt – zu absolut schlechten. Caracciolo hat das vorhin richtig gesagt: Ein moralisches Urteil ist notwendig, und ihres kann nur zu seinen Ungunsten ausfallen. Aber warum fühlt er sich dann plötzlich so wach, fast aufgeräumt, so, als ob endlich alles in Ordnung käme?

Er holt tief Luft, einmal, zweimal. Dann wendet er sich an den Obersten. «Ich übernehme die volle Verantwortung für das, was geschehen ist.»

Caracciolo packt den Major am Arm. «Nicht mitschreiben! Es lohnt sich nicht, das festzuhalten ... Sie sehen selbst, dass wir noch dabei sind, die Situation abzuklären.» Skeptisch gehorcht der andere ihm.

«Alessandro, ich bitte dich, sei nicht voreilig. Ich bin mir sicher, es gab jede Menge guter Gründe, weswegen du so und nicht anders gehandelt hast. Wahrscheinlich brauchst du Zeit, um sie in Ruhe zu rekonstruieren.»

«Der Obergefreite Torsu war nicht in der Verfassung, an solch einem Einsatz teilzunehmen, Herr Oberst.»

«Ja, aber das hat nichts mit der Explosion und allem anderen zu tun! Und wenn nicht Signor Torsu in diesem Lince gesessen wäre, in diesem Turm, sondern jemand anderer ...» Er hält inne, vielleicht, weil er bemerkt, dass seine Argumentation das akzeptable Maß an Zynismus überschreitet. Er versucht es auf einem anderen Weg. «Wenn wir im Krieg stets die größte Vorsicht walten lassen würden ... nun, das wäre ein Desaster und wir wären im Handumdrehen besiegt ... Früher hat man die Soldaten nicht einmal mit einer Lungenentzündung von der Front geholt, geschweige denn mit einem Durchfall!»

Der Oberst tut sein Bestes, um ihn zu schützen. *Der Vorfall wird resorbiert*, hat er ihm versprochen. Aber für Egitto ist es zu spät: Das Blut ist schon seit einer Weile koaguliert. Torsu ist aus dem Lince unter die verschreckten Schafe geschleudert worden, er ist mit der Wange an den Felsen entlanggeschrammt.

«Es war meine Pflicht, die Gesundheit des Obergefreiten zu schützen.»

«Zweihundert Mann!» Caracciolo fällt ihm ins Wort, als hörte er ihm gar nicht zu. «Stellen Sie sich das vor, sich Tag und Nacht um zweihundert Männer zu kümmern. Die Wahrscheinlichkeit einer Fehleinschätzung ist enorm groß. Und dabei ist hier nicht die Rede von einem normalen Einsatzort, es ist die Rede von …»

Egitto erhebt hörbar seine Stimme. «Ich habe einen Fehler gemacht, Herr Oberst. Die Verantwortung liegt bei mir.»

Diesmal sagt er es mit solcher Bestimmtheit, dass Caracciolo den Major nicht daran hindern kann, es zu Protokoll zu nehmen. Er verstummt und starrt Egitto an: Warum tut er das? Warum will er sich sinnlos in Schwierigkeiten bringen? Den Helden, den Gewissenhaften zu spielen, bringt nichts, hat er das noch nicht kapiert?

Aber es handelt sich nicht um eine Angelegenheit zwischen ihnen und auch nicht um Prinzipientreue. Für Egitto ist es viel einfacher: Es handelt sich nur darum, zu unterscheiden, was ihn etwas angeht und was nicht. Die Körper der Soldaten in der FOB ICE gingen ihn etwas an. Er antwortet dem Obersten durch sein Schweigen: Los, tu, was du tun musst, und basta.

Caracciolo seufzt. Dann sagt er in einem Ton, der nicht mehr viel Freundschaftliches hat: «Es wird besser sein, die Unterhaltung zu einem späteren Zeitpunkt wiederaufzunehmen. Der Oberleutnant hat das Recht, seine Verteidigungsstrategie in Ruhe zu überdenken.» Er stößt die Blätter des Berichts auf Kante.

«Und was ist mit diesen hier?», fragt der Offizier ohne Rangabzeichen und schüttelt das Säckchen mit den Pillen.

«Ich bitte Sie», fährt Caracciolo auf. «Werfen Sie sie weg!» Dann, zu Egitto gewandt: «Alessandro, du sollst wissen, dass man eine Suspendierung vom Dienst von zwei bis vier Monaten erwägt, plus eine Geldbuße, deren Höhe noch festgelegt wird. In Erwartung des Urteils sehe ich mich gezwungen, dich deines Postens zu entheben. Ich weiß, dass du in der Kaserne wohnst, du wirst also vorübergehend eine Wohnung außerhalb finden müssen. Ich werde mein Bestes tun, damit dir wieder dein Zimmer zugewiesen wird, wenn du den Dienst wiederaufnimmst.»

«Das ist nicht nötig, Herr Oberst.» Er sagt das, ohne es geplant zu haben. Da ist sie also, die neue Möglichkeit, das Leben durcheinanderzubringen.

Caracciolo ist sichtlich enttäuscht. «Was soll das heißen?»

«Ich akzeptiere die maximale Suspendierung. Und du brauchst dir keine Gedanken zu machen wegen des Zimmers. In der Tat gibt es da etwas, worüber ich mit dir reden möchte.»

Er kommt mit wenig Gepäck aus: zwei prall gefüllte Reisetaschen und ein Rucksack – das Leben in der Kaserne hat ihn zu äußerster Genügsamkeit erzogen. Was mit den Möbeln geschieht, die er aus eigener Tasche bezahlt hat, wird er später beschließen, vorerst hat er sie in einem Lagerraum am Stadtrand untergestellt.

Marianna ist erschüttert von der Nachricht seiner baldigen Abreise. Sie trägt einen sehr langen Pullover, und ihr Gesicht ist stark geschminkt, wodurch ihr sehr heller Teint vulgär wirkt.

«Sie *können* dich nicht so davonjagen. Das ist doch verrückt!»

«Sie jagen mich nicht davon. Ich werde versetzt. Das ist ein recht normaler Vorgang.»

«Na ja, schade, dass sie dir nicht einmal die Wahl gelassen haben. Eine Erpressung, nicht mehr und nicht weniger. Und dich von Turin an einen abartigen Ort wie Belluno zu schicken. Belluno, wer hat denn je davon gehört? Ich wusste nicht einmal, wo das liegt, bis heute.»

Er hat ihr nicht wirklich die Wahrheit gesagt. Was er ihr erzählt hat, ist seine eigene, reichlich lückenhafte Rekonstruktion der Vorgänge. Alle Energie, von der er sich durchströmt fühlt, reicht nicht aus, um Marianna zu gestehen, dass es sein Entschluss war, sich zu entfernen, alles stehen- und liegenzulassen, um den Ausdruck zu zitieren, den sie am Telefon gebraucht hat. «In der Gegend dort macht man hervorragende Knödel», scherzt er. «Weißt du, was das ist?»

Marianna schüttelt den Kopf. «Interessiert mich auch nicht.»

Sie sitzt auf dem abgezogenen Bett, den Rücken gegen die Wand gelehnt und die Schuhe achtlos auf dem weißen Moltonüberzug. Das Kinn hat sie auf die Brust gesenkt, was ihr eine Schmollmiene verleiht. Egitto weiß nicht, woran es liegt, aber seine Schwester hat eine immer noch sehr jugendliche Art, sich zusammenzukauern. Vielleicht ist es nur, weil sie in seinen Augen ewig jung bleiben wird, ein Mädchen, auch wenn sie Falten und graue Haare hat. Ihm fällt auf, dass dies erst das zweite Mal ist, dass sie ihren Fuß in sein Zimmer setzt: am Tag seines Einzugs und jetzt, da er sich anschickt, es zu verlassen.

«Ich sage dir, wenn wir die Sache einem Anwalt in die Hand geben, wird sicherlich ...»

«Kein Anwalt. Hör auf zu drängen.»

Marianna legt spielerisch die Finger der beiden Hände aneinander. Ihr Blick ist einer übernatürlichen Konzentration fähig, die Koordination ihrer Bewegungen ist perfekt wie früher. Nach all den Kämpfen, in die sie ihn verwickelt hat, ist die Liebe, die Egitto für sie empfindet, unberührt, aber es ist, als ginge sie nur ihn etwas an, sie ist wie ein geflügeltes Wesen, dazu verdammt, immer in der Luft zu bleiben, ohne sich niederzulassen.

«Jedenfalls ist es nicht gerecht, dass du so weit fortgehst. Und dann verstehe ich den Grund nicht für all diese Eile, da du ja vorerst suspendiert bist.»

«Ich muss mir eine Wohnung suchen, mich einrichten. Du kannst kommen, sobald ich damit fertig bin.»

Sie springt vom Bett herunter und wirft einen kalten Blick auf das Lager ohne Kissen. «Du *weißt*, dass ich nicht Autobahn fahre. Und seitdem er Rückenprobleme hat, kann Carlo keine langen Reisen mehr machen. Er ist operiert worden, falls du dich noch erinnerst.»

«Stimmt. Das hatte ich vergessen.»

Es bleibt ihm nichts weiter übrig, als das x-te Versprechen zu geben, sich einen Anhaltspunkt in der Zukunft zu schaffen, die ihn erwartet. «Dann komme eben ich», sagt er. Er setzt jedoch hinzu: «Sobald ich kann.»

Marianna gibt ihm einen raschen Kuss auf die Wange. Gefühlsäußerungen sind nie ihre Sache gewesen, die wenigen und blitzartigen, die sie tauschten, besiegelten jeweils Ereignisse von außergewöhnlicher Tragweite. Sie geht auf die Tür zu. «Ich muss wirklich los. Es ist spät. Bist du sicher, dass dieses Radio funktioniert? Es kommt mir kaputt vor.» Zerstreut kramt sie in ihrer Handtasche, dann sieht sie ihn mit hochgezogenen Augenbrauen wieder an. «Alessandro, denk daran, du bist nie imstande gewesen, gut für dich zu sorgen.»

Das scheint jedoch für den Neuanfang nicht zu stimmen. In Belluno findet Egitto sofort eine Mietwohnung: knapp vierzig Quadratmeter, auf ihre Weise hübsch. Das ist das Äußerste, was er sich mit dem gekürzten Einkommen leisten kann.

Er umgibt sich mit Einrichtungsgegenständen, die er mehr wegen ihrer Funktionalität als wegen des Aussehens kauft. Sie erinnern ihn an nichts. In einiger Zeit wird vielleicht jeder von ihnen eine Bedeutung bekommen haben.

Bisher hatte er noch nie die Möglichkeit in Erwägung gezogen, sich fest niederzulassen. In der Kaserne zu wohnen, gab ihm das Gefühl des Provisorischen, und er ging wie selbstverständlich davon aus, dass das der optimale Zustand für ihn sei, der einzig mögliche. Er hat Mühe, diese Vorstellung von sich selbst aufzugeben, aber wenn es nur danach ginge, wie er sich jetzt fühlt – in Frieden, frei, mäßig heiter, abgesehen von gewissen Stimmungsschwankungen –, könnten ihm Zweifel kommen, ob er sich nicht jahrelang getäuscht hat. Es könnte sein, dass auch Alessandro Egitto wirklich dafür geschaffen ist, auf der Welt zu sein wie alle anderen menschlichen Wesen: bequem an der Oberfläche schwimmend.

Im Viertel fängt man an, ihn zu kennen. Wenn er ein Stück von sich preisgibt – dem Jungen in der Bar, den beiden einsamen Angestellten in der Bankfiliale, der Frau in der Wäscherei mit dem verbundenen Handgelenk nach einer Operation wegen des Karpaltunnelsyndroms –, wird er mit ein wenig gesteigerter Vertraulichkeit belohnt. Es handelt sich um den langsamen Prozess einer gründlichen Ausmerzung von Misstrauen: den Aufbau einer Sicherheitszone, deren theoretisch einzige Grenze das weiß gesäumte Rund der Dolomiten ist.

Die freie Zeit, die ihm nach der Einrichtung der Wohnung bleibt, verwendet er im freiwilligen Einsatz bei der lokalen Blutspendeeinheit. Die mobile Einheit wird jeden Tag an einem anderen Ort aufgestellt, und durch die Tür beobachtet der Oberleutnant verschiedene Formen des Gemeinschaftslebens, Menschen fernab von Kampfgeschehen, jedoch jeder durchlebt seine eigene Form des Krieges. Es sind nicht viele, die die Metallstufen hinaufsteigen, um ihren Arm seiner Nadel preiszugeben, im Allgemeinen erweisen sich die alten Leute als großzügiger als ihre Enkel, aber das ist nur eine Frage der Weisheit, denkt er – die Jungen wissen noch nicht, mit welch enormem Druck das Blut durch die Adern läuft und wie schnell es herausspritzt, wenn eine davon angeschnitten wird.

Ein paarmal geht er mit den Krankenpflegern, mit denen er Dienst tut, abendessen. Es sind ruhige Abende, wenigstens so lange der Alkohol sie nicht zumindest ein bisschen auflockert. Die Jungs verspüren weder das Bedürfnis, etwas von Egittos Erlebnissen zu erfahren, noch, nach dem Motiv zu fragen, weshalb er ohne eine feste Anstellung in diese Gegend gezogen ist. Für kurze Zeit ist da sogar eine Freundin. Egitto besucht sie in ihrer Wohnung und sie ihn in seiner, ein paar Nächte jeweils. Aber sie ist noch jung, knapp einundzwanzig Jahre alt, ein Strom an Erfahrungen trennt sie, und beide wissen das. Sie stellen ihren Kontakt ein, ohne Tränenvergießen.

Manchmal fragt er sich, wo er jetzt wäre, wenn im Tal nicht geschehen wäre, was geschehen ist, wenn sich nicht in einer Nacht wie vielen anderen ein ihm unbekannter Mann in einem LKW auf den Weg gemacht hätte, wenn Angelo Torsu nicht aus einem gepanzerten Jeep hinausgeschleudert worden wäre und Irene Sammartino ihn nicht für das Geschehen mitverantwortlich gemacht hätte. Aber das sind müßige Fragen, und bald beschließt er, damit aufzuhören.

Chemisch gesehen ist er clean. Wenn er nachts voller Beklemmung aufwacht und nicht wieder einschlafen kann, nimmt er das hin, wandert lang durch die Wohnung und versucht dabei, bewusst zu atmen. Wenn er morgens ohne Kraft und Willen ist und sich aus der Welt gefallen fühlt, verlässt er sich auf die Wiederholung von bestimmten Gesten und wartet ab, dass dieser Zustand vergeht. Das kann womöglich Tage dauern, aber am Ende gelingt es. Die Abstinenz von den Arzneimitteln ist für ihn weder ein Kampf noch eine Eroberung. Er schließt nicht aus, dass er sich ihrer eines Tages wieder bedienen wird, sein Wohlbefinden der Objektivität der Wissenschaft anvertrauend – irgendwo gibt es diesen Raum, der ihm immer offen steht –, aber nicht jetzt.

Ohne irgendjemandem Bescheid zu geben, nimmt er an einem Wochenende im März ein Flugzeug nach Cagliari. Um zum Wohnort von Angelo Torsu zu gelangen, muss er einen Wagen mieten und von der Hauptstadt aus in Richtung Westen fahren. Er macht einen Umweg, um das Panorama der Küstenstraße zu genießen. Er fährt langsam, fasziniert von der Landschaft und der Brandung des Meers gegen die Felsen.

In der von der Stadtverwaltung bezahlten Unterkunft, in der Angelo Torsu nach diversen Reha-Aufenthalten lebt, trifft er einen Betreuer, einen jungen Mann mit wirrer, dichter schwarzer Mähne und verträumtem Blick. «Ich bin von der Pfarrgemeinde», erklärt er. «Ich komme zwei Nachmittage in der Woche, Donnerstag und Samstag. Mit Angelo hat man nicht viel zu tun. Ich kann fast die ganze Zeit lesen.»

Egitto kommt in Zivil, er sagt, er sei ein Freund (es gibt einen Rechtsstreit mit der Familie des Soldaten, und er befürchtet, sein Besuch könne nicht erwünscht sein). Vielleicht deswegen fügt der ehrenamtliche Pfleger hinzu: «Dieser verdammte Krieg. Ich bin natürlich Pazifist, versteht sich.» Er schaut auf die Wanduhr, eines der wenigen Dinge, die die Wand zieren. «Sein Mittagsschläfchen ist eigentlich noch nicht zu Ende, aber ich kann ihn aufwecken. Angelo wird sich freuen, wenn er Gesellschaft hat. Hier kommt ja nie jemand vorbei.»

«Ich habe keine Eile. Ich warte.» Egitto rückt einen Stuhl vom Tisch ab und setzt sich.

«Mit den Alten geht es genauso», fährt der Freiwillige fort. «Wir von der Pfarrgemeinde gehen auch in die Altenheime, müssen Sie wissen. Wenn die ersten Monate um sind, verlieren die Leute die Motivation. Da ist nur ein Mädchen, das weiterhin kommt. Das heißt, ziemlich oft. Sie heißt Elena, kennen Sie sie?»

«Ich fürchte, nein.»

«Sie ist hübsch. Ein bisschen dick.» Er wartet, ob Egitto sein Nein durch Kopfschütteln bekräftigt. «Jedenfalls setzt sie sich zu Angelo und liest ihm Bücher vor. Es ist ihr gleich, ob er sie versteht oder nicht, sie liest einfach weiter.» Mit einer Hand packt er die Haarsträhne, die ihm in die Stirn fällt, und zieht sie nach oben, sodass sie einen Moment lang senkrecht in die Höhe steht. «Wie lang haben Sie ihn schon nicht gesehen?»

«Über ein Jahr.»

Um genau zu sein, seit Oktober vor zwei Jahren, als Torsus Körper, eingewickelt in die silberne Thermodecke, an Bord eines Black Hawk in den Himmel aufstieg. Aber er hat keine Lust, das dem Pazifisten zu sagen.

«Dann werden Sie ihn sehr verändert finden, Herr ... Herr?»

«Egitto, Alessandro.» Das Gesicht des Jungen verfinstert sich. Er mustert ihn ein paar Sekunden lang, als hätte er eine Verbindung hergestellt. Vielleicht ist er über alles im Bilde. Egitto macht sich auf seine Reaktion gefasst. «Sind Sie auch Soldat?»

«Ich bin Arzt.»

«Und diese Verbrennungen, wie haben Sie sich die zugezogen?»

Das ist ein Missverständnis. Egitto lächelt ihm zu, die Entschuldigung vorwegnehmend, die, wie er annimmt, gleich folgen wird. Er fährt sich mit der Hand übers Gesicht. «Nein, das hat mit Verbrennungen nichts zu tun.»

Der Junge ist sichtlich neugierig, aber zu gut erzogen, um weiter in ihn zu dringen. «Sagen Sie mir eins, Herr Doktor», fragt er dagegen, «wie hat Angelo so verschwinden können?»

«Verschwinden?»

«Er ist ... weggegangen. Als ob er es beschlossen hätte. Das glaube ich zumindest. Er hat sich irgendwo versteckt und will nicht mehr herauskommen. Wie ist das möglich, Herr Doktor?»

Mit einem Mal spürt Egitto die Müdigkeit von der Reise. «Ich weiß es nicht.»

Der Freiwillige schüttelt den Kopf. Von einem Arzt erwartet er sich umfassendere Auskünfte. «Nur der Herr weiß, wo er sich aufhält.»

Dann warten sie noch schweigend, bis die Zeiger an der Uhr genau sechzehn Uhr anzeigen. Der Junge schnalzt mit den Fingern. «Es ist so weit, ich gehe ihn wecken.»

Ein paar Minuten später kommt er wieder, er hält Torsu am Ellbogen, als ob er ihn stützen müsste, dann, als würde er ihn führen. Egitto fragt sich, ob die minimale Lippenbewegung bei dem Soldaten der Ansatz zu einem Gruß oder einem Lächeln ist, das allerdings eingefroren scheint. Er steht auf und zupft sich die Jacke zurecht, fasst seine Hand und schüttelt sie.

Egitto ist nicht imstande, sich mit jemandem zu unterhalten, der nicht antwortet, dazu ist seine Verlegenheit zu groß. Das geht ihm so mit Grabsteinen, besonders dem von Ernesto, auch mit Neugeborenen und sogar mit von der Narkose noch benommenen Patienten. Und auch jetzt, in dem kahlen Wohnraum, wo niemand ist, der ihn in Gesellschaft von Angelo Torsu beobachtet – der Freiwillige hat sich in die Küche zurückgezogen, um sie allein zu lassen –, bringt er kein Wort heraus. Also schweigen sie. Sie stehen ganz einfach nebeneinander am Fenster.

Am Morgenmantel des Obergefreiten steckt eine Nadel von der Armee. Ein Kamerad muss sie ihm vor wer weiß wie langer Zeit mitgebracht haben, und dann hat sich niemand darum gekümmert, sie abzunehmen. Egitto fragt sich, ob ihn sein Besuch freut. Wahrscheinlich ist es ihm vollkommen gleichgültig. Wir gehen davon aus, dass ein Mensch, der sich nicht ausdrückt, jede Verbindung zu seinem vergangenen Leben und unsere Aufmerksamkeit schätzt, dass er ans Fenster gehen möchte, nur weil wir beschließen, ihn dorthin zu führen, aber wir wissen es nicht wirklich. Vielleicht will Torsu in seinem Zimmer in Frieden gelassen werden, allein sein.

Er kann noch sehen. Jedenfalls ziehen sich die Pupillen zusammen, wenn die Intensität des Lichts zunimmt. Es ist die glatte Haut an den Wangen und am Hals, die sein Gesicht unstimmig macht. Man hat einen Hautlappen vom Hintern genommen und ins Gesicht transplantiert. Ein Wunderwerk der modernen Chirurgie – eine Abscheulichkeit. Angelo Torsus Körper funktioniert, aber so, als wäre er mittlerweile unbewohnt. Er kaut andauernd auf etwas herum, das er nicht zwischen den Zähnen hat, wie ein zähes Stück Fleisch oder das Wort, das er seit Monaten nicht aussprechen kann. Im Übrigen scheint er ruhig, er schaut auf die Straße, auf der nur selten Autos vorbeifahren. *Der Herr weiß, wo er sich aufhält.* Irgendjemand muss es ja wissen.

Egitto lässt etwas Zeit verstreichen, so viel, wie ihm angemessen erscheint. Er hat den Eindruck, dass seine Atemzüge und die Torsus synchron sind. Er weiß nicht, ob einer der beiden dem anderen gefolgt ist oder ob sie diesen Einklang gemeinsam zuwege gebracht haben. Als die Situation, sich in diesem Haus zu befinden, zu absurd wird, hebt er die Tüte vom Boden auf, die er mitgebracht hat. Er holt eine verpackte rechteckige Schachtel heraus und reicht sie dem Soldaten. Da er sie nicht nimmt, stellt er sie auf das Fensterbrett. «Es sind Fruchtbonbons», sagt er. «Es gab eine Zeit, wo ich nur die essen konnte. Ich hoffe, du magst sie auch.» Er forscht in Torsus Gesicht nach einem Zeichen. Der Soldat käut wieder, abwesend. Vielleicht müsste er das Papier aufreißen, ein Bonbon herausnehmen und ihn kosten lassen. Doch darum kümmert sich besser der Freiwillige. «Ich bringe dich in dein Zimmer zurück. Du wirst müde sein.»

Er wird kein zweites Mal hinfahren. Aber einige Jahre lang wird er dem Obergefreiten an Weihnachten eine Schachtel der gleichen Bonbons schicken, zusammen mit einer lakonischen Glückwunschkarte, bis einmal beides zurückkommt mit dem postalischen Vermerk, Empfänger unbekannt – da wird er sich nicht darum kümmern, die neue Adresse ausfindig zu machen. Zusammen mit einer gewissen monatlichen Summe seiner Bezüge wird das die einzige verbleibende Verbindung zu dem Mann sein, den er zum Tode verdammt hat, zu dem Mann, dem er das Leben gerettet hat. Egitto wartet, dass die Zeit diesen Gewissensbiss langsam abträgt.

Nach den vier Monaten Suspendierung kommt der Tag, an dem er in den aktiven Dienst zurückkehrt. Er ist etwas nervös, als er die Straße hinaufgeht, die zur Kaserne des Siebten Regiments der Alpini führt. Der erste Tag am Gymnasium, die Vereidigung, die Verleihung der Doktorwürde: Es ist eine Erregung dieser Art, die ihn verwirrt und belebt. *Emotion* wäre ein passenderer Begriff als *Erregung*, aber er verwendet ihn mit Zurückhaltung.

Er macht einen Augenblick halt, kurz bevor er unter den Achseln zu schwitzen beginnt. Er hebt den Blick zum grauen Massiv des Schiara. Die Wolken lagern sich um den Gipfel, als ob sie plaudern würden. Wenn die Berge in Turin eine ferne Grenze waren, die im Dunst auftauchte und verschwand, wenn sie in Gulistan nichts weiter waren als eine unnahbare Wand, ist es hier in Belluno so, als bräuchte man nur eine Hand auszustrecken, um sie zu berühren.

Der wachhabende Soldat legt die Hand an die Stirn, er bleibt stramm stehen, während der Oberleutnant vorbeigeht. Egitto wird zu seinem neuen Büro begleitet, im ersten Stock des Hauptgebäudes. Im Zimmer nebenan spricht jemand am Telefon mit deutlichem Trientiner Akzent und lacht häufig. Egitto tritt ans Fenster, das auf den von Pappeln gesäumten Appellplatz geht. Das ist eine gute Lage, er wird sich wohl fühlen hier.

«Herr Oberleutnant?»

Ein Unteroffizier steht an der Schwelle in der Haltung dessen, der anklopfen will. Wer weiß, warum er es dann nicht getan und ihn angeredet hat. «Ja, bitte?»

«Willkommen. Der Kommandant hat nach Ihnen gefragt. Wollen Sie mir folgen?»

Egitto nimmt den Hut, den er auf dem Tisch abgelegt hatte, und setzt ihn schräg auf den Kopf. Sie steigen zwei Stockwerke hinauf und gehen bis in die Mitte eines Korridors. Dann macht der Unteroffizier vor einer offen stehenden Tür halt. «Hier ist es», er bedeutet ihm einzutreten.

Oberst Giacomo Ballesio legt das belegte Brötchen beiseite, das er in beiden Händen hielt. Er wischt sich den Mund mit dem Handrücken ab, dann springt er auf, die Schnalle seines Gürtels stößt dabei gegen den Schreibtischrand – die Lampe schwankt, und ein Stift rollt auf den Boden. Ballesio kümmert sich nicht um diese kleinen Malheurs. Er breitet die Arme aus, glücklich. «Oberleutnant Egitto, endlich! Kommen Sie herein, kommen Sie. Setzen Sie sich. Reden wir miteinander.»

Inhalt

Erster Teil
ERFAHRUNGEN IN DER WÜSTE 17
Drei Versprechen 19
Die Sicherheitszone 40
Staub 55
Nahrungsmittelvorräte 71
Un sospiro 96
Starker Wind. Verdunkelung 110
Frauen 133
Schauen, schauen und noch mal schauen 157
Symbole und Überraschungen 173
Letzte Nachrichten von Salvatore Camporesi 194
Schüsse in der Nacht 202
Weiße Flockenwirbel 217
Reigen des Todes 223

Zweiter Teil
DAS TAL DER ROSEN 251

Dritter Teil
MÄNNER 343
Das Leben ohne Schuld der Nutria 345
Das Gras wächst unermüdlich 363
Die Entwicklung der Spezies 386
Andere Berge 392

Das für dieses Buch verwendete FSC®-zertifizierte Papier
Lux Cream liefert Stora Enso, Finnland.